入迷（上册）

今婳 ◆ 著

时代出版传媒股份有限公司
安徽文艺出版社

图书在版编目（ＣＩＰ）数据

入迷. 上册 / 今婳著. -- 合肥 : 安徽文艺出版社,
2023.7

ISBN 978-7-5396-7708-8

Ⅰ.①入… Ⅱ.①今… Ⅲ.①长篇小说－中国－当代
Ⅳ.①I247.5

中国国家版本馆CIP数据核字(2023)第018691号

RUMI（SHANGCE）

入迷（上册）

今婳 著

出 版 人：姚 巍
责任编辑：王婧婧
装帧设计：佘彦潼

出版发行：安徽文艺出版社 www.awpub.com
地 址：合肥市翡翠路1118号 邮政编码：230071
营 销 部：(0551)63533889
印 制：湖南天闻新华印务有限公司 (0731)88387856

开本：150 mm×210 mm 1/32 印张：9.75 字数：310千字
版次：2023年7月第1版
印次：2023年7月第1次印刷
定价：46.80元

目 录
Contents

Rumi

Rumi

"知名导演婚内出轨，人设崩塌，新晋小花顾青雾却坚持出演其新戏女主角。"

骆原面无表情地念完网站热门搜索头条内容，将平板"啪"的一声摔在茶几上，要气疯了："这部戏已被撤资，导演自顾不暇，你还敢在商演时公开支持'过街老鼠'的新戏，就不怕遭到全网封杀？！"

冷光灯下，顾青雾慵懒地坐在深紫色的丝绒沙发上，乌黑浓密的长发垂落在腰际，裹在身上的薄绸睡袍微微滑开，纤瘦的肩膀露出一小片肌肤，白得发光。

美则美矣，却如同一尊珍贵的定窑白瓷，经不起半点碰撞。即便听到了自家经纪人的话，顾青雾也是清清冷冷地垂眸握着手机，没什么反应。

骆原皱眉："干吗呢？你给我端正一下态度。"

"他不是过街老鼠，是我的恩师。"顾青雾头都没抬，打开微博。

这是重点吗？骆原一听这个，就想到她在网上公开支持导演的行为，苦口婆心地劝她清醒些："就算导演对你有知遇之恩，那又怎样？你刚从十八线爬上来，自己在娱乐圈的地位都不稳……"

当初公司签下顾青雾时，骆原非常看好这个小姑娘，刚出道就被誉为"娱乐圈第一神仙颜值"，坐拥观众千万，本身有着极高的商业价值。

偏偏她身上有股要命的倔劲儿，从不接受圈内潜规则，也不在意红不红，一没看住，就生出"离经叛道"的大胆想法。

顾青雾没作声，卷翘的睫毛下，眼睛已经扫完热门搜索前十，转而去看底下网友的评论。

前排热评："说点八卦，褚三砚平时人模狗样的，现在被曝私生活混乱还家暴前妻，我看顾青雾也不干净吧，会不会也是他包养的小情人之一？要不然一个没有背景的新人，怎么可能在校时就得褚三砚青眼，轻易拿下他的电影，现在更不用说了，《雪夜》这部电影，就像是给顾青雾量身定制的一样，要说他们没点私下交易，我才不信。"

顾青雾的嘴抿出清冷的弧度，这位网友这么有想象力，去当个编剧都屈才了。她的指尖轻点在屏幕上，正要回这条热评时，看到一些喜欢她的网友已经驳斥了这条评论。她顿住几秒，兴致缺缺地退出了微博。骆原见她终于搁下手机，继续说道："公司已经下了最后通牒，你必须跟剧组解约，新戏合同已经发来，是一部……"

没等他说完，顾青雾先打断他，用清亮的音色，说："原哥，这部戏我不会毁约，我相信老师的为人。"

"顾青雾！你就不怕重新糊成十八线小明星，被人一辈子笑话是花瓶？"

顾青雾半歪着头看向他，表情很无辜："那我就做个有价值的古董花瓶好了。"

骆原面对她这张脸，莫名哑了火。

顾青雾是典型的骨相美人，那张仿佛只有巴掌大的脸蛋上，五官精致得像是勾描而成，眸子乌黑明亮，微微翘起的眼尾勾出轻浅的弧度。而且她的鼻尖有一颗很小的痣，很有辨识度。

顾青雾道："别气了，除了这部戏的解约事宜，我保证工作上的事都听你的。"

骆原冷笑："一个快要被公司雪藏的人还有什么工作，你再这样……"他的话还没说完，一旁的手机振动起来。

他转身，先出去接电话。顾青雾坐着没动。电话不知是谁打来的，过了十来分钟，骆原黑着脸回来，对她说："你就算同意解约都没用了，公司高层已经决定把你那些代言和新戏都给其他艺人，这段时间，让你在家好好反省一下。"

顾青雾瞅着他，没接话。几秒后，骆原又说："眼下还有一条活路。"

顾青雾的声音很轻："什么？"

"今晚有个酒局，有消息说是盛娱传媒的温总在聚会上请来了一位神秘人物，你去参加，说不定还能救一下自己。"

顾青雾闻言，从沙发上缓缓地起身，光着脚，踩着地毯走到窗边，伸手拉开窗帘。过了片刻，她看着外面乌云密布的夜空，微微启唇，轻轻地拖长了音："好像要下雨了——"

骆原假装听不懂她话里的潜台词，不讲情面地提醒道："你恩师的那部电影如果被看中，获得投资也是一句话的事。"

四十分钟后，黑色的奔驰商务车抵达万格酒店门口。车门被打开，顾青雾身着墨绿色的及踝长裙走下来，她踩着高跟鞋，跟骆原走进酒店大堂。

很快，就有服务员热情地迎了过来，引着他们上二楼的包厢。包厢内很静，空气中弥漫着的檀香味扑面而来。

"骆原，来我这边。"盛娱传媒的副总裁温禾目光扫到门口处，抬起手招呼着，热情介绍起了在场的其他人。

今晚的酒局几乎坐满了一桌，不少是有头有脸的圈内人物。顾青雾进来的第一眼，就看到坐在主位上的男人，他穿着纯黑色的高级西装，雪白的衬衫最顶端的扣子严谨地系着，脸庞被顶上水晶吊灯的光衬得极为俊美。

最为醒目的是，那高挺的鼻梁上架了一副金丝框眼镜，给他清贵的气质平添了几分禁欲感。身边有两三人低声交谈，他则是端坐在一旁，话极少。即便他惜字如金，可只要观察三秒就能得出结论——在这包厢里，数这男人地位最高。

顾青雾像是被钉在原地，而后选择离主位最远的地方安静地坐下。她这样极美的女人，无论在哪里都不会感觉到孤独，往这儿一坐，哪怕是不说话，也能引得男人不由自主地往这边看。

顾青雾却仿若事不关己，端起玻璃杯，放在唇边轻轻地抿了一口。直到耳边传来一声："我还以为是谁，原来是从不参加酒局的顾美人。"

顾青雾转头看过去，是蒋雪宁坐到了她身侧的空位，声音透着幸灾乐祸的意味："今天怎么来了？难道靠山垮了，准备找个新的？"

顾青雾客套的笑都懒得假装，两人在圈内向来不对付。起因是两年前在电影节的红毯上，两人意外撞了次晚礼服，顾青雾三百六十度无死角地碾压蒋雪宁。从此顾青雾便被蒋雪宁记恨上了。

后来无论顾青雾有什么活动，蒋雪宁都要不遗余力地抹黑她。

不过顾青雾的性子也不是好惹的。她身子向后一靠，挨近椅背，白皙的指节轻轻地敲击着倒了清水的玻璃杯，眼神凉凉的："你应该知道，我是个有仇就报的人，还不从我眼前消失的话，信不信让你见识一下什么叫丢人现眼？"

蒋雪宁脸上的笑瞬间没了，心知没有什么事是顾青雾干不出来的。

她起身离开椅子时，不甘心地转头，看到坐在斜对面中年发福的姚总，她突然冷笑了声："顾青雾，你不是想给电影拉资源吗？姚总对你就很有兴趣。"

两人这边的动静不小，瞬间引起在场的人的注意。特别是姚总，他目光毫不掩饰地打量着顾青雾，端着酒杯故作儒雅地搭讪道："顾小姐，姚某可有幸邀你喝杯酒？"

这话落地，立刻有人附和："姚总的面子谁敢不给？快给顾小姐倒上，今晚必须喝个不醉不归。"

顾青雾冷眼看着被人倒满的酒杯，雪白的手腕连抬起的意思都没有。蒋雪宁煽风点火道："看来顾美人是不给面子呀。"

骆原刚从卫生间回来，听到这话脸色变了。生怕顾青雾待会儿一开口得罪人，正急着说什么圆场，包厢莫名地安静下来。只见主位那人，修长的手指随意地在桌面上叩了叩，嗓音低沉而清冽，一瞬间把所有的喧闹声都压下去了："酒换了。"

众人还没反应过来，这是要换谁的酒，只听温禾吩咐身旁的人："贺总的话没听到？还不把顾小姐的酒换下来。"

　　很快，一个穿着旗袍的女服务员端着白瓷茶杯走过来，在众目睽睽之下，轻轻地递到了面色清冷的顾青雾桌前，又将她的酒杯换下。这间包厢的人，都知道温禾请来的这位刚回国的人物是什么身份，如今，他当着这么多人的面替顾青雾解围，在场的都是娱乐圈惯会察言观色的老狐狸，自然也不敢再对顾青雾有邪念了。

　　顾青雾先是怔了怔，乌黑的眼眸轻抬，下意识地看向主位方向，又在半路堪堪停住，最后落回了散发着袅袅热气的白瓷茶杯上。过了半晌，她按下心中难以控制的情绪，纤长的手指端起茶杯，慢吞吞地喝了一小口。

　　温度正好，不烫也不凉。

　　酒局上很快又热闹起来，接下来都相安无事。贺睢沉坐在主位上，手指漫不经心地把玩着杯盏，俊美脸庞上的神情让人看不透。

　　温禾走过来跟人换了座位，略靠近他，忍不住想撕开他淡定的面具，好奇地追问个不停："睢沉啊，你不是向来对女人没什么兴趣吗，你跟顾美人是什么时候认识的？"

　　贺睢沉的手停住，侧过脸，缓慢的语调听上去十分正经："我与顾小姐之间清清白白，你想多了。"

　　说完，他眼眸微垂，终是端起酒杯喝了一口，润喉。下一秒，却被温禾指出："你不是不沾酒吗？"

　　贺睢沉似笑非笑地反问："我什么时候说过不沾？"

　　"我家老公说得对，你这人真是……最难聊天了。"温禾问不出来了。

　　作为表嫂，她也算认识贺睢沉多年了，但是像他这样的禁欲系男人还真没对女人动过心，完全想象不出他动心时是什么样子。

　　温禾又暗中观察坐在很远的位子上的美人，忍不住要去问问另一位当事人。

　　可惜贺睢沉没给她这个机会。他放下手中的酒杯，整理衬衫袖口，准备离开："表嫂，你该回家了，我送你一程。"

　　话一落，贺睢沉先起身，迈步绕出紫檀木雕屏风，沿门口的走廊往楼下走去。顾青雾隔着半张桌子，目光循着众人的视线追随男人的身影，除了那杯茶，自始至终他像是对她没有任何印象，视线甚至没在她身上停留半秒。

大人物一走，这场酒局也接近尾声。等人散得差不多了，顾青雾没什么急事，又坐了几分钟。

骆原亲自送完人回来，一进门，看到顾青雾，内心就充满了八卦欲望。毕竟酒局上闹了这么一出，让他震惊得眼珠子快掉出来了，他激动地问："我的大小姐，你跟那位认识吗？"

顾青雾脑海中回想起那人的脸，语气有点淡："哦，不认识。"

骆原压根儿没听出她话里的异样情绪，自顾自地笃定道："那肯定是这位看好你在内娱的潜力！"

顾青雾抬眼看他："你在说什么梦话？"

然而，就在这时，门外忽然响起敲门声。一位身穿黑西装的年轻秘书走进来，将一张名片搁在桌上，恭敬地推到她面前："顾小姐，这是贺总让我转交给您的。"

顾青雾未动，在冷清的灯光照映下，这张薄薄的名片非常简单，黑底白字，"贺睢沉"三个字无比清晰地撞入她平静的眼眸中。

深夜时分，黑色的商务车从酒店停车场驶出，开得很慢，车内暖气很足，顾青雾踢掉脚上踩着的细高跟，蜷起双腿，窝进自己的专座。

安静不过几分钟，前排副驾驶座上正在用手机搜索贺睢沉资料的骆原，忽然转过头，一脸震惊地问："你知道今晚给你递的名片上的这位是什么身份吗？"

顾青雾长翘细密的睫毛一抬，还没开口，骆原就已经把手机迅速递到她面前。

亮起的屏幕上，正是一篇财经专访，详细地介绍了贺睢沉显赫的家世背景。

都不等她逐字看完，骆原就已经按捺不住内心的骚动，兴奋地往下说："这位是贺氏集团新任掌权人贺睢沉，虽然他常年在国外，但因经商手段高明，年纪轻轻就闻名商界，行事还十分低调，平日里从不公开露面的！不过仔细想想啊，以他的长相要是出去抛头露面，恐怕没有几人能抵抗得住。"

说到这里，骆原顿了两秒，想到像贺睢沉这样的大人物，身边围绕的年轻貌美的女人应该数不胜数。

今晚贺睢沉主动替顾青雾解围又给名片，骆原绞尽脑汁也揣测不出这个人的深意，却不妨碍他大胆地发挥自己想象："大小姐，我们要是能搭上贺总这条船，投资的事都好谈。"

顾青雾不想再听他念个没完没了，头痛地捏了捏眉心："不要跟我提男人。"

骆原没想到都到这节骨眼上了顾青雾还不开窍，差点被气出脑血栓，他怒不可遏地提醒她："这是贺睢沉啊！"

"是是是。"顾青雾把手机扔给骆原，靠在椅背上闭眼，拒绝交流。

公寓的灯光亮起，巨幅落地窗的窗帘被拉拢，遮挡住了外面的璀璨夜景，室内显得格外寂静。

顾青雾回到家，先是将身上这条及踝的长裙脱掉，然后光着脚走向浴室。她洗了澡，裹着浴巾慢悠悠地出来，朝柔软的沙发上一坐，伸手去找手机。

她细白的手指伸到包里，略微停住，意外地摸出不知何时被骆原偷偷塞进来的名片，她乌黑的眼睛盯着上面的号码……

主动给贺睢沉打电话很简单，一两秒就能完成。但是，她不想开口找他谈投资。

顾青雾想了半天，面无表情地将这张别人费尽心思也得不到的名片，扔进了沙发扶手边的垃圾桶。随后她拿起手机，从通信录里翻出号码拨了出去。

静等片刻，电话那头接听的，却是她恩师的助理杨溪："青雾姐，褚导这两天身体不舒服，刚睡下。"

顾青雾出声问："严重吗？"

"老毛病了。"杨溪独自在医院陪护，正缺个能吐槽的人，也不避讳什么，"褚导这次真是被害惨了，那女人心够狠的啊，明明出轨的人是她，她早在半年前就开始计划离婚，却偷偷给褚导喂安眠药，还找了外围女来拍照留证据……这招太恶毒了，让人跳进黄河都洗不清！"

褚三砚少年成名，多年来在业界内口碑不俗，却不曾想到有朝一日会被毁得这么彻底，现在全网都在铺天盖地地骂他，营销号为了博眼球，编造各种版本的假料，事态也越演越烈了。在杨溪看来，最气人的还是："就这样，褚导还对她手下留情呢。"

顾青雾并不意外，她说："老师本身是个念旧情的。"

"现在最头疼的还是《雪夜》这部电影已经筹备到尾期，耗费了多少心血，就这么被撤资了！"说到这里，杨溪就想到顾青雾也被此事连累，声音稍微小了点，"青雾姐，你那边还好吧？"

顾青雾简单地应付过去，只说公司施加压力逼迫她解约明哲保身，没有提起自己已失业在家的处境，最后说："我订了飞郦城的机票，会去医院看望老师。"

顾青雾挂断电话后，关掉手机，干脆躺在沙发上睡觉。

第二天上午，骆原带了个好消息上门。

当他打开公寓门进来时，看到的是顾青雾破天荒地早起了，穿着黑色吊带长裙，肩膀纤瘦，半跪在地毯上整理行李箱，乌黑浓密的长发垂在腰际，因低头的姿势，发丝偶尔滑过她雪白的后颈。

许是听见脚步声，顾青雾先抬起头说："原哥，你来得正好，老师生病了，我要去郦城两天。"

骆原神秘兮兮地凑过来："先别去郦城，我来是告诉你一个好消息。"

顾青雾敷衍地勾勾嘴角："一个被公司雪藏的人还有什么好消息？"

骆原也不卖关子："我今早从盛娱传媒的温总那边听到内部风声，听说贺睢沉有意投资电影方面的产业。大小姐，近水楼台先得月懂不懂？眼下就有现成的联系方式套近乎，你还不知道给他打个电话！"

顾青雾关箱子的手微顿，告诉他一件事："名片我扔了。"

骆原冷静了整整一分钟，还是冷静不了。敢情就他在唱独角戏，这女人一个字都没听进去。

顾青雾又轻飘飘地来了句："再说了，像贺睢沉这种完全是谜的男人，真这么好搞定吗？"

顾青雾准点抵达机场，不过跟来的，还有决定抛下手头工作的骆原。

顾青雾女明星的身份在外注定诸多不便，登机的手续都是骆原跑腿，谁知登机后却有空姐告知他们被免费升级为头等舱。

头等舱的空间很宽敞，又极安静。顾青雾被空姐礼貌地请进去，第一时间看到了贺睢沉。他坐在靠窗的座位，依旧穿着剪裁挺括的白衬衫和西装裤，他正在听旁边的秘书汇报工作，似乎是察觉到什么，他侧过脸庞，目光笔直地落了过来。

两道视线相撞一秒，顾青雾愣在原地，先败下阵来。环顾四周，在头等舱内坐的都是身着西装的精英范儿秘书，不难看出，应该是贺睢沉的随行智囊团。更不难看出，现在只剩下两个空位。

往右是贺睢沉的身边，两人仅隔着一个扶手的距离，往左是一位身穿蓝色西装的年轻秘书旁边。

"我们这是不是撞大运了啊？"骆原比她还震惊，猛地转过头来。

顾青雾已经预判了他下一步要说的话，开玩笑地说："原哥，你说我要是在飞机上传出跟投资圈领军人物的花边新闻，你会不会被公司高层给骂死？"

"这年头女明星的人设不好立啊，坐总裁旁边的机会就让给你了，不用感谢。"顾青雾说完，便目不斜视地朝秘书左边的空位走去。

等顾青雾镇定自若地落座后，一道有些隐晦的目光投了过来，头等舱内的气氛莫名静了一瞬。顾青雾假装不知，反正飞往郦城也就两三个小时，她打算埋着脑袋睡过去。她问空姐要了薄毯盖在身上，纤长的睫毛就耷拉了下来。她认认真真地酝酿睡意，无人敢打扰她，只是隐隐约约听见骆原很拘谨地跟贺睢沉寒暄，声音模糊不清，不知说什么。

随着时间安静地流淌，顾青雾睡着了。也不知过了多长时间，她在半睡半醒之间睁开眼，发现飞机已经落地，头等舱的人都散得差不多了。只有贺睢沉坐在与她并排的座位上，俊美的脸庞上神色沉静如常，手指漫不经心地在膝盖轻轻叩着，像是在耐心等待她醒来。

这种私下的场合，打不打招呼都挺尴尬的。贺睢沉倒像是没有察觉出她内心想法似的，薄唇扯动，嗓音低沉："怎么不说话？"

多年不见，久别重逢，换谁也佯装不下去了。顾青雾逃不掉要跟他寒暄的，只好拿出招牌职业微笑："我只是在想该怎么称呼你。"

贺睢沉看了她两三秒，顺势接话："随你，名字只是个称呼，你想叫我什么都行。"

顾青雾压下心间微妙的情绪，过了一会儿，向他轻轻一笑："好，贺总。"

贺睢沉对这个客套生疏的称呼并没有多大意见，见她僵坐着不动，仿佛不提醒她，能一直坐到天黑，于是他低缓的嗓音响起："青雾，该下飞机了，我送你去酒店。"

没有预兆，听到自己的名字再自然不过地从他嘴里说出来，顾青雾的头皮发麻，低头去解安全带，纤细的手指也变得不那么听话了。等顾青雾终于成功摆脱束缚，她眨了一下眼睛，避免与他对视："不用了，谢谢贺总。"

话音刚落，她刚想要站起身，雪白的手腕却被贺睢沉有力的手指扣住。贺睢沉靠近她，无意间形成某种侧身亲近的姿态，这样的距离，她几乎能闻见他西装上极好闻的乌木沉香。

顾青雾忽然被点了穴似的抬起头，直直撞进了男人深邃、温和的眼神里。这一眼，让顾青雾的心脏不受控制地猛跳。

一下又一下地，重重地震着她的耳膜。

顾青雾入住的悦庭酒店提前就预订好了，与医院相隔一条街，方便探望老师。她在前台办理房卡后，踩着高跟鞋走过宽敞冷清的长廊，进了电梯，在这封闭的空间里，她侧头，看着光滑如镜的玻璃内壁上自己这张格外漂亮的脸出神。

一个小时前发生的事，像是电影里的特写镜头似的在她脑子里回放：机场的出口处，顾青雾跟着贺睢沉一路往停车场走，来往的旅客都匆匆而过，唯独他走得不急不缓，始终与她保持着两三步远的正常社交距离，叫人看不出半分暧昧。

顾青雾微低着脑袋，自从下飞机，就在心里琢磨怎么找借口摆脱这个男人。没等她绞尽脑汁地想好对策，就看见前方已经停了一辆黑色的商务车。顾青雾停下脚步，下意识地看向了身侧的贺睢沉，外面有点热，他的臂弯搭着西服外套。他迈步走到车旁，极有绅士风度地打开了车门。

"先送你回酒店，休息够了，晚上带你去吃鱼。"他这番话说得气定神闲，不带任何询问，好像顾青雾真会乖乖听从他的安排一样。

顾青雾站在原地不动，慢慢地抬起精致的脸蛋，鼻尖有一颗淡色的痣，让她看上去特别乖。但这只是假象。她轻抿了一下嘴唇，带着淡淡的不耐烦说："我来郦城不是吃饭的，等什么时候有空再说吧。"

贺睢沉的眼底浮着温润、含蓄的笑意。他略停顿片刻，似乎在思忖什么，过了一会儿，才了然般的"嗯"了一声。

顾青雾正要松一口气，谁知下一秒，听见他的嗓音压得极低，犹如在她耳边问："你还有我的联系方式吗？"

"我……"顾青雾瞬间想到被扔进垃圾桶的名片，声音卡在唇齿间，精致的脸蛋略有些尴尬。

好在贺睢沉不是那种爱看人笑话的。见她因为没有妥善保管他的名片，正心虚得很，于是他将裤袋里的手机拿出来，熟练地打开通信录页面，递给她。在他眼神的暗示下，顾青雾自知理亏，只能默默地接过，输入自己的号码。

紧接着，贺睢沉语调低缓道："手机给我。"顾青雾犹豫了一下，心想着手机号码都给他了，手机给他也无所谓了。她不情不愿地递过去后，见贺睢沉打开了她的通信录操作了一阵，两分钟后，又还回来。顾青雾伸手去接，低垂着眼去看。发现他把自己的手机号码、住宅地址以及生日这些私密的信息都详细填了一遍，甚至还备注了他助理的，唯独姓名那栏是空白的。

顾青雾继续低垂着眼，指尖点在屏幕上方，随便编辑了两个字，便快速地退出通信录。

许是接触的时间有点久，你一言我一语的，顾青雾对他总算少了些生疏与防备，微微抬了抬下巴说："贺总，可以让我回酒店了吧？"

贺睢沉的嘴角有淡笑："可以。"同一时间，被顾青雾握紧的手机忽地振动起来。在亮起的屏幕上方，来电显示是刚刚贺睢沉输入的手机号码。而上面备注的姓名，是她刚刚编辑上的"哥哥"。

顾青雾就跟被公开处刑一样。时间过去两秒，她听见了熟悉的、低沉的笑声。她僵硬地抬起脑袋，目光先落在贺睢沉微微滚动的喉结上，再往上，就是他脸庞上似笑非笑的神情，分明早就有预谋地给她下套。

"叮"的一声，电梯层层往上，终于抵达了她所住的楼层。

顾青雾飘远的思绪被打断，她回过神，看着玻璃内壁中的倒影调整了一下表情，踩着高跟鞋走出去。

三分钟后，顾青雾刷卡打开套房的门，便看到骆原坐在沙发上，见到她就迫不及待地八卦："大小姐，贺总在头等舱跟你叙旧，说了什么？"

"你还有脸问！"顾青雾正好缺个发泄怒火的出气筒，面无表情地走过去，要杀人一样。这家伙身为经纪人还有没有职业道德了，就这么把她清清白白的一个姑娘丢下？

骆原看到她眼中的控诉，赶忙解释："飞机到郦城的时候，你还在睡，我要叫你的啊，是贺总说让你多睡会儿，他正好有时间等你醒来叙叙旧。"

"所以你就不管我的死活了？"

"我管啊。"骆原拿出手机自证清白。上面微信聊天里，有贺睢沉秘书发来的她到酒店的消息，就在十五分钟前。

顾青雾表情这才好转，她坐到了单人沙发上，骆原小心翼翼地看她的脸色，言归正传："大小姐，你不是口口声声说不认识贺总？这叙旧又是什么意思？你是不是有什么事瞒着我啊？"

顾青雾早就猜到回酒店是躲不过骆原盘问的，红唇倔强地吐出五个字：

"以前认识的。"

再多的，她就不愿透露了。骆原沉默了，心里反复地琢磨着。无论是站在经纪人还是男人的角度来看，顾青雾的容貌在美女云集的娱乐圈是稳坐第一宝座的，从头到脚连头发丝都完美得挑不出一点毛病，所以身边不缺追求者。

而她出道至今，择偶标准无人知晓。即便是跟那些外形出色的男明星合作拍戏，也没见她对谁过于关注过。

不过这次对贺睢沉，明显顾青雾的态度很微妙，这让骆原不免语重心长地提醒一句："像贺总这样身份地位的男人，肯定有不少女人恨不得往他身上扑。我们可以跟他谈正经的商务合作，其他的话……"

骆原的话没说完，点到为止。顾青雾听得懂，但是懒得多做解释，起身朝卧室走："出去的时候把门关上，我要睡一会儿。"

骆原："……"

酒店房间的窗帘都被紧紧地拉上，顾青雾睡觉时，不喜光。她往床上一躺，身体跟散了架似的，两条白嫩的腿蜷曲着，很久都没动弹。直到枕头旁的手机自动推送了一条娱乐新闻，提示音在寂静中被无限放大。

顾青雾突然睁开眼，伸出手拿过手机。娱乐新闻没什么好看的，她直接忽略，却点开了通信录。

贺睢沉的联系方式还留在上面，明明白白的。顾青雾往下滑，想删除。可是指尖一直停在手机屏幕上方，莫名落不下去。她犹豫了半天，索性把手机扔远点，扯过枕头盖住自己脸。

大概是日有所思，夜有所梦，顾青雾神思涣散间，梦见了过去。她认识贺睢沉的时候，才十四岁。顾青雾从出生开始，父母就感情破裂闹离婚，已经到了两看相厌的地步。而她，自然就成了没人管教的野孩子。这种放养式的成长，使她像个混世小魔王——你敢惹我，我有仇就报，狗见了她都要躲。后来，她就被送回祖籍延陵，说是养好性子再接回来。

顾青雾打小就跟家里不亲，住在延陵时，她每日都要偷偷跑到附近的一座寺庙里找和尚唠嗑。有一次，顾青雾无聊地逛遍了寺庙各个角落，摸到了后方的小庭院里。她发现有个藏在山林里的菩萨殿，周围空无一人，不见和尚踪影。在好奇心的驱使下，顾青雾轻手轻脚地走到了殿前，抓着门的边沿，先露出脑袋，一双黑白分明的大眼睛悄悄地往里看。在缥缈的香火烟雾间，她看见了蒲团上盘坐着一个清瘦的少年。

夏日的天气热，有阳光穿过雕花木窗，而他背光而坐，穿着休闲的白衣白裤，袖子往上卷了些，露出一截肌肉均匀的手腕，像是寒冰雕成的，一滴汗都没流。

那时的顾青雾眼里，他就如同坠入凡间的神明一样，满身香火气，被万重枷锁困于殿内，让她这辈子都难以忘怀……

顾青雾猛地从梦中惊醒，出了一身汗，手指用力攥紧了被子，大口呼吸着，很久才压下那股起伏的强烈情绪。此刻房间已经一片黑暗，也不知道是几点了。顾青雾缓过神来去找手机，看到了时间：晚上九点五十分。

她恍然地意识到自己竟然睡了这么久，白天时在飞机上就滴水未沾，顿时觉得肚子饿得不行。而这个点酒店的餐厅已经不营业了，她又懒得下楼去外面吃。

顾青雾干脆用手机点外卖，随便挑了附近一家口味清淡的店下单。半个小时后，她冲完澡，裹着一件白色丝绸睡袍出来，睡袍很长，柔滑紧贴着她雪白的脚踝，只有走路时，才会隐约露出纤细的小腿。

顾青雾路过客厅时，似乎听见门口有脚步声，她算一下时间，可能是外卖到了。她转身，极轻地走到门口，打开门前，下意识地看向了猫眼。也就是这么一瞬间，有个戴着黑色鸭舌帽的陌生男人，恰好对上了顾青雾的视线。短短几秒后，他就消失在猫眼的范围。

顾青雾感觉自己的心跳在加快，身为女明星，最起码的警觉还是有的。她慢慢地走回主卧找手机，给骆原打电话。被狗仔跟踪偷拍这种事，骆原自有一套完美的处理方法。当晚他就去酒店前台，先将这名狗仔的监控视频调出来，又准备给顾青雾临时换个房间入住。

原本一切进展得很顺利，谁知道前台略带歉意道："很抱歉先生，我们酒店现在已经没有空余的房间了。"

骆原皱起眉头，又跟前台沟通了三分钟，才转身走向休息区那边。酒店的大堂悬挂着璀璨的水晶大吊灯，金碧辉煌，照映着浅金色的大理石地板。而顾青雾穿着棉拖的脚尖有一下没一下地点着，往上，她穿着白色的丝绸睡袍，又用宽大的毛毯裹紧了纤瘦的肩膀，半分不露。

骆原走到她跟前，说清楚情况："没有空余的房间换了，要不今晚你住我房间……"

顾青雾喝了口热茶，淡定地问他："那有什么区别吗？"

骆原想想也是，正要继续说，却意外地注意到电梯那边，他脱口而出："贺总也是入住的这家酒店吗？"

顾青雾下意识地循着他的视线看过去，目光落在了穿着白衬衫的男人身上。他静静地站在壁灯之下，身影被衬得极为挺拔，隔着远远的距离，看着她。

顾青雾并不知贺睢沉也入住这家酒店，在五分钟后，跟着他乘坐VIP（贵宾）电梯上酒店顶楼套房。顶楼套房的走廊上都有保镖看守，连酒店的工作人员都不能随意上来，别说偷拍的狗仔了，隐私性极强。

贺睢沉缓步走到房门口，慢条斯理地解开密码锁后，两指抵着门推开，侧过身示意她进去看看。

顾青雾不疑有他，趿拉着拖鞋往里走几步，客厅很宽敞又格外冷清，在中央位置的沙发扶手上，还随意放着男人的西装外套和领带，一堆文件也散乱地摆在茶几上。她怔了一会儿，很快就意识到这间房很明显是有男人住过的。

顾青雾转身想退出去，却为时已晚。只见贺睢沉修长的手臂撑在门上，拦阻了她的去路，他问她："怎么了？"

安静一秒，顾青雾抿唇问："只有这间吗？"

贺睢沉缓慢地回答她："嗯，没有别的选择。"

顾青雾在长时间的沉默后，又问出第二个问题："你今晚是和我住在一间套房？"

短暂的寂静里，顾青雾漆黑漂亮的眼睛看了男人好一会儿，情绪在不知不觉被牵动，也不知是出于女人的第六感还是什么，她心里有种不祥的预感，再这样下去，迟早会发生她无法掌控的局面。

贺睢沉的薄唇扯动，嗓音偏低："青雾，这间套房不止有一间卧室，你想住哪间都行，倘若你不放心，我可以免费借你两个保镖全程守在门口。"

谁睡觉还要兴师动众地让保镖看着，又不是防什么作恶多端的人。顾青雾难得无言以对，话都说到这里了，眼下再闹着要出去，怕是更容易让人误解。

她故作镇定往客厅走时，才慢悠悠地回了句："这话是你一厢情愿说的，我可没这样想。"

贺睢沉的眼神深邃，看着她白皙精致的一张脸写着无所谓，又想避开他。他忽然起了捉弄她的心思。

"这么轻易信任我？"

顾青雾险些把自己绊倒，回过身看他时，咬着牙说："我相信贺总是个洁身自好的男人。"

贺睢沉扶了她一下，修长的手，力道适中，转瞬就松开了。微凉的体温却清晰地传达到她雪白的手腕上，她略感不自在的时候，听见他半真半假地说道："不好说。"

都是成年人，顾青雾很明白这种"暗示"，耳朵红得像要烧起来，到底是这方面的经验不足，半天后，费劲地从嗓子里挤出一句话："听说你修行多年，这样不好吧？"

不知道是不是顾青雾的错觉，贺睢沉眼底的笑意更浓了。在顾青雾快要生气时，他总有本事从容不迫地转移话题，语气一如既往的温和："这家酒店主厨的手艺不错，肚子饿了吗？"

贺睢沉不提还好，顾青雾先前在楼下喝了半杯热茶，已经忘记饿了。她正犹豫要不要点头，毕竟白天在机场才拒绝过他的吃饭邀请。而贺睢沉观察到她眉眼间的一丝挣扎，薄唇说出的话，语气很淡，反而消去了她的尴尬："是我要吃，顾小姐，赏脸尝尝？"

过了半晌，顾青雾依旧板着脸，勉为其难地点头："好吧。就吃一点点。"

贺睢沉入住的酒店套房是最顶级的，连餐厅都非常宽敞、明亮，在一盏温暖如橘的灯的照映下，更吸引顾青雾注意力的是餐桌旁边墙壁的一面墨色玻璃，可以俯瞰整个城市万家灯火的夜景。

她的视线在四周晃悠了一圈，看到贺睢沉从卫生间缓步出来，已经换下白衬衫和长裤，高大的身上披着深蓝色暗纹的睡袍，略略敞开的领口露出修长锁骨，私下显得格外随意。

深夜，孤男寡女独处一室，他还真是对她轻易卸下了白天时的伪装。顾青雾默默地转过头，将目光落回桌面的菜肴上。

贺睢沉在她对面落了座，慢条斯理地用纸巾擦拭着手指上的水滴，他出声打破安静的气氛："这些菜合胃口吗？"

说来也奇怪，两人多年未见，他倒是半点生疏都没有。顾青雾就没有这么稳的心态，只能表面装装样子："还行。"

贺睢沉笑了笑，亲自给她倒了杯柠檬水，手指抵着玻璃杯底部缓缓地推过来。

顾青雾喝了一小口，浓密卷翘的睫毛垂下，尽量避免将注意力放在贺睢沉的身上。用餐的过程谁也没说话，等她差不多吃饱时，白皙的手指刚将筷子放下，贺睢沉就已经开口，语调缓慢，带着少有的温和："先前听你的经纪人说，你最近遇上了难题。"

顾青雾的动作顿了一下，没接话。贺睢沉犹如抛下鱼饵的人，诱她上钩："我倒是有个办法帮你解决，看你感不感兴趣……"

顾青雾总算给了他个正眼，面对一个成年男性献殷勤，她还是有防备心的："你没那么好心吧？"

贺睢沉漆黑的眼眸中浮现若有似无的笑意。他看着她："我有一位学法律的朋友最擅长处理刁钻的官司，从无败绩。你那部电影的导演，现在缺的不是投资款，是帮他渡过这关的专业人士。"

贺睢沉有条有理地跟顾青雾分析当下局势，时间过得很快，顾青雾像个乖学生似的端正坐着，认真去听。到最后，许是夜很深了，她对贺睢沉淡去了多年未见的生疏，连笑容都自然不少："贺总，那你能帮我引荐一下吗？"

贺睢沉举起杯子润喉，目光清淡如水地投向她："你叫我什么？"

顾青雾要笑不笑的："不敢称呼贺总的名字。"

"青雾，我们朝夕相处三年，你偷爬寺里的姻缘树摔下来是我替你包扎的腿伤；第一次生理期弄脏了裙子，穿的是我的衬衫回家；每日晚间都是我帮你辅导作业。"

贺睢沉倘若要翻旧账，一天一夜都说不完。他深知小姑娘长大了，但凡说什么，也要给她留点面子。顾青雾哑口无言，随即端起杯子喝了口水，试图将情绪压下去。显而易见，贺睢沉是一个不达目的不罢休的男人，白天的事情是开胃小菜而已，他像极了资深的捕猎者，步步紧逼，分寸不让，使得猎物毫无招架之力。

餐厅的气氛静了半晌，贺睢沉从女人漂亮的眼中看到了一丝妥协，薄唇间的笑意更温和了，他语调缓慢地说道："我刚回国，难免有些长辈间的应酬推不了，青雾，我需要有个固定的女伴。当然，这种举手之劳的事我不强求，也是看你念不念情分了。"

短短几句，像是隔空重重地砸在顾青雾的心坎上，听得她整个人僵住了。

顾青雾忍不住去看贺睢沉，而他闲散地坐着不动，很大方地任由她打量。顾青雾记忆中的贺睢沉，是喜欢在夏日时穿着白衣白裤坐在弥漫着焚香气味的殿内听大师念经，懒散又冷淡，看起来对任何事物都不感兴趣的少年。现在眼前这个执掌家族大权的男人，从他身上快找不到当初的影子了。

顾青雾心底的情绪微妙，手指无意识地去拿杯子，递到嘴边又不喝，毫无铺垫地说了句："像我这种从不传绯闻的女明星，要跟你传出什么花边新闻，不是很亏吗？"

贺睢沉见她想半天竟在意这个，眼底浮现笑意。

顾青雾轻皱着眉头，她问："有什么好笑的？"

贺睢沉声色不露地照顾她的感受，始终语调低缓："放心，我不会让你吃亏的。"

零点后，顾青雾在这间顶级套房里随便选了一间。宽敞、舒适的卧室内，台灯被调成最暗的光，她躺在大床上翻来覆去地睡不着，白皙的手指一点点地上移，想要摸枕头旁边的手机。谁知，却意外发现有一颗男人的黑色袖扣落在这里。

顾青雾愣了一下，当意识到这张床贺睢沉曾睡过的时候，脑子就更加清醒了。她突然觉得喉咙干得厉害，掀开被子起身，想去外面倒杯凉水喝。本以为贺睢沉已经睡了，没想到，打开门的一瞬，看到他还坐在客厅里的长沙发上，聚精会神地翻阅着文件，修长的身影隐在阴影里。

听到女人极轻的足音，他侧过脸。

"还没睡？"男人的嗓音在夜里略带沙哑。

顾青雾还没来得及说话，就看到贺睢沉缓缓地起身，借着落地窗外的月光给她找了助眠的香薰蜡烛。他递过来时，顾青雾忍不住问："你怎么会有这个？"

"秘书买的，说女孩子喜欢这个。"

说话间，贺睢沉已经迈步走到了她面前，距离近到她能闻见他身上的乌木沉香。

顾青雾的心跳忽然加速，红唇轻抿。贺睢沉在黑暗中的视力向来不错，黑眸低垂就能看到顾青雾白色丝绸睡袍敞开了些，露出白皙柔嫩的脖颈，很容易让男人产生进一步窥探的想法。

"明天白天我都不在，有个生意上的合作者需要亲自去招待，帮你引荐律师的事，只能晚上约时间。"

顾青雾耳语般轻轻地"嗯"了一声。

"傍晚六点钟，在酒店等我，怎么样？"这时，贺睢沉的声音好似更近了一点，温热的呼吸缓缓地拂过顾青雾的耳垂。她下意识地后退半步，纤薄的后背已经抵在冰凉的门板上。比起在餐厅时两人各怀心思的叙旧，这会儿黑着灯，更容易让人浮想联翩。

好在贺睢沉下一秒就恢复正经，放她进去睡觉了。

"早点睡，晚安。"

卧室的房门重新关上，顾青雾脑子里乱糟糟的，将助眠的香薰蜡烛点燃后，朝大床上一躺。

空气中逐渐弥漫一股薰衣草的淡香，不刺鼻，很好闻。那晚她进房之后，不知怎么就睡着了。

第二天顾青雾是被手机的提示音吵醒的。她披头散发地坐起身，还不是特别清醒，歇了几分钟后，她才去看消息。是骆原给她转发了一条微博热门搜索话题，上面清晰无比地写着："《雪夜》剧组声明，与顾青雾解约。"

时间是早上七点，剧组那边单方面发布解约消息，这引起了网友们的关注，很快就被送上新闻热门话题榜单。顾青雾都没把声明看完，便直接打电话问骆原。

"这是怎么回事？"

骆原早就打听清楚情况了，说道："是褚导的意思，他应该听到风声得知你被公司暂停一切工作，不想牵连你吧，就没跟我们商量，单方面宣布解约了。"

顾青雾没吱声，指尖揉了眉心十几秒。骆原在电话里继续说："大小姐，我帮你约了上午去探望褚导，你还躺在床上吗？"

顾青雾微低脑袋，用鼻音极轻地"嗯"了一声。骆原知道她情绪低落，故意开玩笑："不会是在贺总……"

"你不会说话就……"话还没说完，顾青雾低头，闻到了白色被子里那股极淡的乌木沉香，是昨晚闻过的，贺睢沉独特的味道。

还真是被骆原说中了，顾青雾没什么底气，语气凶巴巴的："我换身衣服就下楼，地下停车场见！"

十分钟后，顾青雾出现在地下停车场，踩着高跟鞋走向黑色私家车。她弯腰上车，将脸蛋上的墨镜取下，抬头，发现骆原目光跟扫描仪似的，把她全身上下都仔仔细细地看了一遍。

"我气色不好吗？"顾青雾没化妆就出门了，口红也浅得几乎看不出。

"怎么感觉……"骆原说了几个字，又欲言又止，"贺总跟你不是单纯的朋友叙旧吧？就冲着昨晚他理直气壮地把你往房间带，我就觉得这男人不简单。"

他们和医院就隔一条街的距离，他们很快抵达了医院。停好车后，向来办事周全的骆原，坚持要去附近买点水果。

顾青雾懒得站在门口吹风，先独自进医院，去等电梯。在电梯到达一楼，开门的瞬间，她看见一个穿着杏黄色长裙的女人站在里面，手里还拿着份文件。

顾青雾眉头都没皱，面无表情地走进去。她把对方当成空气，而这个女人反而主动搭话："你来看褚三砚啊，有心了。"

顾青雾轻轻地抬眼，算是看向她老师的那位准前妻——戚兰。两人私下针锋相对也不是一天两天了，顾青雾还在电影学院读书时，戚兰身为长辈就看她不顺眼，处处挑衅，时间久了，她也懒得跟她装表面功夫。

戚兰还是那种刻意温柔又带着说教的语气，目光落在顾青雾脸上："青雾，如今褚三砚自身难保，你不如来投靠我，我至少还是能给你点资源的，不过你不参加酒局不炒绯闻的习惯就得改改。"

说得跟施舍似的，顾青雾笑得冷淡："你配吗？"

戚兰早就习惯她这副没家教的样子，好言相劝道："你还年轻，别意气用事，不然我看这娱乐圈里还有谁护得了你。"

顾青雾一直觉得自己对情绪掌控得不错，起码比以前好太多了，逐渐把自己养成一个清清冷冷且不轻易动怒的性格。但是有人要来招惹她，就别怪她不给脸面了。

顾青雾在戚兰走出电梯的瞬间，略讽刺的话语飘了过去："能不能护，就自己各凭本事呗，不是所有人都愿意学你那套见不得光的手段，这可是作孽呢。"

医院走廊空荡荡的，顾青雾找到病房，推门而入。

她看见褚三砚正坐着轮椅在阳台晒太阳，四十来岁的年纪，消瘦斯文的脸庞上戴着副眼镜，因为常年生病，模样消瘦。

这些年褚三砚对顾青雾关照有加，是个比亲生父亲还关心她的长辈。而顾青雾对他的感情自然也很深，她脚步极轻地走过去，将旁边的薄毯拿起，小心地盖在他身上。

褚三砚睁开眼看到人，温和地笑："青雾来了，坐。"

顾青雾不急着坐，先询问他的身体情况怎么样。褚三砚对生死看得很淡，倒是聊到解约声明这件事时，他态度很坚决，心知顾青雾是个骨子里心软的好孩子，只好先斩后奏。

顾青雾静了好半天，提起了律师的事情。褚三砚沉吟许久，随即问道："你当初为了学表演拍戏，不是跟家里立下约定，在娱乐圈里，不闹出绯闻，不动用顾家的人脉资源吗？"

顾青雾支支吾吾地说："是一个朋友介绍的。"

"追求你的男孩子？"

"没有。"

褚三砚捻着佛珠，看穿男女之间的事："下次把那位帮你的朋友带给老师看看。"

顾青雾的长睫微动，知道越解释恐怕越乱，索性选择闭嘴。幸亏门外骆原提着水果来救场了，她松了口气，别过脸去看窗外。

在医院待到下午，六点前，贺睢沉的电话打来，是他回酒店了。顾青雾不知道是去什么场合见面，怕盛装打扮引人胡乱猜想，于是选了条红色长裙，及踝，一身雪肌白得晃眼。

等她到了地下停车场，刚出电梯便看见有一位西装革履的秘书候在车旁，对她十分恭敬："顾小姐，您好。"

"你好。"顾青雾点头打招呼，浓密卷翘的眼睫眨动，目光看向坐在车内的贺睢沉。他穿着商务的深灰色西装，应该是谈完生意还没得及换套衣服，俊美的脸庞上重新架了一副金丝框眼镜。

真是够要命的，才见面不到三次，顾青雾竟然习惯看到这个男人了。后座的车门被秘书打开，顾青雾弯腰上去，安静地坐在贺睢沉的身旁。他的后脑抵着椅背，正在闭目养神，路途中两人没说一句话，膝盖却是无意间挨着的，这也让顾青雾想故意忽略他都不能。她状似无意地将视线移过去。

"在想什么？"贺睢沉毫无预兆地问，低沉的嗓音听上去极为清晰。

顾青雾的思绪被打断，下意识地把心里话说了出来："我突然想起，当年你不打招呼就走的时候，没有把我辛苦攒下的嫁妆还给我。"

当初在延陵照顾她饮食起居的，是位年迈的老奶奶。老一辈的思想很保守，平日里，没少给小小年纪的顾青雾灌输女孩子嫁人要攒嫁妆的思想。那时顾青雾只相信贺睢沉，硬要主动把自己存的钱给他保管。

许是怕坐在副驾驶座的秘书竖起耳朵偷听，顾青雾盯着男人淡定从容的神情，指尖很克制地去扯他的袖口："你听见我说话没有？"

贺睢沉未经允许就将她的手指攥在掌心里，掀起眼皮，似笑非笑地看着她气急败坏的模样。

顾青雾措手不及，用高跟鞋尖踢了一下他的皮鞋边沿："别装聋。"

贺睢沉忽然扬起嘴角，像在笑她，更显暧昧："知道了。"自始至终，他都没有松开手，指肚轻轻地蹭了一下她指尖的皮肤，用体温烫着她。

今晚是贺睢沉请客，地点定在了郦城最负盛名的缘桥私人会所。

到了地方后，贺睢沉才无声地将她的手松开，左手漫不经心地插在裤袋里。这副清敛自持的模样，跟在车上真是判若两人。这也蒙骗了路过的女侍者，皆盯着他移不开眼，小声讨论："这位贵客是谁啊？"

顾青雾听到，心想这男人光是这张脸就够拈花惹草的。她的嘴唇轻抿，跟在他后面。他们转眼便到了楼上的包厢。贺睢沉缓慢地推开门，引她进去。

绕过屏风，桌旁已经坐了一位身穿休闲西装的男人，正自顾自地品茶。见到贺睢沉身边过分漂亮的女人，他放下茶杯，挑眉问："这是嫂子？"

顾青雾的红唇动了动，正想否认。贺睢沉已经气定神闲地走了过去，用他那骨节分明的手拉开了座椅，如同玩笑道："你叫一声试试，看她答不答应。"

好在那人没听贺睢沉的，他礼貌笑着起身，跟顾青雾打招呼："你好，我是周亭流。"

　　经过介绍，顾青雾得知这位是政法圈鼎鼎大名的金牌律师，传说只要他愿意接手，就没有赢不了的案子。他与贺睢沉交情匪浅，倒是愿意分文不收帮这个忙。顾青雾却觉得该付的酬劳还是要付的，毕竟不能让人家白忙活一场。

　　顾青雾刚说完这话，周亭流意味深长地道："顾小姐，别客气，这人情睢沉会替你还上，以后你在娱乐圈有什么麻烦尽管找我，早晚都是自家人。"

　　顾青雾跟贺睢沉的关系是真的解释不清了，两人明明从来没在一起过，愣是让人误会了。见她的话哽在喉咙，周亭流一直跟她没完没了地把话题往贺睢沉身上引。不愧是好兄弟，三言两语间，就把贺睢沉给卖了。

　　顾青雾从周亭流这边得知，这个圈里就属贺睢沉是最受女孩子欢迎的，原因很简单，他出身显赫又神秘低调，从未跟谁有过绯闻，无可厚非地成为最适合联姻的豪门贵婿了。所以他的行踪备受关注，无论出席什么场合，或者乘坐什么航班，都免不了会遇上一两个递房卡的。

　　"还有更刺激的。"周亭流话里带着几分戏谑，"泗城林家那位独生女，当初为他逃婚，闹得满城风雨，苦苦哀求他跟她做三天情侣。只要达成心愿，就接受家族联姻，结果睢沉看都未看她一眼，对方更是至今未嫁。"

　　顾青雾微微抬眼，看向与她隔着一张椅子距离的贺睢沉。贺睢沉也在看她，话却是对周亭流说的："胡说八道些什么，喝茶喝醉了？"

　　周亭流适可而止，不敢真的把这位给得罪了，怕事后被算账。半个小时后又来了不少人，很快包厢内就热闹起来。顾青雾跟在座的都不熟，为了图个清静，也没好奇他们的身份。安安静静地去看传统的雕花屏风，上头还装饰着手写古文，古香古色的。

　　她正看得仔细，这时包厢内不知是谁说了句："人来了。"

　　随即，屏风后走出来一位身材高挑的明艳女人，身穿红色裙子，意外的是无论颜色还是款式，都跟顾青雾身上的极为相似。可能是女人的天性使然，两人都在同一时间发现了对方的存在。

顾青雾眼都没眨，精致的脸蛋异常平静。反倒是明艳的女人将她从头到脚都打量了一番，目光毫不掩饰，直到旁边有个年轻男人走过去："是什么风把林大小姐吹来了？"

"我刚好在郦城出差。"林圆亭脸上的表情冷淡，直接朝贺睢沉那边走去，又微微弯唇打招呼，"睢沉哥。"

见面就叫哥，想必关系很不一般。顾青雾拿起杯子，刚抿了一口，唇齿间酸得她皱起眉。也不知道这杯水是放了多少柠檬片，酸死她了！反观贺睢沉，他对谁都是一副疏离的态度，对林圆亭也没什么特别的，只问了两句林家老爷子。

林圆亭笑容灿烂，准备在旁边的椅子落座。贺睢沉指节在桌沿轻叩，示意她换张椅子，这里有人了。诡异地安静一秒，包厢内莫名没了说话声。偏偏贺睢沉跟没察觉到似的，侧头看向了低头喝水的顾青雾。所有人循着他的视线，忍不住看过去。

贺睢沉明明没有在包厢内对顾青雾表现得太殷勤，不经意间又什么都让人看明白了，难得他清心寡欲多年也有这一天。

在场面快尴尬的时候，还是周亭流出来圆场，似笑非笑地调侃了一句："某人不对劲啊。"

今晚在聚会上，顾青雾是唯一心无旁骛在认真吃东西的。原本食欲不佳，却因为顺利地请到周亭流帮忙，让她面对满桌的丰盛佳肴有了食欲。顾青雾吃得半饱时，旁边的碟子已经堆积了不少蟹壳。贺睢沉见她用湿巾慢悠悠地擦拭干净每一根纤细的手指，于是吩咐人去买单。

贺睢沉带顾青雾先离开，包厢里聚的这群人还在继续。缘桥私人会所外，司机早已经等候多时。等上了车，顾青雾不由得打了个喷嚏，许是今晚冷气吹久了。

贺睢沉吩咐司机把温度调高点。他解开西装外套的纽扣，慢条斯理地脱下后，披在了女人纤瘦的肩膀处，道："还是这么喜欢吃海鲜？"

顾青雾刚想拒绝他的衣服，却被问得分神。她沉默了两秒，才幅度很小地点了一下头，想到周亭流答应接老师案子的事，她假装客气道："律师那事谢谢啊，改日等我有时间，请你吃海鲜大餐。"

贺睢沉却听出她的声音有点沙哑，也不知是吃多了螃蟹，还是感冒了。他有几分懒散地斜靠在座椅靠背上，侧头看笑容分外虚假的女人，语调漫不经心道："请吃海鲜大餐就不必了，要真心想感谢，送我一份礼物。"

送礼物？顾青雾笑不出来了，原本她说请客，是打算开张空头支票，随意应付这个男人的。谁知道搬起石头砸自己的脚，样子都装到位了，她也不好一口拒绝："我这几年拍戏没赚几个钱，送的礼物你未必看得上。"

"你怎么知道我看不上？"

顾青雾说一句，贺睢沉这里就有十句等着堵她。他深幽的眼底没有任何笑意，又补充了一句："你自己好好想想。"

她是长了一张漂亮的嘴巴，但不该说话！

四十分钟的车程后，车子停在酒店的地下停车场。顾青雾被贺睢沉问蒙了，迷迷糊糊地下车，跟他乘坐电梯上楼，等上了顶楼的套房，才反应过来，今晚她干吗还要住这里？一转身，见贺睢沉自然而然地交代她："去洗个热水澡，早点上床睡觉。"

顾青雾顿在原地想了想，默默地转身去浴室。很快，浴室的灯亮起，传来了潺潺水声。顾青雾待在里面，将今晚穿的这条红裙扔在浴缸边，视线顿了一瞬，就不再看了。无论贺睢沉在国外时被多少女人热情地邀请过，以及与今晚那位几乎跟她穿一样裙子的女人有过什么，这些跟她都没有任何关系。

浴缸里的热水逐渐变冷，她光滑的肌肤也感受到一丝冷意。这时，门外传来两声敲击声，想来是洗太久，贺睢沉提醒她该出来了。

顾青雾用宽大的白色浴袍将自己严严实实地包裹住，开门出去时，看到贺睢沉站在茶几边，娴熟地将纸袋子拆开，拿出了体温计。等贺睢沉逐字看完说明书后，示意她到沙发这边坐。顾青雾不知道他要干吗，泡过热水澡整个人都轻松不少，往沙发一窝，雪白的膝盖藏在浴袍下，又把柔软的抱枕舒舒服服地扯到怀里。

她睁着乌黑漂亮的眼睛，看到贺睢沉把体温计放到嘴里，略感到奇怪，却没多想，而是言归正传提起车上没说完的事："我认真想了想，送礼物这种事，一般都是礼轻情意重。"

贺睢沉将体温计拿出，测出的体温是正常的。他转过身，深沉的目光落在说话的顾青雾身上。她仰着头，一头乌黑浓密的长发散乱地垂落下来，衬得脸蛋精致又小巧，轮廓被灯光照映得柔和，像极了玻璃橱柜里那种价格昂贵的瓷娃娃。特别是笑起来时，鼻尖上的那一颗淡痣，添了几分无辜感。

室内变得无声无息，顾青雾的呼吸稍快，想打破这样若有若无的暧昧氛围，努力把话说下去："就算我送你一根毛，也没问题哦。"

下一秒，贺睢沉修长冰凉的手指已经滑到她的脸侧，稍微用力，轻易让她嫣红的双唇张开。而他从容不迫地将体温计送到她的唇间，嗓音偏低沉："测一下，五分钟。"

顾青雾没有半分防备，脸蛋瞬间就变得滚烫，肌肤的温度比先前高了不少。她没记错的话，这体温计他才亲自测过，又放在她的嘴巴里。

贺睢沉并不觉得有任何不妥，耐心地等五分钟到了后，便轻轻地拿出来看。体温计从顾青雾的舌尖滑过，她下意识地抿唇，隐约感觉上面还残留着他的气息，整个人变得魂不守舍。

贺睢沉看完，又用指腹去触碰她的额头几秒，低声道："是有点低烧，需要吃药。"

顾青雾的眼皮泛红，是被烫的，她已经分不清自己有没有感冒了。她活了二十三年还没有跟男人亲密成这样，这样的行为已然越界，想继续装傻都不行了。

顾青雾不懂贺睢沉表面装得这么道貌岸然，到底存着什么心思。但是她心知肚明，这个男人城府深得很，想要跟任何女人调情，都游刃有余。她根本招架不住。

顾青雾强迫自己冷静下来，将贺睢沉给推远些，心烦意乱地去找鞋子，避着他的目光："我去重新开一间房住，你早点睡吧。"说完，她也不让贺睢沉送自己下楼。至于摆在茶几上的退烧药，还是他自己留着吃吧。

当天晚上，顾青雾穿着一身白色浴袍从顶楼的豪华套房跑下来，拉起骆原给她重新开了一间房。

褚三砚的事告一段落，次日，他们也该启程回泗城。不过回去前，顾青雾没忘记答应要送贺睢沉礼物的事。她一向不喜欢欠人情，还是尽快两清为好。顾青雾没有给男人送礼物的经验，于是面不改色地将这个任务交给骆原。

第二天中午，骆原提着商场的购物袋回来了，将东西搁在沙发上，正准备歇口气，眼角的余光看到顾青雾才睡醒，披头散发的，要不是那张脸太过于惊艳，真的一点女神形象都没有。

"大小姐，我这帮你当牛做马，两点的飞机，你还没洗漱呢？"

顾青雾感觉自己是真的感冒了，一觉醒来，额头隐隐作痛，嗓子也不太舒服。她没好气地走过，将沙发上碍眼的购物袋扔在地毯上，坐下后，哑着声音说："急什么，你不是还没去顶楼的套房送礼物。"

骆原立刻冷漠地道："过分了啊，礼物也要我去送？"

顾青雾经过昨晚体温计那事，暂时不太想跟贺睢沉见面，故作可怜地双手合十："拜托拜托了……你想啊，我要跟个小白兔似的送上门，万一贺睢沉再把我扣下，还要不要回泗城工作了？"

骆原无言以对，时间紧迫，也耽误不得航班，他拿起地毯上其中一个购物袋，走了出去。

礼物送出去，顾青雾这边就立刻退房，准时搭上了飞往泗城的航班。

机舱里，她把墨镜摘了，靠窗而坐，身上盖着一张保暖的毛毯。许是刚刚吃了感冒药，她的脑袋挨在椅背上昏昏欲睡。不过，她浓密卷翘的眼睫毛轻抬，余光注意到骆原在她左边坐下，还提着商场的购物袋。

"原哥，你这买了什么宝贝，都舍不得放在行李箱拿去托运？给嫂子的礼物吗？"

骆原神秘兮兮地递给她，同时压低声，不让周围的人偷听去："避孕套，限量款，要高级尊贵会员才能抢得到。"

顾青雾的指尖顿了一下，正要扔回给他时，视线无意间扫了一下购物袋里面。紧接着,她漆黑的瞳孔骤然紧缩,慢慢地从袋子里面拿出了一件藏蓝色的衬衫和一条皮带,对上了骆原震惊无措的眼神。

两人都沉默地看着彼此,一秒、两秒、三秒……

"不要告诉我——"顾青雾说出五个字,又深吸了一口气,说,"你送错礼物了,把一袋子的那玩意儿以我名义送给了贺睢沉?"

骆原瞬间石化,如同在经历一场灭顶之灾:"我还跟贺总言之凿凿地说,是你亲自挑选的,选了很久……"

这说的是什么,谁让他乱说的,还选了很久?顾青雾抿紧的唇一丝血色都没了,震惊到说不出话来,趁着还没起飞,她果断拿出手机,点开了通信录。她一个字一个字地编辑,想了半天才鼓起勇气发送过去:"贺总,我给你送错礼物了,实在抱歉,你要没打开的话,麻烦帮我扔了,下次一定给你补上。"

顾青雾把手机握得发烫,在她以为信息要石沉大海时,手机"叮"的一声,屏幕的亮光照在她有些苍白的脸上,她点开看,是贺睢沉发来的消息。

界面上,是简短的一段文字:"这个礼物深得我心,以后会用得到。"

酒店,商务套房内。

贺睢沉坐在沙发中央,没闲着,修长的手指不时地滑动手机屏幕。因为刚谈完合作回来不久,纯黑色的西装外套被搁在扶手上,他里面同样是黑色衬衫,领口敞开,露出了修长的脖颈。

严述语速极快地汇报完工作行程,合上文件后,视线在贺睢沉身上停留了两秒。然后视线一转,偷偷地扫到贺睢沉旁边那个包装精美的购物袋,严述似随意地提起:"贺总似乎是第一次收下女人送的礼物。"

贺睢沉掀起眼皮,面无波澜地看过去。

"还是顾小姐的性格比较讨人喜欢。"严述话说得委婉。虽然他很好奇顾青雾到底送什么,能让自家老板看完就直接收下,还不许别人去碰,但不敢太明目张胆地去问。怕万一越界了,他的年终奖都要保不住。

这时，另一个秘书走过来，十分规矩地递上干净的西装，低声提醒："贺总，时间差不多了。"

贺睢沉将应酬时穿的衬衫脱去，换了一身裁剪精良的蓝色西服，不紧不慢地扣好手腕处的袖扣后，才乘坐电梯来到停车场。这次回到泗城，贺睢沉没有选择坐飞机，四个小时的行程不算远，在夜晚八点左右就抵达了。而贺家的私人住宅置办在偏离市中心的半岛别墅里，为了不被打扰到，周围的四座豪华别墅都被一并购买下来。

贺睢沉径自走向客厅。宽敞的室内亮着雪白的灯光，而餐厅那边，贺语柳一身淡紫色旗袍优雅地坐着等候，贺家人的眉眼都很像，只是她不常笑。见到亲侄儿才会温柔地勾唇："我刚还跟张婶说，算着时间你就要回来了，快坐下吃饭吧，最近工作忙吗？"

"嗯。"贺睢沉在洁白整齐的桌前落座，修长的手接过保姆递来的热茶。贺语柳的视线在他身上停了一秒，语调柔和地说道："再忙也要有个度，睢沉，你回国也快三个月了，姑姑是想提醒你，按照贺家祖辈的老规矩，当年你从南鸣寺回来掌权时就该选一位当家主母。"

贺睢沉眼皮都没抬，喝了口茶润喉，冷冷地道："我对繁衍子孙后代不感兴趣。"

贺语柳哽住了。贺家嫡系的男丁向来单薄，当初她兄长英年早亡，只留下了两个儿子。一个是长子贺云渐，自出生起就被德高望重的老爷子选为重点培养的对象，地位无人能撼动。而身为次子的贺睢沉就没这样的待遇，自幼很少在长辈面前露脸，也不争宠，原本他可以尽情享受家族的财富，做个修佛的公子哥，继承家业自然就没份了。

谁料在七年前，贺云渐意外遭遇车祸变成植物人，就轮到贺睢沉上位了。让贺语柳另眼相看的是，贺睢沉年纪轻轻却心思缜密，在经商方面很有天分，手段深不可测，不到一年就不露声色地架空公司的几位老臣，扫清了所有的障碍。

现在这个家里，他想要做任何事，都没人拦得住。贺语柳即便是仗着长辈身份，也不敢对贺睢沉太强硬，她略有愁容地说道："到底什么样的女人才入得了你的眼？我看林家那位千金就挺好的，对你痴情一片，又是知根知底的，再不行姑姑手上的名册里有许多豪门的闺秀，总能让你挑一个喜欢的出来。"

贺睢沉根本没去听这些，神色极淡。没人接话，贺语柳无奈地叹气妥协："只要你愿意找，对方身家清白就好。不过睢沉，你可切记，我们贺家有祖训，世代不与延陵顾姓的子女通婚，即便到了你这辈，也别坏了规矩。"

话音刚落，却见贺睢沉将筷子搁在餐盘上，往后斜靠在椅背，嘴角勾勒出淡淡的弧度："我什么时候是守规矩的人了？"

顾青雾在解约风波过后，首次出席了一场电影节的颁奖典礼。

顾青雾配合各大媒体记者走完红毯拍照的流程，便先进场。毫无悬念，她这一身抹胸鎏金长裙艳压所有女明星。她踩着高跟鞋缓缓地走动，几乎勾住了所有人的目光。在这样的场合里，座位都是论咖位排好的。顾青雾没有作品奖杯加身，即便是新晋流量小花也只能坐在第三排。

颁奖典礼进展过半时，骆原偷偷地过来，蹲在椅子旁边给她递了奶白色的保温杯，同时叮嘱道："我跟媒体打过招呼了，今晚会放出你正式复工的消息。所以你在台下耐心地坐会儿，多让人家拍几张照宣传。"

顾青雾的语气有些感慨："什么时候我也能上台被拍照呢？"

骆原笑出声："今晚就能啊，等大家散了，你想上台躺着拍都行。"

顾青雾没好气地翻白眼。

"注意形象。"

骆原拍她的手臂提醒，又鼓励道："谁让你长了一张流量小花的脸。听哥的话，你现在就别想着拿奖，加把劲多拍几部戏，等知名度上去了，还是有机会的。"

顾青雾绝对是娱乐圈的清流了，别的女明星都眼红娱乐圈第一流量花瓶的宝座，偏偏她不稀罕，整天就想着转型走青衣路线，拍她喜欢的文艺片。

她没再吭声，纤细的手指握着保温杯，慢吞吞地喝了口热水。这天的热门搜索，有两个话题——"顾青雾复工""没有红毯女神，只有用儿童保温杯的小朋友"。

比起顾青雾正式复工的消息，更火的是她一袭抹胸鎏金长裙坐在很暗的灯光下，小小的一张脸本来就明艳动人，手上却捧着儿童保温杯，这样的反差被媒体清晰地拍下。在微博上，网友们倾巢出动，跑来留言："女神不愧是公认的颜值天花板，连拿儿童保温杯喝水都这么可爱！"

再往下看，还有一条热门评论慢慢地爬上来："纯路人说一句，顾青雾的背后是有金主撑腰吧？不然哪个女明星能像她这么嚣张，公开支持生活作风不良的导演都没事，眼看就要彻底完蛋，最后还能全身而退，看来某人很有手段哦。"

后面紧跟着就有人匿名爆料："据说，顾青雾出道后一直保持零绯闻，是因为她背后的靠山不让她跟别的男明星搞暧昧。"

对于恶意网友的言论，喜欢顾青雾的网友也不是吃素的，很快就回复道："评论几条你就少活几年，自己爬进医院还是我抬你进？"

近十点，电影颁奖典礼上的人已经陆陆续续地离开，顾青雾的肩膀裹着薄毯，出了电梯，走到空无一人的地下停车场，骆原将黑色保姆车缓缓地开过来。

她弯腰上车，打着哈欠说："回公寓吧。"

"沈总旅游回来了，"骆原从后视镜看了她一下，启动车子继续说，"刚才亲自来电话，通知你去公司。"

"哦。"顾青雾当年在校读书时，因出演了褚三砚《东宫》的女配角被人熟知，外界把她捧得很厉害，后来不少娱乐公司找上门想签下她，她都推掉了，等毕业后，直接签下了沈煜的恒成娱乐。坊间传闻是沈煜亲自找顾青雾谈的合作，给了丰富的资源和条件。可顾青雾进公司后，并没有看到流量爆剧和好资源就要抢到手，要不是频繁靠美貌上热门搜索，换别的女明星这么敷衍营业，早就完了。

等到了公司，骆原替她打开车门时，忍不住提到："大小姐，当初沈煜是怎么签下你这事儿都成为公司的未解之谜了。"

顾青雾提起裙摆下车，踩着高跟鞋一路走到电梯前，慢悠悠地说道："沈煜答应过我，不会给我乱接戏。"说完，余光淡淡地扫过去："我已经跟你说了无数遍，你又不信。"

骆原想："你还不如现编呢，说你是沈总的私生女。"

顾青雾无视他的胡说八道，电梯抵达公司楼层后，正要走出去，却迎面看到一个穿着蓝色西装套裙的女人走来，四十多岁的年纪，短发衬着脸部的轮廓很冰冷。

"你让让，"骆原从电梯先出来，主动跑去跟人握手寒暄，"这不是方葵姐吗？今晚怎么大驾光临恒成了？"

方葵是蒋雪宁的经纪人，这些年没少在网上抹黑顾青雾。不过双方即便是死敌，偶遇时，表面上都还装得很不错。

"我来跟沈总谈雪宁的事。"方葵的嘴角勾起笑容，跟骆原故意炫耀道，"我家雪宁跟沈总的儿子在秘密交往，沈公子不惜帮忙赔付巨额违约金，也要把她签到恒成来发展。"

骆原讶异道："原来是我们少东家英雄难过美人关啊。"

方葵看了看手表，又说："记得替我保密，改日让雪宁请客。"

被你一说，怕都是公开的秘密了吧！骆原内心骂骂咧咧，表面笑呵呵地表示："怎么敢让恒成未来的小老板娘破费呢……"

总算能在骆原面前出口恶气，方葵没把他放在眼里，场面话说完后，就看向站在电梯里的人。结果顾青雾连眼神都没给她一个，踩着细细的高跟鞋，直接朝沈煜的总裁办公室走去。

顾青雾象征性地敲了敲门，然后推门而入。办公室内灯光如昼，她看见沙发那边，沈煜一边接电话，一边抬手泡茶。许是听见动静，他侧头，看到来人后，沉稳的语调顿了一瞬，在电话里把事情交代下去："把合同拟好，明天发给蒋雪宁的经纪人。"

顾青雾在远处站了会儿，直到沈煜放下手机，对她态度很温和地说："听说你为褚三砚的事都瘦了好几斤，快过来坐。"

摆放白瓷茶具的红木茶几上，还有个紫铜香炉，白烟袅袅升起，应该是刚点上不久，檀香的气息很淡却冲散了室内的烟味。顾青雾慢步走到单人沙发落座，在明亮的灯光下，脸蛋被衬得格外精妙明艳。沈煜稍稍看了一眼，端起玻璃茶壶给她倒杯热水："你越来越像你母亲年轻的时候了……"

顾青雾不接这话。她语气清冷："沈总找我有什么事？"

沈煜听到这么生疏的称呼，笑着看她："以我跟你母亲的关系，叫一声'爸'也不为过吧？"

顾青雾的后背紧靠着沙发，红唇扯出细微的弧度："我没记错的话，沈总跟我母亲当年秘密结婚一年又离了，现在无论从法律上还是血缘关系上，我们都没有关系。沈总该不会是年纪大了，老糊涂了吧？"

在这公司里，也就她敢含着浅浅的笑音，对沈煜说这么一番阴阳怪气的话。沈煜年过五十，因常年坚持锻炼，正是成熟男性最显魅力的时候。他冷峻的脸庞轮廓深邃，鼻梁高挺，只有笑时眼角会露出浅显的皱纹。他这样的外在条件，一点也看不出真实年纪。见顾青雾进门就没给他好脸色，他端茶杯的手顿住，思忖过后，不紧不慢地解释道："雾雾，之前公司那群高管擅自做主把你的代言跟新戏分给别的艺人，我也是回泗城才知道的。"

顾青雾没说话，沈煜对她的母亲有执念，即便最后还是无法做夫妻，也想让儿女结亲，弥补他的遗憾。早在半年前，沈煜不止一次，话里话外暗示让她嫁给同样在娱乐圈的沈星渡，顾青雾假装听不懂。这次很明显，是沈煜老谋深算，故意放任高层来打压她的气焰。

"雾雾，"沈煜见她板着脸，像哄小孩一样，将搁在旁边的奢侈品购物袋放在茶几上，装模作样地说，"这是给你带的礼物，别生气，你损失的资源公司都会双倍补上。"

"代言就不必了，我要今年恒成娱乐投资的大制作电影或是主流电视剧，任选一部，必须是大女主戏份，不能乱改剧本和删减镜头。"顾青雾乌黑的眼睛一眨不眨，话音落，她弯唇笑得很清冷，"这样不过分吧，沈伯伯？"

有事就喊沈伯伯，没事就喊沈总。过了半晌，沈煜嗓音低沉地回答："不过分。"

顾青雾明天还有商务活动，大晚上的，也就没有劳师动众回公寓。她来到入住的酒店，在等电梯时，将没拆封的购物袋扔进垃圾桶，这半点不含糊的动作就跟扔垃圾似的。

三分钟后，顾青雾走进套房，第一件事就是拉窗帘，然后将礼服裙脱下，走向浴室。白色的浴缸旁边是玻璃落地窗，从这里俯瞰，可以看清外面的万家灯火。她不急于从热水里出来，而是趴在浴缸边缘，低着头，安静地看夜景。

顾青雾看着夜景，出神了很久，耳边不断重复着今晚在公司与沈煜说的话。她自幼就没体会过父爱，以前在顾家这种家教严格的地方，众多堂兄弟姐妹都被精心培养，唯独她是个不服从管教的。因为她那位生性风流的父亲早就忘记有个女儿存在了，从来不会耐心地教导她。她自由成长，脑袋里有自己的处事逻辑。于是顾青雾成了小朋友口中的异类，没爹妈管，大家都喜欢躲在背后笑话她。比如逢年过节的时候，长辈会把小孩们聚集在一起玩耍，往往顾青雾都是搬个小板凳，远远看着。

后来，她在南鸣寺遇到了贺睢沉。想到这个男人，她整个人都精神了，从浴缸里走出来，随意扯过一条浴巾裹住自己。自从她回泗城之后，两人的世界就像被分割开来，再也没有任何联系。手机上的聊天记录，还停留在送错礼物的话题上。

顾青雾低垂着眼，一个字一个字地去解读贺睢沉的话，她不敢往深处想，怕自作多情。就像骆原提醒过她的：贺睢沉这样的男人，只要他想，很容易让女人主动投怀送抱。

次日，顾青雾开始忙碌起来，飞往各个城市赶商务活动。

这种一日不停歇的高强度工作状态，让她的脑子没空想别的，毕竟忙完事情，已经到半夜了。偶尔有片刻休息，她都是待在酒店里看恒成娱乐那边递来的几个剧本。

到了中午时分，骆原提着活动要穿的裙子过来，一到客厅，就看到窗帘紧闭，不透半点光，而茶几上还摆着散乱的剧本。他整理了一下剧本，对从浴室出来的顾青雾说："《平乐传》这部剧的班底不错，导演是岳醉，最擅长拍这种宫斗题材，你要是感兴趣，我晚上就让恒成娱乐那边定下来，找个时间试戏。"

顾青雾拿白毛巾擦拭着长发，也没拖泥带水："可以。"

骆原又说："蒋雪宁放着原东家的台柱不当，闹得腥风血雨也要签过来，我看她哪里是为了资源待遇，是冲着小老板娘的位子来的。"

大概是先前被蒋雪宁的经纪人刺激到，骆原最近没少笑话人家："她刚签到恒成娱乐，沈总反手就丢给你个大制作的资源，方葵的脸都要气绿了吧。"

顾青雾没兴趣八卦这些，时间快来不及了，她拿起活动要穿的复古黑色丝绒长裙去换上，没有浓妆艳抹，长发简单地挽起，气质却十分惹眼。酒店楼下的商务保姆车来后，骆原陪她一起离开套房。在等电梯时，骆原突然想到，随口问了句："对了，你跟贺总最近还联系吗？"

顾青雾的脸上没表情，也看似很随口地来了一句："贺总是谁？"

下午出席活动的时间被举办方延长了半个多小时，到天快黑了才结束。顾青雾全程跟同台的男艺人没什么接触，没轮到她时，就坐在旁边拿手机玩游戏，等活动结束，一分钟都不肯耽误准备回酒店。而她接到周亭流的电话时，刚坐上保姆车。

这个时间段卡在了饭点上，周亭流来到泗城是为了忙褚三砚的案子，顾青雾无论是从哪方面来说，都免不了尽地主之谊，好好招待人家。周亭流仿佛就等着她了，在电话里说："我订好了餐厅，地址发给你。"

车子到了地方，是在繁华地段的步行街口，下车穿过热闹的人群，往幽静巷子走几步，就能看见一家民国式的三层老别墅，私房菜餐厅就藏在里面。这家老板的规矩很特别，入内后是禁止拍照的。这倒也给了顾青雾方便，不用戴口罩。她没来得及换掉活动穿的裙子，踩着高跟鞋走进去后，很快就有人热情地迎接她："顾小姐吧？客人在三楼的包间，请进。"

顾青雾点点头，沿着楼梯往上走，在敞开房门的包间内，没看见周亭流的身影，坐在桌旁的，反而是一位容貌清丽的陌生女人。她跟顾青雾的目光对上，声音细柔："亭流待会儿来，我是他的妻子梁听，你好呀。"

顾青雾愣了一下，轻声说："你好。"

梁听请她坐，又倒了杯茶水，不好意思地解释道："我特别喜欢你演的那部《东宫》，得知亭流跟你有过一面之缘后是我缠着他要跟来的，抱歉，会不会打扰到你了？"

顾青雾没想到还会遇上剧迷，勾唇笑了起来："怎么会，而且周律师这次帮了我大忙……"

没等她说完，梁听眼睛弯弯地说道："顾小姐，你放心，他要不好好帮你，我就跟他离婚。"

这倒也不必。顾青雾险些招架不住，默默地喝了口水。梁听是个性格安静的女人，不擅长跟人聊天，而顾青雾的话更少，两人干巴巴地坐着，索性让菜上桌，边吃边慢慢地聊，等周亭流来了就没这么尴尬了。

结果两人吃完餐前四小碟，又吃完三道招牌菜，都没见周亭流来。直到顾青雾和梁听都在悠哉地喝茉莉花茶的时候，他终于姗姗来迟，疏懒带笑道："看来我的时间卡得刚刚好。"

周亭流这话，顾青雾一下子就听明白了。作为一个疼老婆的已婚男士，他是故意等她们吃完饭才出现，落座后也没有动筷的意思，拿起梁听的杯子喝了口水，跟顾青雾聊起了褚三砚的官司。做律师的，能言善辩，从不担心会冷场。

聊完案子的进展，话题不知怎么就扯到贺睢沉的身上。周亭流话里话外透露出消息，贺睢沉刚回国生意上的应酬不少，忙到不分昼夜都是常有的事。而最近深秋天气，他似乎没休息好又感冒了，跟人谈合作时，一晚上咳了五六次。

顾青雾低垂的眼睫颤了一下，假装不在意地拿出手机看消息。她不知怎么回事，指尖就点到了短信界面。最上方的消息发件人是贺睢沉，一眼就能看见。

身后包厢的门被打开，顾青雾以为是老板上餐后水果，也就没有在意，仍旧盯着屏幕出神，身边忽然响起一个声音："你要是愿意转个身，或许比看冰冷的手机要真实。"

男人的嗓音低沉中带着一丝沙哑，使得顾青雾的胸口被什么强烈的情绪撞了一下，手机差点从指间滑落，整个人如同提线木偶般要从椅子上站起来。

贺睢沉修长好看的手覆在她纤弱的肩膀处，没用什么力就把她摁了回去。而他再自然不过地拉开旁边的椅子坐下，不紧不慢地问："这家糯米蒸膏蟹不错，尝了吗？"

"老板说今天的蟹不行，下次补上。"周亭流眼中有隐忍的笑意，仿佛在说——知道你女人喜欢吃螃蟹。

顾青雾在旁仅仅捕捉了男人一两句对话，便很快明白过来。今晚真正请她来的，是贺睢沉。周亭流夫妇只是个幌子，仔细想也知道，倘若是贺睢沉打电话来，她未必会接。

顾青雾没有说话，碍于先前受人恩惠，不好发作。周亭流是个有眼力见的，随意找了个借口就准备带妻子先告辞，而在场唯一没搞清楚状况的，就是抱着纯粹目的来看女明星的梁听了。

她见这么快就要走，有些恋恋不舍地问："不多坐会儿吗？"

周亭流将西装外套挽在臂弯处，在灯光下似笑非笑道："君子不立危墙之下。"

很快包厢里就没了闲杂人等，安静到没有声音，唯有暖黄的淡光倾泻在桌上。贺睢沉这次没戴金丝边眼镜，灰色西装也略显休闲，他将手臂搭在她的椅座扶手上，漫不经心地轻敲着，这样慵懒的姿态很容易给女人营造出某种错觉，好似他跟她独处时，格外放松。

顾青雾抿紧嘴巴，从贺睢沉出现起，就没说一句话。她不知道该怎么开口，毕竟那条短信上的内容还历历在目。要翻旧账的话，他不尴尬，尴尬的是她。

贺睢沉就跟听到她的心声一样，掀起眼皮看过来，在灯光下，顾青雾侧着脸，卷翘的睫毛不自觉地眨，频率大概两秒一次，是紧张了。

"青雾，你要这样一直不跟我说话？不如我找点话跟你说？"贺睢沉的感冒还没完全好，嗓音听上去比平时略沙哑三分，主动打破了他们之间无声的对峙。

　　这一字字意味深长，直接把顾青雾点醒。贺睢沉要找话题聊天的话，她本能地觉得他肯定要提起那袋东西的事情。

　　于是顾青雾再怎么不甘不愿，也要敷衍地扬起微笑，她说："不就是聊天吗？谁没长一张会说话的嘴呢，贺总最近过得怎么样？身体还好吧？"

　　顾青雾原本是想说场面话，谁知贺睢沉却回答得无比认真，完全忽略了她语气里的不耐烦。他的薄唇扯出沉缓的语调："身体不是很好，今天出差回来，连续工作了十几个小时，连一口茶都没喝。"

　　末了，他看了一眼近在咫尺的茶杯。顾青雾顺着他的视线看过去，稍怔两秒，随即明白他什么意思。她拿起茶壶，倒了半杯茉莉花茶给他。她心想，都主动做到这份上了，这个男人要敢提送错礼物那件事，别怪她不客气了。

　　贺睢沉深幽温和的目光注视着她，骨节分明的手抬起接过后，慢条斯理地润了一下嗓子。顾青雾正要松口气，谁知下一秒，见男人抬眼间，闪过似笑非笑的痕迹："上回你的尺寸买错了。"

　　贺睢沉的嗓音传进她的耳朵里，有些含混不清。气氛凝固了两秒，顾青雾微微一颤，道："贺睢沉！你这样的掌权者做生意，绝对是个奸商吧？"

　　比起顾青雾跟他装陌生人，他显然更喜欢看她气急败坏的模样。他放下茶杯，突然压低了嗓音说："开个玩笑，也要生气？"

　　顾青雾差点气红眼，她深呼吸，尽量让自己保持理智。她问："你来找我有什么事？"

　　如今两人的关系再普通不过，没事的话，是不用有任何联系的。顾青雾心里这样想。

　　贺睢沉一眼就看破，语调缓慢："我家中有一位长辈一百零一岁了，最近正逢他老人家大寿，许了个愿望。"

　　贺睢沉侧过脸，盯着她的表情变化，又挨得近，嗓音混合着灼热气息落到她的耳郭上："老人家许的愿望是想看我带个女孩子回去——"

　　包间内不知道是因为窗户紧闭，还是门许久没人打开，空气变得不是很流通。眼看着男人俊美的脸庞离得越来越近，顾青雾的呼吸一滞，她有种不好的预感，感觉如果开口说一个字，下一秒就会被他吻住。

时间过得很慢，彼此的呼吸清晰可闻。贺睢沉用眼神锁定她，在这样的氛围下，与她对话了几句。都是在问她，明天什么时候有空，几点能结束工作。顾青雾没有一口答应，回答得模棱两可，说要回去找经纪人看行程才知道。可是仔细想想，当初贺睢沉提出要帮她引荐律师时，她明知道会被下套也答应了，现在就算是为了还人情，得跟他回去看一个许了愿望的高龄老人，也怨不得人。

顾青雾努力把两人的关系摆正，抬起头，明亮的灯光落在她的脸上，她的皮肤本来就白净，这会儿不知不觉微微泛红，她咬唇，轻声嘟囔："就当是配合你尽孝好了，下不为例。"

贺睢沉听到想要的答案，似发出了一声笑。随即认真地看了顾青雾两眼，然后未经允许，用指腹用力揉了揉她柔软的唇。顾青雾的嘴巴瞬间像被烫到一样，只见贺睢沉气定神闲地从裤袋里拿出烟和打火机。他很少抽烟，这时却在她面前点上，薄唇开合间，烟雾袅袅飘散，不仅空气，连他说话时都好像带着极淡的香烟味。

"半根烟的时间，我送你回去。"

半根烟的时间后，贺睢沉言出必行，亲自开车将她送回下榻的酒店。房间门打开，顾青雾突然转过身，催促着他快走："我要进去了。"

贺睢沉始终保持两步远的距离站着，看她避之不及的模样，克制住自己，将修长的手缓缓抄入裤袋，倾身问她："明天我派司机来接你，还是这家酒店吗？"

"下午吧。"

"好，今晚早点休息。"

话落，静了两秒。顾青雾白皙的手指攥紧冰凉的门把手，慢慢地将房门关上。

灯没开，酒店厚重的窗帘垂在一尘不染的地板上，四周昏暗、安静。

套房里，顾青雾的后背还贴着门，手搭在门把手上，反复调整自己过快的呼吸。忽然，手机铃声响了起来。顾青雾卷翘的眼睫毛轻眨，回过神去拿手机，见屏幕上来电显示是贺睢沉，没来由地心跳加速，迟疑了两三秒后，她选择接听。

她抿着唇没吭声。电话里，男人低哑的嗓音传来："上午我会安排秘书给你送一些拜访长辈穿的衣服，尺寸还是以前那个吗？"

贺睢沉的语调很缓慢，足以让她有时间逐字消化。那会儿她才十七岁，如今几岁了，身体怎么可能还不见长。

顾青雾默默地看着地板上自己纤细窈窕的影子，不知道贺睢沉还在不在外面走廊里，声音下意识变得很轻："不是。"

她略停顿两秒，也猜到他下一句要问自己衣服尺寸。顾青雾身为女明星，走红毯和出席商务活动，都经常要跟品牌借礼服，自然有一套精准的尺寸，平时没觉得有什么，但是要亲口告诉贺睢沉，总有些难以启齿。于是她先一步出声，尽量很镇定地问："不能穿我自己的衣服吗？"

贺睢沉没回她这句，而是嗓音低沉，犹如在她耳郭般，问："你衣服尺寸多少？"

顾青雾瞬间没了声。

"不说也可以。"明明挺轻浮的话，却硬是被他用不急不缓的语调，说得正儿八经，"我的眼力向来不错，应该能看出来。"

顾青雾面无表情地把电话挂断，又转身将房门给反锁了，就不该搭理这个人。她将手机静音后，先去浴室洗澡，花洒的水开得很大，她站在墙壁前，任由水流沿着肩膀淌下来。旁边宽大的落地镜倒映着她窈窕的身段，瘦却不露骨，尤其是背部看起来又薄，肌肤雪白，半点瑕疵都寻不见。

顾青雾用了半个小时洗澡，脑海中忍不住回想这一晚与贺睢沉相处的一幕幕。从他在私房菜餐厅里提出要带她见家中百岁老人时的神情，再到用指腹去揉她的唇，以及送回酒店时两人之间昭然若揭的暧昧。这些都将她的内心给搅得天翻地覆，直到这时她仍然觉得心跳加速。

过了一会儿，顾青雾裹着浴巾出来，走到床边。她换上睡袍，拿起手机划开屏幕，凑巧微信上有个新朋友验证消息弹了出来。顾青雾发现对方是通过搜索手机号添加的，备注是"梁听"。她的指尖点击通过，对方头像立即出现在聊天界面上。不过后面再无动静，两人都不是自来熟的性格。已经凌晨了，卧室照明的灯光被熄灭。顾青雾折腾了一整天，躺在床上顿觉疲惫，这一觉睡得格外沉。

她第二天醒来时，贺睢沉的秘书办事效率很高，早就将衣服送到了。顾青雾从主卧走出来，看到骆原不知几点过来的，正小心翼翼地将一件墨绿色薄绸旗袍从衣服袋里拿出来，放在宽大的沙发上。这做工绝对是大师水平级别，用的绸缎也极佳，在阳光下泛着柔和的光泽。

见顾青雾终于睡醒了，骆原回头问："贺总好端端地给你送旗袍做什么？"

顾青雾没跟他透露实情，懒懒地说："谁知道他呢。"

骆原没有怀疑什么，毕竟这段时间顾青雾都在他眼皮子底下，每天忙得完全没有私人时间，偶尔手机都放他这里，一点都不像跟贺睢沉有什么私情。他很快把这事儿抛之脑后，把旗袍递给顾青雾："不知道贺总的尺寸买对没，你去试一试。"

贺睢沉的尺寸不仅没买错，而且每一寸都拿捏得刚刚好。顾青雾穿上这件旗袍，裁剪贴身，就跟用尺子一寸寸量过她身体每个地方似的，没有丝毫差错，衬托得她整个人气质清冷、不失明艳，让人见了也不敢有半分邪念，只是纯粹被她的美吸引。

骆原当场就把她吹得天花乱坠，还想拿手机拍照，发个微博给网友当福利。顾青雾拒绝了，说什么也不让拍，搞得她多稀罕一样。

快到下午约好的时间，顾青雾化了个淡妆就出门了，谁知她跟骆原刚出电梯，走到地下停车库时，没等到贺睢沉派来的车，另一辆黑色的商务车先缓缓地出现在视线内。车门被打开，沈煜坐在后座，对她道："先上车。"

沈煜这次顺路来接她，是因为《平乐传》的导演邀请了几位重量级的演员聚餐。地点定在了附近某家高档酒店，在一行人乘坐电梯上去前，顾青雾看了一眼骆原："就不能改天吗？"

骆原在身旁，小声道："我的大小姐，沈总这次对这部大制作的电视剧下了血本，专门花重金请了今年电影节的最佳男主角、女主角来给你当配角，大家都特别忙啊，不管今晚你有什么事，也得先给我去包厢里把人认全了。"

顾青雾："我……"

"况且你这部剧的男主角内定了。"骆原打量了一眼不远处的沈煜，小声说，"沈总千辛万苦找的顶流。"

不管从哪方面看，顾青雾都没有拒绝参加聚会的理由。她要是敢扭头走，骆原绝对不会放过她。

他们出了电梯，走廊上铺着厚重柔软的地毯，快到包厢时，门内已经传出了欢声笑语。顾青雾跟着沈煜进去，在里头的桌旁坐着不少人，很快她就看到了一个熟悉的面孔。

沈星渡坐在主位的旁边，穿着灰色连帽衫靠在椅背，被黑色长裤勾勒出笔直线条的长腿，散漫地伸着，一身从骨子里透出来的痞气，他略垂眸，视线冷淡地扫过来。顾青雾险些转头就走，这就是沈煜所谓千辛万苦找的顶流？

导演岳醉看到人来了，已经走过来打招呼，显然亲眼见到顾青雾本人后，更加满意："小顾本人比照片更漂亮啊，快请坐吧。"

顾青雾扬起招牌式的微笑，与导演握手："岳导，久仰大名。"

许是怕场面尴尬，沈煜适时地插话进来，对顾青雾别有深意地说道："雾雾，你跟星渡是青梅竹马，我就不多介绍了。这部剧算起来也是他的处女作，你们要好好合作，好好相处。"

这三言两语，当着导演的面说，一点也不给顾青雾换男主角的机会。

顾青雾被安排坐在沈星渡隔壁位子，连一个眼神都懒得给他，包厢内众人都在闲聊着娱乐圈近日的项目，唯独这边安静的气氛显得格格不入。

顾青雾坐下后也不应酬，都交给自家经纪人。

八迷（上册）

　　她拿出手机消磨时间，指尖下意识地点开来之前，给贺睢沉发的自己临时有事的短信，微顿两秒，又点开了《贪吃蛇》游戏，浓密卷翘的眼睫始终低垂着。

　　不知过了多久，沈星渡出去接了个电话。反倒是沈煜坐到了她旁边的空位，温和地笑："雾雾，你今晚心情不好吗？怎么不跟星渡说说话？"

　　顾青雾白嫩的指尖在屏幕上方滑动，语气生疏："沈总怕是醉糊涂了吧？我和沈公子有什么话好说，都是娱乐圈的，还是避嫌点好。"

　　沈煜却还是极力想撮合这段姻缘，看着她那张像极了自己初恋情人的脸，顿了一会儿，说："雾雾，你做过我一年的女儿，在我心里永远是女儿，星渡将来是要继承恒成娱乐的，你嫁过来成为真正的一家人，以后想要什么资源都有。"

　　沈煜条件说得诱人，可顾青雾对"资源"二字，已经完全做到了无动于衷。

　　"就算现在没感情，相处两三年，早晚能培养出来……"听到沈煜这话，顾青雾总算挑起眉，慢悠悠地来了一句："哦，所以你就把亲儿子塞到剧组里，想让我们因戏生情？"

　　顾青雾觉得好笑，连手机上的贪吃蛇都撞墙而亡了。玩了半天没什么意思，她拿起筷子，准备吃点东西。

　　沈煜拿她没办法。而包厢门口处，导演不知在走廊上意外撞见了谁，好一顿热情寒暄后，把人给邀请进来。

　　都是娱乐圈的，就算不熟，也有过点头之交。

　　盛娱传媒的副总裁温禾一进门，先跟沈煜他们打起招呼，场面很热闹，各怀心思。

　　顾青雾对这位笑容明媚的女人有几分印象，那次酒局，是她把贺睢沉这样的大人物邀请到了酒局上，可见关系不一般。

　　当温禾走到她面前时，先是将她这身旗袍打量了一番，伸手在她的腰上揉一下，悄声叫了声"弟妹"。转瞬，开口邀请她等会儿去隔壁包厢坐坐，也不给顾青雾解释跟贺睢沉关系的机会，便举着酒杯走了。

　　这时，沈星渡不知道从哪里冒了出来，拉开椅子坐到顾青雾旁边，用手指在桌面敲了敲，摆着一张臭脸，说道："别装哑巴，加个微信。"

　　顾青雾端起杯子，喝口水，语气冷淡："离我远点，我对男人过敏。"

第 2 章
不可代替

隔着一扇乌檀木雕屏风，贺睢沉笔挺地站在案桌前，衬衣的袖口往上收紧了一些，露出有力的手腕。他执笔在宣纸上默写佛经，手指修长，骨节分明。

灯笼的光穿过雕花挡板，在他俊美的脸庞投下一片柔和的光，旁边香炉飘着袅袅白烟，衬得他整个人淡到出尘的地步。四周寂静极了。保镖立在屏风外，忍不住跟严述道："今晚顾小姐被人捷足先登接走了，我去的时候迟了一步……"

严述用食指做出了嘘声的手势，压着嗓子说："贺总为了请贺家那位百岁的族长出面，答应替族长抄写一整本佛经，谁知道佛经还没写完，顾小姐那边没按套路出牌，临时失约了。"

此时，随行的秘书们都格外同情自家老板，另一位秘书也插话进来："顾小姐喜欢吃螃蟹，贺总吩咐人提前准备了一桌呢，现在都还摆在隔壁茶室里。"话落，严述和众人的眼神交流了一瞬，很有默契地达成共识，今晚都主动避着点贺睢沉，因为这时候他表面看上去越是没有什么事，越是不能轻易去招惹。

"嘘，别乱说话。"此时，屏风后终于有了动静。贺睢沉搁笔，嗓音极淡地吩咐人将宣纸送到老爷子面前去，面上无半分情绪。而他依旧站在案桌旁，抽出干净的纸巾，一寸寸地擦拭手指。不知过了多久，他终于缓步离开书房，转而上楼。

二楼茶厅的红木椅上端坐着身穿古朴长袍的老爷子，他一只手握着拐杖，正在翻看笔迹未干的佛经，而旁边有个贵妇模样的中年女人在泡茶。

贺睢沉上来后，老爷子戴着老花镜仔细地看他，见身后没人，就问："说要带个女孩来让我掌掌眼呢，怎么没见人？"

贺睢沉在旁边落座，一只手搭在椅子扶手上，姿态很闲散："您记错了，我什么时候说过？"

中年贵妇给他倒了杯茶，笑道："语柳最近催着睢沉找媳妇儿，我看睢沉是故意让人以为他外面有个正经交往的姑娘了，想做做样子给人看的。"即便她身为三房的婶婶，说话也得留有余地，点到为止。现在整个贺家上下都默认贺云渐再无苏醒可能。以后贺睢沉独掌公司大权，在婚事方面，贺家的长辈都盼着他能尽早与一位家世相当、性格温婉的大家闺秀喜结良缘。

老爷子敲了敲手中的拐杖："我看这小子言不由衷得很。"

贺睢沉的手指端起青花瓷杯，慢条斯理地喝了半口，也不为自己辩解。过了一会儿，严述走进来在贺睢沉耳边低语了几句，又悄无声息地退下。

三婶离得近，听到了温禾的名字，脸上笑容生疏了两分："你那位远房表嫂又找你过去撑场面吗？"

贺睢沉没说话，也没起身要离开的意思。三婶是大家族出身，一贯看不上像温禾这种在鱼龙混杂的娱乐圈做生意的女人，整日在外陪酒应酬，再赚钱也赔了名声。她重新给贺睢沉泡了一杯茶，没刨根究底地问下去。而贺睢沉的态度不明，等老爷子自觉年纪大了，要去休息，他才告别离开。

晚间十点多，会所包厢的聚餐也散场了。沈煜一整晚都在找机会让顾青雾和沈星渡培养感情，临走时，找了个借口，把骆原给支回公司，拍了拍儿子的肩膀，用命令的语气："送你妹妹回去。"

"呵。"沈星渡顶着一张让无数女粉丝垂涎的脸，嗓音懒散："她打车回去会怎么样，要我亲自送？"

这话被顾青雾听去，她板起脸，走过去时，脚下的尖细高跟鞋不经意般，踩了他一脚，她似笑非笑地反问："你以为天底下的男人都跟你一样，脑子进水了？"

沈星渡狠皱眉头，手臂撑着墙："谁看得上你。"

"那也便宜不了你。"沈煜早就习惯两个人互相挤对，在他看来，打是亲骂是爱，爱情都是这样开始的。

商务保姆车已经停在会所外等候，也仅此一辆了。顾青雾的性格显然是不可能为了不跟沈星渡独处而打车回酒店。她先上车，占据了后座的最佳位置，想拿出手机玩游戏，发现手机的电量已经快耗尽。过了一会儿，沈星渡也上车，在昏暗的封闭空间里，两人没说一个字。直到电话铃声响起，是沈星渡口袋里的，他懒散地靠在椅背上，用鸭舌帽盖住脸庞，接听时，也不避讳旁边的顾青雾。

电话是蒋雪宁打来的，正撒着娇说自己做噩梦，催着男朋友过去陪。是立刻，一分一秒都不能耽搁的那种。沈星渡两指将鸭舌帽拿下，一撩眼皮，瞥向旁边靠在椅背上休息的女人。顾青雾也听到了，慢悠悠地说了句："你下车，放心，你去打车，司机肯定不会把你怎么样。"

她清亮的声音不重不轻，也没刻意小声说，导致电话里的蒋雪宁一字不差地听到了。下一秒，沈星渡就把电话给挂断了，他神色不太好，倒也没让司机改道。四十分钟的车程，很快，商务保姆车行驶到酒店。

顾青雾解了安全带，只跟司机道了一句谢。她刚下车，见沈星渡也漫不经心地走下来，慵懒地道："送佛送到西，以免我爸啰唆个没完。"

顾青雾没说什么，两人从酒店大门走进去。这个点，金碧辉煌的大堂里，走动的住客已经很少，一眼就能看清全部。在旁边供人临时休憩的区域里，一走近，便看见有个男人格外引人注目地坐在那儿。

顾青雾瞬间就看到贺睢沉，怔了一下。她没想到贺睢沉会出现在酒店大堂里，仿佛专程等她回来，西装笔挺地坐着不动，正低头，漫不经心地翻阅着茶几上的一本明星杂志专访。

许是听见脚步声，贺睢沉掀起眼皮望来，毫无波澜地看着门口成双入对的男女。顾青雾与他的眼神对视，被旁边的沈星渡察觉出异样，虽然不知道这个突然冒出来的陌生男人是谁，但是也不妨碍他乘机报复。他的手臂揽住她的肩膀，侧头，分不出是笑还是嘲弄，说道："我今晚就不送你上楼了，祝你好梦。"

顾青雾都没反应过来，就被推了出去。

大堂很静，哪怕是相隔十步的距离，还是让顾青雾尴尬到有种被当场抓奸的错觉。沈星渡倒是不嫌事大，丢下话后就跑了。顾青雾被留下，又不能装傻充愣地往电梯走。她在原地站了一会儿，见贺睢沉坐在沙发上继续看杂志，自始至终都没有要起身的意思。她左思右想片刻，到底是没底气，迈开步子悄悄地走过去。

"喀喀！"顾青雾酝酿着开场白，先清咳了两下。在她说话前，贺睢沉看过来。他注视着眼前的女人，她今晚实在漂亮、惹眼，穿着一身墨绿色薄绸旗袍，很贴合她窈窕的身体曲线，雪白的小腿露在外面，脚下是细高跟鞋。美是美，不过总有本事把男人气死。

贺睢沉的薄唇轻扯，道："你开口前，最好想清楚要说什么。"

顾青雾瞬间抿起嘴巴，把话给吞了回去。她踩着高跟鞋站久了，有些累，又轻轻地咳一声，在旁边的单人沙发规规矩矩地坐下，先跟他把事情的来龙去脉给解释清楚，顿了一下，又说："我今天真不是故意要失约的，你都没回短信，是不是很生气？"

贺睢沉笑起来，眼底却沉得像滴了墨："我没有生气。"

那你别老用这眼神看我，很吓人的。顾青雾彻底没招了，没有哄男人的经验。突然，她认真地看了一眼贺睢沉，小声说："你身上有股焚香的味道，好香。"

贺睢沉将修长如玉的手伸到她面前，语调逐渐温和下来："这个？"

在灯光照映下，他的手是顾青雾少见的称得上完美的，手指修长，骨节清晰，每一寸都精致得像是毫无瑕疵的艺术品，衬衫袖口上有一粒纽扣随着他的动作泛着雪白光泽。男人的手摆在眼前，顾青雾的呼吸稍快，也分辨不出香味是他身上哪个部位传来的。

过了半晌，顾青雾低垂着眼睫，不知在想什么。然后她做了一个大胆的动作，雪白的手指将他两指握住，体温的反差很大，她的肌肤偏凉，很快又变得很热。一两秒后，等顾青雾想要松开手时，却被贺睢沉不动声色地攥住。他用指腹去摸她白皙的骨节，触感光滑细嫩，似乎只是轻揉就会留下痕迹。

顾青雾的长睫微动，也不知是抽了什么风，两人坐在酒店的大堂玩手指头，都能玩个半天。不过她暗暗观察，贺睢沉的气场不再那么有压迫感了，神色看上去也正常些了。

她轻舒了口气，作势起身说："好晚了，你回去吧……"

雪白的手腕在半空中被贺睢沉抓回去，在明亮的水晶灯照射下，他的双眸比平常更加深沉。他抬起头来，静静地看着她。

顾青雾的笑容一顿，准确无误地收到了某种危险讯号。

今晚失约的事，他从始至终都没打算就这么轻易翻篇。

贺睢沉靠坐在沙发上，一侧的肩膀被灯光笼罩，光线衬得他那身浅灰色的西服面料发亮，与他清贵内敛的气质相映，又添了几分禁欲感。而他骨子里那种上位者不容置喙的强势，即便伪装得再好，还是能从细微的地方察觉出来。

顾青雾感觉手腕发烫，只见贺睢沉修长的两指沿着她雪白肌肤上的静脉，一路往下移，与她纤细的手指扣住。无声的动作，让她全身瞬间被束缚住一般。她没什么底气地开口："我都跟你解释清楚了……"

贺睢沉很平静地问她："解释清楚了？"

顾青雾眼里透着些许茫然，心想，难道自己说得还不够清楚？她想了好半天，又想不出到底哪里没说清楚。两人这样十指相扣着，让她更没法整理心绪，于是她道："贺睢沉，女明星的手不是拿来这样抓的，你先放开，我跟你道个歉？"

贺睢沉看她故意避开他的视线，卷翘的眼睫幅度很小地眨了好几下。顾青雾是个很清醒又聪明的女人，无论身处何地，都知道自己想要什么，不爱玩拖泥带水那一套。偶尔她也会装作什么都不懂，用来跟人划清界限。比如现在，她就在刻意忽略两人之间产生的微妙关系。

贺睢沉默了三秒，用力将她拽到旁边沙发坐下，没等她反应过来，他语调淡淡地说道："我没解读错的话，今晚你放我鸽子，是为了去见送你回酒店的那个男人。"

顾青雾解释的过程中，对沈星渡只是轻描淡写地提了一句。谁知道问题出现在了这里，她略无奈："你能不能好好说话？什么叫我是为了去见沈星渡，他是那部剧的男主角，今晚聚餐出现不是很正常吗？"

贺睢沉深幽的眸子看着她，薄唇溢出的语调不起波澜，只是很平静地讲述一件事实："所以他送你回酒店。"

顾青雾被他盯着，硬着头皮往下说："沈星渡是我前任继父的儿子，我十二岁那年亲生母亲嫁到沈家，我跟这位名义上的哥哥在同一屋檐下相处过一年……"

"只相处过一年？"

"好吧，我母亲和沈星渡的父亲是青梅竹马，我和他也算。"顾青雾没想避之不提，而是真认为沈星渡没什么好说的，两人虽然年纪相仿，但从不对付。同一个屋檐下生活的那年，不是沈星渡故意拿毛毛虫偷偷放在她新裙子里，就是她拿母亲的口红在沈星渡房间里的马桶盖上画血淋淋的乌龟。说起来，要不是沈煜乱点鸳鸯谱，她都忘记这个人了。顾青雾的指节弯起，颤了一下，对他说："今晚是我错了，可以松开了吧？"

贺睢沉半晌都没说话，在顾青雾的耐心快耗尽时，他才缓缓地松开手，随即从容不迫地问她："你打算怎么补偿我？"

顾青雾去揉自己快僵硬的手指，冷不丁听到这话，眼里闪过震惊。这算哪门子赔本的买卖，人情没还上，还要给他补偿？她慢慢地抿起红唇，硬邦邦地来了一句："不知道。"

贺睢沉思忖几秒，那语调就跟好心替她排忧解难似的："每天必须给我发一条你的日常，这事儿就此翻篇。"

品品这话，好像他大人不记小人过，以后不会对她翻旧账一样。

顾青雾忍着，皮笑肉不笑地说："我的日常除了拍戏就是商务活动，行程很无聊，没什么新鲜的。"

贺睢沉的手臂轻轻搭在顾青雾身后的沙发背上，嘴角淡淡的笑意若有似无："你不愿意？"

"怎么会？"这种要碰不碰的距离，让顾青雾的后脖都发麻，再也坐不住了，她只想尽快把这尊佛给送走，"荣幸之至呢。"

外面夜色浓郁，空气中透着深秋的凉意。顾青雾踩着高跟鞋走在贺睢沉的身旁，一路往停在路旁的车子走去。在路灯的照耀下，她主动给男人打开后座车门，弯起的红唇就差没说出"好走不送"四个字。

贺睢沉侧头看了她两秒，将身上的浅灰色西服外套脱下，披在她纤瘦的肩膀上。顾青雾不想穿，却见他伸手，不紧不慢地在上面整理了一下。气氛莫名变安静了，连呼吸都是轻的、克制的。她的眼睛轻眨，无意间注意到车窗倒映着男人挺拔的身形，与她挨得很近，他修长的食指娴熟地将西装扣上纽扣，举止和平常无异。只是扣上胸前的纽扣时，停顿稍许，语调格外轻缓："今天这身好看。"

顾青雾愣了两秒，意识到他是在夸自己身上的旗袍，她抬手将他近在咫尺的领带往下一扯，两人距离又近了些，她盯着男人俊美的脸，清晰地强调一遍："不是你送的衣服好看，明明是我从小到大都好看。"

贺睢沉端正的领带被她搞得松垮，伸手要去抓顾青雾的手指。她靠在车身，知道这男人着装向来一丝不苟，报复心很重地去把他雪白衬衫顶端的纽扣也解开。她坚信自己占了上风后，心满意足地拍拍手走人："贺总，再见。"

顾青雾一路走回酒店，都没回头去看贺睢沉衣衫不整地站在车旁是什么表情。等顾青雾穿过金碧辉煌的大堂，停在电梯前时，才没忍住笑出声。她站在壁灯暖黄的灯光下，精致的脸蛋本就好看，笑起来时，眉目之间更难掩明艳、灵动，很容易吸引路过的陌生人的视线。

顾青雾见有人，指尖拢了拢身上的西装外套，转瞬间又恢复了清清冷冷的模样。随后，踩着高跟鞋走进电梯。

《平乐传》定下沈星渡为男主角后，导演隔天就选好了开机仪式的时间。顾青雾的商业活动都被取消，接下来近三个月的时间专心拍戏。而她在此之前，特意又去了一趟郾城看望老师，看望完后，又不辞辛苦，连夜返回剧组。

其间她跟贺睢沉再也没见过面，联系倒是不冷不热地保持着，在她忙中偷闲时，偶尔想起没给他发短信，就随手编辑一条发过去。

贺睢沉看到都会回复，有时候半夜才给她发个系统自带的表情。顾青雾这个职业本身就忙得脚不沾地，贺睢沉要掌管整个家族企业，恐怕比她还忙。她从不过问贺睢沉的行程，近日翻手机看，给他发的都是一些没营养的笑话。

"我的大小姐，你天天拿着手机，该不会跟手机恋爱了吧？"中午的戏拍完，顾青雾正待在化妆间出神，骆原倒了杯温水过来，恨不得把她绑出去。

在横店影视城里封闭式忙了半个月，顾青雾已经成为众人口中要大牌的女明星了。她的性格清冷，没那闲工夫跟剧组其他的女演员联络感情，戏拍完，就坐在旁边玩手机。收工后，她则是回酒店看剧本休息，也不去聚餐，不与人讨论八卦。反倒是隔壁剧组的蒋雪宁三天两头往这边跑，跟这部剧中的资深女演员易小蓉什么都能聊，时间久了，大家都知道蒋雪宁是沈星渡的秘密女友，也知道顾青雾爱要大牌。

骆原扯过椅子坐下，冷笑道："外面那位天天跑来献殷勤，不知情的，还以为她是女主角呢。"

顾青雾捧着杯子喝热水，淡定得很："人家的目标是要做恒成娱乐未来的小老板娘。"

提到这个，骆原翻白眼："你知道，外面是怎么说你的吗？剧组私下传，你这种没背景的新人之前被褚三砚扶持上位，现在又能从恒成娱乐拿到《平乐传》这样的重量级资源。如果不是某个权势滔天的总裁养的金丝雀，说不定就是沈煜见不得光的私生女。你的身世，都快成为剧组的未解之谜了。"

顾青雾听了半天，只是语气平静地问一句："谁传出来的？"

骆原顿了两秒，说："蒋雪宁。"

顾青雾没说话，拿起旁边的剧本慢悠悠地看起来。骆原内心松了口气，以为没什么事，便继续说，要她别太孤僻，去跟别的演员交流下演技也好之类的。

到了下午继续拍摄，片场的所有人又重新忙了起来。

骆原只是一时半会儿没看住顾青雾，去了趟厕所回来，就看到助理大惊失色地跑来说："原哥，青雾姐跟蒋雪宁起争执，把人踹进人工湖了！"

两个流量小花在剧组起争执，如果后续处理不好，恐怕是要闹上新闻头版。骆原火急火燎地赶到，推门而入时，看见休息室里，蒋雪宁全身湿透了，裹着剧组的大衣，极为狼狈地坐在沙发上，旁边与她关系渐熟的女演员正在柔声安抚。

骆原的视线往左看，顾青雾一袭古装慵懒地靠在衣柜上，长发如绸缎般垂在腰间，脸上没什么表情，正冷冷清清地看着蒋雪宁哭泣。蒋雪宁出道以来就被捧着，从没这样丢脸过，看到骆原来了，抬手指着顾青雾说："让她要么给我当众下跪道歉，要么离开这个剧组，不然这事儿，我们没完！"

骆原的太阳穴都突突的，他压着火气，过去打圆场："蒋小姐，这事……"

"我已经给方葵姐打电话了，这事被记者报道出去也是分分钟的事吧？"听到蒋雪宁的威胁，顾青雾反倒浅浅地笑了一下，跟看戏似的。骆原警告的眼神看过去，想先安抚住蒋雪宁。但是晚了，蒋雪宁最看不惯的就是顾青雾这嚣张得不可一世的模样，她不听劝，拿起手机给自己的经纪人，以及这天不在剧组的沈星渡打电话。

蒋雪宁哭哭啼啼的，把能告的状，都添油加醋地告了一遍，眼泪半点不掺假。

骆原脑仁都疼，走到顾青雾旁边，见她低头不语，忍不住问："你在想什么？这事摆不平，恭喜你又要火了！"

"我在想……"顾青雾想得可多了，比如将蒋雪宁踹进人工湖都是便宜她了，还有，早知道就不来休息室补觉了，现在蒋雪宁赖在这里不走，闹得耳朵都快聋掉了，她打了个哈欠，转过头对骆原说，"她要告状随便，我回去补个觉。"

顾青雾要去补觉谁也拦不住，也不敢拦。整个过程中，她压根儿没把蒋雪宁放在眼里。半个小时后。蒋雪宁还赖在顾青雾的专属休息室等人做主，门外的助理几乎是小跑着进来："人来了。"

透过门的缝隙看，只见方葵跟一个穿着藏蓝色套裙的女人并肩走来，天色雾蒙蒙的，雨刚停，所有的声音都显得格外清晰。

方葵微笑："温总说笑了，我家雪宁和顾青雾私下认识多年，平时有点小打小闹很正常，怎么敢承受您的赔罪。"

温禾在娱乐圈不仅口碑好，而且众所周知她背后的靠山贵不可言。所以俗话说得好，不看僧面看佛面。方葵只能强行忍下这口气，谁让温禾亲自来替顾青雾撑腰，张口就是一句"我弟妹"。

"这事儿就这样算了？"蒋雪宁的目光呆滞，坐在沙发上盯着窗外出神，苍白的脸上一瞬间闪过震惊的表情。她蓦地转头，看向不言不语点了根烟的方葵。

过了一会儿，方葵弹落一段烟灰，表情冰冷地说道："你以为我想息事宁人？接到你的电话后，我第一时间就让团队发出通稿，结果现在没有一家知名媒体愿意发顾青雾的负面新闻，而且盛娱的温禾马上就听到了风声。"

"顾青雾这女人不简单。雪宁，你这次栽过跟头，以后避着点她，别再意气用事。"

蒋雪宁置若罔闻，还沉浸在自己当众丢脸的事上："我实在是咽不下这口气。"

方葵正要继续劝，眼角的余光看见门外沈星渡走来，索性起身让位，也懒得多费口舌。而蒋雪宁见到沈星渡后，仿佛把一整天的委屈都借机宣泄而出，那双漂亮的杏眼中写满委屈："星渡哥，我从小到大都没这样当众丢脸过，你要为我做主。"

沈星渡商演结束被叫回剧组，还穿着品牌方的西装。他将袖口解开，往沙发一坐，将茶几上的烟盒拿起，点了一根："顾青雾那女人把你踹下人工湖，你拉她一起下去不就完了吗？"

蒋雪宁哭到哽咽。沈星渡见她眼皮泛红，头发又湿又乱，于是语调缓和不少："行了，我送你个限量版包包。"

蒋雪宁忍不住抬头看他，不知道哪里来的勇气，脱口而出："沈星渡，你是不是喜欢顾青雾？"这个想法存在她心里很久了。沈星渡是偶像出身，能唱会跳，唯独不曾拍过电视剧。他是恒成娱乐的少东家，不想做的事，哪有人能强迫得了。可他偏偏接了《平乐传》，用自己超高的人气去给顾青雾做陪衬。

蒋雪宁心底顿时有所警觉，女人的第六感向来很准，毕竟沈星渡历来都是被女人倒贴着追，还从没见他过度关注过谁。

沈星渡的反应很反常，竟然将烟头在昂贵的西装袖口按熄，嗓音懒散冷淡："我看你是脑袋哭晕了吧？"

凌晨，在剧组安排的酒店房间内。顾青雾睡了好几个小时才醒来，躺在被子里懒得动，伸直双腿，又过半晌，才把手机拿过来。骆原给她发了条消息，说是蒋雪宁那边的事摆平了。

顾青雾没去理会，她并不在意这个女人会怎么闹。她的指尖轻轻点开朋友圈，正好看到梁听分享的一部恐怖电影。前段时间上映的，网上好评如潮，很受年轻人欢迎。顾青雾这会儿精神很足，索性点击链接，歪着脑袋靠在枕头上，用来消磨时间。结果电影播放到三分之一她就停下了，画面恐怖特效确实如网上评论的那样，是"看完不敢关灯"系列。顾青雾没有继续看完，而是扯过枕头盖住自己的脸。

房间太安静了，三秒后，她猛地坐起身，把手机重新拿起，打开通信录。她本想深夜骚扰骆原，却本能地点击了贺睢沉的联系方式。等她反应过来，这通电话已经拨了出去。

挂是来不及了，没等她后悔，那边就已经接通了。贺睢沉的声线低沉好听，仿佛能驱散夜间所有的阴暗和恐惧："青雾，找我有事？"

顾青雾顿了两秒，尴尬出声："你要是忙我就挂了。"

贺睢沉像是在笑，随即压低了声音调侃说："陪你聊天解闷的时间还是有的。"

顾青雾盘腿坐在床沿，漆黑的眼眸盯着台灯看，将心里话说出来。说完，她提了个无厘头的要求："贺睢沉，我突然想听你念经文了，像以前在南鸣寺……"

贺睢沉："嗯？"

顾青雾："没听清就算了。"

贺睢沉那边静默几秒，不知他身处什么环境，隐隐约约还有水声。当顾青雾将手机打开免提，想要仔细去听时，他偏低的嗓音传来："现在念经文不太合适……"

念佛经还分时间吗？顾青雾有些困惑，又听他说："等一下。"紧接着，似乎有皮带的金属扣与浴室瓷砖相碰的细微声响。

顾青雾的想法很单纯，红唇微启，她问："你在洗澡？"

回应她的是贺睢沉略显轻微的呼吸声，使得她耳朵贴近手机的那处皮肤逐渐升温，心也跟着乱了："你干吗要接我的电话？"

贺睢沉低哑地笑了一声："你难得给我打电话，就算有天大的事，也要先顾及你这边。"

顾青雾隐约猜出他接电话前是在浴室里，顿觉这手机烫手，她咬着牙说："不跟你说了！"

她把手机扔在枕头上，双臂抱着膝盖坐在床沿不动，乌黑浓密的长发沿着蝴蝶骨垂散了下来，挡住她精致的侧脸。气氛陷入诡异的沉默，电话里谁也没出声说一个字。

又不知过了多长时间，贺睢沉再次出声，语调平静如常："青雾。"

顾青雾下意识地看向手机，没吭声。贺睢沉像是知道她在听，略顿片刻，隐约有手指翻书的声音，他开始给她念佛经。他的语调不急不缓，吐字清晰，也没有停顿，一瞬间将她飘忽不定的灵魂给扯回了曾经的寺庙里，那时她也是这样听他在菩萨殿里念经。

顾青雾将床头台灯的亮度调到最暗，半趴在枕头上，竖起耳朵认真听。贺睢沉给她念完一整本佛经，偶尔停下也只是去喝口水，又回来继续，直到后半夜，顾青雾终于有了困意，脑袋也迷迷糊糊的，不再去想恐怖电影里的画面。

"还怕吗？"贺睢沉问她。顾青雾把脸贴在雪白的枕头上，眼睛快合上了，口是心非地"嗯"了一声。在电话里，贺睢沉温柔地哄她："如果害怕，拿本经文压在枕头下陪你睡。"

顾青雾没放在心上，声音极轻极轻地应了一声。之后，也不知怎么睡着的，再次醒来时，发现手机的电量已彻底耗尽。

上午还有戏要拍，顾青雾准点来到剧组定妆，起太早的缘故，她坐在化妆间里打了好几个哈欠。旁边剧组的女演员见状，主动提供自己带的各式茶包，沏了两杯，将其中一杯递给顾青雾。经过昨天蒋雪宁的遭遇，大家在私下里形成了某种默契，再也不敢对顾青雾指手画脚，就怕下一个被踹下人工湖的是自己。顾青雾的性格向来是"你不惹我，我也懒得跟你计较"。她礼尚往来，也给了这位女演员一杯热豆浆，便窝在位子上看剧本。

接下来蒋雪宁没有再来剧组，大家都风平浪静地拍着戏，好似遗忘了这个人。到午休时间，顾青雾收到了贺睢沉送的礼物。严述西装革履地带着两个保镖特地跑到剧组来送礼物时，是骆原收的，看到格外精致的锦盒，还以为是价值连城的珠宝。结果顾青雾在化妆间打开，锦盒里放着一本经文。

骆原傻眼了："贺总给你送这个做什么？"

顾青雾看到经文，才记起贺睢沉昨晚说可以拿经文压在枕头下的话。她自然不会告诉骆原，于是弯唇笑："谁知道呢。"

"每次都是这句，"骆原拉过旁边的椅子坐下，脑子里只想确定一件事，"贺总是不是在追求你？"

顾青雾过分干净的指尖漫不经心地翻着经文，上面还有股极淡的佛香，很容易让人静下来。她没搭理这话，在骆原眼里就是欲盖弥彰："我问得太保守了，贺睢沉是不是想跟你约会？"

顾青雾总算给了他个礼貌性的正眼，故意说："要不你去问问他？"

骆原哪里敢问，却忍不住八卦："那你呢？像贺睢沉这种人本身就是个能让女人发疯的致命诱惑，你喜欢他吗？"

顾青雾心底蓦地泛出了说不清的感觉。她垂下眼，面无表情地说道：

"原哥，你改行去做娱乐记者得了，做经纪人埋没了你的才华。"

骆原见打死都问不出她的心里话，又不敢真的惹毛她，只好打住。他前脚刚走出去，化妆间的门重新被推开，顾青雾继续坐在椅子上，白皙的手指卷着佛经。她抬眼看，是沈星渡穿着剧组的摄政王剧服走进来。两人除了在片场拍戏，私下都是零交流。沈星渡就跟看花瓶似的，上下打量顾青雾："你昨天把蒋雪宁踹下湖了？"

顾青雾大大方方地承认："是啊。"

沈星渡沉默了许久，坐到骆原刚才坐的椅子上，目光注意到顾青雾这身蓝色剧服下，一双纤瘦雪白的脚。

"眼神给我规矩点。"顾青雾轻飘飘的一句话，让沈星渡都忘记问她跟蒋雪宁究竟有什么深仇大怨了，很不屑地轻嗤道："放心，我对你这种五毒俱全的女人不感兴趣。"

顾青雾看了他一眼，正要讽刺回去，搁在化妆台上的手机突然响起，她转头去拿来看，屏幕上方跳出来一条贺睢沉发来的消息。

"周末有空吗？我家中那位百岁高龄长辈又许了一个生日愿望，依旧是想看我带你回去。"倘若顾青雾仔细琢磨这段话，会发现贺睢沉第一次说的是长辈想看他带个女孩子回去。而这次，直接变成"带你回去"。

顾青雾盯着屏幕上的文字，一秒、两秒、三秒……沈星渡见她低着头，捧着手机，不知是看谁发来的短信。他目睹她的嘴角弯起，破天荒地，竟觉得有种难以言喻的美感。

原来，她也会笑得这么开心。

在周末来临的前三天，顾青雾就跟导演请了假，她没跟任何人说缘由，就说有私事要办。到了那天，窗外的天还没亮，她就下床了。她没有打电话问贺睢沉是什么时间，先做好准备，还从行李箱里将那件墨绿色薄绸旗袍提前拿出来熨烫挂好。

八点半时，电话响了。顾青雾穿着浴袍，衣带略松垮，一路跑到床边去接，看到来电显示是老师的助理，心里顿觉有些不妙，接听时，她直接问：

"杨溪，是有什么事吗？"

褚三砚做完近五个小时的手术，已经是下午了。幸好手术很成功，不用进重症监护室，而是住在VIP病房里。顾青雾临时赶到郦城，什么都没带，坐在病房外的那张蓝色椅子上，乌黑浓密的长发松散，只穿着简单宽松的毛衣和短裤，小腿纤细苍白，光照在她的身上，她脸上没什么表情。

杨溪提着饭盒走来，低声说："青雾姐，吃点东西吧。"

医院消毒水的气味不好闻，顾青雾没胃口，拿了瓶水润喉咙，出声问："老师的身体情况之前怎么不跟我如实说？"

"褚导不让，说怕你担心。"杨溪犹豫了很久才决定私下通知顾青雾过来，毕竟这是肿瘤手术，搞不好是要人命的。而褚三砚年纪大了身边无儿无女，最亲近的小辈就是顾青雾了。趁着褚三砚在病房里还没醒，顾青雾和杨溪聊了一会儿，也提到了跟戚兰打官司的事。这个好在周亭流那边全权代理，褚三砚可以安心养身体，而戚兰最近为此忙得焦头烂额，不止一次上医院来找人。

顾青雾拧着矿泉水瓶的盖子，一下又一下，停下后，说："我给你转一笔钱，去请个保镖，下次戚兰再来，别让她打扰老师。"

杨溪点点头："好，我会照顾好褚导。"

天黑的时候，褚三砚才从沉睡中醒来，随后便躺在病床上教育杨溪不该让顾青雾大老远跑来。

顾青雾则是搬了一把椅子，坐在靠窗的地方，拿着丑橘剥，偶尔插两句话："都生病的人了，哪里来的这么多话，这橘子不错，附近哪家水果店买的？"

褚三砚的目光投了过来："你母亲种的。"

杨溪适时地加了一句话："这是上周傅女士派人送来的，褚导一直放着没吃。"

顾青雾指尖捏着橘子果肉塞进自己嘴里，被酸得皱起眉头。

顾青雾的母亲傅菀菀，年轻时美到郦城所有女人都比不上，后来傅家破产，又经历了两次失败的婚姻，她就好像看破了红尘，跑到偏僻的江南小镇去隐居。顾青雾跟她平时压根儿不联系，亲情淡薄得几乎没有。

褚三砚还需要好生休息，护士掐着点就来查房赶人了。顾青雾见老师的身体有所好转，倒也放下心来，就在附近的酒店开了一间房暂住。当晚洗过澡后，她躺在陌生的床上翻来覆去都没办法睡着。最后掏出手机，打开给贺睢沉发的那条告知他自己不能赴约的短信。

她把白天上飞机前匆忙编辑的内容，反复看了一遍，从发送成功到现在，就跟石沉大海般，贺睢沉连个句号都没有回复。顾青雾干净的指尖抵在屏幕上，犹豫要不要再打个电话过去，亲自赔礼道歉。毕竟，这次又让他白等了。

私人会所，三楼的包间内。贺睢沉坐在屏风后，用纸巾擦净手指上的血，随手扔进烟灰缸里，又将旁边的烟盒拿起。

温禾进来看到地毯上那部被折断的黑色手机，笑了笑，说："两次都不能带她去，睢沉啊，看来你得认命。"

贺睢沉掀起眼皮，扫了一眼面前这个穿着红色针织连身裙的女人，语调没什么起伏："是吗？"

说起来，温禾跟贺睢沉私下很熟，他是素来城府极深的男人，善于自控，对谁都很有分寸有礼节，保持着几分猜不透的疏离感。唯独在顾青雾的事上，什么冷静、克制，都化为虚无。

"你对她是什么感觉，要说给她听，"温禾说话的声音柔和，分享自己的恋爱经验，话落，顿了两秒，又笑起来，"否则，闹不好我弟妹拿你当做慈善的好人呢。"

贺睢沉将烟蒂重重地碾灭在烟灰缸里，没有说话。包厢安静半晌，严述小心翼翼地敲门进来说："这家会所的老板派来一个姑娘，说是新来的，想让她进来帮贺总泡杯茶解闷，这会儿被拦在楼下。"

温禾最懂男人心，反应极快地问："什么样的姑娘？"

严述的表情微不可察地僵了僵，音量都变小了："跟顾小姐的气质有点像。"

顾青雾那张美人脸不好找，气质方面，倒是能想办法，大海捞针捞一个。温禾看了一眼贺睢沉被雪白灯光映衬的侧脸轮廓，看上去生冷无情，随即她的手指压住白瓷茶杯的边沿，说了一句："没点眼力见，作死呢。"

三天后，医生查完褚三砚身体没什么事了，顾青雾便买机票回泗城。飞机在傍晚落地，她没通知骆原来接，走出机场，转眼就上了网约车，来到盛娱传媒的公司楼下。

她来到温禾办公室的时候，正好温禾跟秘书交代完工作，平静地看过来，然后从椅子上起身，笑容不露半分破绽："顾小姐，你这是？"

"温总，"顾青雾伸出手与温禾相握打招呼，性格使然，她也不绕弯子，"你能联系上贺睢沉吗？这两天他的电话都是无人接听。"

准确来说是她单方面联系不上贺睢沉了，两人之前本就毫无交集，一没了网络这层联系，对方就跟消失了一样。见她是来问贺睢沉的行踪，温禾从书桌的抽屉里拿出一个黑色手机，递过去。顾青雾下意识地接过，低垂眼睫，注意到手机屏幕的玻璃碎了，已经报废。

"你联系不上睢沉也正常，他那晚把手机给折了。"温禾似笑非笑地看着顾青雾脸上的表情，又说，"为了你失约的事。你是来找他赔礼道歉的吗？"

顾青雾点头，她下了飞机连剧组都没回，也不怕承认。

温禾身为局外人看得最透，思忖几许，说道："要从我这里知晓睢沉的行踪也简单。我记得顾小姐跟老东家的合约还有一年就到期了吧？"

顾青雾抬头，乌黑的眼眸与她对视，顷刻间明白了她的意思。想要知晓贺睢沉的行踪，就跟恒成娱乐解约，改签盛娱传媒。没等她做出决定，温禾却笑了，亲昵地拍了拍她的手："弟妹，嫂子是跟你开玩笑呢。"

晚间八点多，温禾安排司机送她去见贺睢沉。顾青雾没想到贺睢沉是在郊区南部的私人马场那边。她坐在车里，转头看外面视野宽阔的场地，一时间还没酝酿好开场白。司机显然是被吩咐过，直接绕过建筑物，亲自把顾青雾安全送到马厩。

顾青雾远远就看到路灯下一身西装的严述。碰到熟悉的人，让她对这个陌生又偏远的环境稍稍放下戒备，踩着细高跟走过去。

严述："顾小姐，您怎么来了？"

顾青雾："贺睢沉呢？"

严述见到她就跟见到救世主一样，毕竟有句俗话叫"神仙打架，凡人遭殃"，他就等顾青雾问出这句话，然后扬起热情灿烂的笑容，做了个"请"的手势："跟我来。"

马厩很大，沿着灯光偏暗的长廊一直走，快到尽头时，顾青雾的视线终于清晰了，抬眼看到在围栏内，站在黑色骏马旁边的一个男人，他的身形轮廓被灯明晃晃地照着，尤为显眼。贺睢沉完全颠覆了平日斯文的形象，衬衣被扔在旁边，他的身材很完美，皮肤冷白，胸膛上的紧实肌肉线条流畅，往下，整整有八块腹肌，笔直的大长腿包裹在黑裤下。

他穿衣时身材看起来消瘦修长，却每根骨头都暗藏着男人那股韧劲，像是墨笔勾画而成的，充满了男性魅力。顾青雾想扭头就走，可为时已晚。他那双深幽的眸子扫视过来，看着身处于黑暗中的她。围栏内的闲杂人等都散去，连严述也不见人影。顾青雾有些怕那体型高大的黑色骏马，起先没敢靠近，眼看着贺睢沉走到休息椅处，慢条斯理地拿了瓶冰水，他仰头喝着，修长的颈线上，喉结轻轻地滚动。

她跟罚站似的，在原地僵立了一会儿，视线扫过旁边的干净毛巾，走过去拿起，然后慢吞吞地朝贺睢沉走过去。

"贺总？"他没理她。

"贺睢沉？"他懒得理她。

直到顾青雾抿了抿唇，极轻地叫了一声："哥。"

贺睢沉侧过脸，过了许久，他扯动薄唇，嗓音似融进了夜色的寒冷般，缓缓地吐出几个字："稀客，顾小姐怎么有空来找我？"

顾青雾用那张过分漂亮的脸，赔笑道："之前没空，现在有空就马上来了。"说完，她很殷勤地将手里的毛巾递给他擦汗，还十分体贴地说，"深秋夜凉，别感冒了。"

贺睢沉没接话，注视着她极美的双手。两人静默了三秒，顾青雾隐约解读出什么意思，眼睫毛紧张地扇动着。随后，贺睢沉语调不冷不热地说："不愿意算了。"

"愿意、愿意……"顾青雾深吸一口气，视线往下移时，将男人的人鱼线尽收眼底，方才隔得远看得不仔细，如今近在咫尺，她都能清晰看到他背部的汗水是沿着哪个线条淌下的。顾青雾很少接触别人的身体，白毛巾贴上他紧绷的肩膀时，指尖都是颤抖的。贺睢沉什么话都没说，垂着头，静静地注视着她。

顾青雾顶着压迫感，把他整个背部都擦拭干净，她下意识地说："你看上去很热。"隔着毛巾，她都能被他的温度烫着。

贺睢沉这时终于扯了扯薄唇，不似开始那样冷漠："小骗子，你又骗了我一次。"

顾青雾替自己喊冤："谁让你两次选的日子都不好，而且我很诚心来赔罪的，你还凶。"

贺睢沉在毛巾悄悄移到他腹肌上时，手掌毫无预兆地覆盖在了她白嫩的手背上："用嘴赔罪？"

这话听上去实在容易想歪，可她故意没听懂似的，她说："出卖体力啊，帮你擦汗不算吗？"

贺睢沉低头看着顾青雾，突然笑了。在她本能地察觉气氛不对，想起身溜之大吉时，突然后脖一热，竟是他低头亲了她一下。

"这是利息。"

瞬间，顾青雾那小片肌肤烫得不像话。

厚实的深色窗帘遮去了外面的月光，昏暗的室内没开灯，顾青雾抱着双腿，蜷缩在真皮黑色沙发上，失神一般盯着亮着光的浴室。

隔了一层磨砂玻璃门，水声清晰入耳。在半个小时前，贺睢沉把她从马厩带到休息室里，转身就去洗澡了。顾青雾将下巴随意地搁在屈起的膝盖上，过了会儿，拿手机给骆原发了条微信："原哥，帮我跟剧组多请三天假。"

已经晚上十点了，骆原并没回复。四周逐渐变得安静下来，顾青雾将脑袋轻靠在抱枕上，正努力跟睡意抗争，折腾了一整天，早就磨光了她旺盛的精力。她刚合眼没多久，贺睢沉就冲完凉出来了，换了身深灰色的长裤和浴袍。

贺睢沉迈步走到沙发前，就坐在顾青雾边上，看着她往自己怀里躺，无意识地翻了个身，黑发缠绕着手臂散开，衬得她的脸蛋更小，似乎只有巴掌点大。

她的睫毛很长，鼻尖那里有一粒很小的痣。她的漂亮在骨相，静态时半点攻击性都没有，给人一种无害的感觉，很容易让男人生出保护欲。贺睢沉从不被美色引诱，多年来堪称坐怀不乱的正人君子。却唯独对她，少了那么点自制力。

贺睢沉凝视了顾青雾许久，修长的手指挑起她脸颊上的一缕发丝，绕在指间，又捋到了她的耳后，骨节碰到她白皙光滑的肌肤，三四秒后移开，那点温度很快就消散了。男人起身离开沙发，脚步声逐渐远去。而顾青雾卷翘的眼睫如蝶翼一般，颤了颤。

次日上午，车子停在了百年老宅前，门口悬挂着两个红灯笼。

贺家那位一百零一岁高龄的长辈，正居住在此，这庭院看上去有些年头了，古朴气息厚重，从里到外都彰显着世家气派。贺睢沉绅士风度极佳地将顾青雾扶下车，门内早有管家候着。

旗袍还留在剧组的酒店，顾青雾这次选了个保守的款式，一身鸦青色绸裙，及踝，身形纤瘦的她站在西装革履的俊美男人身旁，两人一起踩着台阶往上走，阳光透过竹林洒下，照出两人浅浅的影子。

进了正堂，顾青雾松开挽他臂弯的手，这才想起来要问："那位百岁老人是你的祖父吗？"

"是贺家族长。"贺睢沉低声告诉她，"这里是历来族长隐世的地方，过两年退位后，会选出新人上位。"比起贺家这种家规大于天的百年家族，顾青雾的出身顶多算是普通书香门第，她开玩笑道："你们的家规不会有上百条吧？"

"不止，"贺睢沉薄唇吐出这两个字，又说，"你要是对贺氏家规有兴趣，可以给你看看。"

顾青雾笑："免了，我从小看书就犯困。"

贺睢沉带她穿过走廊，秋风迎面吹来，连带着他说话嗓音都有些模糊："青雾，你早晚是要看的。"顾青雾听入耳，却回避他这句话的暗示，自然地转移话题，问他："那下一任族长是谁？"

贺睢沉低头，看她不语，极养眼的脸庞上稍稍有了点笑意。

——哦，下一任族长是你啊。

顾青雾选择默默地结束对话，攀比心要不得，真是名副其实的年纪轻轻就位高权重了。

他们一路来到中堂，四周满是雕梁画栋，两人绕过屏风，看到太师椅上端坐着一位身穿古朴长袍的老爷子，似乎是早就等候在此了，手端着白瓷茶杯品茶。见人来了，他取出老花镜，仔仔细细地去看顾青雾，又抬头问贺睢沉："这就是你心心念念要带回来的女娃？"

在族长这儿，倒是另一种说法，顾青雾是贺睢沉想带回老宅的。顾青雾看了一眼贺睢沉，他也不辩解，从容不迫地走过去，抬手虚扶着顾青雾的肩膀，将她引到族长面前。

老爷子点了点头："是个品相好的孩子。"随即，吩咐管家去泡两盏热茶来，再拿一些女孩子喜欢吃的糕点，又让顾青雾坐旁边。

顾青雾内心略茫然，又带着一丝紧张感，她没有和长辈相处的经验，平日里伶牙俐齿，到了这儿跟个小哑巴似的。她扭头，下意识地去看贺睢沉，发现他真是镇定自若极了，跟老爷子闲谈起来。

只言片语间，老爷子对她可劲儿地夸，说是看着生得好，以后贺家的子孙后代，无论是随母还是随父，都定是人中龙凤。没过一会儿，管家就端来了热茶和糕点，摆在顾青雾的面前。引起她注意的还有一份笔墨纸砚，却端到了老爷子那边的案桌上。贺睢沉将袖扣解开，不紧不慢地卷起半寸衣袖，露出有力的手腕，身姿笔挺地站立在一旁，亲手研墨。

老爷子手中的毛笔悬在一张红色的宣纸上，隔着些距离，她看不清上面的花纹。突然，他慈祥地看向顾青雾，问："女娃，你叫什么名字？"

顾青雾不懂问这个做什么，却没忘记来老宅是为了还贺睢沉的人情，礼数方面必须做足。她红唇轻启道："顾青雾。"

老爷子下笔，用苍老的嗓音又问一句："生辰八字是？"现在大多数女孩可能记不清自己的生辰八字，顾青雾却牢记在心，因为从小她不服管教时，家中的祖母会训斥她投错胎、生错时辰，才养成这副德行。

顾青雾把生辰八字告诉老爷子后，眼神充满疑惑，再次看向贺睢沉。贺睢沉自始至终没看她，将白瓷茶杯中的清水滴在砚台上，举止娴熟地慢慢研墨，眼底压着浓墨似的颜色，视线定定地落在老爷子的笔下。

宣纸上，每个字都是先用尺子细量好字距，再一笔一画地写下，黑墨转瞬就晕染开来。中堂内气氛寂静，顾青雾看不见写的什么，只能垂眼盯着白瓷茶杯，直到听见老爷子似乎是跟她说话："在贺家，现在是没人能管得了这小子行事了，女娃啊，他为了你真是连祖训……"

老爷子的话说完，顾青雾还没彻底回过神，轻轻地"啊"了一声。她明显失态，没听清长辈的话，老爷子却不与之计较，喝了半口茶，说："我要歇息会儿了，你们去逛逛老宅吧。"

顾青雾说个生辰八字，就把欠贺睢沉的人情轻易还清了。她跟着贺睢沉走出中堂，也不知是去哪里，绕回走廊时，偶尔会遇上一两个老宅里的人。他们看到贺睢沉都会默契地停下步伐，退到旁边恭敬地唤声："二公子。"然后，视线极为隐晦又充满复杂般扫顾青雾一眼，又迅速移开，不敢再看。顾青雾不懂这是什么意思，将好奇的目光投向身边的男人。

贺睢沉这次没有忽略她的求知欲，眼底的笑意很深："想不想去我儿时居住的院子看看？"

他的语调低缓，说话又巧妙至极，一下子分散了顾青雾的好奇心："你小时候是住这里的吗？"

"嗯，我三岁那年父母意外离世，家中无人照顾我，我便被送到了族长这里养。"贺睢沉带她继续参观老宅的每个地方，这还是他第一次提起过去，就跟说别人家的故事般，平静到没有半点起伏。

顾青雾难免多看他几眼，连那些价值不菲的古董摆件都不看了。很快，贺睢沉问她："你一直盯着我干什么？"

顾青雾心跳陡然加速，匆忙地收回视线，转头注意到前面庭院有个秋千。她故意先一步走过去，回避刚才瞬间的羞涩。恰巧有只圆滚滚的猫不怕生，懒洋洋地从树后走来，翘起的橘黄色尾巴有一下没一下地扫过她鸦青色的裙摆。女人天生对猫没任何抵抗力，顾青雾也不例外。她抱起这只橘猫，坐在秋千上，指尖轻轻地抚摸着它，更像是想把自己内心波动的情绪抚平。

她垂眼，看见贺睢沉的西装裤角逐渐出现在视线里，最后与她的裙摆挨在一处。

"青雾？"

"嗯。"顾青雾抬起头，看到他挺拔的身形单膝半蹲下，与她平视，手掌将她柔软的手握住，指腹顺着她细微的静脉一寸寸地往下揉，雪白肌肤被揉得变烫，温度延伸到了她心坎上。

此刻的贺睢沉，在她眼里有点奇怪。她本能地意识到两人的举止越发越界了，这让她感到稍许紧张，故技重施，想转移话题："我手心的生命线很短吧？"

贺睢沉端详她的手心几许，紧接着从西装内兜拿出钢笔，沿着上面那条生命线温柔地画下一笔，延伸到腕骨处，低声说道："这样就能佑你长命百岁了。"

顾青雾怔然地看他，没想到还能这样玩。不知怎么回事，与他对视一两秒后，她忍不住弯起红唇。贺睢沉眸色极深，此刻正一眨不眨地看着她。庭院内没有其他人，头顶的树叶浓密，午后的阳光透过空隙倾泻而下，点点金色笼着两人的身影，也照亮了他极为专注的侧脸。

顾青雾突然不笑了，手指想从他的掌心滑出去："我们去别处逛吧。"

贺睢沉稍微握紧她的手，俯身的动作，使得地上两人的影子又近了些。

顾青雾僵坐在秋千上，察觉到男人的气息静静地扑洒在她的颈间，带着热意，沿着她的脸颊滑到她柔软的唇上，气氛暧昧又透着一丝让人呼吸不畅的缠绵。下一秒，她听见他温和的嗓音比平时低一些，却清晰地渗入她的心底："青雾，信不信，我对你是认真的？"

顾青雾没回答他这句，紧张到不敢喘气。她睁着乌黑的眼睛看他俊美的脸庞近在咫尺，甚至清晰地感觉到他高挺的鼻梁已经贴近自己。刹那间，她整个人突然僵住，就连坐都坐不稳。

她感觉到整个秋千在剧烈晃动，后背本能地朝后仰。下一秒，男人修长有力的手臂将她的腰搂住，他的手掌抚上她纤薄的后背，强势地将她拉到自己身侧，低头，吻上了她——

不知过了多长时间，顾青雾膝盖上的橘猫像是受惊了，跳到地上，又猛地钻回秋千下，深蓝色的猫眼好奇地窥视着这两人。

贺睢沉慢慢放开顾青雾，她无法躲避，仿佛得了一场大病，处于缺氧状态。约莫是好心给她缓一缓的时间，片刻后，贺睢沉的声音落在她的耳边："拍戏时，没有跟人这样吻过？"

顾青雾是娱乐圈少见的不拍吻戏的女演员，用自家经纪人的话来说，明明长着一张颠倒众生的脸，却暴殄天物，丝毫不懂得拿来利用。这是她的初吻，即便只字不说，她生疏的反应就已经是最好的答案。

顾青雾的脑袋已经空白一片，迷迷糊糊间，精致的面庞上有他呼出的温热气息，她根本无法抗拒接下来让人脸红心跳的亲吻，忍不住叫了一声："贺睢沉！"

男人答："嗯。"

顾青雾："你别太过分！"

他的手臂松开的瞬间，顾青雾的呼吸很急促，也没力气从秋千上站起来，将额头抵在他的肩膀，浓密卷翘的睫毛带着颤意，视线往上看，发现他雪白的衬衫领子，不知何时被她印下了一个很浅的唇印。

庭院上空的太阳落了山，光线变得昏黄，四周气氛静极了。贺睢沉身形不动，让她依偎着，低头附在她的耳边问："还好吗？"

顾青雾从唇到喉咙都觉得难受，摇头挤出一句话，也说得很费劲："你这也太突然了……"

贺睢沉凝视着她皱起的眉头，嗓音同样有些沙哑，却格外好听："吓到你了？"

顾青雾不想多说话。从她的表情可以看出，很明显在控诉某人的不知轻重。贺睢沉的手指安抚般覆在她白皙的脖颈处，指腹温度像是穿透皮肤渗了进去一般，温声低语地哄着："下次不会了。"

还有下次？顾青雾的心跳一下子快起来。在感情方面，顾青雾分外迟钝地察觉出两人的关系在这个吻里，似乎发生了天翻地覆的变化，这使得她忘了该怎么去应对这句话。

贺睢沉很自然地将她从秋千上抱下来，又将她鸦青色的裙摆体贴地整理好，不让外人看出一丝端倪。

他要重新去牵顾青雾的手时，她终于想起要问："你们族长问我要生辰八字，是拿去写什么？"

傍晚时分，管家得了老爷子的吩咐去找贺睢沉，来到庭院外时，正好看到两道身影远远地走来。穿着鸦青色长裙的女人怀里抱着散养在院中的橘猫，踩着高跟鞋靠着门走，像在故意避开男人的靠近。管家想要避开两人，奈何为时已晚，被贺睢沉眼风淡淡地扫来。

"二公子，"管家顶着巨大压力，恭敬地传话："老爷子说天色不早了，让您别忘了之前答应的事。"

贺睢沉用借口，连续三次来打扰老爷子清净，即便最后只带顾青雾来了老宅一次，先前答应要抄写的经文，一次也不能少。管家说完就很有眼力地想撤离，不敢多耽误一秒。

等旁人的脚步声彻底远去，顾青雾才肯抬起头看他，忍不住开口问："老爷子找你过去是有什么事吗？"

贺睢沉这天连本带利在顾青雾身上讨回便宜，此刻显然没有把抄写经文的事放眼里，先漫不经心地整理了一下衬衫领带，薄唇扯动："老一辈都喜欢给小辈立规矩，我过去陪老爷子闲谈会儿，你先去茶室吃点东西，好不好？"

他这语气就跟问小朋友一样。顾青雾下意识地倒退两步，离他远点，然后点点头。

茶室就在书房的隔壁，用几扇雕花的屏风相隔着，柱子旁边白色纱帘重重叠叠，有条不紊地垂落在地，空气里还弥漫着些许清茶味，不知是从哪里传来的，很好闻。

顾青雾坐在木椅上，看着贺睢沉给她准备的很多新鲜螃蟹。清蒸、红烧、冰镇，各种口味都有，怕她吃得体寒，还烧了半壶酒。

严述将干净的陶瓷碗碟放在旁边，突然低声跟她说了句："上次贺总也准备了一桌螃蟹。"

上次？顾青雾侧头望来，随即明白是指她不能赴约的时候。她生出了好奇心，主动问起这位不太相熟的秘书："所以，根本不是老爷子什么百岁生日许愿，是不是？"

严述眼中有隐忍的笑意，顾青雾顷刻间就明白了。她又问："贺睢沉是怎么说服老爷子见客的？"

严述答："经文。"

顾青雾："经文？"

严述瞄两眼屏风，趁这机会对顾青雾表忠心，搞好关系："贺总答应给老爷子亲笔抄写一整本经文，然后您爽约一次，贺总又得多写一本。"换句话来说，贺睢沉要写整整三本经文。顾青雾愣住，显而易见这些事都不是贺睢沉心血来潮的，而是蓄谋已久。

她脑海中不由得浮现出在那个庭院秋千上，他问她的那句："信不信，我对你是认真的？"

做贴身秘书的哪个不是能说会道，严述在旁边适时地又加一句，打断了她飘远的思绪："顾小姐，贺总真的很在意你。"

没有别的女人，能让贺睢沉有这个耐心了。

顾青雾在茶室心满意足地吃完螃蟹，嫌弃手指上的味道许久不散，便起身去卫生间。她走出堂内，又沿着长廊找到了地方，推门而入，里面干净整洁，封闭的隔间没有人。在家规甚严的贺家老宅，顾青雾心想倒不用锁门。她走到洗手台处，指尖刚拧开水龙头，就从镜子里看到堂而皇之走进来的贺睢沉。

贺睢沉将门带上，清脆的声响让她的心重重地跳了一下。明明没做什么事，却搞得跟他什么都做过似的，那种心慌的感觉她控制不住，她抿了抿唇，说："你的经文抄写完了？"

贺睢沉见她知道，似乎也不意外，迈步走上前，想要去抱她。顾青雾起先没躲，见他俊美的脸庞低下来要吻她，才躲开，说："我还没洗手。"

贺睢沉见她故意躲着，也没强迫她，而是低低地笑，拉着她的手一起洗。这男人，倒是一点都不肯放过占她便宜的机会。

贺睢沉下巴抵在她的肩膀上，嘴唇间有股淡淡的清香："青雾，我写了一个时辰的经文，抱一下你，不过分。"

顾青雾的腰肢贴在洗手台上，忍不住想控诉这种无赖行为："你还说我是小骗子，你才是大骗子。"

屡次三番把她诓骗到贺家老宅里来，都不知存了什么心思。

贺睢沉低笑不已，也不知哪里来的好心情，直到隐隐约约听见门外走廊上，有两个陌生女人在窃窃私语。顾青雾下意识地抓紧他的衬衫纽扣，纽扣已经略松，有了要掉的迹象，再扯一两次就能报废了。

短暂的寂静后，先是有个女人说："早晨老宅大部分的人都被清空，是因为贺睢沉这位位高权重的家主要带一个女人来见老族长，不容许旁人围观，庭院里里外外才冷清得可怜。"另一个顿了几秒，小声八卦道："二公子带来的女人，听说特别漂亮，比往常的相亲对象还要漂亮不止十倍呢。"

相亲对象？顾青雾精准地抓住了重点，指尖改去掐他肩膀的肌肉，歪着头，红唇慢悠悠地拉长了尾音："贺总的桃花债不少啊……"

贺睢沉的手臂搂着她的腰肢没松，好笑地看她："信这些道听途说做什么。"

顾青雾是个眼里容不得一粒沙子的女人。她跟贺睢沉只相处过三年，后来就再无交集，连财经新闻上都没有看到过他的任何踪影。她不确定这个男人在国外的那些年，身边有没有过别的红颜知己。

顾青雾的醋意来得突然，在门外的八卦声音逐渐远去后，立刻翻脸不认人了，她板着脸说："谁知道是真是假呢，你在外面养十个八个女人，也跟我没关系。"

这醋劲，来得有点猛。

"怎么跟你没关系？"贺睢沉骨节分明的手指扣住她雪白的手腕，这处的皮肤逐渐升温，在昏黄的灯光下，他眼底的笑意淡得几乎没有，低低地问她，"你以为谁都能跟我接触？"

顾青雾被挡住了路，抬眼看着他说："谁知道呢，我又没长在你身上监视着。再说了，你比我大四岁，家里催婚也正常。嗯，特别正常，正常得很。"这心口不一的，就差没明明白白写在脸上了。

贺睢沉的薄唇碰到她纤长的眼睫，薄唇似勾起了弧度，语调极为缓慢清晰："说了这么多次正常，看来我只有承认有过相亲对象，才称你心意了？"

"懒得跟你说。"

"不继续跟我算账了？"

顾青雾才不跟他玩互相试探的游戏，将他过分靠近的胸膛推开，打开卫生间的门，不等他上前，就先逃了。

贺睢沉没有在老宅过夜，天黑了，就亲自送她回酒店。

车子停在地下车库后，司机和秘书都很有默契地避开了，车窗是昏暗的，不透光。顾青雾心神不宁地坐在后座上，两人都没急着下车。过了半晌，她终于选择投降，指尖去扯贺睢沉冰凉的衣袖："我上楼了。"

没等顾青雾向外挪动，纤细的手腕便被贺睢沉不轻不重地拽了回去，车内封闭窄小的空间让她无法躲避。她漆黑的眼眸直视他俊美的脸庞，红唇动了动，最终只是低低地叫了声："哥哥……"

说来也奇怪，她只有四下无人又略心乱时，才会像在南鸣寺时那样自然地喊他。贺睢沉顺势靠近的姿态很像是要亲她，可他保持着半寸距离，嗓音像是从喉咙深处挤出来的："装哑巴装了一路，终于肯跟我说话了？"

顾青雾装傻是不能了，只能侧过脸颊避开他的气息，都不敢用力去呼吸。直到听见贺睢沉在她耳郭低声问："今晚能不能留宿？"

区区几个字，男人的心思昭然若揭，愣是有本事把顾青雾犯迷糊的脑袋给整清醒了。她的后背已经贴紧在椅子上，动弹不得，只能摇头。即便是正常男女相处，也该有个循序渐进的过程。他倒好，才一天就想弯道超车，实在让她有种荒唐而不太真实的感觉。

贺睢沉捕捉到了她的眼睫毛在紧张地眨动，很有耐心地看了半天，才半真半假地开口："逗你玩的，今晚我住在跟你同一家酒店的楼上。"

顾青雾已经分不清他哪句话是真的了。她乌黑的眼睛里带着控诉，轻声嘟囔："你是不是想让我今晚睡不好觉？"

贺睢沉的嘴角浮出一丝笑："今晚谁会更睡不着？"

顾青雾长这么大，在男女情感的经历上就像是一张白纸，她不知道在挑破那层暧昧后，男人在与女人相处时这样的腻歪对不对。反正她是完全丧失招架贺睢沉的能力，想躲也躲不开，即便是素来清清冷冷的性格，遇到这事，只有轻声好商好量的份："你先放我下车。一直待在车里，你的司机和秘书肯定会觉得奇怪吧？"

贺睢沉又笑了："放你下车可以，亲一下……"他用手指点了点自己的脸颊。

男人一恋爱，都这么……腻歪吗？

二十分钟后，顾青雾纤瘦的肩膀披着男人深灰色的西装外套乘电梯上楼，上面的纽扣系紧，只露出了膝盖以下的鸦青色裙摆。

电梯刚到七楼时，暂停两秒，顾青雾看到沈星渡从外面走进来。他刚回剧组的酒店，戴着黑色鸭舌帽和口罩，身边也没助理。在封闭的空间内，顾青雾假装不认识他，踩着高跟鞋斜靠在角落里。

电梯一层层地往上走，抵达入住的楼层。顾青雾正要出去，却被沈星渡摁了电梯关门的按钮，电梯门又缓缓地合上了。

她侧过脸，礼貌地问道："你有病？"

沈星渡将手缓缓抄入裤袋，掀起眼皮，在她身上这件男士西装上扫了一眼，嗓音透着一股慵懒："顾青雾，你不待在剧组好好拍戏，是去跟外面野男人厮混了吧？"

"关你什么事？"

"这部剧是我爸投资的，而身为女主角的你，却不把心思放在拍戏上。"沈星渡理由找得很充分，还冷笑了一声，"我可不想被你拖累。"

顾青雾真是懒得跟他吵架，赏了个白眼过去，摁向电梯的开门键。她往外走，沈星渡依旧是那副懒散厌世的模样站在原地，也没拦着。

谁知道，顾青雾刚回到套房，还没喘口气，骆原的电话便催命似的打来："大小姐，你明天可以正常复工吧？沈星渡亲自去跟岳导告状，说你请假拖累拍戏进度啊。"

顾青雾将照明的灯光按亮，脸上的表情怔住几秒，忍不住骂道："他心理变态吧？"

"沈星渡是恒成娱乐的少东家，将来名正言顺要继承位子的，这部剧又是他亲爸投资，导演怎么说都得给他面子。"骆原苦心地分析利害关系，末了，才步入主题，"所以你接下来没什么事就别乱跑了，以免遭人口舌。"

顾青雾淡淡地"嗯"了一声，都是成年人了，分得清轻重缓急。次日，顾青雾回到剧组正常拍摄。她在这部《平乐传》里有几次吊威亚的重头戏，复工的第一天，导演就给安排上了吊威亚的城墙戏。

顾青雾拍戏几乎不用替身，再怎么高难度的镜头都是亲自完成。这次的城墙戏，原本一身厚重的宫廷装就行动不便，还要从大约十米的高空降落，加上导演对这场戏精益求精，反反复复地拍了不下十次。

到了傍晚时分，才中场休息十五分钟。顾青雾挽起的发髻也松散了些，刚落地，骆原就赶忙过来扶："累坏了吧？快歇会儿。"

顾青雾呼出口气，找个椅子坐下，转头见沈星渡也迈步过来了，穿着摄政王的黑金色剧服，倒是悠闲得很。他侧头，眉毛微挑，打量了她一下就移开视线："岳醉这人出了名的精益求精，你干吗听他的？"

顾青雾坐在那儿慢慢喝水，润完嗓子才说话："哦，不听他的你昨晚去告什么状？"沈星渡给她穿小鞋还理直气壮。他视线又扫过来，见她发髻上的金钗银饰歪了，作势伸手去扶。顾青雾歪头躲开，用很奇怪的眼神看他。沈星渡这才意识到自己失态，修长的手停在半空中，然后抄回裤袋，低咳了一声，想说句话挽回局面，前方的场务却已经举着喇叭喊开拍了。

　　而顾青雾压根儿就没在意他的异样，休息好后，提起裙摆过去。这次顾青雾吊威亚，沈星渡没有进休息室，而是抬头看城墙上。顾青雾已经被吊到十米高了，她身形纤瘦，操作不当很容易受伤，周围的工作人员都不敢有半分懈怠。沈星渡紧盯着她，时间过得很慢，等这段拍摄完后，已经过去大半个小时。

　　顾青雾安全落地，只不过耗光了她所有体力，在地上躺了足足五分钟。隔着老远，沈星渡都能听见她在喊骆原过去。他抄在裤袋里的手伸出来，掌心不知何时微湿，他皱着眉头，薄唇语气不明地"啧"了一声。

　　旁边的助理小声问："渡哥，怎么了？"

　　沈星渡转身走向休息室，冷淡懒散的声音扔在后头："今天大家加班都辛苦了，去说一声，我请客吃饭。"

　　顾青雾这边，拆了满身的威亚绳子，全身也跟散架似的对骆原说："有治跌打损伤的药水吗？"

　　"剧组有吧，哪儿伤了？"

　　"腰、大腿和手臂，估计都被绑得有瘀青了。"

　　骆原心疼她的身体，平时就禁不住碰撞，吊了五个小时的威亚，怕是要遭罪。

　　顾青雾倒是一声不吭坚持把戏拍完，如今整个人都放松下来，缓口气后，竟是问他："我的手机今天有电话进来吗？"

　　骆原有些无语，道："还管什么手机啊，先跟我回酒店。"

　　骆原原本是想去医院挂个号，顾青雾嫌麻烦，又不是骨折了，加上拍了一整天的戏，她早就想去泡个热水澡。用骆原的话来说，外表看起来娇生惯养的人，没什么力量，也就靠骨子里要命的倔劲撑着。

她在浴缸里泡了二十分钟爬出来，身上大大小小的瘀青，惨不忍睹，像印在肌肤上，怎么也消不掉，她用件很厚很宽松的浴袍严实包裹上后，伸了个懒腰，才慢悠悠地走出浴室。

在外面，骆原已经找剧组的副导演要了祖传的治跌打损伤的药水，又亲自泡了杯热的红糖水端过来。顾青雾纤细的身子窝在落地窗的软榻上，双手捧着杯子，像猫儿似的喝了一小口，乌黑浓密的长发披散，衬得她明艳的五官格外精致。骆原面对她这副盛世美颜已经好几年，早就免疫了。他将这瓶药水搁在桌上时，再三跟她确定道："真不用我找个女助理来帮你上药？"

顾青雾表示待会儿自己会解决，语气淡淡的："我不喜欢被人看光身体。"

骆原选择闭嘴，捣鼓了一会儿手机，又说："沈星渡今晚请剧组聚餐，岳导也会去，你去吗？"

顾青雾伸手去拿旁边厚厚的剧本，跟没听见一样。骆原知道这是拒绝的意思："那我回个话。"

同一时间，包厢内聚集了不少剧组的人，场面很热闹。唯独顾青雾没有来，不知是谁提了一下，很快副导演就主动站出来解释道："小顾今天吊威亚累了一整天，身上都是伤，她经纪人原哥还找我拿药酒呢，说实在没办法来了。"

大家也就问一句，毕竟都习惯顾青雾平时在剧组冷淡不合群的作风了，话题很快被转移。

沈星渡突然站起来，将椅背上的外套和黑色帽子拿起，对岳醉打了声招呼："岳导，我想起来还有点事，今晚你们玩得愉快，别替我省钱。"

他走之前，吩咐让服务生上几瓶好酒，倒也没有影响到众人聚餐。反而蒋雪宁这个正牌女友，妆容精致的脸顿时不太好看了，手指用力地攥紧高脚杯。沈星渡走的时候都没看她一眼。

旁边，易小蓉笑吟吟地说："看来你要加倍小心那个顾青雾了。"

蒋雪宁看过来，语气尽量平静："怎么说？"

"沈少东家在这儿坐了这么久，一听顾青雾不来就走。"易小蓉身处娱乐圈多年，还有什么看不透的，语气越发亲和，"看来他是为了请顾青雾，而请整个剧组，奈何没讨到佳人欢心。"

蒋雪宁险些咬碎牙："她不就是靠那张脸，靠一个又一个总裁上位吗，还指望嫁豪门？"

"作为资历很浅又没有靠山的新人，能让沈煜为她专门打造一部大女主的戏，又让各方资深演员降级来做配角，还有什么是不可能发生的？"

话落，易小蓉依然笑着，又暗有所指地说道："你知道顾青雾为什么从不参加聚会吗？因为她可能压根儿没看上圈内的这些人。"

夜晚八点多，骆原被打发走以后，整个套房冷清下来。顾青雾把窗帘拉上，盘腿坐在沙发里，正研究着怎么涂药时，门铃声传来。

现在剧组的酒店里几乎没有人会打扰她，她还以为是骆原又回来了，连鞋子都没穿，光着脚去开门。走廊的灯光更亮一些，贺睢沉跟就跟从天而降似的站在外面，一身熨烫得笔挺的黑色高定西装，看模样是刚参加完商务活动，就不辞辛苦，大老远跑到横店来了。

见顾青雾露出意外的表情，他的视线没有移开过半寸："不请我进去？"

顾青雾的心口猛地颤了一下，她下意识地让道，等慢半拍反应过来时，已经"引狼入室"了。这家酒店入住条件一般，套房装修很普通，客厅里还散乱着厚厚的剧本，以及穿过的吊带睡衣，无不透露出女人生活的细微痕迹。就在顾青雾关紧门，怕被外面路过的人看到时，听见身后的男人询问："你受伤了？"

她回过头，看到贺睢沉修长如玉的手指将那瓶药水拿起来，还看了看上面的说明书。

"呃……"顾青雾支支吾吾的，抬起眼，碰到他幽深的目光，有些紧张，见隐瞒不过去，只好小声坦白，"今天拍了一下午吊威亚的戏，胳膊有点瘀青。"

贺睢沉："只是胳膊？"

"好吧，腰和后背的皮肤都充血了……"顾青雾用宽大的浴袍将自己包裹得很严实，连精致秀气的锁骨都没露半分，光嘴上说，也看不出真实情况如何。

在气氛静寂了一两秒后，贺睢沉用眼神示意她躺沙发上去，神色难得一见的严肃，没有半分玩笑的意思。可他越是这样正经，顾青雾越不适应，浓密卷翘的眼睫毛因为紧张而颤了几下，假装在笑："不用劳烦贺总亲自动手了吧。"

"青雾，"贺睢沉侧过身看她，有理有据地说道，"昨天我们确定了关系，我吻过你，你也回应过我，这样会不会让你好接受些？"

顾青雾无言以对，她僵在原地不动，贺睢沉缓缓解开衬衣袖扣，嗓音压低两分，像是有意说给她听："如果我真想对你做什么，你根本阻止不了我。"

顾青雾审时度势片刻，又将桌上冷掉的水一口气喝光，把玻璃杯搁在原位，选择在靠窗的软榻坐下，她将乌黑浓密的长发随意挽起，露出雪白的后脖，沿着往下，是松松垮垮的浴袍。

许是贺睢沉太正经，搞得不像是上药。特别是他来到她身后，声音伴随着温热的气息传来，跟她说："疼了跟我说。"

顾青雾已经不是疼的问题了，浓密卷翘的眼睫紧闭，感觉到他把自己后背的浴袍往下拉了一小段。紧接着，又听见贺睢沉不咸不淡地问："我没给你打电话，你也沉得住气不联系我，是不是想着，怎么摆脱我合适？"

顾青雾的注意力被分散，想要回应这话，却突然皱起了眉心，没上药时还好，那些瘀青不去触碰就不会疼，如今就跟活活受刑一样，火辣辣的。她刚要挣扎，就被贺睢沉用手掌轻而易举地压住，白色的浴袍也揉在了软榻里。

"别乱动。"他的目光清明，还保留着顾青雾上身的内衣，专注的视线始终都在雪白肌肤的那一块块瘀青上，药水是冰凉的，可她的肌肤逐渐发烫。男人修长的两指沾了药，不动声色地沿着大大小小的瘀伤擦下去，整个过程很缓慢，顾青雾也不知道过了多久才结束，客厅开始弥漫起一股刺鼻的药水味。不是很好闻，顾青雾下意识地用鼻子蹭着他的西装袖子，闻到的是熟悉的乌木沉香。

贺睢沉注意到她的小动作，等把整片背部都上完药，灯光照映下，那些瘀青反倒是像四处烙印的玫瑰花瓣，与她光洁细嫩的肌肤形成某种致命的蛊惑。很快，她就被贺睢沉的西装外套密不透风地笼罩住，这也给她添了份安全感。整整一个小时，从头到脚，因为吊威亚而瘀青的身体部位都被男人仔细地擦拭过药水。顾青雾还裹着他的西装，一头黑发散下，额头已经渗出汗，身体却逐渐变得舒服，漆黑的眼眸中似有什么情绪，静静地注视着单膝跪在软榻前的俊美男人。

　　在这世上，哪怕她的亲生母亲，都没有把她照顾到这种程度。贺睢沉面色从容地将药水收起，用湿纸巾不急不缓地将手上的药水擦去，转瞬间双手又无声无息地覆上她脸颊，沿着精致的轮廓一路落在耳后，稍用力压向自己。两人额头相抵，微热的呼吸近在咫尺。

　　顾青雾的心跳开始变得不规律，见到他嘴唇压来，隐隐约约间也欺骗不了自己，她是有一丝期待的，就在快贴上时，寂静无声的套房内，门铃声很不适宜地响起。

　　一声接着一声，闹得顾青雾非得开门不可。她的理智蓦然回归，先是被打散了心底的勇气，身子往软榻里缩了缩，眨着眼睫看向贺睢沉深邃不见底的眼神，呼吸极轻地说："可能是我经纪人吧。"在一个小时前，她也是这样以为的。门铃一直响个不停，跟催命似的。

　　顾青雾起身想要去开门，白皙的脚刚沾地，就被贺睢沉给拽了过去，紧紧地锁在软榻上。他的脸庞在雪白灯光下，近看有种失真般的光泽，神色倒是带了点笑意，嗓音透着喑哑："青雾，看着我。"

　　顾青雾觉得他笑比不笑更让人有压迫感，忍不住想躲开些，脚尖碰到的是他屈膝上来时冰凉的西装裤角。

　　"你别闹我了，外面还有人按门铃。"

　　贺睢沉没听进去她的话，更不管门外到底是谁。他亲吻着她，她的意识变得混乱，再也分不了神去管外面走廊谁在按门铃。

　　门铃声终于消停了，搁在旁边的手机却蓦然响起，屏幕上方显示来电人：沈星渡。

顾青雾离得近，猛地恢复了一丝清醒，伸手摸索着想去拿，干净的指尖刚碰到手机，修长的手也覆了过来，将那部振动不停的手机随意朝不远处的米白色地毯扔去。没扔准，手机击倒了茶几上的玻璃杯，清脆的破碎声惊得顾青雾全身一颤，瞬间从男人意乱情迷的温柔陷阱醒过来，她感觉背部冷汗涔涔，伸手把男人一把推开。

连声招呼都不打，贺睢沉没有任何防备，真让顾青雾推下了软塌。她大口呼吸，心脏都在发疼，竟有种劫后余生的错觉。

她冷静了两秒后，呼吸声有些不均匀，她试图劝他，说："贺睢沉，你冷静点。"

贺睢沉看她被吓坏的可怜模样，拿起地上的西装外套将她包住，沙哑的嗓音带着克制的情绪："嗯，别躲我，你身上还有伤，等养好了再说。"

顾青雾身上有伤，拍完戏累得不行，她将白嫩的下巴贴在他的肩膀处，声音很轻很轻："我明天还有戏，想早点睡觉了。"

贺睢沉起身抱她去卧室的大床上，扯过被子盖住她后，用嘴唇温柔地贴了贴她的额头，嗓音格外温柔道："安心睡，我去整理一下外面。"

卧室的门被掩上，隔绝了外面明亮的光线。贺睢沉向来有洁癖，凌乱的客厅被他迅速整理好，连先前包裹在女人身上的浴袍也叠好搁在沙发上，窗户被敞开些许，深秋的寒风吹散了室内浓郁的药味。

他去浴室慢条斯理地冲了个澡，走出来时，门铃正响。贺睢沉面色如常地走过去开门。

"贺总。"在走廊外面，严述将备用的整套西装递过来，以及临时去医院找老中医开的药酒，专治膝盖瘀伤。严述没想到贺总这么冷情冷性的人，在高强度的工作下，还不辞辛苦来到横店，为了顾青雾更是发消息让他去医院找老中医开效果最好的药酒。

严述按捺住内心的八卦欲，给了贺睢沉一个男人之间才懂的那种眼神暗示："贺总，里面您想要的，我都一件不落地给您备好了。"

贺睢沉伸手平静地接过袋子，看他笑得分外热情，薄唇轻扯，问了一句："你在兴奋什么？"

"没有啊，我没有兴奋。"严述坚决不承认，末了，又提起另一件事，"对了贺总，我刚来的时候，看到门把手上挂着一个药袋，不知道是谁给顾小姐的。"

"就这个，蓝色药袋，里面也是药酒。"严述又道。

贺睢沉眼风极淡地扫了一下严述递来的蓝色药袋，语调亦是淡而无味："扔了。"

"好的，这样来历不明的东西，怎么能给顾小姐用呢。"

严述秒懂，又给了贺睢沉一个灿烂、热情的笑容。贺睢沉没去管严述暗示性十足的古怪笑容，反手把门关上。

他缓步走到茶几前，将药袋放下，两指去打开时，才注意到里面不仅仅有消毒水、棉签和药酒，还有一盒深蓝色的六只装"小方块"。

贺睢沉眼睛低垂，看了两秒后，面无表情，直接扔在了纸巾盒里。

一整个晚上，他用药酒将顾青雾身上大小不一的瘀伤反复上药揉搓，等药效发挥得差不多，又拿湿毛巾帮她擦拭干净，精准地算着时间。

顾青雾的精神、体力都在白天拍戏吊威亚时耗光了，熬不住夜，刚开始还会迷迷糊糊去看他专心给自己上药的样子。之后，栽进了蓬松绵软的被窝里，无论怎么被翻来覆去，也不愿意醒来了。

她的呼吸，轻轻地落在他修长的手背上，睡得毫无防备。贺睢沉坐在床沿，动作很轻将白色的浴袍给她重新穿上，没起身离开，手指有一下没一下地描绘着她触感柔滑的脸蛋，室内的窗帘没拉，大床的旁边便是落地窗外灯火稀疏的夜色。

这样的深夜，让他想到了十四岁的顾青雾。

少女时期的她，性格野，却长了一张无辜、乖巧的脸蛋。平日里，南鸣寺的和尚对她都很宽容，放任她像个山霸王一样将寺庙当成自己的地盘。到夏日时，她怕热，最喜水井冰镇的西瓜。她到了傍晚时分，怀里都会捧着半个西瓜，坐在青石台阶上，白色长裙柔滑地搭在脚踝下。

她从不爱穿鞋，脚尖轻点着地，一眼望去白嫩得仿佛能掐出水。他在殿内抄写完佛经，沿着门廊走到黑色香炉鼎旁，高挑的身形隐在袅袅的青烟中，安静地看她吃着瓜，还不忘分给台阶下那只被她从山上捡来的叫"走地鸡"的猫头鹰幼崽。

等发现贺睢沉无声无息地来了，她回过头，眼睛像山林间小鹿一样水灵灵的，然后露出满怀期待的表情问他："神仙哥哥，你为什么要在南鸣寺避世？等我长大了，你会还俗吗？"

第二天上午，顾青雾醒来时，没有想象中腰酸背疼的感觉，她抬起胳膊检查了一遍，发现上面的瘀青已经消散大半，不免让她由衷地感慨："副导演的这瓶祖传药酒真灵验啊。"

直到背后的被子被掀起，微微凉意袭来，她才发现这卧室里还有一个人。她转过头，乌黑的眼睛扫到贺睢沉修长的背影，他安静地起身下地，站在落地窗旁边将整洁的衣物拿起，正不紧不慢地穿戴，线条分明的腹肌完全暴露在了穿透进来的阳光之下。

"你昨晚没走啊？"顾青雾都能听见自己深吸一口气的声音，问出这话，倒是显得过河拆桥。

贺睢沉停下动作，侧身去看她仰着脑袋，乌黑浓密的长发沿着薄弱的肩膀散下，衬得她整个人的骨架娇小。他的薄唇轻扯出弧度，偏低沉的音色缓缓地溢出："你想我走吗？"

这话不好回答。顾青雾没有失忆，昨晚的画面还历历在目，现如今怕说错半个字。她的笑容很虚伪，支支吾吾地说："毕竟，男女授受不亲。"

贺睢沉看穿她小女人的心思，平静地反问了一句："顾小姐，是我亲力亲为照顾了你一宿，借半张床不过分吧？"

"不、不过分。"顾青雾心底有种预感，自己敢点头，绝对会遭到他当场报复。这样长时间躲在被窝里也不是个办法，反正睡都睡一宿了，遮遮掩掩反倒是显得小家子气。她想通这点后，便掀开被子一角，满身的药酒味真是冲鼻。也不知道贺睢沉是怎么忍得了这味道的。

顾青雾洗澡之前，没忘记把他先应付走："我的经纪人上午会过来，你早点走吧，太晚了，酒店外都是人，容易被发现。"

外面直接无缝衔接地响起了门铃声，骆原是有房卡的，但是为了给她足够的隐私空间，都会先按门铃，一直没人开，才会用房卡。顾青雾愣怔几秒过后，瞬间反应过来，光着脚下地，拉着还站在卧室不动的贺睢沉，看了一圈，要把他往厚实的窗帘后藏。

结果贺睢沉手长脚长的，站着太惹眼了，她又想到了衣柜。

贺睢沉拉住她纤细的手腕，眉头微皱："你做什么？"

"你快躲起来，不要让原哥看到！"顾青雾一时间跟他没法解释，发现衣柜也太小，又指向那扇门，"贺睢沉，你要不躲门后吧？"

贺睢沉有生以来，还是第一次被当成情夫般东躲西藏，他站着没动，低声问："顾青雾，你是不想承认我们的关系？"

顾青雾要不是急得想撞墙，真想回他一句：不然呢，难道就凭他那句对她是认真的，接过吻又暧昧着，两人就名不正言不顺地在一起了？

顾青雾没时间跟贺睢沉玩文字游戏，倘若让骆原撞见了，少不得绞尽脑汁去解释跟这男人的事，她语气略急，又好声好气地哄他："我的职业敏感，平时不让谈恋爱的，真的，你先躲起来，后面的事，我们再找个时间慢慢谈。"

贺睢沉默默地看她好几眼，薄唇忽然扯出弧度，为她出谋划策："你去客厅，我待在卧室等人离开了再走，谁会知道？"

顾青雾用手捂住额头，她怎么就没想到呢。她转身去抱要穿的衣裙，出去前，还非常感激地看了一眼坐在床沿的贺睢沉。

在她走出卧室的瞬间，骆原正好刷房卡进来，还念着："大小姐，你是多累啊，身体的瘀伤要紧吗？"

顾青雾不动声色地站在原地，尽量稳住呼吸："睡一觉已经好得差不多了，原哥，我正要去洗澡，时间有点来不及了，你去楼下帮我买份早餐吧。"

"好啊，你要吃……"骆原的话还没说完，神情变了变，用震惊的眼神穿过她的身旁，看向了后面的房间门口处。

贺睢沉从容不迫地走出来，衬衫上的纽扣是系好的，手指却刚刚才把黑色皮带扣上，又理了理稍显凌乱的袖扣，对骆原微微颔首，算是打招呼了：
"早。"

随即，便从顾青雾的身旁路过，他的步伐缓慢，却没有停下的意思。很快他那高挺修长的身影，便消失在套房的门口处。

气氛静了十秒，或者是二十秒。骆原猛地回过神，反应过来刚才从房间走出去的是贺睢沉后，都快激动得当场晕厥了，抬手去摇晃顾青雾的肩膀：

"我没看花眼吧？贺总昨晚留在你房间过夜？

"你你你……跟他在一起了？"

顾青雾被摇晃得脑仁疼，一时被气到无法组织语言。她抬起头，看到骆原八卦的眼神，恨不得对天发誓，便出声说："没有，我跟贺睢沉昨晚真的什么都没发生。"

"没发生，人家扣着皮带从你房里出来？"骆原激动得汗都冒出来了，伸手去扯一张纸巾，谁知道却摸到了一盒六只装的"小方块"。像顾青雾这种美到不食人间烟火的女人，怎么会有这种东西。还不承认有男人！

下一秒，他的眼神下意识地扫到盒子左下角的尺寸：超大号。

这下，顾青雾觉得自己有八张嘴巴，都解释不清了。

顾青雾早上没有拍摄任务，来剧组时，不急着换戏服，正待在化妆间里等造型师。她拿出手机把贺睢沉这个假正经的人给拉黑了，真的是再凶神恶煞的人都没他过分。

她刚点确认，就听见旁边造型师助理喊了声"渡哥"。她抬起头，看到沈星渡站在门外，修长的身形被阳光笼罩着，在不经意间侧头望来时，下颚的线条堪称完美，怪不得，那些被男色冲昏头脑的网友们要花痴地形容他是如天神降临的男人。

沈星渡走进来，对化妆间的众人点头："早，今天都辛苦了，我请大家喝杯咖啡。"

身后，两个助理抱着纸箱开始分发咖啡，还热乎着，在场的人对沈星渡好感度拉高了不止一倍，毕竟昨晚才请客吃饭，今早又请喝咖啡，男神的福利真是太好了。等大家人手一杯咖啡后，沈星渡从纸箱拿了两杯，漫不经心地走到顾青雾旁边，递了一杯过去。也不像是刻意搭话的样子，随意地开口问："昨晚听说你吊威亚伤得不轻？"

话落，在顾青雾抬起手来接咖啡时，一股淡淡药酒味也传到了他的鼻腔里，副导演祖传的药酒味很刺鼻，沈星渡先前吊威亚就领教过了。而顾青雾身上带着清香，很明显用的是他的那瓶。沈星渡也不指望能从顾青雾这女人口中讨到谢字，懒洋洋地轻笑出声。这落在顾青雾耳朵里，跟站着不腰疼地笑她没什么区别。

她眉心微蹙，很认真地提建议道："沈星渡，我发现你在娱乐圈混久了，这里就……"女人纤白的手指点了点脑袋，继续往下说，"要不要去看看？"

沈星渡冷着脸被气走了，连带给她的那杯咖啡也拿走了。顾青雾一滴都没喝上，她也无所谓，端起旁边的热水，慢吞吞地喝了一口，继续看剧本。两人这个小插曲，当事人都没放在心上，倒是不知怎么就传出沈星渡在化妆间与顾青雾激烈争执的版本。

谣言传得离谱，小半月过去后，连骆原都听不下去了："外面有鼻子有眼地说你加戏，要自带编剧进组改剧本，把沈星渡摄政王的结局最后改成对你爱而不得，含恨而亡。然后沈星渡无法接受这种剧情，才冲来化妆间跟你大吵一架，最后怒摔杯子离开。"

顾青雾坐在化妆镜前，用化装棉蘸着卸妆水，动作微顿一秒，转头说："是离谱得没边了。"

"还有呢，你和沈星渡除了拍戏，私下零交流，他的'女友粉'是放心了，但也给了有心人黑你的机会。"

骆原打开手机，随便搜索一个关键词，给她看营销号发的内容："今天跟你们讲个八卦吧，顾花瓶的演技根本不行，拍个吊威亚的城墙戏，还拖进度，让整个剧组的人都要加班，然后又惹怒了恒成娱乐的太子，被当众泼了一脸的咖啡，还是她的经纪人挨个警告现场的工作人员不许传出去。"

微博下面，就有热门评论："顾花瓶有点傲娇啊，总觉得番位才能证明她红，之前有不少优质班底和资源找她演戏，结果就因为给不了一番，她直接说不合作。"

"还有谁不知道吗？顾花瓶身后有不可言说的资本势力捧着，跟同公司的女艺人比起来，她作为新人搭档的都是圈内大咖演员，资源属实令人眼红，要我说强捧遭天谴，她还是老实点，别整天想加戏吧。"

顾青雾扫了一眼这些微博，继续卸妆，语气很平静地对骆原说："把这些造谣的营销号整理出来，挨个发律师函，不惜成本。"

这话刚说完，门外的易小蓉进来时恰好听见最后一句，嘴角扬起笑容，语气永远是柔和的："现在的营销号为了博取流量，什么事都能编造得出来，不过见了律师函也都会立刻删的。"

易小蓉在剧组里充当和事佬的角色，跟谁都看似关系很好，亲如姐妹。顾青雾跟她接触也只是在戏里，卸完妆后，她回了个招牌式的笑容。

骆原不着痕迹地插话进来，替顾青雾应对："易老师今天这条浅绿色裙子很衬肤色啊。"

易小蓉在自己的化妆台前，嘴角笑容不变："谢谢。"她隐约看出顾青雾不是好搭讪的，也没继续留下自讨没趣，拿了保温杯便走。

而随后顾青雾卸好妆又换了一身出门的衣服，看样子是要趁着没夜戏出去玩。骆原问："大小姐，你要去跟贺总约会吗？也不化个妆？"

顾青雾回头给了他一个自行体会的眼神："贺睢沉已经被我拉黑半个月了，谁规定我出门就是为了跟他约会的？"

骆原：这真是，都在一起了，有什么不好承认的。

晚上七点多，在泗城繁华市中心地段，华灯初上。

顾青雾叫了辆豪华网约车，准时来到高档餐厅，被服务生礼貌地引至靠落地窗的十三号桌。像她这样清冷明艳的女人，走到哪儿都是全场的焦点，轻易吸引着在座的男士目光，很快，大家便看着她走到了另一个美艳不可方物的女人面前落座。两人从容貌到穿衣打扮，一看就是有身份的女人，以至于没人敢来搭讪。

"宝贝儿，看到我回国，有没有被惊喜到？"说这话的是顾青雾的好闺密江点萤，一个出身豪门却不愿听从家里安排去学金融管理，在大学时就辍学出逃，如今凭借自身优越资源，在时尚界混得风生水起的国际顶级名模。顾青雾的女性朋友掐着手指都能数得过来，江点萤算是其中一个聊得来的，就算两三年没见，也不会感到生疏。

"惊喜得要死不活，你三百六十五天都在走秀，怎么有空回泗城？"

江点萤让服务生上酒，笑起来时眉眼越加清晰："我那位独揽大权的经纪人最近看好国内市场，批准我回国发展事业。宝贝儿，先不聊事业吧，我跟你打听个人！"

"人？"

"男人！"

顾青雾白皙的手端起杯子，先喝口酒压惊，清着嗓子说："你这是回国就有艳遇了？"

"宝贝儿，你的小嘴越来越会说话了，这'艳遇'两个字深得我心啊。"江点萤长话短说，事情大概就是她回国时在飞机上低血糖晕倒，被一个温柔绅士的男人伸出援手照顾了，于是对人家一见钟情，结果对方做好事不留名，下了飞机就不见人影了。

"我只知道他叫程殊，是我凭本事偶遇到的真命天子，有机会的话，好想再见他一面。"

顾青雾听完全部过程，关注点却是："你先别恋爱脑，万一这个程殊已婚呢？毕竟温柔、成熟又对女性照顾有加的男人，很可能早就结婚生子了。"

"没有，"江点萤就是个小机灵鬼，语气笃定地说道，"我看他没戴婚戒。"

顾青雾点点头，可惜她见过的豪门圈投资人里，没有叫程殊的。江点萤本身也没真指望顾青雾，忍不住叹气："你说，我要是在飞机场贴满寻人启事，会不会就找到他了？"

顾青雾问她："江点萤，你是不是中毒太深了？"

"唉，沈星渡也是这样说我呢……"提到沈星渡，江点萤的心思被转移，想起另一件事，"宝贝儿，这男人是长了猪脑子吗？怎么找了蒋雪宁这种女人。"

江点萤拿出手机，把朋友圈打开给顾青雾看："我在国外不想知道这位也难啊，上个月在一场走秀里蒋雪宁就坐我旁边，张口就套近乎说，点萤姐姐，你好，我是星渡的女朋友，你跟他是青梅竹马吧……"后来江点萤就被蒋雪宁厚着脸皮要去了微信，她一发朋友圈，蒋雪宁就立刻来点赞。

"香家的中国区代言人合约快到期了，她还想借我的人脉搭上高层，去谈这个高奢代言呢。"

顾青雾的指尖轻划屏幕，往下看了看。她和蒋雪宁不是微信好友，都不知道江点萤的朋友圈这么有意思。

"对了,香家的高奢代言我是留给你的,就当好姐妹回国送你的一份礼物。"江点萤跟香家的总裁私下交情很好,推荐个代言人也就一句话的事。

顾青雾跟她碰杯,半开玩笑道:"我可没有给你准备礼物。"

"宝贝儿,你愿意陪我一晚的话,就是给了我让全天下男人都羡慕死的礼物了。"江点萤不正经地开玩笑,恰巧被鼓起勇气想上前搭讪的男人听见,对方的脚步明显僵住,又默默地退了回去。顾青雾眼角的余光扫到,也没说什么,就让人这样误会着。从小到大她和江点萤身边围绕的追求者数不胜数,拒绝得烦了,两人干脆很有默契地配合演戏,让追求者知难而退。

她们边吃边聊,餐厅的经理亲自上了瓶好酒来。声称是包厢里的贵客请的,又指向一个方向。顾青雾低头吃菜,对这些提不起任何兴趣。反观江点萤很感兴趣地看过去,两秒后,顾青雾听见她结结巴巴地说:"完了完了,我看到包厢那边坐了个神仙颜值的男人。顾青雾,你快看看,这男人是不是偷看我?"

顾青雾被她缠得没办法,抬起头看过去。在明亮的水晶灯下,餐厅很宽敞,说是包厢,只是用几扇雕花的屏风相隔的,她看到了坐在那边的俊美男人。半个月不见,贺睢沉气定神闲地坐在主位上,侧头听旁人低语了几句,似捕捉到了她的视线,眼睛径直朝她的方向望来。

旁边江点萤越发笃定地说:"宝贝儿,你也发现了吧,他就是在频繁地偷看我!餐厅的经理刚才说送酒的也是他,他到时候找我搭讪的话,我要怎么礼貌地拒绝?"

顾青雾静静地移开视线,先端起酒杯喝了口,她说:"你误会了。"

江点萤笑了,故意揶揄道:"你心里没点数吗?哪个男人不喜欢我啊。"

顾青雾继续喝水,心想今晚出门没看黄历,聚餐的地点选得不好。她想着索性买单走人,结果江点萤又猛地拉了一下她的手臂,惊得她酒杯都差点拿不稳:"宝贝儿,我看到我的真命天子了!"

江点萤指向贺睢沉身边的位子,一个姗姗来迟的男人穿着休闲西装,有着一副极平易近人的清隽面容，嘴角浅笑，神色温柔。顾青雾也没想到会这么巧，正要说什么，江点萤早就被爱情冲昏头，怕真命天子又消失，在她耳旁低语："宝贝儿，你过去帮我要个联系方式吧，求你了。"

"你追男人，为什么我去？"

"坐主位那个绝对是个大总裁，他要是看上我，程殊不敢给我联系方式了怎么办？"江点萤这脑回路，让顾青雾无语。顾青雾把她的手指一根根从自己纤细的胳膊上拿开，用很平静的语气说："我不去。"

她都把贺睢沉拉黑半个月了，现在去他的地盘找人搭讪，她拉不下这张脸。江点萤看她见死不救，微翘着嘴角说："好吧，那我就用你的名义去要联系方式了。"她的话音还未落地，顾青雾只见她脚底生风似的真跑过去搭讪，速度快到顾青雾都没反应过来。

江点萤进了包厢，第一眼就看到了坐在主位上的贺睢沉和程殊。两个男人皆是身穿西装，要论长相，她在时尚圈见过无数盛装打扮的男模特和男明星，都不敌主位的那人三分。但是主位上那人的气场给人感觉很冷淡，一旦接触就会发现，不是个好相处的。所以江点萤还是觉得程殊这样温和无害的君子赏心悦目，她在交际方面能力很强，不像顾青雾那种社恐人群，过来打扰后，应对得如鱼得水。

在座的男人都绅士风度极佳，并没有张口就要敬她几杯酒取乐。其中一个狐狸眼男人幽默风趣地开玩笑道："在座的这些，江小姐看看想认识哪位，我给你好好介绍。"

江点萤的视线扫了一圈，精准地在程殊身上停留两秒，很纠结地说："怎么办呢？都想认识。"

狐狸眼男人挺懒散地笑，随即听江点萤问："不知刚才是哪位先生让经理给我那桌送的酒呀？"她的话音落下，桌上不少人抬眼看她，不知是谁说了句："原来是睢沉惹来的桃花。"

江点萤有种预感，主位上的那人就是给她们赠酒的人。她铺垫完后，主动找服务生要了酒杯，倒了杯酒走到主位去，不生分地说："多谢款待。"

贺睢沉的反应很平静，看她是顾青雾那桌过来的，给一两分薄面，酒杯倾斜，算是回应了。而江点萤引起他注意的，是接下来这句："我外面的小姐妹，想要个联系方式……"

想要联系方式？想要谁的？江点萤这话没说清楚，众人都下意识地看向主位。江点萤早就微微低头，朝旁边的程殊眨眼，频率大概两秒一次，看上去很可爱。程殊怔了怔，觉得是有什么误会。

显然不少人都会错意，包括素来城府极深的贺睢沉，在看到江点萤去跟程殊互动后，才略有所思地回过味来，自己是被当成工具人了。

贺睢沉的薄唇轻扯，语调很缓慢地说了一句话："她想要谁的？先把我从黑名单放出来再谈。"

十分钟后，江点萤把外面的顾青雾强行推进包厢里，脸上挂着模特标志性的笑容，实则在暗暗掐这个能演会装的女人，嘀咕道："你怎么不早说，你跟主位那人有一腿？"

顾青雾斜眼看她："注意用词。"什么有一腿，再胡说八道，她就不坐在这里当吉祥物了。江点萤还没成功要到程殊的联系方式，有求于她，也不敢造次。

服务生倒是个有眼力的，直接把座椅添在了主位旁边，顾青雾别无选择，只能坐下。她视线无意中扫向贺睢沉，一秒后，又平静地移开。这副清冷美人的模样，让江点萤有点好奇："我怎么感觉，你看那位的眼神，像是在下刀子呢？有过节？"

过节大了，顾青雾都懒得说。没过一会儿，桌上的山珍海味都被服务生撤下，重新换了一桌丰盛的海鲜大餐。江点萤的经纪人是个出了名爱搞酒桌社交的，耳濡目染之下，她在这方面毫不逊色，一口一个"我干了，您随意"，愣是跟在座的各位都混了个相谈甚欢的半熟关系。而江点萤的终极目标，依旧是程殊。等气氛正好时，她拿起手机，为了成功加上程殊的联系方式，把满桌的男人都加上了，唯独没去加主位那位的微信。

贺睢沉往后靠坐在椅背上，换了个随意的坐姿，安静地凝视着顾青雾。见她实在喜欢吃蟹，慢条斯理地解开袖扣，往上折一寸，修长白皙的手拿起螃蟹，用旁边的银色餐具，将蟹肉完整取出，放到白瓷碗碟里递过去。随即，又将顾青雾面前的白瓷碗拿走，继续剥蟹壳。

顾青雾只要埋头吃就好，等眼前那一盘螃蟹都被她吃光，旁边，贺睢沉用蘸了水的手帕擦拭干净手指，看着她说："还气着呢？"

贺睢沉不提还好，一提顾青雾就转过头瞪他："我不想跟你讲话。"

上次酒店被他诓骗的事，可不是一盘螃蟹就能抵消的。贺睢沉抬起手臂放在她的椅背上，略微拉近距离，这种低声说话的姿势，无形中显得很亲密，他意味深长地说道："你的经纪人迟早要知道的，你不说，难道是要留着给他当年终福利？"

顾青雾微微侧脸，就能感觉到他低笑的气息传至白皙肌肤，没忍住，用脚上的高跟鞋去踩了他一下。

贺睢沉维持着风度，连眉头都没皱。反倒是那个狐狸眼的男人，似笑非笑地望过来。顾青雾反应慢半拍，发现踩错人了，顿时想给贺睢沉补上。而这个男人完全揣测出了她的心思，好言相劝，语调听上去就跟哄小孩一样："再踩错人，就不好收场了。"

有了这个小插曲，顾青雾也没继续冷着脸，端起玻璃杯，慢慢地抿了一口。直到酒局散场，众人都有眼色先离开，把地方给腾出来。江点萤在这方面特别有自觉性，拿着包去追自己的真命天子了，走前，还不忘记跟顾青雾说："宝贝儿，你记得早点回剧组，要是遇上什么危险的话……"顾青雾以为她下句话会说，打电话给她，谁知她很不走心地来了一句，"记得报警，给警察叔叔打电话。"

包厢的人都走了，屏风外的餐厅大堂用餐的客人也逐渐变少，一切都显得格外安静。顾青雾用手指拨弄着古董花瓶上的粉玫瑰，玩得很用心，完全把身边的男人当空气。

贺睢沉凝视了她这张漂亮的脸蛋一两分钟后，薄唇扯出弧度，端起手中的茶浅尝，声音偏低沉："青雾，能不能透露一下，怎么才能哄好你？"

哄不好了！顾青雾一想到他阳奉阴违地给她支招，又故意扣着皮带让骆原看到，就知道这男人居心叵测，实在是惹不起。可是想躲，已经不可能。

贺睢沉将她玩花瓣的手指攥住，不紧不慢地用手掌完全握住，肌肤的温度相贴，身体的熟悉感重新回来，让顾青雾的眼睫都颤了一下。她故作镇定地说："贺总，大庭广众下拉拉扯扯的，像什么话。"

贺睢沉低笑道："这算什么，就算我要吻你，也不用顾及什么。"这话不假，顾青雾已经全方面领教过了。

她的指尖去掐他的手掌心，下一秒，听见贺睢沉语调认真，低沉地问她："你就这么不想公开我们的关系？"

要换作娱乐圈其他女明星，能有幸和贺睢沉这种地位的男人扯上一丁点关系，都恨不得把他纳入自己的石榴裙下，让外界捕风捉影地猜自己和这位总裁的隐秘传闻。顾青雾却恰恰相反，除了恩师那事儿求助于他，从未想过在这个男人身上讨便宜。

她心知两人到这份上，躲避解决不了任何事情。于是，她不再闹情绪，抬起眼睫看着贺睢沉，语气很认真："贺睢沉，我们没有重逢之前，你在我记忆中还是那个在南鸣寺里避世的神仙哥哥，而现在，你在我眼里，是一个身居高位的掌权者。"顾青雾顿了两秒，低头注视着两人相扣的手，轻声说，"我们分开了七年零三个月又十四天，不长也不短，却足够让你和我对彼此都从朝夕相处的熟悉到一无所知了，我们都不是小孩了，成年人的感情总是克制些的，对吧？"

贺睢沉解读出她话里意思，薄唇扯动："你想慎重考虑我们之间的感情，不想这么早下定论？"

顾青雾从小就是个认死理的，要是认定了什么，即便是撞得头破血流也不会放手。她看上去清清冷冷的，什么都不在乎，实则性格偏执要命，谁来说，都不会听的。她点点头，把心里话说出来："至少让我专心把《平乐传》这部剧拍完。"

贺睢沉静默许久，俊美的脸庞神色无一丝变化，他捏了捏她手心："听你的，不公开，但是我也有个附加条件。"

这在顾青雾预料之中，像他这种城府深的生意人，怎么会做赔本买卖？

她故作平静地说道："你先说。"

"不能故意避着我。"贺睢沉的要求很简单，他盯着她的脸，末了，又小声补充了一句，"青雾，男人在面对喜欢的女人时，总是无法克制的。"

顾青雾被他这么看着，感觉心脏跳动得很厉害。最终，顾青雾也只是暗暗地瞪了他一下，抿着唇说："你这样真的很像在哄骗无知少女。"

半个小时后，贺睢沉带她离开餐厅，没有送她回剧组，而是来到他入住的酒店。酒店卧室的灯没开，借着卫生间的暖黄光线，顾青雾换上睡衣，乌黑浓密的长发缠绕着纤细的手臂，她慢慢地坐到床沿。水声清晰地传来，是贺睢沉去冲凉水澡的动静。她把手机拿过来，贺睢沉被拉到"小黑屋"关了半个月禁闭，今晚也算是被她网开一面解放出来。

这时江点萤给她发了条消息："宝贝儿，快看，蒋雪宁官宣了！"附带微博的链接，话题是：蒋雪宁、沈星渡恋情曝光。

在今晚九点的时候，蒋雪宁亲自分享了一张她身穿白色婚纱的精修照片，并且圈了沈星渡：想成为你的新娘。

一个是在娱乐圈创造了无数神话的顶流男星，走到哪里都备受无数观众瞩目，地位稳如泰山。而另一个是娱乐圈当红的小花旦，平时各种通稿满天飞，知名度早已经出圈。这两人恋情曝光，可想而知，能让网友们炸开锅。

江点萤的消息继续发来："蒋雪宁是个狠角色啊，这是逼宫上位的节奏，单方面曝光恋情，沈星渡要是敢不站出来承认，肯定要被打上渣男的标签了！"

顾青雾百般无聊地看完网站热门话题，指尖轻点，编辑消息回复："嗯，那祝他们相亲相爱吧。"

江点萤："重点是蒋雪宁自曝完恋情，网友还没组团杀过去，就有匿名人爆料说是因为沈星渡在拍戏时疑是移情别恋同剧组女演员，蒋雪宁才坐不住曝光正牌女友身份。"

江点萤："宝贝儿，你天天跟他待一个剧组，知道是谁吗？"

顾青雾略无语："沈星渡那副眼睛往天上看的样子，还会移情别恋？他怕是换个女朋友都嫌麻烦吧。"

江点萤觉得打字麻烦，改成发语音过来："他从小就这德行，连路边遇上只狗，都觉得自己是个香饽饽被惦记上了，我怀疑他就是见的世面太少，搞不好还是个纯情少男，不然怎么会眼光差到让蒋雪宁给拿下。"

顾青雾对沈星渡的恋情不感兴趣，慢悠悠地回："换个话题吧，大晚上的提他不吉利。"

换话题啊……江点萤立刻就发来语音说："啊啊啊，宝贝儿，程殊跟你那位是一个资本圈的朋友，什么天赐缘分哦，要不要这么巧！"

顾青雾："什么叫我那位？"

江点萤："顾青雾，你还装是吧？我回去一琢磨，你长这么大，有给过哪个男人搭讪机会？今晚能让你安静坐着不动的，除了你的神仙哥哥，还能有谁？"

顾青雾白皙的指尖在屏幕上方顿住，许久没落下，看着江点萤的消息不断地发来："当初你的神仙哥哥不告而别，把你丢在南鸣寺，你不气他啦？"

顾青雾："无论他走不走，我在一个月后，也会离开南鸣寺，被顾家接回去。"回完这句，又编辑好下一句，犹豫几秒，她又一个字一个字地删除了。她抱着被子重新躺下，半张漂亮的脸蛋隐在黑暗里，眼里闪过很细微的情绪。江点萤问的话，像是一把解锁的钥匙，唤醒了她心底深处故意不去想的一些事。

贺睚沉这个男人，她在年少时惦念了好久，久到过去整整七年都不能忘掉跟他相处过的点点滴滴。所以与他重逢时，"拒绝"这两个字就跟从她字典里消失了似的。

无论拒不拒绝他的示好，心里都有点不情愿。顾青雾轻叹了口气，暗暗提醒自己别胡思乱想，旁边的手机"叮"的一声响起，是江点萤再次发来的消息："对了宝贝儿，像你那位家族的掌权者，一般都是没有择偶权的，你要旧情复燃的话，一定要想明白一件事，是冲着名正言顺去的呢，还是准备狠狠甩他一次，以报当年之仇？"

甩人这种事，顾青雾今晚是没办法身体力行了，她明天还有早戏要拍摄。为了不拖延剧组进度，她四点多就掐着点醒来，纤细的身影站在床沿，手忙脚乱地穿衣服。窗帘挡住了一切亮光，男人修长的手臂从后面抱住她的细腰，手掌心的暖意一阵一阵的，伴随着他初醒时的沙哑嗓音："几点要到剧组？"

"五点半，导演提前通知大家要准时集合。"

"我送你。"

顾青雾微微转过身，在昏暗中弯腰，柔软的红唇贴在他的下颚处，小声说："你昨晚都没睡几个小时又要送我去剧组，不用了。到横店让人撞见也不好，安排秘书送我吧。"

贺睢沉眸色深沉，抬手扣住她纤细的后脖往下拉，无声无息地吻了好久才分开。

十五分钟后，贺睢沉亲自送她下楼，空旷寂静的地下停车场里，严述早就在车里等着了。车牌上的数字是"4721"，是平时贺睢沉出行的专车。顾青雾看了一眼也没说什么，扶着车门，弯腰坐到了后座。早晨，街道的车辆稀少，几盏昏黄的路灯还亮着，黑色的车缓缓行驶，将深秋枯黄的树叶卷到车尾吹得四处飘摇。

顾青雾赶在规定的集合时间之前出现在剧组。早起的缘故，她整个人有点懒洋洋的，在准备换剧服上妆时，借了同剧组女演员的茶包，亲自去泡了一杯来提神。这个点，化妆间是最热闹的时候，也是八卦的聚集地。当顾青雾捧着纸杯折回来坐下，恰好听见几个已经换上宫廷嫔妃剧服的女演员正凑一起聊昨晚娱乐新闻热门搜索榜上的恋情。

"沈星渡算是我们娱乐圈头一个了吧，长得帅真是免死金牌啊，顶流男星被曝恋情，全体喜欢沈星渡的网友一致抵制。"

"我看网上有人爆料说蒋雪宁是正宫地位不保才出此下策，是在提防外面的小妖精呢。"

"沈星渡不是渣男吧？我总感觉他除了跳舞时激情四射，平时都是冷淡的，就跟沉睡中的猫科动物一样，无比吸引人。"

化妆间的门不打招呼就被推开，大家都下意识地打住话头，默契地转头看了过去，只见沈星渡单手抄着裤袋站在门口，眉眼冷淡地迈步走进来。那几个说人闲话的尴尬了，硬着头皮找了个借口，没等导演喊拍戏就先溜之大吉。人都散了，周围也冷冷清清。顾青雾全程没参与，表情半分尴尬都没有。身子窝在椅子上懒得动，正拿手机看贺睢沉给她发的新消息。

她微低着头，精致的脸蛋上眼眸晶亮，偶尔笑一下，眼睛跟着弯起弧度，看似心情很不错。这副模样落在沈星渡眼中，他扯开就近的椅子落座，人高腿长的，存在感很强。

"顾青雾。"他冷漠的情绪从眼底褪干净，出声叫她名字时，也没了那股厌世的语调。

顾青雾抬起头看过去，下一秒，沈星渡问："你是不是跟人谈恋爱了？"

顾青雾难得给他个好脸色，将手机放在化妆台上，挑眉说："有问题吗？"沈星渡那张脸偏冷，要是仔细看会发现他眼下还有轻微暗影，显然是昨晚彻夜没休息，外套上还有股烟味。他的脾气更是阴晴不定，不知怎么就瞬间皱起了眉，起身将椅子拉开，头也不回地朝外走。

莫名其妙的。顾青雾低头继续看手机，也没去管沈星渡发什么神经。

这天一整天下来，她算戏份最轻松的，在御花园里，只要穿着烟蓝色的繁复宫装坐在主位上，随时保持着正宫娘娘的仪态，看着下面几个嫔妃明争暗斗，在关键时刻出来主持公道就行，台词不多，却一直有镜头。顾青雾刚出道时凭借着这张脸被誉为"娱乐圈第一神仙颜值"，可不是说着玩的，她只要待在那儿，就足以把周围渲染成一道美丽的风景，光是看着就很赏心悦目。

坐在监视器前旁边的副导演忍不住称赞道："上一个让我这么惊艳的还是演古偶剧出身的姜奈，比起姜奈，顾青雾反倒是美得有点邪乎了。这剧到时候播出，我敢保证那些观众就算冲着她的颜值来看，也能让剧的收视率爬到前三。"

"小顾的演技倒是让人意外。"岳醉当初同意用顾青雾这样的新人，是看在恒成娱乐投资不少钱进来，又给他介绍了易小蓉这种拿过不少奖杯的资深演员的面子上。所以不管顾青雾的演技怎么样，有大人物云集来护航，这部剧本身的热度就有了一层保障。没想到顾青雾看着年纪轻，小小的身体里却有一股强大的爆发力，跟易小蓉这种老戏骨对戏都丝毫不会怯场，能接住戏，演技上让人挑不出毛病。

副导演附和道："是啊，顾青雾可不是什么花瓶，不然褚三砚当初怎么会钦点她做女主角。"褚三砚即便在前妻身上栽了跟头，也不能抹去他拍过不少经典作品的事实，在看演员这方面的眼光是很准的。

岳醉没有反驳这话，倒是从监视器看到沈星渡的状态后，沉着声说："沈星渡今天怎么跟吞了炸药一样，他还记得自己是在演位高权重的摄政王吗？演得比旁边喜怒不定的二皇子还要暴躁！"

副导演定睛一看，哟，还真是呢。拍摄工作临时被岳醉怒气冲冲地喊停，在沈星渡的状态调整过来之前，御花园这场戏被反复拍了七八次，这让演嫔妃的那几个女演员苦不堪言，又因为早上在化妆间说过闲话，不敢公然有怨言。直到深夜，才算彻底过了岳醉那关。而这只是开始，接下来连续好几天，沈星渡清隽的眉眼间都压着很重的戾气，演得比反派还像反派。每天在开拍前，岳醉都要亲自上阵指导他，怕是整个剧组都没这待遇了。

剧组深夜时分还在拍摄，这次的重头戏里，顾青雾饰演的后宫娘娘端坐在殿内，仅是墨绿色珠串相隔，静望着在外面单膝跪地的沈星渡，在剧里两人的身份终究悬殊，为了千秋大业和卸不下的家族荣辱，即便暗生情愫也要深藏在心底。

昏黄的烛光笼在沈星渡身上，衬得他脸庞的轮廓像是染了浓墨般，眼神偏执。按照剧本上，他说完台词就该起身离去，他却迟迟没动作。顾青雾一身正红的襦装美得不可方物，正垂着眼，纤细的指尖慢慢地轻转腕上精致的玉镯。

导演没喊停，工作人员都屏住呼吸盯着这一幕。沈星渡忽然上前一步，冰凉的手掌攥紧了顾青雾雪白的腕骨，将手指上的玉戒，强行戴上她的手指上，目光从始至终盯着她，嗓音如寒冬腊月里坠在雪地里的冰凌，字字清晰地说道："在我心中，只有你配得上做我的妻子。"

"咔"的一声，导演喊停的瞬间，顾青雾浓密卷翘的眼睫轻眨，从戏中的状态出来，也摆脱了沈星渡的手掌。

"你加什么戏？"她看向面无表情站起身的男人，害她僵坐半天，腰都快断了。沈星渡这场戏算是超常发挥了。他又露出那副懒散厌世模样，听到她的控诉，很不屑地轻嗤一声。毕竟大晚上还在一起拍戏，两人之间少了一些针锋相对。

顾青雾把玉戒取下递给工作人员，这种小物件最容易掉。她指尖揉了揉发酸的脖子，正准备打道回酒店，旁边，沈星渡侧头看她，眼神缓和了一些："请你吃夜宵。"

"两点了，我再不睡觉会死的。"顾青雾最近拍戏忙到连贺睡沉都顾不上，好在他先前答应过的，放她专心拍戏。

沈星渡单手抄着裤袋，懒洋洋地来了一句："明天你又没戏。"

"明天江点萤约我去谈代言，你叫我顶着黑眼圈去吗？"

"那你想吃什么，我给你带一份。"

顾青雾发现他今晚特别平易近人，正要拒绝，眼角的余光看到在门口的蒋雪宁，她一身红裙融在深夜里，不知是什么时候来的。顾青雾象征性地弯了一下嘴唇，对无事献殷勤的沈星渡说："你还是带自己的正牌女友去吃夜宵吧。"

话落，顾青雾往外走，助理紧跟在左右，她与蒋雪宁擦身而过，没有给一个眼神。拍摄场地里的工作人员都在忙着收拾东西，无人关注别的。

蒋雪宁暗暗掐紧自己，又松开，旁若无人地走到沈星渡面前，伸手去挽他的手臂："我听你的助理说还在拍夜戏，就过来探班，回酒店还是我那里？"

沈星渡往外走，也没撇开蒋雪宁的手。但是自从她擅自官宣恋情后，两人就仿佛陷入了冷战期，她不主动来找他，他也绝对想不起来还有个女朋友。

蒋雪宁生了几天闷气，最终还是妥协了。一上车，就投向沈星渡的怀里，示弱道："这次官宣是我一时脑热犯了错，方葵都骂死我了，代言也被同期演员趁机会截和了几个，你还气呢，都不可怜一下自己的女朋友。"

沈星渡皱起眉头，觉得她身上的香水味太重，敷衍她道："下不为例。"

蒋雪宁开心地笑起来，缠着他说了好半天的话，他有一句没一句地应着，视线却透过车窗，看向外面的场地。

顾青雾换下剧服，深夜天寒，她严严实实地裹着一件外套走下台阶，很快跑进保姆车。她乌黑浓密及腰的头发散着，被风吹了起来，落在沈星渡眼里，薄唇低低地轻嗤："跟个疯婆子一样。"

蒋雪宁忍不住去打量他，疯婆子这话听着像骂人，可是隐隐约约透着说不出的古怪。静了片刻，她一改往日的风格，摆出正牌女友该有的温柔大度说："什么疯婆子，不许这样说女孩子。"

沈星渡的眼皮一撩，仔细看她妆容精致的脸，嘴角无声地勾了一下："转性了？你会帮顾青雾说话？"

蒋雪宁朝他撒娇："我最近忙着跟你那位青梅竹马联络感情呢，哪有时间跟顾青雾去计较私人恩怨啊。对了，江点萤真的好难约呀，你能不能帮我约她？"

"看心情吧。"

难约的江点萤，在隔天就跟催命一样给顾青雾打了十几个电话。就怕除了演戏，其他方面都不上心的顾青雾会放人鸽子，终于在她全方面盯着的情况下，把人给准时催到了高档的西餐厅里。

这次谈商务合作，顾青雾没有带上经纪人骆原。有江点萤在场就抵得过十个经纪人了。顾青雾进包厢后，香家高奢的总裁周泛月早已经等候多时，主动起身跟顾青雾打招呼："在国外时，早就听点点提过不止一次，说她有个盛世美颜的好闺密，真是百闻不如一见，顾小姐，你好。"

顾青雾与她握手，浅浅一笑："你好，周总。"

"跟点点一样叫我泛月姐就好。"周泛月身居中国区总裁高位，却没有半分盛气凌人的模样，倒像是邻家姐姐般待人，可以看出与江点萤颇熟。熟到多少女星梦寐以求的高奢代言，在她亲自见了顾青雾本人后，连考察期都没有，就决定给她。

"合同细节就让你的经纪人来洽谈，我这边也会让秘书联系。"周泛月看顾青雾的眼神透着欣赏，在话落之前，她事先提醒一句，"条款里别的都好说，有一条是需要你严谨遵守的，在合约期间，必须零负面绯闻。"

"泛月姐，我家女人出道以来就没闹过绯闻，你放心吧。"周泛月不听江点萤说，平静的目光看向斜对面。

顾青雾微笑，白皙的手指举杯，与她隔空庆祝："周总，合作愉快。"

在称呼上，她依旧是选择礼貌、客气的，没有借着江点萤的人脉关系攀上去。合作愉快谈完，饭也吃得差不多。江点萤想要好好招待一下周泛月，提出去一家私人美容院放松一下。

晚间九点多，周泛月提着包告辞，无奈地笑："我有一位闺密最近要回泗城定居，我正急着给她找房子呢，改日再聚吧。"

"那好吧，泛月姐慢走，我回头问问朋友有什么好的房源推给你哦。"江点萤笑弯了眼，目送周泛月上车离开，直到快看不见车影，她才转过身，双手去抱顾青雾，"怎么样，这个回国见面礼喜欢不喜欢？"

顾青雾故意想了一分钟，轻轻地笑起来时，眼睛被路灯染得明亮："说吧，你想要什么礼物？"

江点萤仰着笑脸："让你男人把我的真命天子约出来喝酒好不好？"

"今晚？""嗯，就现在，打电话约！"

顾青雾也有段时间没跟贺睢沉见面了，顿了两秒后，她平静的语气透着含蓄："不知道他有没有空，试试吧。"

深夜时分，位于市中心繁华地段的一处墨点私人会所，迎来了两位贵客。这里闹中取静，四合院的占地面积不大，不挂牌，只为少数人服务，私密性强，平时杜绝非会员的陌生人打扰。

顾青雾来的时候，报上贺睢沉的名号，就被经理亲自迎接进去。

"大人物的女人待遇就是高，我之前听说过墨点的规矩都是老板定死的，有个豪门新贵想要入会，结果被核实身价后，说还不够格，连门都不让进。"江点萤平时远在国外，却没少听她家中那位继承家业的亲弟八卦豪门秘事。

顾青雾侧头，笑着问她："那你知道墨点的老板是谁吗？"

江点萤："你家那位？"

顾青雾答非所问："程殊的家族产业是在申城，近两年才转移到泗城发展，而他家祖训，在经商方面向来是走一步算三步，求稳。"话落片刻，前方出现了熟悉的男人身影。

顾青雾的声音轻缓，把下半段话说完："这家墨点私人会所是程家十年前开的，为了提前搭上泗城贵圈的人脉网，如今程殊是这里的小老板。"

江点萤眼中有讶异，忍不住看向顾青雾清冷的表情："你还提前做过功课？"

顾青雾笑："贺睢沉跟我说的。"她平时在剧组拍戏，闲下来时就会跟贺睢沉发消息，聊一些有的没的。

没等江点萤再说话，前方面相温柔的男人已经走过来，像是招待朋友般无半分生疏，语气平和、自然："你们来了。顾小姐、江小姐请进。"

江点萤看见他，眼里就没旁人了。眼里只有藏不住的欢喜："程殊，你叫我点点就好，江小姐这个称呼不好听。"

程殊引她们进包厢，顿了片刻，态度温润地改了称呼："点萤小姐。"

江点萤嘀咕："都这么熟了。"

顾青雾深吸一口气，差点笑出来。包厢门推开，可能是怕人太少会尴尬，程殊还体贴地叫了不少人过来。气氛热闹，欢声笑语地聊成一片。放眼望去，顾青雾没有看到贺睢沉的身影，眼睫低垂了一下，找了处清净的地方落座。

程殊是被喊来招待人的，不一会儿亲自端了些水果、糕点过来，他不敢随意给顾青雾酒喝："睢沉给我打电话的时候，他还在应酬，今晚应该不能过来了。"

顾青雾端起玻璃杯，抿了一口果汁，掩饰心底无法忽略的低落："我知道。"

程殊没再说什么，在她旁边的椅子坐了下来。他在的地方，江点萤的眼神绝对不会放过，也踩着高跟鞋过来。顾青雾的话极少，三人里，就江点萤的话最多。江点萤将手机随便搁在桌上，饶有兴趣地试探程殊："你跟贺总认识多少年了？"

她这话问得很巧妙，找了个看似正常的话题，又让程殊不得不回答："十五年。"

"唔，那没我和顾青雾认识得久。"江点萤轻歪脑袋，靠在她肩膀处，眨眨眼说，"是吧，算一下有二十年了。"

顾青雾微弯起唇，配合她："嗯。"江点萤的视线一转，跟盯着唐僧肉似的看程殊："我家父母恩爱，家庭美满，长辈都很长寿，可能是基因强吧，都能活九十几岁，还有个继承家业的亲弟弟，我的话，今年二十四岁了。"

顾青雾轻咳两声，放下杯子，白皙的指尖在不经意间扯了一下江点萤，示意她收敛点，别搞得跟相亲似的。她却不管不顾，盯着真命天子不放："你呢？"

程殊面上始终带着温润含蓄的笑意。他是那种无论何时，什么场合下，都不会让对方感到不自在的性格，在侧头倾听完江点萤的话后，略顿少许，为了不让她下不来台，不急不缓地说道："我亦是父母双全，家中有一位高龄的祖母，独生子，有位前妻。"

前面的话都没毛病，直到最后那句有位前妻，让江点萤差点没回过神。

"啊，你结过婚？"

程殊笑得很淡："之前结婚早了些。"

江点萤顿时没话聊了，幸好手机铃声响起，将这个尴尬的场面缓了下来。见是沈星渡打来的，她当下心情复杂，开口没什么好语气："找我做什么？"

电话那头，沈星渡约她出来消遣，没等说完话，就被她一口拒绝，"没心情。"

话落，江点萤直接把电话挂断，沈星渡再打，就已经是无人接听状态。

江点萤长呼一口气，看了看程殊，又看了看顾青雾，觉得要去冷静一下。她对顾青雾和程殊说："你们慢聊……"

顾青雾太了解江点萤的性格，没出声拦阻，倒是将视线扫向旁边温柔从容的程殊，怀疑他方才是故意说出有前妻的。没等她深想，先听见包厢内，有人低声招呼："贺总来了。"

顾青雾的心脏猛地一跳，下意识地循声望去，先推门而入的是严述，然后贺睢沉被请进来，他穿着一身极为正式的商务黑色西装，在灯光下神情很淡漠，没什么心思跟上前搭讪的人交谈。下一秒，贺睢沉就准确无误地找到她的身影，旁若无人地迈步走来，最后停在她的身边。

"你们继续玩，我先带她走。"话是对程殊说的，但贺睢沉眼神锁着她，将半月未见的思念，都藏在里面。顾青雾还没有从乍见他的意外中缓过来，就被牵着手起身，直接离开了热闹的包厢。

气氛静了许久，直到在场有人默默地说："这贺总追起姑娘来，哪有平时清心寡欲的模样。"

另一个附和道："看他那眼神，都快吃了她。"

"少胡说八道，贺总明明是深情眼。"

在包厢外，顾青雾微凉的手指下意识地抓紧男人，手掌的温度清晰地传过来，让她有了一丝真实感。即便她不说，心底也泛起难以忽略的情愫。当程殊说他今晚有事时，她的心里那份不悦和低落是骗不了人的。

现在见到贺睢沉，她的心绪突然就平静下来，乌黑明亮的眼睛里有笑，在坐上车后，她主动问他："你怎么来了？"

回答她的，却是副驾驶座那边的严述："贺总把今晚还要见的一位合作客户的时间延迟了半小时，结束酒会后，就直接吩咐司机来接您。"

贺睢沉在旁边，嗓音压低说："再忙，也要见上一面。"

顾青雾轻易被这句话蛊惑，身子悄悄地靠近，闻着他西装上好闻的气息，带着点酒味："看来贺总是真的很想我呀？"

贺睢沉俯在她的耳郭问："你不想？"

顾青雾稍坐直："不想。"

"我会让你想的。"两秒后，男人将她白皙的手指一根根攥在掌心里，用自己肌肤的温度烫着她。然而他说的每个字，更烫人。

贺睢沉入住的酒店，是典型为商务精英人士准备的，顶级套房很宽敞、明亮，将偌大的客厅布置成办公室的风格，几位随行的智囊团坐在沙发处，皆是西装笔挺，在低声闲谈着。见人回来了，都很克制地没打量过来。

贺睢沉直接把顾青雾往卧室里带，门缓缓地关上，连一丝暖光都透不进来。饶是这样，顾青雾在黑暗里还是显得手足无措，企图推他的胸膛："外面好多人。"

"躲什么。"贺睢沉的手指将她的下巴扣住，薄唇用力地压下来。他每回都是这样，从不顾及场合，随心所欲地成了习惯。

顾青雾被亲过后，说话有点模模糊糊："贺睢沉，你争分夺秒地把我带到酒店来，话都没说十句，就是为了……"

贺睢沉的爱意表达得猛烈，很容易让她产生一种错觉，好像两人什么都做过似的。他薄唇溢出低哑的笑声："你自己算算，在剧组拍戏，不肯让我去探班，我们有多久没见了？"

顾青雾站不稳，抬手抱他的脖子，心软得厉害，几乎耳语般："那你想怎样？人真的好贪心。"

贺睢沉眼里的情绪浓得化不开，鼻息间都是她清淡的体香。他紧紧地抱着她，想要把她揉进自己的身体里……

半个小时后，顾青雾估算着他也要去忙正事了，披着乌黑浓密的长发起身，指尖带着颤意，将他推开。

门外的秘书准时来敲门了："贺总。"这一声就跟敲在顾青雾心脏上似的。她低头去看贺睢沉，无声地跟他撒娇：还不快去。

卧室很静，外面有任何动静都清晰可闻。顾青雾有点渴了，稍稍整理好凌乱的长发，她的脚步声极轻，原本是想低调地去茶水间拿瓶水，不惊动任何人。谁知经过书房前的时候，门忽然打开，她下意识地望去，是秘书端着咖啡杯出来。

透过缝隙，顾青雾依稀可以看清贺睢沉西装笔挺地端坐在沙发上，旁边有个容貌娇柔的女人泪眼婆娑地微低着头，姿态十分惹人怜。隔着不近不远的距离，听见她低声诉说着："睢沉哥，念在我们多年交情的分上，你帮我一次吧。"

这画面，乍一看就像是旧情人找上门求助似的，而男人像个薄情寡义的负心汉，看着她落泪也没有怜惜的意思。顾青雾与正要走出来的秘书对视两秒，从对方眼中看出了"尴尬"两个字。

"顾小姐。"秘书的这声顾小姐，也引得书房中的人侧头望过来。

顾青雾表面上冷淡着，没半点撞破别人私下谈话的尴尬，语气平静地问："我渴了，茶水间在哪里？"

秘书说："顾小姐稍等，我马上给您倒杯茶。"

"白开水就好。"

整个过程中，顾青雾都没再看书房一眼，倘若今晚她不在场，谁知道这男人在酒店声称是见生意上的合作客户，暗地里见的却是跟他有过多年交情的女人。有过多年交情的女人，真有意思。

顾青雾接过秘书端来的茶杯后，也懒得回卧室了，就百般无聊地坐在客厅中央的真皮沙发上，偶尔低头，慢悠悠地喝一口白开水，精致的侧脸在明亮的灯光下透着无所谓的神情。

书房那边没耽误太久时间，那个面容娇柔的女人走出来时，除了眼睛微红，已经看不出刚才在里面跟贺睢沉哭诉过，纤细白皙的手拎着包，旁边的严述对她说："钟小姐，贺总已经安排好车了。"

钟汀若点头，踩着细高跟准备离开。在此之前，她眼角的视线扫到坐在沙发上的顾青雾，这张脸早就火遍大街小巷，很难让人认不出来。以她的性格，看见这样的人物会主动去搞好关系。可是她对娱乐圈的女人没一点好感，觉得她们都是靠出卖身体上位的。

她蹙着眉，自言自语般，极轻地说："没想到睢沉哥也喜欢找娱乐圈的玩啊。"下一秒，顾青雾的下巴微抬，表情冷冷地看过来。钟汀若转过身，毫无停顿地朝外走，背影透着股不甘示弱的倔犟。

"喀……"严述低咳了一声，许是怕顾青雾这会儿找不到发泄的主，把气往书房那位身上撒，他不动声色地在旁边提醒道："这位叫钟汀若，之前是泗城贵圈的，但是她得罪了给她撑腰的大人物，没被封杀，却丢了圈子里的所有人脉关系。"

顾青雾压着火，抬眸看他："哦，她想找贺睢沉接手吗？"

"贺总身上有个静水项目，钟汀若想拿下，今晚才会过来卖惨。"毕竟都是圈内认识多年的，钟汀若是想打感情牌。

奈何贺睢沉看她哭诉了半天，只是轻描淡写地说了句："我要给你撑腰，怕是对谢阑深那边不好交代。"

这其中纠葛也不是严述三言两语能说清楚的。他顿了几秒，对顾青雾暗示道："钟汀若和贺总绝对不是顾小姐想的那样。"

顾青雾还没解读这话的意思，书房那边先传来脚步声，她回头望去，是贺睢沉端着杯茶走出来。严述是个有眼力的，识趣地离开套间，不敢存八卦的心思。

套间里的人都走了，顾青雾还坐在沙发上不动，直到男人将杯子搁在茶几上，又顺其自然地伸手来抱她，眸中含着笑意看了她好半天："板着一张脸，醋劲这么大？"

顾青雾唇边弯起浅笑，指尖微凉，碰到他的领口，一路往上停在下颚处："人家说你也喜欢找娱乐圈的玩呢，我世面见得少，贺总跟我说说呗，怎么个玩法，都找了谁？"

贺睢沉去握她的指尖，低头用高挺的鼻梁若即若离地贴着她的脸蛋，人看上去是冷清的，呼吸却是热的："我的桃花债只有一个叫顾青雾的女人，你认识她吗？不认识也没关系，我跟你好好说说她。"

顾青雾的心跳加速，呼吸也乱了套。套房的客厅寂静到没有别的声响，微微侧过脸，就能看到阳台落地窗的玻璃上，倒映着她和贺睢沉相拥在沙发上的身影，说不出的亲密无间。

他的呼吸低低浅浅："她爱吃醋，不高兴时，情绪都写在一双干净漂亮的眼睛里，又喜欢故作不在乎，嘴巴明明那么软，却要……"

顾青雾卷翘的睫毛颤了颤，再也听不下去，去堵住他的嘴："贺睢沉，你又转移话题！"

贺睢沉的眼底尽是笑，不怀好意地诱哄着她："你抱抱我，就跟你说。"顾青雾眼眸低垂，扫到他黑色西装裤包裹的两条长腿，往上是他熨烫平整的白色衬衣，纽扣都严严实实系着，唯有胸膛的温度透过薄薄的面料传来。贺睢沉起先说的事跟严述口中没什么差别，钟汀若今晚是来打感情牌，想拿下静水的项目。而他没给，是念及与贵圈某个谢姓老板的交情，不至于为了钟汀若，公开跟自家兄弟伤了情分。

顾青雾听得津津有味，到关键处还会问："钟汀若怎么会得罪给自己撑腰的人物？"

"钟汀若先前跟谢阑深的家族有百年婚约，后来作废，给了她资源人脉做补偿，谢阑深还亲自为她挑选了一位门当户对的丈夫。"

"那谢阑深很善待这位有过婚约的未婚妻。"

"嗯，再后来谢阑深爱上一个女明星，钟汀若也跟丈夫和平离婚了。"贺睢沉这句话点到为止，留有空间让顾青雾去发挥想象力。

"难怪钟汀若对娱乐圈的女明星敌意这么大呢，这下破案了。"顾青雾恍然大悟，又问，"是哪位女明星？"

贺睢沉在关键时刻却不说了，眼底浮笑："你亲我一下，我就告诉你。"

她没忍住狠狠地瞪了过去："你一点也不老实。"

贺睢沉倒是不生气，把她拽到怀里，低低地笑："跟你开玩笑的，这就生气了？以前也没见你这么爱生气。以后动真格起来，不是要气坏身体？"

"以前也没见你对我下手啊。"顾青雾的额头贴着他线条流畅的下颚，眼睫紧张地轻眨了好几下，说，"你要再拐弯抹角地说话，我要去睡了。"

贺睢沉见好就收，要是把她给闹生气了，就是自找罪受。

"谢阑深爱上的那位女明星你应该听说过，就是被誉为'票房灵药'的姜奈。"

顾青雾惊讶地抬头看他，出声说："我听原哥说过呢，说姜奈年纪轻轻就被男人骗去结婚生子了，要不是演技扎实，观众缘又好，拿下了不少奖杯，等于是自毁前程。"

贺睢沉没再让她把关注点放别人身上，轻而易举地将她抱起，迈步往卧室走："不早了，我陪你睡觉。"

到底是谁陪谁睡觉？！顾青雾在心里吐槽，突然又记起一件事："对了，程殊的前妻是谁？"

贺睢沉的步伐略顿，眼神含有深意地看向她好奇的表情，薄唇低低吐出三个字："钟汀若。"

当天晚上，顾青雾趁着贺睢沉去洗澡，抱膝坐在床沿，拿手机跟江点萤聊微信，用词很委婉地将程殊和钟汀若的事情转告她。

江点萤已经重新振作起来，用语音说："宝，我想清楚了，程殊是已经离婚了，又不是要跟前妻复婚，我不能就这么放弃自己的真命天子！"

顾青雾白皙的指尖略顿，想到今晚程殊有意透露自己的婚史，像是察觉出江点萤迷恋自己的心思，在变相地劝她，于是，顾青雾酝酿着编辑了几个字过去："万一程殊不喜欢你呢？"

江点萤那边沉默好久，才发消息过来："我在飞机上低血糖晕倒醒来时，第一眼看到的是他守在我旁边，这一眼，我就知道这辈子注定栽在他身上了，我喜欢他就够了。"

有时感情这事儿，是最不讲道理的。顾青雾只能宽慰地想，好在江点萤遇到程殊的时候，他已经和前妻离婚了。顾青雾正抱着手机发呆，旁边床头柜上的黑色手机"叮"的一声响起，是新的消息提示。

顾青雾伸手拿来看，屏幕的亮光衬着她精致的脸蛋，是严述发来的消息内容："贺总，您看这几处房源还满意吗？都是严格按照您的要求去选的。"

下面附图，都是一张张精修的别墅庭院照片。还有严述的笑脸表情："都是市中心最佳位置，您看满意吗？"

顾青雾有一丝困惑，奇怪，怎么连贺睢沉也在找房子？

"贺总最近在找别墅，不会是想跟你同居吧？"第二天，在剧组的化妆间里，骆原将这天要拍摄的剧本整理好递给她，一时忍不住猜测贺睢沉吩咐秘书大费周章找房子的用途。

顾青雾窝在椅子上，摇头说："他在泗城有自己的私人别墅和贺家老宅，大可不必专门找房子跟我同居，何况养在外面算怎么回事？我做不出没名没分跟了他这种事。"

在这方面，她脑子罕见的清醒，没有被感情冲昏头脑。骆原略感欣慰："男人嘛，都是心急的，你别告诉我，贺总就不想跟你住在一起？"

顾青雾微顿两秒，贺睢沉想是想，但是却挺尊重她，夜晚抱着她躺在床上睡觉从来都不会动手动脚，不知道的还真以为他是柳下惠。

想到这里，她拿起玻璃杯喝了一口水，轻声说："贺睢沉答应过，在《平乐传》杀青前，会给我时间考虑。"

"我的乖乖，你如此敬业，是要断情绝爱到杀青？"

顾青雾看了他一眼，红唇吐出两个字："不是。"

骆原又问："那是什么？"

顾青雾微微低头，将视线落在剧本上，侧脸在化妆台的灯光下像白玉一样光润透亮，过了半晌，表情透露出几许复杂，语气却淡得没有感情。

"有句话叫一朝被蛇咬十年怕井绳啊，你体验过那种有人说想吃你家老奶奶煮的云吞面，结果第二天你捧着碗热腾腾的云吞面上山，却发现人去楼空的感觉吗？"

骆原没听懂："什么捧着云吞面上山？"

顾青雾没解释，白皙的手指翻着剧本看，转念又想到："香家高奢的合同发给你了吗？"

提到这里，骆原就来劲儿了："已经在洽谈合约条款了，你那位名模闺密有两下子啊，高奢代言都能给你不眨眼地拉来。"

"江点萤这些年在国际时尚界不是白混的。"

"我会尽早把流程走完，以免夜长梦多。"

骆原办事效率很快，半个月内就跟高奢品牌那边的总监拟好合约，又给公司的总裁沈煜签过字。

天底下没有不透风的墙，很快方葵也打听到了风声。香家的顶级高奢代言一声不响地拿给了顾青雾，这让蒋雪宁在收到消息时，险些咬碎牙："怎么可能？沈煜才给了顾青雾《平乐传》大制作的资源，现在又给她签高奢代言？"

"不是沈煜去谈下的代言，"方葵脸色冰冷地说，"是你一直约不出来的江点萤亲自给顾青雾引荐的。"

这对于蒋雪宁来说，还不如是公司总裁偏心给顾青雾的呢！她这段时间使出浑身解数讨好江点萤，结果哄沈星渡出马都没用，正愁着该怎么打感情牌，谁知道就这样让顾青雾暗中截和成功了。蒋雪宁想到就气，发泄着心中的怒火，将桌上的花瓶砸向墙角处，呼吸急促地说道："顾青雾就是我在圈内的克星，凭什么她一个新人能轻易拿到高奢代言？！"

方葵将办公室的门反锁，百叶窗也一并拉下，以免被外面看到："雪宁，你冷静点。"

"江点萤肯定是故意的，明知道我为了拿下香家的高奢代言到处走关系，却背地里帮顾青雾引荐！"

方葵走回来，倒了杯水给她："原本好不容易约到香家中国区的负责人周泛月下周见面，看来是没戏了。"蒋雪宁坐在沙发上没接水，嘴角忽然浮起了冷意："鹿死谁手还说不定呢。"

当晚十点左右，有个叫"蒋雪宁梦见小三"的话题空降微博热门搜索榜，一时间引发了广大网友的讨论。起因是她用本人的账号回答了某个论坛的提问："到底有多少人跟我一样，做过预知梦？"

蒋雪宁用千字小作文讲述了她前段时间的抑郁生活，在公布恋情以来，因为频繁梦见某位女演员勾搭她深爱的男朋友，就在心底种下怀疑的种子，结果没想到真被发现了蛛丝马迹。好在她事先留了心眼，某位女演员就算使出浑身解数也没成功。这条微博底下，网友们都炸了，争先恐后地把跟沈星渡有过合作的女演员都扒了一遍，想看是哪位不要脸的小三勾搭男人，却被正主逮个正着。

放眼望去，近期跟沈星渡深度合作的女演员不少于五个。顾青雾很不幸榜上有名，现今与他还在剧组拍摄《平乐传》，久而久之，热门搜索词就有了她的名字。更微妙的是，在第二天早晨的时候，话题热度原本已经降到了排名五十开外，蒋雪宁的工作室却手滑点赞了一条"顾青雾疑是某位女演员"的评论，不到半个小时，话题瞬间又空降到热门搜索排名前五。

当骆原看到这条热门搜索话题时已经迟了，恒成娱乐那边的公关部竟然集体沉默，没有出来澄清。这让他一大早敲开了顾青雾房间的门，跟睡意蒙眬的她说了情况后，又给公司高层打了通电话，结果脸色越说越难看，挂了电话后，他怒气冲冲地折回客厅："你知道沈煜开会时都说了什么吗？"

"说什么？"

"你被泼脏水跟沈星渡有一腿这事儿，是沈煜让公关部当哑巴的，他说要是蒋雪宁没骗网友的话，就趁机会公开你和沈星渡的娃娃亲。"

"你和我们公司的少东家什么时候定了娃娃亲？"

"我哪里知道。"顾青雾披着一件薄毯，慢悠悠地走到窗前，将其稍微推开，现在已经是冬季，寒风刮来，整个人都不再有初醒的困倦，才转头对骆原说，"是沈煜一厢情愿罢了。"

骆原铁青着脸，这事儿搁在以前还好处理，现在问题是沈星渡已经有了正牌女友。就算沈煜亲自出来公布娃娃亲，顾青雾也会被贴上第三者的标签。而面对这么严重毁形象的公关危机，顾青雾表现得很淡定。她找他要手机。

"你想干吗？"

"沈煜不让公关部替我澄清，我又不是没手。"顾青雾将手机拿过来，登录自己的微博账号，直接利索地转发了蒋雪宁那条梦见小三的微博，附字："哦，你说谁是小三？"

顾青雾才不愿意把话题引火烧身到自己身上，懒懒地说："蒋雪宁主动挑起的事端，就让她唱独角戏来收场好了。"

这场话题风波本就是蒋雪宁自导自演地说做了一个预知梦，引起网友到处扒人。她身正不怕影子斜，何必较真去掺和一脚，把被黑的热度都往身上揽。

骆原像从鬼门关走一遭，顿时醒悟道："对！有本事蒋雪宁现在就指名道姓说出梦见了哪位女演员，不然就等着翻车。"

顾青雾微弯起嘴角，将昨晚搁在茶几上的散乱剧本整理好，声音极轻地说："这些都是小事，谁也影响不了我把《平乐传》拍完。"

骆原："昨天我听导演说，你在《平乐传》的戏份会在年底杀青。"

顾青雾："嗯。"

骆原又问："一杀青，你和贺睢沉那边也没办法再拖了吧？这男人是想要名分，还是你？"

"他贪心，都想要。"顾青雾将拍完的剧本存放在书架上，这杀青的日子逼近，贺睢沉镇定自若，没有来剧组打扰过她拍戏。但越是这样，她心底就越明白，等到了期限，她就彻底逃避不了了。

骆原的嗓音从身后传来："这名利场上什么都有，唯独真心难求。无论贺睢沉对你是不是认真的，我就一个要求，你千万别学姜奈，年纪轻轻就官宣了，喜欢她的观众和网友都是事业粉，倒是无伤大雅。"说到这儿，他格外语重心长："你是靠颜值出圈，又有出道以来零绯闻的女神形象，男人对你而言，沾不得。"

顾青雾回过头，目光透着复杂，说："贺睢沉要是想跟我结婚……"

"你拦不住也得拦，别让他给你上婚姻这道枷锁！"

骆原把她的衣服给拿出来，催促着说："努力经营你的事业，才是正经事。好好拍戏吧，姑娘。"

千万别大白天做嫁入豪门的贵妇梦。

事业肯定是要的，顾青雾很喜欢演员这个职业，在环境艰难的剧组封闭式拍戏数月，她也没感觉到枯燥。

转瞬间临近年底，离杀青还有小半个月。寒冬腊月的天气下，顾青雾有不少商务活动都排上日程，即便她推了些，有几个重量级别的还是要应酬的，其中就有周泛月寄来的酒会邀请函。

周末，从下午开始剧组便没有拍摄顾青雾的戏份了。她在酒店里，先换了一身繁复的白色刺绣晚礼服，外面搭着保暖的羽绒服，等到地方再脱。

骆原坐在保姆车上，跟念经似的说："最近蒋雪宁跟周泛月走得也很近，你要切记自己才是香家代言人，别被抢了风头。"

顾青雾跟没听到一样，接过助理递来的手机看微博，随便点开，都是各路女明星出席活动艳压的通稿，她没什么兴趣地退出话题，又点开了游戏。

骆原见她还玩，皱着眉头："《贪吃蛇》你就玩不够？"

顾青雾心不在焉地说："嗯，谁让我用情专一。"

骆原看她一直在玩，直到车子停下，到达举办酒会的地方。本来窝在专座上懒洋洋的她，将手机扔给助理，在高跟鞋踩踏地的瞬间，整个人顿时恢复一副颠倒众生的模样，嘴角挂着招牌式笑容，走过酒店大门的红毯。

此刻宴会厅已经聚集了不少圈内名人，时尚界居多，都在笑吟吟地交谈。顾青雾的高跟鞋踩在柔软的地毯上，热闹的四周不由自主地安静下来，在场的人目光都随着她的身影移动。圈内没有几位女明星会主动跟顾青雾站在一起，以免被比下去。

就在不远处，蒋雪宁也费尽心思地拿到了邀请函，正巧言欢笑地跟周泛月聊着天，眼角余光看到顾青雾一出现就艳压全场，她的笑容僵硬两秒，几乎低语般说："周总好眼光，顾青雾的魅力是没有男人能抵抗得了的。"

周泛月初次见顾青雾时，很欣赏她这张美人脸，蒋雪宁浓妆艳抹的脸孔上似笑非笑，缓缓说道："她在我们公司最受宠了，前有褚三砚为她量身定做电影角色，后有沈煜恨不得把资源都砸她一人身上，就说今年的事吧……"

周泛月起了几分兴趣："什么事？"

"顾青雾有靠山时从不参加酒局，后来资源不好时去应酬了一次，当晚就被某位贺姓总裁看上了，总裁霸道得很，都不让别人敬她的酒。"蒋雪宁拿腔拿调地说完，暗示性极强。像顾青雾这种靠身体上位的女人，与高奢品牌的形象也相差太多了。

下一秒，周泛月眼底的笑意冷了大半，直言问："她跟贺睚沉？"

蒋雪宁浅抿红酒，语气越发柔和："周总也认识这位总裁？"

周泛月没回她这句，顶上水晶灯明晃晃的光线衬托之下，她的笑意在顷刻间消失。直到整个酒会接近尾声，周泛月都没有让品牌方的人去搭理顾青雾。宴会厅里一个个都是混迹圈内的老狐狸了，眼尖得很，这不应该是高奢品牌即将官宣的代言人该有的待遇。

顾青雾找了个清静的地方落座，无人搭讪也能面不改色，至于那个跟花蝴蝶一样飘荡在人群里的蒋雪宁，她一个多余的眼神都没给。等快散场的时候，顾青雾才跟完成今晚任务似的起身，裙摆曳地走向被众星捧月在人群中央的周泛月。过去时，周泛月已经从人群中脱离，正亲密无间地挽着一位清丽高挑的黑发女人，与她迎面碰上。

"周总。"顾青雾慢悠悠地出声，算是打过招呼。

周泛月的表情不爽，像是半天才记起这么一号人物，对旁边的好闺密介绍："思情，这位就是我前阵子签下的品牌代言人，顾青雾。"

气氛安静几秒，喻思情的目光带着某种审视。顾青雾今晚没有盛装出席，却把一条普通的刺绣晚礼服穿出了大方四杀的明艳感，布料服帖光滑，沿着腰线一路勾勒出曲线，每寸都像是被精心测量过的。她那双有亲和力的眼睛弯了弯，对顾青雾礼貌地点头："原来是你啊。"

"原来是你啊……"顾青雾不知她这句是什么意思，在她记忆中也不认识这位。她没有想留下搭讪的意思，过来打招呼也是为了回去给自家经纪人一个交代，正准备离场时，又听见喻思情声音极柔和地说："你今晚住哪家酒店？我让司机送你一程。"

无事献殷勤，这就有点让人摸不着头脑了。顾青雾今晚的时间很自由，半分钟都不想浪费在酒店里，她礼貌地婉拒："我不住酒店。"

喻思情看了她一眼，淡淡的笑容浮现在嘴角："顾小姐，你今晚想见的人，不一定能得偿所愿，还是先住酒店好好休息吧。"

顾青雾窈窕的白色身影逐渐消失在宴会厅门口，好似周遭一切都跟她不相关，她沿着走廊往左走。

周泛月隔着距离看着，不解地问身边的闺密："思情，你为什么要变相提醒她？"

喻思情扬唇，声音缓慢、轻柔："我只是想，贺睢沉应该很喜欢她。"

"男人所谓的喜欢都是廉价的。"周泛月语气轻蔑，颇有微词地说，"何况贺睢沉家里那位终身未嫁的姑姑可是个厉害角色，顾青雾混娱乐圈的，落在他姑姑眼里怕就是哗众取宠的身份，能不能进门都难说。"

"人各有命吧。"

周泛月望着喻思情这副沉静随和的模样，从骨子里就透着柔情，她忍不住叹气："老天爷为什么就不能偏心一下你？思情，我是夜夜盼着你身边能有个人陪，贺睢沉在国外这些年对你的照顾……"

喻思情纤白的手拍拍她的肩膀，轻声打断她未说完的一些话："我有人陪的。"

夜色正浓，酒店外不知何时飘起了雪，这还是今年泗城初次下雪，街旁照明的路灯照亮了一地雪白。顾青雾站在门廊前看了一会儿，才踩着高跟鞋走进雪里。空气中泛着刺骨的湿意，她连伞都没撑，慢步下了高高的台阶，很快司机就将保姆车开过来，她弯腰上车，助理赶忙将羽绒服递给她："青雾姐，别感冒了。"

顾青雾接过保暖的羽绒服盖在身上，冰凉的肌肤开始回暖。她问："我的手机呢？"助理把手机递过去，又小心翼翼地说："原哥说你今晚不回剧组，那是去哪儿？"

顾青雾的手指毫无停顿地点开屏幕，眼睛都不带眨地说："观山御府。"

观山御府是贺睢沉的一处私人豪宅，他不住酒店的情况下，多半都是来这里住。她在剧组封闭式拍戏不能外出，与他保持联系的这段时间里，知道他晚上都歇在那里。

四十分钟后，司机把车开到观山御府，也没敢问里面住着谁。顾青雾裹着羽绒服下车，接过助理递来的黑伞，独自走向眼前的独栋别墅，里面的灯亮着，在她进去时，恰巧有秘书送一位儒雅的中年男人出来。顾青雾的黑伞倾斜，露出半张精致雪白的脸蛋，无意间与他的眼神对上。仅一秒的工夫，秘书在旁边低语："顾小姐，您来了。"

顾青雾点点头，收回目光，表情平静地走进别墅大厅。在极尽奢华的宽敞大厅内，璀璨的水晶灯将四周都照得很亮，沙发那边，年轻的秘书正在把待客用的茶杯撤下，顾青雾的脚步踩在柔软厚重的地毯上无一丝声响，空气中还弥漫着一股熏香的味道。

显然，这里刚刚招待完一些贵客。顾青雾见秘书放下茶具迎过来，便出声问："贺睢沉呢？"

秘书："贺总在五分钟前亲自送他姑姑回老宅了，顾小姐，您没有事先跟贺总联系吗？"

"我以为他今晚会在这儿。"

"这不好说，贺总每次回贺家老宅，都会被他姑姑留下过夜。"从秘书只言片语间，顾青雾联想到在门口遇见的那个，当年在寺庙里就有过一面之缘的中年男人，所以她来之前，贺睢沉应该是在私人豪宅里接待了贺家一些德高望重的长辈。而她恰巧晚了五分钟，这五分钟细算下来，是她结束了香家酒会，用来看雪的时间。

秘书迟疑地问："顾小姐要上楼休息会儿吗？"

"嗯。"顾青雾来都来了，没有扭头就走的道理，她的语气透着些疲惫，"我不住客房，贺睢沉的主卧在哪间？"

三楼的主卧内，冷色系的装潢让环境看起来整洁舒适，只亮着一盏灯，床单是深灰色的，还有一整面干净明亮的落地窗，此刻被厚重窗帘遮挡了起来，隔绝了窗外的雪景。

顾青雾进去后，先是把身上的晚礼服和高跟鞋都扔在地上，拿起床头的睡袍随便套上，又走过去将窗帘都敞开。她光着脚走到床上找个舒适的位置躺下，不过一分钟，眼睛就合上了。折腾了一整天，她浑身都透着疲惫，又大老远地跑过来，她的体力被消耗了大半，闻见被子里那股熟悉的乌木沉香气息，很容易就进入睡眠状态。

在半梦半醒间，顾青雾梦见了南鸣寺的日子。应该是十七岁的时候，她不知不觉跟贺睢沉朝夕相处了三年。那时，与其说她是被少年那张俊美的脸所迷惑，不如说是依赖他对自己的那份耐心，那是她在顾家没有体验过的。从小，无人会像神仙哥哥这样耐心、温柔地教她知识，引导她知世故，让她学到很多东西。每次顾青雾都眼睛放光，用崇拜的语气说："哥哥，你懂得好多啊！"

而一身香火气的神仙哥哥都会回眸望着她："我只是比你早些知道，你现在也知道了。"

有他在，顾青雾不再像个散养的野孩子，整日不爱读书学习，只知道惹祸。她学会静心，待在南鸣寺后院里练习毛笔字，硬是将自己一手歪歪扭扭的蚯蚓字，变成工整漂亮的行楷字。很多时候顾青雾都会偷偷幻想，如果这辈子都不被顾家接回去，留在这里，跟山上的神仙哥哥隐居一辈子也挺好的。许是她求得太多，佛祖会惩罚贪心的小孩。

一天，在夏日炎炎的傍晚时分，顾青雾正趴在凉席上，出神地望着神仙哥哥坐在蒲团上看书，半天了，就没见他动，他的背挺得很直，腰真好。院外，不知是从山下哪里来了几个陌生的人，被和尚引进来的。他们衣着讲究，谈吐不凡，唤神仙哥哥为"二公子"。从那日起，顾青雾就隔三差五地看到这几人出现，每次来拜访，都是满脸沮丧地走，最后来了一位儒雅的中年男人。

庭院池塘的菡萏都开花了，神仙哥哥在出太阳时将经书都搬出来晒太阳，樟木香混合着花香，淡淡地弥漫在他秀长如玉的指间，而顾青雾捧着一碗云吞面，坐在台阶上静静地看着。那个儒雅的中年男人也极有耐心，在旁候着，直到神仙哥哥洗净手，示意他开口。不知怎么的，顾青雾心里很慌，连云吞面也不吃了，睁着黑白分明的眼睛盯着院内。

天快黑的时候，那人才走，迈出台阶时，眼神在她这边停留了三秒。顾青雾懵懂、茫然，很快看到神仙哥哥朝她招手，于是提起裙摆，一路小跑着过去。

"云吞面一口都没动，不饿？"他今晚的嗓音格外温柔。

顾青雾摇晃着脑袋，盘腿坐下："忘吃了。"

他笑了，院子内的焚香味重，熏得她也有些脑热，她的眼睛乱瞄，看到了蒲团上有个精致的雕刻锦盒，里面放置着一块玉石牌。

"哥，那个叔叔找你做什么？"

"给我送东西。"他的手指将玉石牌拿起，缓缓地递过来给她，在烛光下晶莹剔透，上面刻着"贺"字，那是她见过最美的玉器了。

"你喜欢吗？"

"唔，喜欢，哥哥是收下了吗？"

他又笑："你想我收下吗？"

顾青雾轻歪脑袋想了很久，孩子气地眨眨眼："不收下的话，这个玉牌该怎么处理？"

"明日会有人取走。"

"唔，那还是收下吧，这上山下山的，那些叔叔年纪大了，哥哥体谅一下人家。"顾青雾的小心思都藏在眼睛里，从明天起，她实在不想再看见外人来寺庙了，只是她的想法太单纯、天真，以为把玉牌留下，就能清净了。

他看着她单手托着腮偷笑，像个瓷娃娃般惹人喜爱，略停顿片刻说："明日……"

顾青雾循着声抬起头，眼睛灵动。等不到下文，她茫然地叫了一声："哥哥？"

他坐在蒲团上，被蜡烛暖黄的光晕模糊了半张脸的轮廓，因为侧对着，又是白衣白裤，在焚香絮绕间，衬得一身明净，在光影交错里对她低声说："有点想吃云吞面了。"

云吞面啊……顾青雾怔了几秒，张开红唇想说什么，又忘了。

眼前的画面瞬间跟昏暗的夜色融为一体，顾青雾再次醒来时，发现有股温热的气息洒在她的脚踝处，几秒之内，柔软地扫过她雪白的肌肤，勾起特殊的感受。顾青雾保持蜷缩的睡姿睁开眼，看到不知何时回来的贺睢沉站在床边，亲了一下她露在被子外的脚踝。

她还没完全从梦境里脱离出来，顷刻间，记忆中七年前的神仙哥哥，跟现在这个俊美成熟的男人重叠在一起。她心底蔓延着蚀骨的思念，在他要转身时，过分干净的指尖揪住了他的衣角，她声音很轻地唤："哥。"

贺睢沉被她拉上床，落地窗外还在下雪，室内却暖和一片，他的身影被灯光照映在落地玻璃上，他的手指隔着睡袍的面料摸索着她。

"两个月没见你了，今晚是来给我惊喜吗？"

顾青雾指尖碰到他的衬衫面料，有点冰凉，是在外面淋过雪的缘故。她仰头，在男人完美的下颚吐气，带了点潮意。直到感觉有重量压在了她的手臂上，她犯迷糊的脑子瞬间清醒过来，抓住他修长白皙的手腕，红唇发出哭泣一样的气音："哥。"

"让我抱你一会儿。"他们两个月未见，都靠手机联系，要不是她执意坚持不公开，贺睢沉都想在横店附近买下一套公寓，即便每天都要耗费两三小时在路上奔波，也值得。如今抱到人，他沿着她的耳朵往脸颊亲去，嗓音混合着很热的呼吸："今晚怎么没有拍戏了？"

"参加酒会，顺路过来关爱一下你这个孤寡男人啊。"顾青雾的脑袋枕在他的手臂上，眼睫轻眨，又说，"贺睢沉，你回答我一个问题。"

"我来别墅的时候，碰见了当年来南鸣寺找你的那个中年男人，也想起了些事。"她问他，"那个刻着贺字的玉牌，是不是你家的传家宝，只有家主才能要？"

贺睢沉与她对视，没否认。顾青雾猜到七七八八，声音变得很轻："也就是说，你问我要不要收下玉牌，是让我替你选，要不要回去接管家族。"

当年她才十七岁，对贺家几位长辈屡次上山来找贺睢沉的行为，还懵懂无知。后来长大了，每回深夜想起细枝末节的时候，才回味过来，当年这些人是在请贺睢沉回去继承贺家，成为新一任的家主。而她，当初在阴差阳错之下，把贺睢沉这样不食人间烟火的人，亲手推入了尘世。

顾青雾有点恍惚，甚至产生了某种大胆的错觉，旁人羡慕贺睢沉能掌管整个贺氏家族命脉，可能对他而言，还不如待在南鸣寺里悠闲避世。过了许久，她抿了抿干燥的唇，执着地看着男人的眉骨："你走后，有没有想过我？"

贺睢沉没说话，那时贺家发生太多事，确实是顾不上她了。顾青雾的胸口有些难受，好在她能自我调节，故作无所谓地笑着："你走后一个月，顾家就派人来接我了，说起来你的功劳还不小。平时教我读书写字画画没白教，回家后，奶奶都说我，不像以前，除了脸就一无是处了。"

贺睢沉没打断她，顺势配合地往下问："她这样说你，你没闹？"

"闹了，下场是被罚跪祠堂，然后我晚上把祠堂烧了一半，险些被逐出家门。"顾青雾为此也付出了惨痛代价，被送到外地上学，除了每月固定的生活费，享受不到一丝顾家名媛该有的待遇，也导致她在那个家没有名字，旁人提也是一句"都是老四家的不孝女"。

倘若有人好奇地往深点问，顶多就是被敷衍一句："那个傅菀菀生的，生了又不教养，平时没个规矩。"是啊，送到祖籍延陵都没把她的棱角磨光，平时端庄不过三秒，就会暴露原形。她这样的，在顾家长辈眼里就等于是无可救药的。

许是夜深人静，很容易感染人的情绪，在贺睢沉来亲她时，她也没躲，亲昵了一会儿，她说："你知道我十四岁那年，为什么会被送到延陵吗？"

贺睢沉的手指碰到她的眼睫毛，又去碰她的鼻尖，缓缓低声问道："跟你亲生父亲有关？"能把她送到地方偏僻的延陵来，即便是长辈做主，也需要她亲生父亲同意。贺睢沉身为贺家的掌权者，其中的道理心知肚明。

顾青雾点点头，脸颊贴着他的手掌心，柔软得像个小动物，偏偏红唇说出的话，又很离经叛道："是有关，我那位父亲当初心心念念追求着一位世家名媛，对方是被家里宠惯的，在听说他有过一段婚姻，还有个女儿后就闹个不停，而他呢，竟然哄骗对方说女儿早就死了，我是他大哥养在四房的私生女。"

没得到过父爱也就算了，最后连正经身份都不配拥有？顾青雾哪能忍得下这口气，在某次放学时，偷偷跑去找那个世家名媛，当众说她长得没有傅菀菀美，学历也没傅菀菀高，人品就更不用拿来相提并论了。傅菀菀至少没干出改嫁给沈煜，就要求把沈星渡塞回娘胎这种丧心病狂的事。因为她这一闹，父亲跟世家名媛的婚事也黄了。

顾青雾在被家法伺候之前，由奶奶做主，连夜送到延陵去面壁思过。说到这儿，她就跟说别人家的故事般，没有在贺睢沉面前表露出一丝情绪，眼眸平静地看他："我那位父亲年轻时是靠一副好皮囊追了傅菀菀五年，才把人追到的，最后呢，生下我就相看两厌了。你会不会也得到了就不懂得珍惜？我跟了你，日后你就腻了，想换个新鲜的，也把我甩了？"顾青雾一字一句说得很清晰，微颤的尾音暴露了她内心的不安和忐忑。

贺睢沉的手掌捧着她的脸，眼神极为认真，好像全世界就只有她。他缓慢地说："你害怕的，在我身上都不会发生，青雾，我这辈子非你莫属。"

顾青雾的眼睛微微发热，轻笑着问："你要是没遇见我呢？"

贺睢沉没有停顿半秒，吐字清晰："那就当一辈子清心寡欲的人，等下辈子遇见了，抓牢了，不放手。"

有时候男人的甜言蜜语，真的能哄女人开心。顾青雾此刻不想较真这话的可信度。她看了近在咫尺的男人半晌，主动去吻他，她的唇舌很软，轻轻滑到他薄唇间，很快又躲开了。两人气息相贴，分享着彼此的温度。直到顾青雾感觉心跳加速不止，才推了推他的胸膛，小声说："休息吧。"

这一晚，顾青雾都留在他的主卧里，哪儿都没去。她也没空胡思乱想，趴在被子里就懒得动了，闭眼一直睡到天亮。落地窗外已经不下雪了，白色的霜贴在玻璃上，看什么都雾蒙蒙的。

早晨五点多，贺睢沉就已经穿戴整齐坐在旁边，目光落在女人的脸上，他扯过白色被子盖过她的肩膀处，动作很温柔，又在她的额头落下一吻。顾青雾迷迷糊糊地醒来，软声叫他"哥哥"。

"我最近要出差一段时间，你杀青前会回来。睡醒后，秘书会送你回剧组。"贺睢沉的声音很温和。过了一会儿，顾青雾就翻了个身，将脸蛋贴在枕头上继续睡，也不知听进去没有。

近半个月的时间一直在拍戏，到春节前两天顾青雾还在剧组待着，她的戏份差不多快结束，商务活动也推了很多。骆原要带妻女回老家一趟，临走时，留了助理陪她："公寓里有你嫂子包的猪肉馅饺子，特别关照你这个留守儿童的，想家了就煮着吃。"

顾青雾冷笑："你什么时候见我想过家？"

骆原无言以对："这大过年的，贺总来陪你不？"

"他在国外。"顾青雾自从在观山御府住了一晚后，就跟贺睢沉分开了。她忙着看剧本、拍戏。他也忙，作息时间对不上，偶尔发条消息，就跟报平安似的。

骆原凭良心提议："你要是寂寞的话，我给你安排点工作？"

顾青雾给了他一个白眼，拿出手机玩贪吃蛇，慢悠悠地坐在一旁等化妆师过来。她这天补拍完这些镜头，就能离开剧组，等年后再拍个大结局，就彻底杀青了。熬到夜晚收工，顾青雾用化妆棉沾着卸妆水，把浓妆卸干净。她换上毛衣、半身裙，裹着一件白色的羽绒服，保暖工作到位后，连口红都没涂就独自出了门。包里的手机在微微振动，她嫌外面冷，又飘着细雪，懒得去拿。

走到停车场，她没看到助理身影，反而看到沈星渡开着他那辆车，缓慢地行驶过来，车窗降下，他朝她挑眉："打你的电话怎么不接啊？快上车。"

顾青雾站着没动，沈星渡伸长手，把副驾驶座的车门打开："我爸的命令，要我来接你。"

顾青雾在泗城没有亲人，几乎每次，沈煜都自告奋勇地要接她一起去热闹，理直气壮得很，以老板身份说是找她谈公司资源分配的事。这次也不例外，在上车时，她的语气很淡："最后一次，沈煜以后要还来这招，等合约到期，我就改签别家。"

"你这女人，不识好人心。"听到这话顾青雾斜眼看过去，问他："你很闲？"言外之意，说他管得多。

沈星渡已经启动车子开出横店，说她电话不接，自己手机振动也没理会。他修长白皙的手掌控着方向盘，语调懒散："我看你没爸没妈陪，发点善心。"

顾青雾刚要回怼，他搁在旁边的手机又响起来，一声接一声的。

她问："你不接？"

沈星渡："没手，也懒得接。"

顾青雾大概是猜出这通电话不是他经纪人的，就是蒋雪宁打来的，过了半晌，她侧头看向窗外的街景，吐出"狗德行"三个字。

沈煜在市中心有套小洋楼，是当年跟傅菀菀再婚时的爱巢，不管他身边有过多少莺莺燕燕，都不会带女人过来住。倒是家庭聚餐时，很喜欢假模假式地选这里。车从地下车库进去，顾青雾裹着白色羽绒服，戴着帽子连脸都没露，跟沈星渡走向电梯时，保安只是好奇地打量两眼，很快就引来了沈星渡的冷视。

下一秒，保安缩着脑袋，没敢再看那位穿着羽绒服却不显臃肿，连背影都那么漂亮的女人。电梯门合上，半分钟后打开。顾青雾取下帽子往外走，发现别墅的灯是亮着的，四周却静到没声响。她惊讶地看向旁边这位，第一反应是："你爸不会躺地下了吧？"

沈星渡也怀疑沈煜是不是年纪大了犯病，身边又没个人叫救护车，只能躺在地上等人发现，脸色稍变，沿着楼梯迈步上去。顾青雾也跟在后面，直到看到空荡荡的客厅，才发现自己想太多了。

一桌丰盛的晚餐早已经备好，还点上了蜡烛。走近看，发现两瓶珍藏版的红酒压着张纸，上面是沈煜的字迹。顾青雾低垂眼睫扫过，启唇说："你爸去郦城找我妈过年了。"

看这客厅就能猜到，沈煜是故意给他们制造二人世界呢，那张纸条被扔回桌上，她回头看沈星渡，又说："你爸还不如躺地下呢。"

沈星渡单手抄在裤袋里，嗤笑："我觉得也是。"

顾青雾顿了半秒，继续说："打个赌，你爸跑去郦城乡下，绝对是站门外喝西北风。"

"不用赌，你稳赢。"沈星渡的眼里泛起冷意，他早就看破沈煜的本性，走到餐桌前开了瓶酒，"吃完饭，我走，你今晚就睡楼上你自己的房间。"

顾青雾没意见，大晚上，又是寒冬腊月的雪天，她想回公寓，这男人未必会好心当司机。别墅的暖气开得很足，继续裹着羽绒服太热，顾青雾脱下搁在椅背，穿着宝蓝色毛衣坐下，这颜色很衬她的肌肤，一头乌黑浓密的长发散下，明明是浓颜系的美人，却透着股清冷明艳的美感。两人的性格都偏冷，不爱搭理人。小时候被父母安排一起吃饭，宁愿动手打架，都懒得动嘴说话。

今晚沈星渡的话却挺多，跟她聊起圈内不为人知的八卦，某歌手秘密生子，某资深演员已婚多年之类的，最后还放出撒手锏："在剧组拍戏期间，易小蓉半夜敲过岳醉的门。"

顾青雾剥开螃蟹壳，没忍住问："这都能让你知道？"

"被我撞见的。"沈星渡看她吃螃蟹，修长白皙的手也去拿了一个，慢悠悠地敲着，"易小蓉那女人你少接触点，心眼很多。"

"这话你该跟蒋雪宁说。"顾青雾在剧组时，心思都放在拍戏上，没空去管人际关系，独来独往惯了，大家也就都熟悉了她的性子，不惹事，也懒得搭理外界。

沈星渡皱着眉，变得冷冰冰，跟懒得提蒋雪宁似的。他把螃蟹剥了递给顾青雾，随口一问："贺睢沉是不是在追求你？"

顾青雾螃蟹吃够了，没动他这盘，抽出纸巾慢悠悠地擦手，抬起眼睫说："对啊，所以让你爸别再做这种吃力不讨好的事了，我对你提不起兴趣。"

沈星渡看着她提起"贺睢沉"三个字，嘴角就不自觉地弯起，平时都没见她这样爱笑。于是他语调冷淡地问："贺睢沉值得被你看上？"

顾青雾懒得理他。

"顾青雾，你别犯蠢，像他那种男人，玩女人肯定有一套，经验比你丰富多了。"

"你闭嘴吧。"顾青雾心想，说起她来头头是道，自己还不是瞎眼看上蒋雪宁？沈星渡被她打断，眼底浮现狠戾。恰好这时别墅外门铃响起，这简直就跟点了火似的，他冷着脸起身，椅子脚在大理石地上发出刺耳的声音。

门打开，冷冽的风雪也吹了进来。在路灯暖黄的光晕下，蒋雪宁一身针织红裙站在外面，露着腿，也不怕冷，看到沈星渡，又透过他身后，扫到坐在餐桌那边的一抹模糊美丽的侧影，眼角发红，推开他往里走。

"顾青雾，你给我出来！"

沈星渡拽住她的手臂，懒散的语调透着不耐烦："你闹什么？"

蒋雪宁快气死了，提高音调："沈星渡！你不接我电话，在家跟她过二人世界，你还不承认喜欢顾青雾吗？不喜欢她，会把人往你爸的房子带？"

"是我爸叫她来的。"

"好啊，顾青雾这是老少通吃！她是你们父子养的？"

蒋雪宁刺耳的话没说完，便被沈星渡冷声打断："再发疯一句，看我忍不忍你？"

蒋雪宁的双唇仿佛被胶水粘住，妆容精致的脸上写满愤怒和委屈。反观坐在餐桌前的顾青雾毫不心虚，见两人不吵了，语气平静地说了句："蒋雪宁，有句话你说错了。"蒋雪宁狠狠地剜了她一眼，气到失语。

"这栋别墅房产证上写的不是沈煜的名字，是我母亲的。"顾青雾看她没了理智，也不介意把话说得清楚点，"也就是说，你私闯的是我的地盘，再不滚，别怪我报警抓你。"

"什么意思？"蒋雪宁下意识地去看一脸冷漠的沈星渡，慌了神。她今晚故意打电话给保安亭，套出沈星渡亲自带了个陌生女人来别墅，就怒气冲冲地过来了。

女人的第六感告诉她，肯定是顾青雾。现在顾青雾这模棱两可的话，让她摸不清头脑，又问："她什么意思？"

沈星渡的手掌抬起，扣住她的肩膀正对着坐在餐厅的顾青雾，薄唇冷冷地勾起，吐字清晰："来，隆重地给你介绍一下，这位，是我爸第二任前妻的女儿，我跟她，算兄妹。"

外面夜色漆黑，风雪弥漫，笼罩着整座繁华的城市。蒋雪宁坐在车内，胸口的情绪滞闷，苍白着脸色，整个人麻木地看着窗外的街景渐渐远去。

她缓不过神来，颊侧的耳朵，好似还残留着沈星渡薄唇的温度。就跟浸在冰水里一样，他贴着她的耳垂亲吻片刻，极轻的话，却能刺破她的耳膜："你猜得没错，我是喜欢顾青雾，喜欢到连命都想给她。"

"雪宁，你到底怎么了？"一旁，方葵接到电话来接她，上车后，不管说什么，她就跟丢了魂似的。

方葵忍不住伸手去碰她的额头。蒋雪宁终于回过神，发白的手指慌忙抓住她的衣角："方葵姐，沈星渡警告我不许再针对顾青雾，否则他、他会让恒成娱乐的高层把我封杀了。"

方葵冷声问她："你在胡言乱语什么？"当初沈星渡替蒋雪宁付了高额违约金将她签到恒成娱乐旗下，彻底摆脱老东家的掌控，又怎么会封杀她？

"是真的。"蒋雪宁有种强烈的、不好的预感，今晚过后，她想当恒成娱乐未来老板娘的梦是彻底碎了。而这一切，都拜顾青雾所赐。

　　方葵伸手抱住她，低声安慰道："香家高奢那边内部消息说，顾青雾好像是得罪了周泛月，代言的事怕是悬了。雪宁，你只是公平跟她竞争资源，就算沈星渡要找上门算账，也得有凭有据。"

　　蒋雪宁冰冷的身体逐渐回暖，定了定心神，眼底闪过短暂的恨意，说："方葵姐，我不管顾青雾是谁的女儿，我一定要把她踩在脚底！香家的高奢，你就看她闹笑话吧。"

　　除夕夜当天，顾青雾起了个早，抵达泗城的机场。平时她最忙了，反倒是春节显得清闲，思来想去，还不如去看望一下褚三砚。她没睡好，登上飞机后，问空姐要了毛毯盖住身子，埋头补觉了。

　　在迷糊间，她梦见贺睢沉突然从国外回泗城给她惊喜，结果风尘仆仆地跑到公寓扑了个空，他高挺的身形隐在壁灯阴影里，大衣搭在臂弯处，袖口整洁，握着行李箱的骨节微微弯起。叫他的名字，他也只是象征性地微微侧了下脸。顾青雾张了张嘴巴，刚抬脚要跑过去，下一秒就踩空，身子瞬间跌入黑暗深渊。

　　她惊醒后，生生吓出了一身冷汗，睁着眼，失神地看着舱内的旅客陆续下飞机。她暗暗调整好呼吸，也不急着起身，而是拿出了手机。开机的瞬间，有消息提示音响起。顾青雾的心里下意识地紧张起来，屏住呼吸点开，看到界面上是骆原的名字时，她顿时兴致缺缺："大小姐，香家的高奢代言会在除夕夜官宣，你定闹钟，记得去转发啊。"

　　顾青雾随意打了个标点符号过去，面无表情地收起手机，起身下飞机。

128

第 4 章
喜欢什么颜色的床单

除夕当天的酒店很好订，在郫城市中心的五星级酒店套房内，墙壁上的时钟指向六点多，浴室里传来了淅淅沥沥的水声。

过了半个小时，顾青雾从浴缸里起身，一身肌肤白得晃眼。她站在镜子前，看了看裸露的背部，贺睢沉留下的吻痕已经彻底消失了。片刻后，她拿起浴袍严实地包裹住自己，慢吞吞地走到客厅，在沙发上窝着。窗外华灯初上，映照着她纤细的身影。她拿枕头垫在腰后坐着，将电视机打开，电视上播放着春节晚会，声音是热闹了，人却是极静的。

手机屏幕频繁亮起，都是一些圈内人给顾青雾发的新年祝福。她拿起杯子喝水，心不在焉地看手机，将未读点击成已读，最后停留在和贺睢沉的聊天界面上。

从三天前起，这男人就没给她发消息了。她有一下没一下地翻看聊天记录，不禁怀疑他这些年是不是在国外待习惯了，忘记春节是什么日子。顾青雾又喝了口水，指尖僵在屏幕上方许久，终于没忍住，给他发了个句号，之后就不继续盯着手机看了。

她那精致的脸蛋微仰，视线回到电视上，快到夜间十点的时候不由得犯困，突然"叮"的一声，又是骆原给她发的消息。

顾青雾点开看："香家的代言人公布了。"

她回："哦，我这就去转发。"

骆原："你先上微博看看公布的代言人是谁。"

顾青雾隔着屏幕都能想象出骆原是在冷笑着打字。顾青雾怔了一下，退出聊天页面，转而登录微博。

除夕夜上热门搜索的明星不少，排在第五的一个话题格外惹眼："蒋雪宁代言香家品牌"。点进去直接看到是香家的官方微博发布的消息，并提到了蒋雪宁工作室。而十分钟前，蒋雪宁本人也亲自回应："合作愉快。"

女明星之间的博弈极为残酷现实，能拿到顶级高奢代言的少之又少，倘若手上有个这样高级的百年品牌代言，是连咖位都能往上拔高一级，被各种时尚盛典邀请的。蒋雪宁毫无考察期就被香家签下，这是羡杀旁人的，连她的粉丝都扬眉吐气一回。

微博下的评论更是热闹——

"我家雪宁不愧是新崛起的实力派演员，做她的观众好幸福！"

"哈哈哈，隔壁那位三字女明星快出来丢脸，之前她到处放消息买通稿说香家要换代言人了，下一任是她，现在宣布的是蒋雪宁，蹭热度都蹭得丧心病狂了吧？"

网上是一片阴阳怪气的嘲讽声，顾青雾还没看完，手机就响了起来。顾青雾起身，走到落地窗前去接听，声音平静到没有情绪："原哥。"

不等她问，骆原就直奔主题："我给周泛月打电话问了，你猜人家怎么说？说突然觉得蒋雪宁的形象更符合品牌，临时决定把你换了，也不在乎那几千万的违约金，香家付得起。"

顾青雾冷静地看着高楼大厦下的车水马龙，过了半晌，开口说道："周泛月上次在酒会上对我的态度就很奇怪，只是没想到她先前不跟我解约，故意等到除夕这天毁约，让我被全网看笑话。"

"大小姐，你跟周泛月那女人是不是有深仇大恨啊？这么玩你。"骆原都快在电话里骂人了，毁约的事一传出，顾青雾的其他商务代言也会被影响，偏偏香家仗着自己是百年品牌而无所顾忌。

真是店大欺客。顾青雾面无表情："我哪里知道。"

骆原深深地叹了口气："真是白忙活了，我先找人去探口风，你要不问问江点萤？"

"嗯。"挂了电话，顾青雾都没动手给江点萤拨过去，江点萤就已经主动发来视频邀请。她接通后，只听江点莹骂骂咧咧地道："宝贝儿，你是不是快气死了？神经病吧！周泛月摆了我一道，她承认就是故意玩你的。"

顾青雾情绪越上头时，整个人反而越冷静："我跟她有仇吗？"

"周泛月说是替人给你个教训。宝贝儿，对不起啊。"

江点莹刚说完，视频那边还传来一道稍显年轻的男人嗓音："姐，你这声对不起说一万遍都于事无补，青雾姐被百年品牌单方面毁约，以后肯定跟时尚圈无缘了。"说这话的，是江家小继承人江既白。

江点莹卡壳了半天，说："我现在订机票去找周泛月，当面讨个说法。"

"点点，不用了。"顾青雾插话，依旧冷静，"事情要是还有商量的余地，周泛月就不会先斩后奏给我个措手不及，她是铁了心了。"

"事情怎么会这样啊！"

"不是你这边的问题，恐怕是蒋雪宁在背后搞鬼了。"顾青雾倒不是非得要香家的高奢代言，只是不爽被人摆一道，当猴子耍。

她跟江点莹通完话，直接给沈星渡发了条消息："管好你的女人，等我回泗城再找她算账。"

在宽敞明亮的客厅里，顾青雾把烦人的电视关了，房间里一瞬间就没了半点声响。她坐在沙发上面无表情地继续刷微博，看评论里这些人都是怎么笑话她的，看到造谣诽谤的，都截图下来发给助理。她的指尖点得很快，不知过了多久，忽然进来一通电话被直接接听了。

"青雾。"男人低沉而又熟悉的嗓音传入耳朵，不知为何，顾青雾的眼角有些发酸，手机都险些拿不稳。她深呼吸着，低低地应答："你怎么现在才打电话来？"

贺睢沉察觉出她语气低落，问道："怎么了？"

顾青雾仰头，不顾水晶灯刺眼的光芒，盯着看，轻声说："我现在心情很不好，你说句让我开心的话吧。"

贺睢沉思忖几秒，道："我刚下飞机，飞了十几个小时，现在正在去往你公寓的路上，预计半个小时内会出现在你家楼下，来陪你度过除夕夜，这样开心点了吗？"

顾青雾的眼睫毛未动，晶莹的泪珠一颗接着一颗从脸颊滑落下来。被全网笑话代言的事和造谣是"陪老男人专业户"时，她的情绪都控制得很好，不像现在这样，被贺睢沉两三句话就惹得哭鼻子。

顾青雾抱住自己雪白的膝盖，克制着抽泣两声后，带着哭腔对电话里的贺睢沉说："哥，香家那个中国区总裁故意整我。"

贺睢沉见她哭，再次说话时，很明显语调冷了下来："别哭，二十分钟内，不，十分钟内我会来。"

顾青雾也就哭个几秒，很快就控制住情绪。她拿纸巾挡住自己的泪眼，努力吐字清晰："我现在人在郦城，哥，下次你给惊喜前能不能别玩失踪，先搞清楚我在哪里啊？"

贺睢沉顿了顿，在电话那边吩咐司机改道，转瞬叮嘱她："你现在先去睡一觉，什么都不要想，听我的。"

他的嗓音温柔得不像话，有种能让顾青雾定下心神的清润感。她小声应道："好。"

睡一觉也好，刚才情绪上头，眼睛痛得要命。顾青雾懒得回卧室去睡，扯过一侧的薄毯盖在腰间，窝在沙发上。她把手机放在离自己最近的地方，慢慢地合上眼。迷迷糊糊的，不知道她睡了多久，到五点多的时候，落地窗外雾蒙蒙的，露出了微白的光线，浅浅地投在她纤弱的身上。手机时间显示五点四十分时，套房的门被"嘀"的一声解锁。几乎是瞬间，顾青雾就从睡梦中惊醒，下意识地往门口看。

是贺睢沉风尘仆仆地拎着行李箱进来，和她在飞机上做的梦一样，黑色大衣搭在臂弯处，袖口整洁，高挑的身影安静地隐在壁灯下。许是不想惊醒她，他连脚步声都刻意放轻，谁知一抬头，就与从沙发上坐起的顾青雾对视上。太久没见了，顾青雾看到他，酸楚的情绪再次涌上心头，她连鞋都来不及穿，光脚踩在地板上，一路跑过去抱住他的腰身，呼吸到的是他在外面染上的寒冷之气。

顾青雾："你终于回来了！"

贺睢沉将行李箱一把推到墙角，手臂稳稳地接住她，低头仔细看，看不够。他用手指将她的下巴抬起，盯着那微红的眼睛，薄唇溢出的声音有些沙哑："哭了多久？"

长这么大，顾青雾没主动向谁示弱过，明明一副我见犹怜的模样，却偏到了骨子里。这会儿她将心底的委屈都化成了紧紧抱住他的力气："你让我抱一会儿，抱抱就会好。"

贺睢沉高挺的身躯静静地站在墙壁前，任由她抱着，抬起手掌摸摸她柔软的脑袋，乌黑的发丝从他的指间穿过。他的手又沿着她的肩膀往下，最后手臂完全圈住她的腰身。没有什么比这样严丝合缝的拥抱，更让人觉得有安全感了。

顾青雾等那股酸涩情绪下去，脸蛋蹭着他的前胸西装，小声说："你怎么这个点来了？"

"除夕买不到机票，连夜坐四个小时车来的，耽误了一些时间。"贺睢沉轻描淡写地跟她解释。那语调，听上去四个小时仿佛是四分钟一样，但是仔细看他的眼下，略有点暗影。

顾青雾点点头，她说："去洗个澡睡会儿吧。"

贺睢沉摁住她的指尖，人没动，他的嗓音低低哑哑的："只敢在电话里对我哭，见了面一个字都不说了？"

顾青雾沉默半晌，浓密卷翘的眼睫轻轻地眨着，老实坦白："我之前被气晕了，才会一时情急哭了，现在回想起来，都是成年人了，愿赌服输是应该的。"

听完她这番话，贺睢沉的反应冷静，都没笑一下："你我之间，你倒分得清楚，年纪越大，还远不如在南鸣寺时与我亲近。"

顾青雾隐约觉得说错话了，及时补救，抬起手臂去抱他的脖子，撒娇道："我在外面被欺负了，像个小朋友一样回家找家长告状，这种行为会不会被人笑话？"

"你找我告状不是天经地义的事吗？谁笑你？"贺睢沉深幽的眼睛看向她，无形中带着上位者的压迫感，仿佛是在说：谁敢多嘴，让他好看。

顾青雾心口热热的，更加用力抱紧他，脸颊贴着他的下颔，喃喃道："哥哥，我就是气香家一言不合就毁约，他们负责人还理直气壮地说是给我个教训。我就算犯了天大的错，轮得上姓周的那个女人来教训我吗？"

贺睢沉眉头间的褶皱深了几分，他摸摸她的脸，低声说："我会给你个交代。"

顾青雾低头，红唇印上他的指腹，带着一抹柔滑的触感。在他眸色逐渐加深时，她踮起脚主动去吻他："奖励你不辞辛苦连夜从泗城坐车赶到郦城来。"

贺睢沉扣住她的后脖，在这半明半暗的玄关处，无声无息地用嘴角轻触她的唇。贺睢沉的手掌将她要抬起的脑袋压在胸膛上，声音满是温柔："别怕，有我在。"

三分钟后，等男人的脚步声消失在卫生间，顾青雾才抬起脑袋，也不知想到什么，笑个不停。贺睢沉还在洗澡，这时门铃声响起，顾青雾起身，把他搁在地上的西装外套捡起披上，走过去开门。酒店走廊上站着的是严述。严述恭敬地给她递上一个文件夹，说："有两份合同需要贺总亲笔签名，麻烦顾小姐给他。"

顾青雾点点头，见他欲言又止，启唇问："你想说什么？"

严述笑了："贺家祖上有个规矩，每年除夕夜，身为家主都得在老宅陪一群长辈看场戏，最起码也得喝杯茶再走。今年贺总破例了，怕是要被那群老家伙烦很久。"严述说这话，只是想让顾青雾知道，在这规矩大如天的家族面前，这个男人有多在意她。严述不敢再越界，点到为止就好。

顾青雾怔了片刻，胸口霎时涌上某种冲动的情绪。贺睢沉从浴室走出来，一身白衬衫、西装裤，十分整洁。见她坐在沙发上发呆，他走过去抱住她，问："不困了吗？"

她仰着脸，轻轻地吐气，手指在他的下颔徘徊了会儿，轻声地叫他："哥哥……我这些年经常会梦见在南鸣寺刚认识你那会儿，你就像是坠入凡间的神明，满身香火气，高冷，不爱搭理寺庙里的小和尚，喜欢穿着白衣白裤安静地站在台阶下，眼神像是在漠视众生一样。哥哥，每日你跪着念经，在焚香缭绕中一滴汗都没流，我还偷偷观察了好久，到现在才发现你原来也会流汗。"

贺睢沉爱极了她那双满是倾慕之情的眼睛，像是只装着他一人就足矣。他的薄唇轻点着她的额头，手指摸索到她指尖，严丝合缝地扣上，亲吻的空隙里，他用低沉的嗓音清晰地喊出："雾雾……"

顾青雾的心口热得厉害，指尖下意识地掐着他的手背。

"以后跟哥哥好不好？"贺睢沉看向她，专注到没有任何女人能轻易抵抗。他是会蛊惑人心的，顾青雾在这瞬间想到重逢以来他安排的一件件事。他早已经不动声色地布下天罗地网，等着她点头答应。

扪心自问，光是贺睢沉在除夕夜赶来找她这点，就足够打动顾青雾封闭已久的心了。她也知道，跟他之间不能再拖了。即便是想拖，等到年后新剧杀青，也该有个交代了。

过了半晌，她将额头紧紧地抵在他的胸膛上，心中的情绪难以自控，她说："我想答应你，又有点不甘心就这样轻易放过你。"

七年前他一夜之间从南鸣寺消失，整个寺庙，里里外外仿佛没了他生活过的任何痕迹。这种感觉不好受，就跟剜去了她的心头肉，在没被接回顾家的整整一个月里，她都不敢再踏足南鸣寺。

顾青雾又无法去怪他，毕竟当初两人始终以礼相待，彼此都还是少年，很多情愫都不懂，她有什么理由去怪他？她只能将这份不甘深藏心底，直到再次相遇，在这些日子的相处中又生出些心动来，才确定自己对他到底是什么感情。她哑着声埋怨道："你每次说喜欢我，我都想躲起来哭一场。"

贺睢沉的手臂抱紧她，薄唇贴着她的秀发，低声道："对不起。"顾青雾摇摇头，耳边一热，听见他问，"我要怎么做，才会让你不难受？"

她安静了一会儿，慢慢地抬起头，将柔软的脸颊往他的下颏贴："在一起可以，以后有什么事都是我说了算，我要当老大。"

早晨七点整，贺睢沉将她连哄带抱地弄进浴室，又递上了要穿的衣裙，问："陪我下楼吃早餐，嗯？"

顾青雾是情愿饿死也懒得动的那种，看在他表现好的分上，勉强打起精神，快速洗漱好，又换上了一条薄针织裙，尺寸跟她的身材曲线完美贴合，不过出门时都被白色大衣给严严实实地挡住了。她女明星这个身份注定不能在公众场合跟男性太亲近，出了电梯，就自动跟贺睢沉保持社交距离，踩着细高跟一路跟着他来到酒店餐厅区域。

在六号桌靠窗的位子，已经坐着一位西装革履的中年男士，看架势是等候多时。贺睢沉扶她上前落座，温声介绍："这位是香家董事长陆其南，陆总。"

顾青雾讶异地看向神色沉静如常的贺睢沉，心中震惊，怎么香家品牌的董事长会出现在郦城的酒店里？很显然，从两个男人客套寒暄间，她听出是贺睢沉亲自把对方叫过来的。

陆其南亲自给顾青雾倒了杯茶，变相地跟她赔礼道歉："能一通电话把我千里迢迢叫到郦城来吃早餐的，贺总算是独一份了。顾小姐，这次是公司内部员工的失误，还请你见谅。"

大年初一，被香家品牌的董事长亲自敬一杯茶，饶是顾青雾火气再大，也发不出来。她接过却没喝，转而笑了笑："我也不知跟贵公司周总有什么误会，能有幸被香家当着全网毁约。"

"周泛月已经被公司问责，在今天中午前她会接到停职休假的通知。"陆其南给出诚意，将随身的黑色手提包拿出来，递给顾青雾一份新的代言合同，"这是我的歉意。"

香家全球代言人还没有过中国区的明星，合约上写得明明白白，只要顾青雾愿意给个合作机会，这份合同是终身制，整个内娱的明星能拿到这样待遇的，凤毛麟角。顾青雾垂眼扫过，又抬起头，下意识地看向身旁喝咖啡的男人。贺睢沉全程不参与，只静静地凝视着她。但是顾青雾清楚，这是他替她要来的。考虑几秒后，她正视着对面的陆其南："周泛月被停职之前，我要她亲自宣布我是香家全球代言人。"

她做人一向有仇当场就报，别人硌硬她，她也会如数奉还。顾青雾就等着看周泛月憋着火气宣布完她是全球代言人后紧接着被停职会是什么模样。

陆其南的手指轻敲膝盖，最终妥协："可以。"

这次谈代言的速度比跟周泛月谈还要快，陆其南没有久留，一顿早餐的工夫，就告辞了。顾青雾慢悠悠地在餐厅吃东西，顾忌着是在外面，隐忍着没有跟贺睢沉有任何肢体接触。她抿了口豆浆后，连嘴角的笑容都是甜丝丝的："怎么办？我发现借你的权势狐假虎威是会上瘾的。"

以她在娱乐圈的地位，还不够格让品牌方的董事长亲自约谈合作。她知道，陆其南的所有退让，都是看在贺睢沉的面子上。

贺睢沉对此反应平静，抬起眼皮看向她："借自己男朋友的权势，有瘾也无伤大雅。"

"男朋友"这三个字可真新鲜。

顾青雾没他厉害，能完美地适应身份转换，指尖在餐厅布上点呀点，含笑问他："那我以后怎么叫你？在外面叫你贺总？贺睢沉？私下叫你哥哥？"

贺睢沉不知女人在恋爱时为什么会对称呼百般纠结。不过他饶有兴致地看她皱着眉头，过了半晌才说："叫老公也行。"

顾青雾无语凝噎，这个称呼太刺激了，她还开不了口："那你叫我什么？"

贺睢沉深深地望了过来："就两个字：老婆。"

"不行！我们才刚谈恋爱你就想一步登天？"顾青雾才不想这么快就成为已婚妇女，用高跟鞋尖悄悄地踢了一下男人的西装裤脚。偶尔这样的小动作，反倒能添加两人之间的情趣。贺睢沉端起咖啡杯抿了一口，没有要改的意思："就叫老婆。"

顾青雾耳朵都烧起来，她侧过脸看向窗外，嘀咕道："懒得跟你说。"

中午十二点整，香家品牌在全网又正式宣布了一位代言人。这次给足了顾青雾排面，加上了明晃晃的"全球"两个字。这条新闻直接空降热门搜索榜第一。

时隔不到二十四小时，不带这样反转的，原本全网嘲笑的人瞬间变成全体网友探讨的热点，组队跑到微博下评论：

"顾青雾也太厉害了吧，被恶意网友骂蹭蒋雪宁的热度，除夕夜也忍着没解释一句，第二天摇身变成站在金字塔顶端的代言人。"

"哈哈，蒋雪宁这种中国区的代言也好意思去碰瓷全球代言？"

"顾青雾的资源好到爆了吧！不过她好美啊，偏偏她还不自知，每次出席活动的路透照都是一副清清冷冷的模样，让人不敢轻易对她有邪恶的念头。"

……

在网友们疯狂刷评论时，有个内娱知名编剧站出来说："昨天看到除夕夜顾青雾被全网黑，说真的，挺心疼这个小姑娘的。这么说吧，顾青雾刚出道那会儿，有一个离异的中年富商想潜规则她，憋足了劲儿追求，天天来骚扰，送玫瑰花，结果顾青雾直接当着全剧组的面拒绝了他。"

隔了十分钟，编剧又发了下一段微博出来："你们肯定想知道后来怎么收场吧？那个中年富商长达半年往死里整顾青雾，她接什么戏，富商就动用人脉去找导演换人，想逼她服软呢。"

下面的网友都在问："最后顾青雾被潜规则了？"

知名编剧回道："没有。顾青雾的老板沈煜得知后，亲手把那个富商送公安局去了，告他骚扰。"

这件事看似很小，但无形中打破了顾青雾是"陪老男人专业户"的谣言，一些"吃瓜群众"的眼睛是雪亮的，都纷纷出来说："顾青雾就算有资本撑腰，我更倾向她是被捧出来的摇钱树，公司的活招牌。"

"全网无中生有了这么久，欠顾青雾一个道歉吧？我跟风怀疑过她，我道歉。"

骆原把网上的舆论截图发来时，顾青雾刚刚带贺睢沉去褚三砚的家中拜访，待到天黑了才回酒店。在她这边，拜见老师褚三砚，也算是见过家长了。这种感觉和私下偷偷在一起是不同的，会让顾青雾的内心不再飘忽不定。她细软的手指与他紧紧相扣着，一路上不知轻笑了多少回："哥哥，我老师都跟你说了什么？"

之前贺睢沉在书房里跟褚三砚单独下棋，也没让外人打扰。顾青雾想听墙脚，奈何两个男人都是斯文的，说话声音极轻，她一个字都听不见。

贺睢沉单手搂过她的细腰，走在路灯旁，嗓音低沉。"你老师说……"他思忖几秒，眼底有了似笑非笑的痕迹，直到顾青雾催了，才不紧不慢地往下说，"你的事业正处于上升期，叫我别太晚结婚。"

顾青雾不太信："真的假的啊？"褚三砚说得比这委婉，原话是暗示别太早让顾青雾被家庭约束，让她能安心经营自己的事业，奈何被贺睢沉擅自改了。他的语气格外笃定："我骗你做什么？"

顾青雾认真地看了他两眼，也没说话，用指尖悄悄地抠他的手掌心："一起回去吧。"

贺睢沉握紧她的手，俊美的脸庞被路灯暖黄的光映照着，他温和地笑了。

同一时间，在泗城偏市中心的富人小区内。

在喻思情正式搬入后，别墅的灯光换成了不刺眼的柔和光，四处都透着温馨的气息。此刻她正在厨房准备饺子，听到门铃声响起后，纤白的手伸到水龙头下洗干净，转身走出去开门。

按门铃的是周泛月，进来后，她将名牌包往沙发一扔，面无表情地道："思情，我被停职了。"

喻思情准备给她倒杯茶暖身，听到这话，停顿几秒，那双有亲和力的眼睛露着一丝疑惑："陆其南知道吗？"

周泛月冷冷地笑："是陆其南的命令。"

"你在公司犯了事？"喻思情也身在职场，知道停职对一个女强人而言是多大的打击。而陆其南和周泛月之间关系暧昧，照理说，没踩底线，没危及公司的利益，不至于停职这么严重。

周泛月诉苦道："老陆这次是半点情分都不念了，追根究底都是贺睢沉一手造成的。"

"怎么又扯到他身上？"喻思情今夜才坐私人飞机从国外回泗城，又很少关注娱乐新闻，对热门搜索上的事一概不知。

周泛月把事情的经过坦白了，也承认是有报复顾青雾的心思在里面。她不服气地说："在我看来，蒋雪宁确实比她更符合品牌形象，换代言人又不是没给她违约金，她呢，去找贺睢沉告状，还让老陆除夕夜跑到郦城去给她端茶倒水赔罪！"

"现在顾青雾拿到了全球品牌代言，要我亲自宣布，发布完了，就把我停职了。"

喻思情坐在沙发上安静地听她说完，脸上没什么情绪，摇摇头，很不赞同："泛月，这些年你多多少少也跟睢沉接触过几次，还不了解他护短的性格吗？"

"往年这时候贺睢沉都在国外，和你一起在医院陪他哥啊，谁知道会突然回国？"周泛月这是趁人不在，就想把顾青雾往死里欺负，谁知反倒坑了自己，她求喻思情，"思情，你帮我去跟贺睢沉说说情吧，老陆那前妻就等着我下台呢。我要是一天不回公司，保不准手下的人都被换了。"

喻思情出神了很久，叹了口气，说道："下不为例，别再去招惹顾青雾了。"

周泛月心不甘情不愿地应下，又问："贺睢沉什么时候回来？"

喻思情温柔的眼眸看向窗外，仍然是淡淡的语气："初三，他要亲自陪姑姑去寺里祈福的。"

大年初三，泗城附近香火极盛的天梵寺对外宣称闭寺半日。

早上七点，贺睢沉穿着一身整洁的纯黑色西服站在车旁，雪白的衬衫衬着他俊美的脸，他神色沉静，亲自将姑姑迎下车。贺语柳连续十几年不变，每年初三都要上山来天梵寺祈福。

众人沿着百级青石阶往上走，静候的高僧双手合十施礼，亲自将贵客引进寺庙里。烧香祈福的流程走下来，殿内的贺语柳举着香起身，回头注意到静立在黑色香炉旁边的贺睢沉。

来到此处，却不见他拜。贺语柳略顿片刻，一晃神，很快又微笑着继续听高僧说话。等祈福完，也找不到贺睢沉的身影了。在寺庙庭院中有一棵大树，枝叶格外繁密，上面系着一块块红线木牌，在寒风中碰撞出悦耳的声音。贺睢沉站在树下，不言不语，如同寒冰雕塑。有小和尚从走廊路过，好奇地停下张望，很快又被年龄大点的唤走。

不知过了多久，严述从外面走进来，附在他耳边低语几句。贺睢沉面容平静，让他留下陪贺语柳，转身缓步离开天梵寺，不紧不慢地原路返回。他走下青石阶后，目光所及，是一身朴素低调装扮的喻思情。

所有人都在寺庙里，司机也没在车上。贺睢沉随意打开就近的一辆豪车，外面寒风刮着，不方便谈话，他眼神平静地示意喻思情进来。她轻手轻脚地上车，坐在第三排，与他隔着些距离。车内暖气开得很足，很快喻思情全身就回暖了。她笑了笑："睢沉，能给我十分钟吗？我想找你说几句话。"

喻思情知道贺语柳对她的态度，想趁着天梵寺的人没出来就走，以免让双方都不愉快。多年来，她用自己的委曲求全，换来贺睢沉不至于夹在中间左右为难，所以贺睢沉应该愿意给她十分钟的时间。

在静默几秒后，喻思情说话很有技巧，没有一张口就为周泛月解释开脱，而是充满歉意地赔礼，末了又适时地补充道："泛月在香家品牌担任中国区总裁这两年，有陆其南撑腰，有时候做事出格了。这次跟顾小姐合作不愉快，她也是自讨苦吃。"

贺睢沉城府极深，又怎么会听不出喻思情话里的那个"求"字？他扯了扯薄唇，语调听不出喜怒："大嫂，你是想让她官复原职？"

这一声"大嫂"，让喻思情那双温柔的眼微红。她自嘲地苦笑，恐怕整个贺家，唯一承认她身份的，也只有眼前这个相貌跟贺云渐有七八分像的年轻男人了。

七年的时间太长了，她一天天苦苦煎熬着，有时候看到贺睢沉都会失神、恍惚。细想想，她快要分不清这个人到底是哥哥还是弟弟了。而贺睢沉第一次察觉到她精神恍惚后，私下就改口，对她的称呼从"思情姐"变成"大嫂"。

喻思情握了握手，竭力将情绪都藏在心底，声音轻柔缓慢："我会让泛月给顾小姐亲自赔礼道歉，让顾小姐把气消了，可以吗？"

贺睢沉没有回答她，指尖慢悠悠地轻敲着膝盖，过了半晌才扯动薄唇："大嫂，你来劝我，不如回去劝劝周泛月，趁着休长假的时候去外面走走，以免长期被工作压到精神出问题，见谁都要惹。"

这是绝不松口的意思了。喻思情听出贺睢沉话里的拒绝之意，点到为止，不再浪费时间说情："是我唐突了。"

过了四十多分钟，贺语柳就已经祈福上香结束，回到了车内。她早就听到司机偷偷汇报喻思情来过这里的消息，坐上后座后，她的精致面容是冷的，半点笑容都没有。在车缓缓开下山的途中，她突然对贺睢沉发难："你哥养在外面的那个女人，找你做什么？"

贺睢沉修长的手指把玩着黑色手机，听见这句话，抬起眼皮望来："姑姑，喻思情是哥求过婚的女人，他们在国外已经注册结婚了。"

"不被贺家长辈承认的，算什么名正言顺？"贺语柳对喻思情是从骨子里厌恶，连表面功夫都懒得装，原因无他，起因是喻思情出身于福利院，在国外高档西餐厅做服务生，才有幸结交了贺云渐。后来贺云渐给她买公寓，供她读完名牌大学，两人同居数年后，关系才被贺家知道。对于这么一个依附男人往上爬的女人，贺语柳是打从心底拒绝她成为未来贺家主母的。而贺云渐出车祸当天，正是因为喻思情难产，他去医院的路上太急，闯了红灯，才险些把命都丢了。

贺语柳对贺云渐的感情很深厚，毕竟是她一手养大的，而贺睢沉从小就在寺庙里修行，与家里长辈很少接触，是不会跟她一条心的。贺语柳冷静片刻后，皱眉说："这些年喻思情在贺氏旗下分公司担任高管，职位是你给的，你还将你哥哥的股份也给她继承。睢沉啊，她就是灾星，来掏空我们贺家的。"

"喻思情有这个资格继承哥哥名下的股份。"贺睢沉不冷不淡地提醒一句，倒也不是存心要忤逆，"姑姑忘了吗？她替贺家……"

"够了！"贺语柳不想听，转头看向车窗外，对贺睢沉更是眼不见心不烦。

车子一路安静地开回贺家老宅，气氛压抑到司机都不敢大口喘气。等贺睢沉被德高望重的四叔公叫走，贺语柳的眼神扫向身边的管家，往内院走："年前睢沉留宿老宅那次，半夜又走了，我听人说，是有个女人跑到别墅去找他，还有这次。除夕夜他身为家主都不回老宅，也是为了个女人？"

管家谨慎地回答："二公子也到适婚的年纪了，碰到喜欢的女人，难免会意气用事，做一些不合时宜的事情。"

贺语柳停下脚步，朝院外看："你不懂，我们那二公子是神明下凡，把心肝肺留在了天上，自小就薄情得很。我兄嫂离世的时候，大的跪在祠堂哭了三天三夜，小的呢，还有心思让老用人给他洗澡，换身干净体面的衣服见客。"

如今贺家做主的，正是贺语柳口中那个"小的"。管家怕得罪家主，不敢顺着话茬往下说什么，只好笑道："二公子还是敬重您的。"

贺语柳收回嘲讽的笑容，语气冷漠："去调查一下和贺睢沉亲密接触的女人，不能让第二个喻思情毁了我贺家的男人。"

顾青雾一回到泗城就复工了，性格使然，她向来说到做到。

上午来到恒成娱乐公司后，她直接把蒋雪宁拽到会议室里，门是紧闭的，谁也不知道发生了什么。直到沈星渡匆匆来了，敲门进会议室后，把门"砰"的一声又给关上。

公司的人相互对视几秒，骆原皱着眉头从茶水间出来吩咐："都把嘴巴闭紧点，还不去工作！"

会议室内，蒋雪宁双手紧紧抱着沈星渡哭泣，泪水湿了脸庞，坚决不承认自己在香家代言一事上搞鬼。

"是周泛月自己要把代言给我的，而且我比顾青雾还早接触这个品牌，怎么是我抢她的？"

顾青雾浅笑一声，看她继续演："我当初的合同是沈煜亲笔签下的，你的合同怕是还没补吧？"

蒋雪宁险些咬断舌头，表情快绷不住，恶狠狠地瞪向这个无法无天的女人："顾青雾，'愿赌服输'四个字你不知道怎么写吗？"

"知道啊，所以我是全球代言人，你靠手段也只能拿到中国区的。"

"那你为什么还要找我麻烦？！"蒋雪宁想到网上都在笑她碰瓷，身体都在发抖，机关算尽有什么用？到头来却被顾青雾不动声色地摆了一道。

顾青雾没理她，慢悠悠地靠坐在椅子上，抬眼看向沈星渡："不知她在背后跟周泛月说了什么，害我被单方面解约，又发通稿屡次造谣我是'陪老男人专业户'。我就不找沈煜告状了，因为蒋雪宁是你不惜赔付巨额违约金也要挖来公司的女朋友。沈星渡，这事儿你要给我一个说法。"

"星渡，我没有啊。"蒋雪宁仰着脸，下意识地去抓紧沈星渡的手，他的手冰凉得让她打了个寒战。沈星渡清俊的面庞上尽是冷意，眼神更是不同于往日。他听完事情的来龙去脉，过了半晌，薄唇扯动，吐出几个字："顾青雾，你先出去。"

顾青雾也懒得留下看戏，起身，踩着高跟鞋往外走。"砰"的一声，会议室的门被重新关上。

蒋雪宁不停地摇头说："星渡，顾青雾把莫须有的罪名强加到我身上，难道说她的代言和演的剧，我以后都不能沾一下边了？"

沈星渡看着她哭成泪人的模样，眉目间冷淡的情绪慢慢散去，终于抬手给她擦拭泪珠。这样温柔的动作，让蒋雪宁心里燃起了希望，她抓紧他的衣角："星渡……"

"你先起来。"沈星渡对女人很少有这样的柔情，将她扶到椅子上坐，又倒了杯水递过去。蒋雪宁稍微定下心神，可她一口水还没咽下，就听见沈星渡用冰冷的语气，吐出一句清晰无比的话："蒋雪宁，我们分手吧。"

下一秒，她手中的玻璃杯滑落，水洒在身上，她一脸震惊地盯着他。沈星渡又恢复了冷淡懒散的模样，轻嗤着戳穿她的伪装："一直以来我都懒得跟你分手，这似乎让你的胆子越来越大，蒋雪宁，你适可而止。"

"懒得跟你分手"几个字清楚地传入蒋雪宁耳中，让她险些瘫坐在椅子上，指尖掐进扶手里，双眼充血地看着这个冷淡的男人。她有瞬间的恍惚，就好像看到初遇时的他。她受邀参加某个珠宝活动，不小心走错了休息间，进去才看到有一个年轻的男人穿着品牌方的衬衫西服斜靠在墙壁上点烟，窗户的百叶窗帘是闭着的，他只露出白皙精致的下颏。

再往下，是他那双漂亮而修长的手，点了烟也不抽，最后摁到整洁的袖扣上熄灭，烟雾浅浅地飘着，他毫不顾忌品牌方价值几十万的衣服。经助理提醒，蒋雪宁才反应过来，这位是内娱顶流，恒成娱乐未来的少东家——沈星渡。

整整三年时间，蒋雪宁使出浑身解数在沈星渡面前刷存在感，并从他前任经纪人那边打听到他对什么样的女生容易有好感，有什么习惯。渐渐地，沈星渡发现她很好相处，两人口味相同，连对玉米过敏都是一样的。他不知道的是，蒋雪宁对玉米不过敏，是对花生过敏。

她想到这些，心底升起不甘，声音从喉咙里吃力地挤出："什么叫懒得跟我分手？"

沈星渡薄唇轻启，透着点凉薄："换女朋友太麻烦。"

蒋雪宁听到这句话，觉得荒谬至极，站起身扬起手打了他一巴掌，急促的呼吸足以表现出她的怒意。这一巴掌沈星渡没躲。他的反应冷漠："蒋雪宁，在娱乐圈你不是我的第一任女朋友，和你在一起，是因为你懂得拿捏尺度，懂吗？"

"在你眼里，女朋友不乖就可以换掉？"

"呵，你是真乖还是假乖，心里没点数吗？"

"沈星渡，你没有喜欢过我吗？"

喜欢？沈星渡的视线掠过蒋雪宁，客观来说，他对她是有过欣赏的，却没到真心喜欢的程度。他冷淡地反问："重要吗？"

喜不喜欢，他都给了她正牌女友的身份，为她赔付巨额违约金，让她摆脱前任老板的纠缠。

沈星渡丝毫愧疚感都没有，见蒋雪宁双目红肿地瞪他，扯了一下嘴角："别拿这种眼神看我，在这段各取所需的感情里，我主动碰过你一根手指头吗？你也不算亏。"

这话真真实实地扎进蒋雪宁的心窝里，确实是，哪怕接吻，都是她百般主动。沈星渡私下都是放松懒散的状态，像对什么都提不起兴趣。

即便是这样，蒋雪宁还是不愿意放手，仰着的脸带了点惹人怜的味道："星渡，不要分手，我以后都会听你的。"

"蒋雪宁，这样就没意思了。"沈星渡这次没有怜惜她的眼泪，一句话，如同判定了她的人生。

方葵走进会议室时，蒋雪宁还在哭，已经哭到快断气的程度。

"雪宁，沈星渡刚才走出去了，你们怎么回事？"

蒋雪宁整个人都在抖，失了力量般，怔怔地看她："方葵姐，他跟我提分手了。"

方葵大吃一惊："就为了顾青雾？"蒋雪宁是咬碎牙都不愿意承认沈星渡喜欢上顾青雾这个事实，这样她就彻底输了。她只能用哭声掩饰胸口那种难受的情绪，指尖攥紧了衣服领口，指节发白。

沈星渡一出会议室，转身就去了顾青雾所待的休息室，门一关，彻底隔绝了外面的声音。

泗城的春季乍暖还寒，上午的阳光并不刺眼。顾青雾慵懒地坐在落地窗前，金色的光落在她的白色长裙上，布料是棉绒的，却不显得臃肿，腰身被勾勒得极细，乌黑浓密的长发垂落着，那张精致明艳的脸正对着玻璃窗，看着下面车水马龙的繁华街道。

沈星渡走过去，在另一张单人沙发上坐下，又抬起眼皮看向她："我跟蒋雪宁分了。"

顾青雾稍微坐直了些，表情不意外。

也不知谁在茶几上放了飞行棋，沈星渡漫不经心地玩着，忽然毫无铺垫地说："顾青雾，要是你三十岁还没嫁出去，我也没娶老婆，我们干脆凑合算了，反正这辈子就几十年，眼睛闭一闭很快就过去了。"

"你诅咒谁嫁不出去呢？"顾青雾抬眼看他，都懒得笑，"我现在可不是单身。"

沈星渡脸色突然变了，捏着飞行棋，过了半晌，薄唇溢出轻嗤："贺睢沉？"

顾青雾默认，抿唇没说话。沈星渡清俊的眉眼里浮起情绪，毫不避讳地说她："光顾着长脸，忘长脑子了吧？找贺睢沉做你的男人，就不怕最后连骨头都不剩？"

顾青雾最烦他说这些，好像预判到贺睢沉会辜负她一样，她的语气也不好了："沈星渡，你还是管好自己的事吧，下次找女朋友之前擦亮眼睛，别被忽悠得眼都瞎了。"

"顾青雾，你别跟狗一样，见谁都咬。"

"你才是狗。"

"我把话放这里，贺睢沉要是会跟你结婚，我跟你姓。"

"呵。"顾青雾单方面宣布跟他结束这种幼稚的吵架，看了一眼手机，拿起包准备离开公司。

沈星渡见她一副去约会的架势，皱起眉头说："公司开会，你不参加了？"

"我跟沈煜打过招呼了，原哥替我去。"顾青雾丢下这话，踩着细高跟离开休息室。她走到电梯那边，指尖点开手机，屏幕的聊天界面上，是贺睢沉十分钟前发来的消息："喜欢什么颜色的床单？"

在酒店那晚，他始终是克制的。后来，他动作温柔地抱她，然后用嘴唇碰了碰她茫然睁大的眼睛，嗓音低哑磁性到磨人心尖："回泗城后，来我的私人别墅。"

顾青雾的心跳忽然加速，无声地点头。贺睢沉将搂她到怀里，俯首在耳郭低低地问："喜欢什么颜色的床单？"

床单的颜色顾青雾想了很久，指尖点呀点的，还没回复。电梯"叮"的一声，抵达地下车库，她先走出去，细高跟踩在地上，看到不远处停着一辆黑色的豪车，有位西装笔挺的中年男子站在旁边，见到她，很恭敬地欠身说："顾小姐，请上车。"

在泗城市中心的一家私人会所里，二楼被人包场，无人能上去打扰。

在包厢里，顾青雾初次见到贺睢沉的亲姑姑，她看上去四十多岁了，保养得很好，将一身绛紫色旗袍穿得很优雅端庄，化着精致的淡妆，气质显露出她的显赫出身。

"坐吧，孩子。"贺语柳微笑时格外平易近人，日常保养做得不错，眼角弯起时才能看见细纹。

贺家人的眉眼都相似，这让顾青雾心生几分好感。她找了张椅子落座。贺语柳先为她介绍这家私人会所的招牌菜，细细地问了她有什么忌口，在礼数上挑不出半点错来，好似找她过来，就是为了一起吃个便饭的。

顾青雾安静地放下筷子，抬起头，正看到贺语柳望着她。过了半晌，贺语柳先笑道："我是看你看迷了眼，长得真好。"

顾青雾隐约猜到先前都是在铺垫，现在要进入正题了，她声音平静地顺势问："贺女士找我来，是有什么事吗？"

贺语柳就喜欢跟聪明的女孩交流，不像喻思情，当初跟她揣着明白装糊涂，好言好语相劝都没用。

贺语柳顿了几秒后，开门见山地说："我知道你是郦城顾家的女儿。"

顾青雾听闻此言，明白贺语柳是做了背景调查，恐怕接下来的话，每一个字都不是她爱听的。贺语柳说起话来，声音柔和婉转："你是顾氏家族四房的独女，自幼在家不受宠，为了进娱乐圈跟长辈闹翻了，这些年从上大学开始就没有回去过一次，算是与顾家一脉断了关系。"

顾青雾有些玩味地笑，干净的指尖玩转着茶杯："所以呢？"

贺语柳的视线落在她那张漂亮不像话的脸上，暗想，怪不得连贺睢沉都动了心。片刻后，她将一本花名册递给了顾青雾。

"我这辈子守着这贺家终身未嫁，没有儿女缘，如今倒觉得与你也是有缘了。"

顾青雾低垂眼睫，慢悠悠地翻着花名册，上面记录着泗城豪门到了适婚年纪的公子哥，什么类型都有，资料齐全到连情史都备注明白了。贺语柳缓缓地往下说："不如我认你做干女儿，有贺家撑腰，这满城公子哥都任你挑选，我相信睢沉也会很疼爱小表妹的。"

顾青雾的指尖一顿，抬头对上贺语柳的眼神："你想让我成为贺睢沉的小表妹？"

贺语柳说话很和气，却透着股强势："顾小姐，在整个豪门圈里，能跟贺家沾亲带故，是别人梦寐以求的。做我唯一的干女儿，总比没名没分待在外头好。"她自认为没有薄待顾青雾，至少保全了彼此的利益，是双赢的事。

顾青雾将花名册扔在桌上，气氛不如先前和谐，她唇边的笑容是冷的："怕是迟了。"

贺语柳摇摇头："只要你点头，不迟。"

"贺女士不如回去问问贺睢沉，他想不想要个小表妹。"

"顾小姐，你不可能成为睢沉的妻子，贺家已经为他挑选好了合适的联姻名媛，你何必有台阶不下呢？"

贺语柳依旧用心良苦般，耐心地劝她别执迷不悟："像你这样容貌出众的女孩，性格太倔强的话，反而会误伤自己。"

顾青雾见无法说服彼此，也不浪费时间。她演不出那种求长辈别棒打鸳鸯的可怜戏码。

她起身拉开椅子，正要说话时，贺语柳早就看透一切，慢悠悠地抿了口茶，抛出最后的筹码："贺家有祖训，世代不与延陵顾姓的子女通婚。顾小姐，听我一句劝，整个贺家没有一个长辈会接受你进门的。"

顾青雾略停顿，眼里滑过一丝讶异，低头看过去。贺语柳放下茶杯，端坐着笑着看她："明明可以为人妻，何苦自甘堕落被人包养在外面呢？"

天色渐渐暗下来，别墅里没有开灯，楼上的主卧是紧闭着的。

顾青雾从傍晚来后，就没出来，将窗帘都严严实实地拉拢，穿着白色长裙坐在床沿，旁边的手机偶尔亮起，光照在她清冷精致的脸蛋上，她低垂的眼睫微翘，眼睛微微泛光。

在微信的界面上，是江点萤发的消息："贺家那个破祖训，世代不与延陵顾姓的子女通婚是什么意思？亏我还觉得贺睢沉这人看着挺正经，没想到对你其实还有所保留，渣男！"

顾青雾不知道贺家还有这么一条祖训，听上去真是滑稽。她拿起手机，慢悠悠地回："他姑姑给出态度了，给我一个月的时间考虑。"

江点萤："考虑做她干女儿？"

顾青雾："嗯。"

江点萤："我的老天，那画面都不能想，谁家堂哥会天天缠着表妹啊？"

江点萤："宝贝儿，就算你愿意认个干妈，相信我，贺睢沉绝对不需要冒出个毫无血缘关系的小表妹，他怕会比你还气。"

顾青雾的情绪尚能控制，就是被这个祖训给整无语了。倘若贺睢沉没有打算跟她认真交往，那无所谓，就当朋友好了。

她想通这点，郁闷的心情也就散去大半。

这时门外传来动静，贺睢沉从公司回到别墅，打开门时，走廊的光线照进来。黑暗中的顾青雾被光刺得下意识地眯起眼，再睁开时，听见他缓步靠近问："怎么不开灯？"

顾青雾放下手机，表情冷淡地看着他，坐着没动，直到他走到跟前。贺睢沉稍微俯身，低下头去亲吻她的嘴角，扫到白色的床单，语调带着点笑意："喜欢白色？"

顾青雾没让他亲太久，侧过精致的脸蛋，刚要说话，又被他有力的手扳回来，继续亲。

她今晚的反应很平静，不像以前，被亲一下就脸红气喘。贺睢沉察觉出她的情绪，停了下来，伸长手臂去开台灯，低声问她："怎么不高兴了？"

顾青雾微微坐起身，她的脸上写着心事，在男人要摸她脸蛋时躲开，启唇问："贺睢沉，你家祖训，还有一条是世代不与延陵顾姓子女通婚，对吗？"

贺睢沉凝视着她的眸色难辨情绪，好似寻常聊天般，轻描淡写地反问："谁告诉你的？"

顾青雾见他没解释，那就是真有这条祖训了。她像撒气一样，把枕头扔到地上，语气却很柔和："你姑姑，她请我吃了一顿饭，顺便好心提醒我，别被你的花言巧语哄骗了。"

以贺睢沉对她的了解，此刻顾青雾的愤怒值达到了满格。他伸手把她强行抱过来："她还跟你说了什么？"

她挣扎了两下没挣脱，脾气上来就往他那修长的锁骨咬去，用了狠劲。贺睢沉手臂没松开她，那张雪白的床单被一番折腾，皱得无法看了。

不知过去多长时间，她挣扎的力气变小了，呼吸声很轻，凌乱的发丝沾着汗贴在脸颊边，整个人躺在白色柔软的被子里。

透过台灯昏暗的光线，她仰头看到贺睢沉的衬衫纽扣被扯掉几颗，露出的结实胸膛，被她指甲掐出了很浅的血红伤口，她下手没轻没重的，都擦破了皮。

贺睢沉低下头，沿着她乌黑的头发丝一点点摸到腰部，连呼吸都是控制着的，他哑着嗓音说："这一刻，你就算要我的命，我也认了。"

窗外不知何时下起了小雨，淅淅沥沥地打在窗上，台灯暖黄，微弱的光线晕到墙上，光影中，两个身影相互依偎着。

"要不要睡会儿？"

顾青雾抬起头，细密的眼睫微翘，勾描出了一抹轻浅的娇媚："贺睢沉……"她本能地对他有依恋，将脸颊贴着他的下颚，轻轻地合眼，却没有睡的意思。

"讲一个睡前故事给你听，听完，就睡会儿？"

顾青雾幅度很小地点了一下头，抬手去抱他的腰，享受这片刻的温存。也不知怎么的，从身心都开始越发依赖他了。

片刻后，贺睢沉的语调低低缓缓地响起，吐字格外好听："我父母在世时，是家族公认的模范恩爱夫妻，相识一年就认定对方，育有两子，父亲宠妻至上，夫妻感情如胶似漆到连上天都会嫉妒的程度。"

顾青雾的原生家庭恰恰相反。她睁开蒙眬的眼，去看男人隐在半明半暗光线里的轮廓。

贺睢沉的脸上没什么情绪起伏，就跟在说故事一样，很轻描淡写地道："我三岁那年，他们在高速公路发生车祸，外界传闻火势太大，夫妻都没有机会逃出来，其实父亲已经出来了，双手沾满鲜血地把我抱到路边，他回头看到母亲被死死地困在车内，又义无反顾地回去了。"

外人知道的情况是，当年贺家家主徒手砸破车玻璃，在汽车爆炸前的两分钟内，将小儿子扔出车外，与妻子被熊熊烈火烧死，现场惨烈到处理事故的警官都不敢多看一眼。只有年仅三岁的贺睢沉目睹了父亲回车上将母亲抱在怀里，在浓烟和燃烧的烈火里，与他遥遥相望，那种眼神，就像地狱的枷锁，将小小年纪的他困了十年。

顾青雾觉得很窒息，下意识地去握住他修长的手："哥哥……"

贺睢沉低头去亲她，这些不为人知的往事，如今的他早就能云淡风轻地面对："那年贺家动荡，我姑姑为了替兄长守住这份家业，不被族里的人私吞，主动把定了亲的婚事退了，用整整十年的青春，耗费心血去培养我的兄长。"

作为外嫁女，贺语柳不好插手贺家的事。她比谁都清楚这一点，于是辜负情投意合的恋人，留在贺家，把所有的希望都赌在贺云渐身上，为他拉拢族里的长辈们，清除所有的障碍。可人算不如天算，在贺云渐终于成为合格的掌权人那年，谁也没想到车祸事故会再一次在贺家上演。

贺睢沉顿了很久，才接着说："我兄长出事后，我姑姑又将这辈子的赌注都压在我身上。她当了十年的掌权者，早就养成全天下都要听从她安排的性格。青雾，无论她擅自做主跟你说了什么，都不要去听，也并非我意。"

顾青雾的视线舍不得离开他的脸庞，也听明白了他话里的意思。凭贺语柳为贺家做的牺牲，不管怎样，贺睢沉表面上都是要敬重这位亲姑姑的。但是贺睢沉不同于贺云渐，贺云渐自幼在家族是被当继承人精心培养长大的，会觉得姑姑有恩于自己。贺睢沉父母离世后，先是被送到老族长那边养，后来又跟着师父在寺里休养。

所以贺睢沉的心，是偏向她的，而不是操心贺家子孙后代的姑姑。

气氛静了半晌，顾青雾紧紧地抱住他，指尖在他后腰的肌肤慢慢地摸。

"你姑姑想认我做干女儿，贺睢沉，她的希望怕是要落空了。"

"她除了告诉你贺家祖训，想认你做干女儿，还有别的吗？"贺睢沉的语气听上去很冷静。顾青雾摇摇头，没有一点添油加醋，把心里话说出来："你姑姑对我很客气，一直说我长得好看，跟我有缘，就算我走了，她都不忘记吩咐司机送我，给我拿件披肩。

"你姑姑很会做好人，除了我母亲傅菀菀，她是我见过做事最滴水不漏的一个长辈了，明明讨厌我讨厌得要死，还能跟我装出亲如母女的样子。"

想想也是，能在兄嫂意外去世后，年纪轻轻就掌管整个贺家的女人，肯定不简单。贺睢沉摸了摸她脸蛋，温声低语："我保证，她私下不会再来打扰你了。"

顾青雾点头，玻璃窗外的雨逐渐停了，在安静的房间里，贺睢沉见她睡了过去，才悄然无声地起床，将她抱到床边，温柔地吻了她几秒。顾青雾毫无察觉，窝在被子里，紧闭的眼下投了一片漂亮的阴影，格外乖巧。

晨间六点十分，在贺家的老宅里。

贺语柳十年如一日，已经习惯这个点早起用餐。她沿着楼梯走下楼，意外看到客厅里坐在主位上的熟悉身影，管家早就恭候在旁边，亲自换了一壶热茶上来。

贺语柳脸上扬起笑，走过去说："茶都换了一壶，睢沉这是几点就来了？"

贺睢沉略显闲散地坐着，头顶的暖黄色柔光均匀地洒在他俊美的脸上。他神色平静，端起茶杯抿了一口，丝毫看不出彻夜未眠的疲惫。在无人应答的气氛中，他淡淡地看过来，给她投来一个沉静且具压迫力的眼神。

贺语柳不知为何，觉得他随着年纪渐长，越发神似离世的兄长。他不是当年那个任人摆布的小儿了，不是决定送到族长那边养，就能被送走的人。

她走到离他最近的椅子坐下，语气轻柔、低缓地问："这一大早来找姑姑，什么事？"

贺睢沉喝完茶，随手递给管家，随即才扯动薄唇，吐字清晰："姑姑见过顾青雾了？"

贺语柳看他这副兴师问罪的架势，心里明了几分，将祖训搬了出来。

"你明知道她姓顾，是什么出身的女孩，却执意跟她纠缠不清，睢沉，那丫头不适合你，骨子里太傲气，是要男人跪的。"

贺睢沉忽地笑了，却透着疏离的意味："跪她又何妨？"

贺语柳语塞两秒，再次搬出祖训："你身为家主，不该跟她在一起。"

贺睢沉看到贺语柳压着火，眼神像是要撕了他，倒是觉得有趣，过了半晌才没了笑，嗓音偏低沉，透着上位者的强势："是我先追求她，所幸她也看得上我，该不该的，都已经两情相悦了。"

"贺睢沉，你要违背家规吗？"

"姑姑，什么原因都阻止不了我要和她在一起。"

贺语柳最清楚贺睢沉是什么脾性的，他要是能轻易被改变，当年也不会不听劝执意将兄长名下的财产和股份都给喻思情，并且拒绝贺家给他安排的联姻。除了回来继承家业是顺了她的心意，他就没一件事能乖乖听她的。

贺语柳怒火中烧，将手边的茶杯狠狠地砸向坐在主位上的贺睢沉，站起来指着他："你哥成为植物人，这辈子都不可能醒了。好啊，贺家你独大，真是越来越有本事了啊。"

贺睢沉左侧肩膀被滚烫的茶水烫到，连眉头都没皱，手指漫不经心地拂去茶叶。贺语柳优雅的仪态尽失，提高音调冷笑道："你敢把顾家女娶进门，是当我死了吗？"

"姑姑言重了，"贺睢沉好听的声音很平静，如同在聊一段家常，"您守着贺家终身未嫁，日后，我还要为您养老送终，是打从心底里希望您长命百岁。"

"大逆不道的东西，气都要被你气死。"

贺睢沉不在乎她言辞尖锐，不急不缓地往下说完："是侄儿的过错，姑姑放宽心，您将来是有我养老送终的，就不必大费周章去认什么干女儿了。"

贺语柳冷冷地看着他，手边已经没有茶杯可以砸过去。贺睢沉也没笑，平静地陈述一个事实，却字字透着不容置辩："在我这儿，只跟顾家女做恩爱夫妻，做不成兄妹。"

早晨，顾青雾被窗外雨声吵醒，洗漱打扮好后，也没问贺睢沉跑去了哪里，就准备叫车离开。秘书特意准备了早餐，低声询问："顾小姐，不吃点早餐吗？"

155

顾青雾摇摇头，嗓子有点沙哑，不太想说话。她从观山御府出来，在九点左右，直奔横店的片场，赶在骆原催命的电话打来之前，就坐在了化妆间里。旁边有其他女演员在上妆，顾青雾先换了一身嫣红的宫廷装，慵懒地靠坐在椅子上，干净的手指慢悠悠地翻看着留在剧组里的经文。

　　骆原泡了杯红枣茶端进来，见到她，似笑非笑地调侃了一句："哟，最近开始不食人间烟火，看起经文来啦？"

　　顾青雾的指尖摩挲着佛经，赏了个白眼过去。骆原随便找了把椅子坐，凑近看又觉得不太对劲："你不会是看经文入魔了吧？看你眼框黑得，还一副无精打采的样子，去爬山都没你这么累吧。"

　　顾青雾说："聊天聊半宿，能不困嘛。"想了想，又很理直气壮地道，"现在我头昏脑胀，就想赶紧拍完戏，立刻找张床睡个三天三夜。"

　　骆原低头看手表，估摸着说："我问导演了，你的戏份晚上七点结束。"

　　顾青雾打了个哈欠，眼泪都快冒出来。为了提神，她继续翻那本经文，纸上那股极淡的檀香气息，倒是能让人静下来。

　　上好妆，顾青雾又配合导演补拍完镜头，一切都进展得很顺利。到天色逐渐变黑，大家放下手头工作，暂时休息半小时。顾青雾接过军大衣，裹得严严实实。她坐在监视器旁边的凳子上，一分一秒地数着时间，想着什么时候能收工回酒店休息。她感觉快撑不住了，眼皮都在打架，又不能让人看出端倪。

　　这时，有人给剧组送了上百份海鲜套餐当夜宵，也没指名道姓是为了谁送的。岳醉奇怪，不过有得吃也好，不一会儿便让场务都给分下去。顾青雾分到的不是海鲜套餐盒，而是一锅补气血的鸡汤，旁人不注意时，被骆原拿过来的，悄声说："贺总身边的保镖给我的，说不管怎么样也要让你喝一口。"

　　顾青雾哪里有食欲，水都没沾几滴，不过闻着鸡汤味还挺香的。她找了个小碗盛点出来，慢吞吞地抿了一口，评价道："还行。"

　　骆原煞有其事道："贺总这是体贴你拍戏辛苦，专门送鸡汤来呢。"

　　顾青雾又喝了一口，默默地在心里反驳，才不是，贺睢沉害她一整天都头昏脑胀，送补气血的鸡汤都便宜他了。

接下来在剧组的几天，都有好心人准时送吃的，以及给顾青雾雷打不动送补气血的鸡汤。岳醉白吃了几天海鲜套餐，总算看明白怎么回事。他和整个剧组是沾了顾青雾的光，也不知是她哪个不缺钱的追求者送的。

骆原每天都蹭顾青雾半碗鸡汤，味道跟谁家用祖传配方做出来的似的，实在太好喝了，三四天下来都胖了几斤。然后他终于回过味来了，在补拍完最后一个镜头，正式杀青的那天，走进休息室，关紧门问："老实交代，你是不是被贺总哄骗了？"

顾青雾靠在沙发里，百般无聊地刷着微博头条，眼神都懒得给他。

骆原忍不住好奇："你们都进展到这么熟的阶段了？"

"他现在是我的男朋友。"顾青雾终于透露了一点内幕，挑起嘴角微笑，"他哄我，不是很正常的事吗？"

"容我一问，是正牌的那种吗？"

"不然呢，你觉得贺睢沉还能给谁让位？"

骆原用了十来分钟接受这个事实，整个人突然激动起来："大小姐，我做梦都不敢梦你有朝一日能跟男人谈恋爱，对象还是贺睢沉这种人物，以后我们算不算也是有靠山的人了？"

顾青雾又道："我跟贺睢沉，只谈感情，不谈别的利益。"

骆原已经自动将贺睢沉视为自家人："你这不就浪费资源了吗？"

顾青雾不吭声，浓密卷翘的眼睫垂下，继续刷娱乐新闻，看到有关于沈星渡和蒋雪宁分手的通稿都是直接划过，看下一个。

骆原开玩笑也懂得把握分寸，过了一会儿，他出去接个电话，又回来说："你杀青，岳醉定了个包厢庆祝，今晚你是主角，推不了。"

顾青雾的性格使然，从不爱去这种酒局，除非是特殊情况。她放下手机，伸了个懒腰说："嗯，知道了。"

养了几天，她也算满血复活，等换下剧服又卸好妆，夜晚七点时，跟剧组一群人坐车到了悦庭酒店，庆祝杀青。整个包厢里热闹得很，毕竟拍了数月的戏，终于要结束了，大家都畅快地喝，连沈星渡都没摆顶流那股懒散的做派，跟岳醉喝了好几杯。

顾青雾身为主角，免不了被人轮番敬酒。很快众人就发现，只要谁敢起身去敬顾青雾，这一杯下去，回到座位就会被沈星渡三倍敬回来。久而久之大家心里都跟明镜似的，知道谁不能去惹。

到下半场，易小蓉端着酒杯主动走到顾青雾身边，提议跟她合照。顾青雾此刻还能保持清醒，眼尾染了点桃色，看起来没了平日里的冷清气质，反倒是添了一丝娇媚美感，她没当众人的面拒绝，面带微笑配合着易小蓉拍了合照。

不过也就这一张，在易小蓉提出想加个微信好友时，顾青雾的指尖揉着眉心，像是不胜酒力。

"我的头有点晕。"

在场的，都以为她是喝多了，易小蓉也顺着台阶下来，温柔地吩咐身边的人："快去给青雾泡杯解酒茶来。"

自从顾青雾在除夕夜上了微博热门搜索，拿到香家全球终身代言后，易小蓉对她几番示好，虽然不知她的靠山到底是哪位资本雄厚的大人物，但看在顶级资源说拿就能拿到的分上，蒋雪宁的那一丁点利益就不够她看了。

易小蓉有意想结交上顾青雾背后的大人物，不动声色地营造出与她关系颇熟的样子。坐回位子后，她翻出那张合照，镜头里的顾青雾年轻美丽，那张脸精致到都不用修图，就已经找不出一丝缺陷了。

易小蓉把合照发到朋友圈，配字说："能跟顾小美人在剧组拍戏数月，算是天天大饱眼福了，希望以后还有合作的机会，杀青快乐。"

不到半个小时，朋友圈有不少留言和点赞的，都是圈内的人。只有一条，引起了易小蓉的注意。在朋友圈的最新留言里，有个叫顾文翰的人冒出来说："父母生得好。"

易小蓉细想一阵，这人是她去郾城参加商务活动结交的，印象中是个彬彬有礼的儒商，那时他被身边一个女伴缠着不放，她也就没主动去多接触。微信都加了大半年，见顾文翰今晚给她主动留言，她点开他头像，主动发出私聊邀请。

聚会进入尾声时，顾青雾以不胜酒力的借口，跟岳醉告辞。她让骆原先去把单买了，谁知沈星渡先她一步，没给机会，见她拿起毛呢大衣要走，他漫不经心地问了一句："我送你？"

顾青雾闻到他满身的烟酒气，平静地说："你今晚别开车，小心上头条。"

她踩着细高跟往外走，一出包厢的门就精神很足，翻出手机给贺睢沉发消息："杀青宴结束了。"

酒店的包厢是在五十六楼，一层层往下的时候，运气不好也难免会遇上熟人，好死不活的，顾青雾看电梯停在三十楼时，周泛月走了进来。她倒是无所谓，表面功夫都没装，冷着脸看手机消息，当对方是空气。

周泛月最近被停职休假，就她最闲了，赶巧今晚来酒店，向陆其南吹枕边风，想要官复原职。谁知道怎么撒娇发脾气都没用，她心里恼火的时候，还撞见了罪魁祸首。她以前真是太盲目自信，也把喻思情和贺睢沉的关系想得太好，才会一时大意栽了跟头。

这次看到顾青雾，她没跟她在言语间针锋相对，而是在电梯门开启时，声音轻飘飘地传过去："有个孩子自学会开口说话，就叫了贺睢沉整整六年爸爸。顾青雾，你以为凭着一张脸，就能让他连血脉相连的孩子都不要？"

《平乐传》杀青后，顾青雾没有继续留在横店，而是进入了另一种生活节奏，忙着赶了几个通告，到月底，又收到纽约时装秀的邀请函，特意调整出几天时间飞往国外。

整个机舱都格外安静，顾青雾坐在窗边，没什么困意，倒是她的团队一个个都埋头睡觉，只有骆原还在旁边跟助理交代工作，低低交谈声偶尔会传过来。她纤细的手指拿着一本新闻杂志看，即便脸上没笑容，也很容易引起旁人注意。

空姐温柔地走过来，给她递了一杯红酒，下方压着一张名片，轻声解释是隔壁座的先生吩咐的。顾青雾被打扰，浓密卷翘的眼睫低垂，先是扫到那张名片上印着"谢临"二字，循着空姐的指引看去，只见斜对面坐着一个穿孔雀蓝西服的男人。

这个男人给她第一印象是骨相出色到极具攻击性，消瘦的脸庞很苍白，只有嘴唇上的颜色明艳，像是那种病态感的英俊，很惹眼，也很招女人喜欢。

顾青雾走到哪都经常被陌生男性示好，她心如止水，让空姐把名片还回去。骆原注意到这边，压低声说："那位给你递名片的，是谢家二公子，在内娱算是名人了，整日跟女明星和模特打交道，没个正经女朋友，玩伴多到排队拿号的程度。"

顾青雾平时很少关注娱乐八卦，想了想："谢家？姜奈老公的弟弟？"

"听说他太放浪，典型的三天不打上房揭瓦，没少被关在家里挨训，可没我们家贺总靠谱。"骆原这攀关系的能力堪称一绝，动不动说贺睢沉是"我们家贺总"。

顾青雾最近聊到贺睢沉的话题，都不动声色忽略过去，没多大反应，她合起眼眸："哦。"

在那边，谢临的右手随意地搭在扶手上，见名片被退回，薄唇勾起意味不明的笑容。他凭魅力轻易就从空姐那边套到顾青雾的信息，给兄长发了条微信消息，这架国际航班的信号不好，转半天才发送成功："哥，我在去纽约的飞机上遇到一个女人，她叫顾青雾，是个女明星，从头到脚，连头发丝我都满意，我要娶她。"

谢临的择偶标准很世俗，要漂亮的，性格无所谓，反正他的性格也不好。恰巧他最近刚萌生了想找个女人结婚的想法，就在飞机上撞到个神颜级别的。他的视线时不时地落到顾青雾身上，手指漫不经心地玩着手机。大概过去半个小时，黑色屏幕微亮，进来一条谢阑深的消息。简短的几个字："她有人了。"

谢临向来是个没有道德底线的疯子，完全没把他哥的话放眼里："她就算是有夫之妇，我也要撬墙脚。"

谁知消息刚过去，下一秒，就显示"对方拒绝接收您的消息"。

下午四点多，顾青雾抵达纽约机场。她刚坐上去酒店的车，贺睢沉的电话就打来了，语调一如既往的温柔："下飞机了？"

顾青雾声音轻轻地"嗯"了一声，又说："在去酒店的路上，今晚约了造型团队来试妆，晚上就不跟你视频通话了，到时候套房里很多人，不方便聊天。"

贺睢沉："嗯。"

"那我挂了。"顾青雾说完，见他在电话那头沉默着，补了一句，"你今晚早点休息。"

贺睢沉忽然说话，让她心都要被软化，他唤她："老婆。"

顾青雾指尖握紧手机，又微不可察地"嗯"了一声。贺睢沉低笑，很清楚地告诉她："想你了。"

年后，两人都忙着各自的工作，连见一面的机会都没有。顾青雾的行程表密密麻麻地写满了工作内容，详细到中午抽空，去某个品牌店的开业庆典上露个脸，都要让骆原写上去，然后发给贺睢沉看。这落在骆原的眼里，便自动解读成："大小姐，你谈个恋爱这么腻歪吗？要不要把你三餐吃什么也整理个表格，给贺总过目？"

顾青雾懒得解释，总之她给贺睢沉的借口就是很忙、没空，忙到都分不出一个小时给他。等到了酒店，骆原重金聘请的造型团队早已经等候多时，在宽敞的套房客厅里，众人拿出一件件晚礼服挂好，还有化妆师专门拿着平板电脑，给顾青雾细细讲解妆容。她洗了个澡，裹着宽大的浴袍坐在沙发上，明晃晃的水晶灯照映下，旁边墨色的落地窗倒映着她的侧颜，每一寸都精致到没有瑕疵。她没再看化妆师递来的平板电脑，而是点开手机里的一张照片。照片里，是一个小小的男孩，长得粉雕玉琢的，细看眉眼，会发现像极了贺家人。下面是一个地址，周泛月给她的。

"你如果不信，亲自去纽约一趟，见到人就知道了。"

顾青雾低垂眼睫，琢磨着，旁边化妆师温柔地过来说："顾小姐，可以准备试妆了。"

她恍惚的思绪被打断，将手机随意放在旁边。试好参加时装秀那天的妆容，不知不觉便过去了三个多小时。骆原送人下楼，回来时看到顾青雾从衣帽间出来。她换了一条月白色的裙子，及踝长，乌黑浓密的头发披散下来，一副准备要出门的样子。

"大晚上的，你去哪儿？"

"出门逛逛。"

顾青雾不带助理，独自坐电梯下楼，正点开手机查地图时，碰巧又撞见了在飞机上给她递名片的谢临。他也入住这家酒店，换了身休闲西装，衬衫上端纽扣没系紧，领带也是松松垮垮的，看到顾青雾，他似笑非笑，主动走过去搭讪："美人，我们挺有缘啊，附近有一家当地很有名气的酒吧，我请你喝一杯？"

这人一看就是情场老手，顾青雾绕过他向酒店外面走："没兴趣。"

"那请你去消费。"谢临悠闲迈步跟在她旁边，视线不经意间扫到她的手机查找的地址，挑起眉头，"这家私人康复会所，我熟啊。"

顾青雾踩着高跟鞋微顿，侧头，静静地看向他。谢临从裤袋里拿出巧克力拆开，扔一半到嘴里，像他这样皮肤过分苍白的男人，随身带点巧克力，竟没有半分违和。他的嘴角勾勒出弧度，嗓音被他压得低沉："果然啊，长得漂亮的女人很容易让人失去理智。来，小爷就当今晚做善事了，给美人带个路。"

顾青雾要去的这家私人康复会所挺难找的，是高级会员制，去了也不一定能进去。但是谢临自有办法，据他说，纽约一半以上的精神病院，他都是常客。

顾青雾坐在副驾驶座上，好半天都不知道怎么组织语言聊下去。她纤细的手指握紧安全带，又看了看车窗外，心飘忽不定。

谢临侧头，问她在想什么。顾青雾坦白说："旁边有个精神病在开车，出车祸的可能性有多大？"

谢临眼底浮起一点极浅的戏谑，出声轻笑："放心，爷飞机都开过，区区一辆车小意思，不会让美人受惊的。"顾青雾没理这话，转瞬间又听见他问，"你愿意嫁给我吗？和我在一起？"

顾青雾给的回答很直接，伸手调高了车内的轻音乐。见谢临还要再说话，她才很平静地说："以你的姿色追你的人应该大把，只是我不喜欢太主动的男人。"

谢临微微偏了一下头："那我矜持点？"矜持的男人一路上都闭嘴没说话，半个小时后，车开到私人康复会所的门口。这里需要刷卡或者是指纹认证才能进入，谢临拿出自己的精神病证明，跟门卫说是来选床位的。顾青雾看他全程除了证明是真的，其他都靠蒙骗过关。

很快，就有护士长亲自迎接，带他们去参观康复会所的环境，这里接待的病人都是身份贵重，很注重隐私。在来到三楼的时候，她突然停下脚步站在原地。只见有个穿着背带裤的小男孩，正捧着奶瓶从房间走出来，小小的，黑色的短发搭在额头上，肉乎乎的小脸很可爱，只是走两步就停下，漆黑的大眼睛茫然地看着周围，跟不认路似的。

护士长见顾青雾停下，问了句："怎么了？"

她看着那男孩，声音越发冷静："他也是会所的病人吗？"

护士长："是的，精神病。"

顾青雾的眼睫颤了一下，又问："那他父母呢？"

护士长对她很歉意地微笑："不好意思，这是病人的隐私。"

顾青雾没说话，低垂的视线一直盯着走廊上男孩的脸蛋，直到谢临在她旁边说："那个小病人，不会是你男朋友的私生子吧？"

见顾青雾冷着脸，谢临觉得是猜中了，嗤笑了一声："管不住命根子的男人，就该送去绝育。可怜了美人年纪轻轻就要给人当后妈。"

真是没一个字是顾青雾想听的。她翻脸不认人，踩着细高跟径直朝前方走过去。

"喂，你要偷孩子吗？"

早晨十点左右的泗城，正值阳光最盛时。在一处高档的精装修公寓里，手机在餐桌前响个不停，不一会儿周泛月就从卫生间走出来，低头看是从纽约打来的，她伸手摁下接听键。

周泛月耐心地听对方说完话，连语气都透露着愉悦："顾青雾还是去看孩子了？资料给她带走，回头我会把剩下的尾款打给你。"通完话，她一刻

入迷 （上册）

都没耽误，很快把收买护士长的那笔钱转过去。

保姆端着燕窝粥出来，见周泛月靠在餐桌旁，心情很好，也跟着笑："泛月姐是遇上什么好事了？"

周泛月将手机放在桌上转呀转，正好无人能分享，便起了几分兴致跟家里保姆说："你了解男人吗？他们都是一个德行，就像老陆，平时宠你什么都好说，但凡碰到孩子就跟碰到逆鳞似的，不管在平时跟你多柔情似蜜，都能做到翻脸不认人。"

保姆似懂非懂，不知什么意思。周泛月指向桌上财经报道头版上贺睢沉的名字，勾唇冷笑："他啊，跟一个女明星纠缠不清，不过，那个女明星很快就会被踢出局了。"

贺睢沉的逆鳞就是养在国外的那个孩子。

周泛月跟喻思情做了数年闺密，这些年都看在眼里，倘若这个孩子不是小小年纪就患有轻微抑郁症，以他受重视的程度，肯定会被当成贺氏未来接班人去培养。贺睢沉看似冷静温和，实则骨子里护短得很，性格又极为强势。区区一个女人，怎么比得过贺家唯一的血脉呢？

周泛月侧头，看着落地窗倒映出的自己的脸孔，慢慢地收起了笑容。

纽约的酒店里。

骆原不知道顾青雾是几点回来的，入住的酒店有三个卧室，他和同行的女助理各占一间，他隐约听见主卧那边"砰"的一声，就再无动静。

又不知过了多久，门"砰"的一声被打开又关上。骆原非常痛苦地躺在床上，很后悔跟顾青雾住同个套房。他翻来覆去再也睡不着，光脚下地，把门打开一条缝往外看，只见在亮起落地灯的客厅里，暖橘色的光晕勾勒出女人纤细的腰身，顾青雾站在阳台落地窗的位置，白皙的手指握着手机，声音如细烟一样在寂静的气氛里飘散："贺睢沉，就算你有天大的事，也立刻给我放下，明天时装秀结束后，我要立刻看到你！"

第二天，去时装秀的路上，骆原把昨晚深夜听到的话，搬出来调侃："你就这么想你男人？三更半夜的，打电话催他来纽约陪你啊？"

　　顾青雾穿着晚礼服不好乱动，头发还用夹子固定住造型，精心化了浓妆的她扬起脸，让人惊艳到说不出话来。

　　"偷听人讲电话这种行为是会遭天谴的，你不想生儿子了？"

　　"生儿子有什么好？都是讨债鬼。你嫂子多好，给我生两个闺女多贴心。"骆原这话引得顾青雾侧头。

　　她打量他几眼说："等你哪天暴富了，会不会为了传宗接代，在外养个私生子？"

　　"我要是敢这样做，怕是要被你嫂子一脚踢出门。"

　　"没想到原哥走的还是妻管严路线啊。"旁边的助理笑着插话进来，一直调侃人不可貌相，毕竟骆原工作上严肃得跟什么似的，新来的员工都怕他。

　　骆原倒也没否认，怕老婆有什么丢脸的，老一辈的说怕老婆才有福享。不过他转念琢磨两下，压低声凑到顾青雾耳边问："怎么，你家贺总有私生子？"

　　"他不可能。"顾青雾犹豫地说出这四个字。

　　要是真有私生子，贺睢沉不会把孩子扔在国外不管不问，他会亲自带在身边教养。顾青雾只是想不通康复私人会所那个像极了贺睢沉的孩子到底是谁，为什么会被扔在那种地方。资料上显示孩子七岁，却小得像是五岁，见了谁都害怕。她想不通，这个孩子又确实存在，那就让贺睢沉百忙中抽空来纽约解释好了。

　　顾青雾找了个舒服的姿势靠在专座上，闭上眼睛养精神。这天的这场时装秀，模特在台上摆拍累，顾青雾换了三套礼服，配合摄影师拍照更累。干这行的，都不容易。她换完最后一套胭脂红的抹胸晚礼服，乌黑浓密的长发被挽起，几缕发丝轻颤着垂在脖颈处，衬得肤色雪白。她找到位置落座后，扭头发现谢临就坐在隔壁，像个闲来无事的贵公子，朝她抛了个媚眼。

　　顾青雾想离这个精神病远点，手指提着裙子刚要动，就被他踩住一片裙角。

　　"你真不考虑答应我的求婚？"又是这句。顾青雾这些年被男人追求过不少次，还是第一次有人把求婚挂嘴边的。

她保持微笑，反问他："答应你的求婚有什么好处？"

谢临认真思考这个问题，挑眉说："要不我回谢家争权夺位，把我哥搞下来，你嫁给我，就是谢家新任主母，想想就很有意思。"

顾青雾继续保持微笑："那等你成功，再来找我吧。"

"别啊，我哥那人心狠手辣，一时半会儿搞不定。你看你做女明星忙到都没有自己的生活吧？不如我给你当小跟班，试用期三个月，要是用得好，你踹掉你男朋友，嫁给我。"

"欢迎你去跟我的男朋友说。"顾青雾的手指一用力，将裙角从他皮鞋下扯出来，也不顾撕破了没有，她冷冷地勾起唇，"他今天会来陪我。"

谢临看着她那张漂亮的脸，扯了下嘴角："你的男朋友是谁？"

顾青雾懒得搭埋他这股疯劲，自然惜字如金，多说一个字都不肯："贺睢沉，跟你哥混同一个圈的。"

谢临没了回应，待模特换了一批上台走秀时，顾青雾才听见他在低低地咒骂："我最烦我哥，还有贺睢沉这种整天修身养性，要守戒的了。谁都没他们会装腔作势，男人中的败类！"

顾青雾的视线淡淡地扫过来几秒，心想这一看就是平时没少在家挨训，才会对这种男人有这么深的怨恨。

时装秀到天黑才结束，顾青雾好不容易摆脱了谢临的纠缠，提着宽大的裙摆走向保姆车。她低头弯腰上车，高跟鞋没站稳，在她险些摔倒时，纤细的手臂被一只温柔的手掌扶住，很快整个人都被抱了上去。

她看到坐在车内的俊美男人，好半天都没回过神。贺睢沉来到这里应该有一会儿了，助理等人都有眼力见地换车，把空间腾出来，连隔板都拉下，彻底跟前方的司机隔绝开来，像两个世界。

"怎么，这么久没见我，看傻眼了？"贺睢沉把她抱在大腿上，有力的手臂没松开，胭脂红的宽大裙摆几乎遮挡住了他精致的黑色西装裤，视线往上，是她精致锁骨下的一片雪白，轮廓极美。

他的眼神暗了几度，略微靠近些，闻着她身上的香水味："青雾，能不能讨个吻？"

顾青雾抬手去抱他的脖子，从她这个角度，能清晰地看清男人俊美的五官，视线从鸦羽般的睫毛到高挺的鼻梁，滑到带笑的薄唇。过了半晌，她主动贴上，蜻蜓点水似的吻了几秒。待贺睢沉想要加深时，又退开些，她抿了一下双唇，都是他身上的味道。

"先回酒店再说吧。"顾青雾想要到坐旁边去，却被他抱着不放。

贺睢沉眼底浮笑地看她，嗓音很低："不回酒店，我带你去个地方。"

顾青雾愣住，下意识地看向这身厚重的晚礼服，怕不方便。谁知道贺睢沉早有准备，从第三排座椅拿了礼盒过来，里面是一件崭新的薄绸长裙，特意为她准备的。

"我帮你换。"

她被套上长裙，那件晚礼服随意地被扔在了旁边的椅子上。贺睢沉给她穿好，低下头，温柔的在她颈侧印下一吻："孩子你见过了？"

他主动提到这个，顾青雾莫名僵了僵身体，抿唇默认，漆黑的眼睛看向男人，想从他处变不惊的神色里看出什么。可惜他从始至终平静到如一潭死水，能让人生出某种错觉——他对这个世间的众生，都是漠然的。

过了半晌，顾青雾调整好思绪，她说："那孩子太像你了，简直就是你的翻版。"

"你要愿意给我生一个，会比他更像。"贺睢沉如同开玩笑，手指去摸她白皙的指节，一下又一下地轻轻揉着。

顾青雾想逃，又被抓住手，只能忍着，对上他深幽的眼，轻声说："无论那孩子跟你是什么关系，养子也好，私生子也好。贺睢沉，我不可能给人当便宜的小妈，你最好能给我个合理满意的解释。"

贺睢沉将她的手握紧几分，顿了半晌，压低嗓音说："带你去个地方，你就知道怎么回事了。"

顾青雾垂下眼，不说话了。他低头靠近，温热的呼吸出现在她的耳边，他的话清晰无比："我的逆鳞是你，现在是，将来也是，哪怕连我们以后的亲骨肉都代替不了。"

夜色浓郁时分，私人康复会所内灯火明亮，消毒水的味道夹着冰冷的气息，弥漫在走廊上。

贺睢沉没有让秘书陪同，亲自带她乘坐电梯直达顶楼，这里是整个会所最安静，也是无人能轻易上来窥探的区域。他们穿过清冷的走廊，因为太静，顾青雾的脚步都放轻许多，看到前方一处病房的墙壁镶着宽幅的透明玻璃，走过去，可以清晰地看清里面的场景。

贺睢沉牵着她的手站定，始终没有说话。在透明玻璃内，房间布置得很温馨，雪白干净的病床上躺着一个男人，而旁边，那个跟贺睢沉像极了的小男孩蜷坐在椅子上，肉乎乎的小手翻着《睡美人》的故事绘画本，说话温吞，又慢。他正低着头，小指头点到哪里，嘴巴就读着："小王子在城堡里到处找睡美人，爬上了阁楼，把门打开了一看，呀，这是很美的睡美人吗？

"是呀是呀，睡美人就躺在床上呼呼呼……等小王子来亲亲，亲一口，睡美人就不再做噩梦了，跟小王子一起过上了幸福快乐的生活。"

稚嫩的声音从虚掩的门内轻轻地飘了出来，给病床上沉睡的男人读完故事，小男孩跪在椅子上，身子朝前倾，嘟着嘴巴去亲了一口男人消瘦到没有血色的脸颊，声音小小的："晚安，我的睡美人爸爸。"

"躺在病床上的是我一母同胞的哥哥，贺云渐。"旁边，贺睢沉偏低沉的嗓音毫无铺垫地响起，让顾青雾下意识地回头看他。隐在灯光下的那张脸庞异常冷静，薄唇继续扯动，"这七年里他只能靠仪器来维持生命，每一位权威的医生都判定了他不会醒来，会像植物人般一直沉睡到老去。"

顾青雾的指尖掐进手心里，抬起眼睑又看向病房里的小男孩身影，过了半晌，才启唇问："这个孩子，是你哥哥的？"

难怪跟贺睢沉长得极像，又被留在纽约的私人康复会所里，没有接回贺家养。这一切都有了答案，顾青雾见他默认，又问道："为什么孩子也叫你爸爸？"

贺睢沉低头看她，自从踏入这里后，他眼底、嘴角都没有半分笑，情绪平静到像是在压抑着什么，一时间让她心生悔意，不该在犹豫了快一个月后，还是触碰他不愿提起的隐私。

"你问问他。"贺睢沉从裤袋里拿出草莓味的水果糖,递到她的手心里,指腹冰凉,"小家伙最爱草莓味的糖果,他会很喜欢你。"

顾青雾的反应有点迟钝,只见贺睢沉白皙修长的手指弯起,在玻璃墙壁轻轻地敲击两下。小男孩循声扭头望来,看到外面走廊上站着的是贺睢沉后,乌黑的大眼睛先是茫然,又惊喜到发亮,轻手轻脚从床沿爬下来。动作略有点慢吞吞的,却不难看出,他急到都喘了起来。

小男孩跑出病房,又在离贺睢沉一米远的地方站住,歪着脑袋,小心翼翼地打量着他。像是想再三确认,这人是不是真的。

贺睢沉半蹲,尽量与小家伙保持平视的高度,嗓音温柔中带着耐心:"不记得我了?"

小男孩的大眼睛瞬间浮起委屈情绪,迈着小短腿跑了过来,去抓住贺睢沉的一片衣角:"小、小爸爸。"

"要叫二叔。"贺睢沉把他抱在怀里,手指在他脑门上轻轻地点了一下,惩罚他又叫错称呼。

小男孩咯咯笑起来,将白嫩嫩的脸蛋贴到他的下颚轻轻地蹭,透着孩童对长辈的天生依赖感:"二叔。"

顾青雾昨晚见过他一次,护士长说他患有轻微抑郁症,行为举止都有些迟钝,看起来就像是没有灵魂的陶瓷娃娃。而他见到贺睢沉,明显就活泼很多,笑时还露出小虎牙。

贺睢沉跟孩子互动完,又指向站在旁边的顾青雾,依旧耐心地教着:"这个是小婶婶。"

小男孩露出茫然的表情,不知道小婶婶是什么人,也忘记昨晚看到过顾青雾了,不过看到眼前长得比妈妈还好看的女人主动给他递了糖果,还是他最喜欢的草莓味。他露出小虎牙笑,接过来时,有礼貌地说:"谢、谢谢小……婶婶。"

顾青雾没有跟孩子相处的经验,略有些僵硬,尽量让自己看上去温柔,她的声音放轻:"你叫什么名字?"

小男孩努力想了半天,小手握着糖果,慢慢地说:"喻家梵。"

顾青雾讶异他竟然没有姓贺，而是从母姓。她下意识地去看贺睢沉，见他眉头没动，又继续温柔地问这个孩子："喻家梵小朋友，能不能告诉我，你为什么叫他小爸爸？"

"啊？"喻家梵的世界很纯粹干净，一点杂念都没有，大眼睛盯着她，慢吞吞地说，"小爸爸，是我的二叔叔……"

顾青雾抬手摸摸他柔软乌黑的头发，心一寸寸跟着柔软下来："嗯。"

喻家梵回头看病房，好半天才把话说完整："睡美人爸爸不能陪我玩，小爸爸可以，要偷偷地喊。"

顾青雾琢磨了一下，算是听懂什么意思：贺云渐变成植物人躺在病床上终日不醒，对于孩子而言，与自己血脉相连的二叔，等于代替了心目中真正父亲的角色。而贺睢沉不喜他这样喊，他只能私下偷偷地喊。

喻家梵把糖果递到贺睢沉面前，笑得甜甜。贺睢沉帮他拆了，又给了他一颗，缓声说："奖励你的。"按照往常的作息，喻家梵给贺云渐念完睡前故事，就会被护士哄去睡觉。贺睢沉不让孩子熬夜，温柔哄了半个小时，叫护士过来抱孩子去房间。而他待在病房里，亲自给躺在病床上的贺云渐清洁卫生，动作一丝不苟。

整整七年是能残忍地夺去一个男人精致的皮囊的，在暖色灯光下，贺云渐露在被子外的手臂看上去瘦得皮包骨头，肤色苍白，光线打在那张消瘦的脸庞上，无声地笼罩了一层微光，他与贺睢沉的相貌已经相差很大。顾青雾站在旁边安安静静地看了很久，才问他："为什么不把喻家梵接回贺家养？"

贺睢沉将兄长的手臂放回被子，掀起眼皮看向她不解的眼神："是他自己的选择。"父子血脉这种纽带很微妙，喻家梵对变成植物人的亲生父亲始终抱有天生的好感。

他自幼患有轻微抑郁症，不愿意开口说话，但他会偷偷地喊贺云渐爸爸，主动跟他分享自己的童话故事书，养成每晚都要念一遍给他听的习惯。孩子对亲生父亲有依赖，贺睢沉带不走他，哪怕是他的亲生母亲也带不走。

直到凌晨，两人才离开了私人康复会所。

顾青雾躺回柔软的被子里，自动蜷缩起，乌黑浓密的黑发缠绕着雪白手臂，待被男人温柔地抱入怀后，才慵懒地说："贺睢沉，我好饿，今天忙着参加时装秀，就喝了几口水。"

贺睢沉搂着她刚躺下，听见这句又立刻起身，语调始终缓慢而温柔："想吃点什么？"

"鸡汤，"顾青雾迷迷糊糊的，连眼睛都睁不开，声音轻到几乎听不见，"你送去剧组的鸡汤，真好喝。"

当天晚上，贺睢沉套着一条深灰色长裤，站在大理石台面前，用勺子缓慢搅动着锅里的鸡汤，炖煮很久，又舀了半勺出来尝味。随即，又将备好的莲子跟蜜枣一同放入，动作很熟练。

贺睢沉低眸，望着在滚烫汤汁里的蜜枣，回忆起年幼时，他半夜嘴馋，大哥偷在厨房给他炖煮的鸡汤。五六岁大的孩子，正是要吃的时候。他经不住饿，养在老族长那边，时常吃了晚饭又嘴馋，但没有人会给他零食解馋，连每日吃什么，都是管家严格按照孩童需要补充的营养来搭配。

唯一能改善伙食，解他馋的，只有兄长每周来看望他的两日。半大的孩子，趁着夜深人静时将另一个更小的叫醒，用外套随意裹着，连哄带抱去厨房，贺云渐不敢开灯，点了根蜡烛搁在灶台上，将他往凳子上一放。在昏暗的光线里，少年的脸孔清瘦，黑眸白肌，手指的温度是热的。

"不许出声，被族长知道，就没鸡汤喝了。"他沉默着点头，把嘴巴紧紧地闭上，一双漆黑的眼睛注视着大哥把半只鸡从冰箱里拿出来，又从口袋里掏出些许莲子跟蜜枣丢进锅里，怕看不清，他踮起脚站在凳子上，重心不稳地扶着灶台的一角。

贺云渐用筷子蘸了一下尝味，听见身后有声音："哥，我也要。"

贺云渐回过头，见弟弟站在凳子上，眼见着要摔倒，动作快速地跑过去扶，少年嗓音低哑，带着着急："当心摔下来变成小傻子，你哥才不养你一辈子，到时候你躺在床上孤零零的，再也没鸡汤喝！"

锅里的鸡汤溅出几滴，落在贺睢沉白皙的手背上，细微疼痛像是细针扎进肌肤。他从容不迫地将火势转小，用冷水冲洗掉那一抹滚烫的温度。深夜很静，他擦干净手指的水滴后，迈步走到客厅将手机拿起，又折回厨房，手指拨出一个号码。

喻思情看到贺睢沉的来电时，讶异了几秒，抬手示意秘书先暂停汇报工作，起身离开会议室，走到外面一扇落地窗前接听。私下他很少会亲自打电话，若有事，都是让秘书来跟她说。

喻思情接通后，略有些迟疑地出声："睢沉？"

贺睢沉的嗓音不咸不淡地传出："我会让周泛月回去上班的。"

喻思情温柔的脸上扬起笑容，心存感激地说道："谢谢你。"

贺睢沉没多说话，跟她提起一句："我在纽约，去看了大哥和家梵。"

喻思情顿了一会儿，轻声问："家梵，有想妈妈吗？"

她问出这话，心底是不抱任何希望的。当初她生喻家梵的时候难产，好不容易从鬼门关被抢救回来，却被告知一个痛失爱人的噩耗。那两年里，喻思情都无法面对拼了命生下的儿子。她陷入了无比痛苦的抑郁状态。她反复地想，如果那天她不难产，贺云渐是不是就能避免那场车祸了？

后来，贺睢沉从国内来到纽约，给她请顶尖的专家治疗心理疾病，等她状态好转的时候，喻思情发现喻家梵比她病得还厉害，被医生诊断出了抑郁症。这无疑给她造成了重大打击，她想弥补对孩子的爱却为时已晚。渐渐地，喻思情观察到孩子很喜欢跟贺睢沉亲近，胜过她这个母亲。

贺睢沉在电话里只字未提喻家梵有没有想妈妈，而是忽然说："大嫂，等回国后我带青雾请你吃个便饭。"

喻思情稍微调整好自己的心情，出声恭喜他："我请客吧，这些年都在麻烦你帮忙。"

"不必客气，你与家梵都是大哥至亲之人，我亦是。"

喻思情挂了贺睢沉的电话后，低头从通信录里翻出周泛月的联系方式，要拨打时，又在刹那间顿住。不知为何，她心底有种让她说不出的古怪预感。总觉得贺睢沉突然松口，事有蹊跷。这实在不符合他的脾性。喻思情绞尽脑汁也想不通，但电话还是打给了周泛月。在从她口中得知能回公司复工后，周泛月笑了一声："看来那顾青雾的魅力也不过如此。"

喻思情轻轻地叹气："泛月，贺睢沉惯于克制本性，城府极深，就连我这么多年也看不透他。就算没有顾青雾上位，破了这个先例，以后也会有其他女人，你何必跟她对着干？"

贺睢沉修身养性多年，身边没个女人，无形中给了周泛月错觉，他或许这辈子都不会在外面有女人。那喻思情和她儿子的地位就永远稳固如山。

喻家梵就是贺家唯一的继承人了。谁知顾青雾出现了，仗着那张脸，跟贺睢沉纠缠不清。周泛月的危机感很强烈，在电话里说："思情，你甘心吗？当年你跟我亲口承认对贺睢沉——"

"别再说了。"喻思情打断她，自嘲地说，"那时是我疯魔了，接受不了贺云渐成为植物人，永远醒不过来，把对贺云渐的感情转移到贺睢沉身上，好在事情没有到不可挽回的地步，他终究给我留了体面。"

周泛月冷笑："女人有几个七年，你在国外从勤工俭学开始就把青春都给了躺在病床上的那个男人，为他难产，命都不要也把孩子生下来，又重度抑郁到差点自残，这么多年，贺睢沉对你母子的照顾，都是替他哥还债。"

"贺睢沉也把他哥的财产，都给我和孩子了。"

"贺家继承人的位子，他舍得给吗？"

"泛月……"

"好了，我知道，以后碰到顾青雾我避着点。"周泛月的语气敷衍，挂了电话后，端起咖啡抿了口，心里想的却是：漂亮的女人都难免有脾气，顾青雾这次怕是碰到贺睢沉的逆鳞，狠狠地栽了跟头。她以后想在上流圈内再碰到这一号人，怕是难上加难了。

半个小时后，周泛月换了一身深蓝色西装套裙，踩着细高跟鞋去了一趟公司，停职期间，她不知沦为多少人的笑柄。如今回来，旁人见到，都纷纷停下手头工作，站起身打招呼："泛月姐。"

在公司里，周泛月的形象像个邻家姐姐。她人缘极好，加上有陆其南做靠山，在职场上一路顺风顺水。

周泛月走进董事长办公室，习惯性将百叶窗拉下，看到坐在办公椅上西装革履的男人，心情极好地走过去，拉开他的手臂，就往大腿上坐："都说男人没有心，你真是演得淋漓尽致，贺睢沉打压我，你就配合他落井下石，不心疼我了？"

陆其南人到中年，禁不住她这样撒娇，把人从腿上拽了下来，嗓音偏低沉："好好说话。"

周泛月靠在桌角，冷眼看陆其南这副严肃的模样，倒也不伤心，毕竟她比谁都清楚，当初他会从上千人的公司里注意到她这么一个小职员，原因很简单：她的闺密跟贺睢沉交情不浅，陆其南想稳固与贺氏集团的关系，就将她一手提拔了上来。

七年前，周泛月爱极了陆其南的成熟稳重，还有他给予的权力。而这一切的背后，都有个前提，那就是喻思情在贺睢沉那边的地位不能被动摇。她早就不抱希望能嫁给陆其南，她的嘴角勾起："老陆，你把我喊来公司是为了什么事？"

周泛月就等着陆其南通知她官复原职，谁知下一秒，见他从抽屉拿了份协议，搁在桌上。陆其南的手指在上面敲了敲，嗓音不带任何感情："公司决定把你调离现在的岗位，去国外一家新开的分公司任总经理。"

周泛月看到那份合同，脸上早就没了笑容："明升暗降？"陆其南这会儿与她保持着上司与下属的正常关系，全然没了以往的感情。这次是通知，而不是找她来商量。

"泛月，你知道公司董事会多少人盯着我不放，我需要贺睢沉的人脉和关系。"男人之间的利益置换，就没有女人什么事。

周泛月感觉一阵寒意从身体里冒出来，指尖死死地抠着桌角，眼睛都红了。陆其南的下一句话，更是诛心："贺睢沉让我劝劝你，把心思放在工作上，别去打扰喻思情的生活。"

此刻纽约酒店，厨房炖的鸡汤终于出锅。顾青雾睡了一会儿，从被窝里被抱出来才转醒，乌黑的头发贴在脸颊，被男人手指温柔地拂开。他不停地亲她："炖了两个小时，赏脸喝口？"

"你炖的？"顾青雾将脑袋往他的胸膛上靠，半眯着眼，略挑剔地看那碗蜜枣鸡汤。贺睢沉坐在床边哄她喝，然后薄唇吻上她，跟她一块儿尝味道。

顾青雾配合喝了半碗，眼睛亮起："你天赋异禀啊，鸡汤跟我在剧组喝到的是一个味道。"

贺睢沉不解释那几天的鸡汤都是谁亲手炖好，让秘书掐着点送去剧组的。等把怀里的女人喂饱了，他低下头与她微凉的额头亲密相贴，眼神极为专注，又带着点温和的笑意："清醒了？"

顾青雾："嗯。"

贺睢沉："回国后，我们去领证结婚好不好？"

卧室里暖黄的灯光被调暗，房间静到只能听见一丝呼吸声。贺睢沉骨节分明的手指沿着她漂亮的脸蛋温柔地描绘着，停在心脏的位置，力道极轻又带着娴熟的技巧，像是要把她那颗心脏都揉得发软："跟哥哥结婚了，你就是名正言顺的贺太太。以后我们天天都住在一起，嗯？"

顾青雾怔了半响，见他温热的气息洒在唇上，跟被烫醒似的，手指下意识地去抓他的手腕："太快了。"

贺睢沉的手臂将她抱得更紧，嗓音低缓又好听，蛊惑着她："青雾，我们是在认真交往，而且我们彼此认识了这么多年，没有理由不走到谈婚论嫁这步。"

顾青雾还是摇头，漆黑的眼睛盯着他的眉骨，她说："哪有人用一碗鸡汤就想求婚成功的，贺睢沉，在这方面你是不是心急了点？何况我们才正式交往多久呀，平时都是异地恋居多，这样冲动结婚，将来要是后悔了该怎么收场……"

"你跟我在一起，还想过分手的事？"

顾青雾思考几秒，也坦诚对他的感情："在南鸣寺那三年，我是痴迷、敬仰着你，直到重逢都无法忘怀那种感觉。可是哥哥，整整七年的时间能改变很多，可能我们都不是彼此记忆中的那个人了。"她对贺睢沉的感情，如同飞蛾扑火一般，明知会深陷其中，还是想试。在尝试的时候，她就已经做好最坏的打算了。

贺睢沉没有反驳她这段话，瞬间就从求婚失败的状态中调整过来，他俊

175

美的脸庞不起波澜。他将她放回被子里，语调低沉："对我有防备之心，说明是真的长大了。"

顾青雾稍微起身，伸手去拉他的手臂："哥哥，你生气了？"

贺睢沉坐在床沿看她，薄唇扬起了弧度："你这样想，人之常情。"

顾青雾轻叹了口气，将身子贴上去，抬手紧紧地抱住他的脖子，软言软语地哄道："给彼此点时间了解对方好不好？重逢后，你就逼着我点头在一起，现在在一起都没三个月，你又逼着我点头结婚。哥哥，你可是贺家高高在上的掌权人，好多女人都想排着队嫁给你的，还怕娶不到老婆吗？"

歪理邪说这套，她倒是在行。贺睢沉低头去亲她，又道："你给的这个理由让我很不爽，换个能让我接受的。"

顾青雾闭着眼睛想："我的事业才刚刚起步，好多戏要拍，一个奖杯都没拿呢。"

贺睢沉接受这个。他的薄唇极烫，沿着她雪白的脖子往锁骨之下亲去，很长时间后，才抬起头，俊美的脸庞被暖色灯光衬得模糊了一些："我不会让你放弃事业，放心。"

顾青雾："哥哥。"

贺睢沉："嗯。"

顾青雾："老公？"

贺睢沉没回应她，静了一秒，他的手掌扣住她的后脖，狠狠地吻。

顾青雾气喘吁吁的，乌黑浓密的长发都散在枕头上，眼睛笑得弯成月牙，指尖去揉他发红的耳朵，不得不承认，偶尔叫两句肉麻的称呼，就能轻易把男人给哄好。

贺睢沉将床尾那件略皱的黑色衬衫扯过来，给她套上："不睡了？"

顾青雾早已经被他的求婚吓清醒了，这个点精神很足，缠着要他躺下陪她说话。她喃喃道："我想听你哥哥的事。"

贺睢沉把灯关了，窗外朦胧的光线照进来，让卧室处于半明半暗的状态。他躺在床沿，又将她抱在怀里，手指一直抚摸着她精致白嫩的脸蛋，像把玩着上等的瓷器，不知过了多久，低低的声音响起："我与贺云渐一母同胞，自幼兄弟的感情极好，倘若当初没有那场车祸，按照家族安排，他会成为掌权人，而我随便找个寺庙做个悠闲的贵公子。"

顾青雾主动将脸蛋贴着他，好奇地问："明明你也是个经商天才，为什么不让你们兄弟互相扶持？"

贺睢沉低笑："姑姑选了贺云渐成为继承人，又怎么会给他培养一个潜在的竞争对手。"

"所以她就把你当成弃子？"顾青雾这句话还真说中了贺语柳的谋算，从将三岁的贺睢沉送到族长那边养开始，她就有意离间，出手阻碍兄弟俩亲近。奈何贺云渐看似好掌控，实则对长辈阳奉阴违，将相依为命的亲弟弟疼到骨子里。贺睢沉自幼天分高，却因为修身养性，整日抱着一本经文。而贺云渐逼弟弟学经商之道，将所学的都一一传授给弟弟，或许他自己也没想到，弟弟所学的，会在他成为植物人后派上用场。

顾青雾安静地听贺睢沉像讲别人家的豪门隐秘般，轻描淡写地把自己年幼时的故事说完，忍不住去抱紧他，小声说："你哥哥是个好人。"

"贺云渐那人……"贺睢沉想评价两句兄长，话到嘴边，又笑了笑。

顾青雾抬起头，又说："你姑姑知道孩子的存在吗？"

"知道。"

"她不认喻家梵吗？"问出这句话，顾青雾很快反应过来，倘若是认，又怎么会让孩子姓喻。一个患有抑郁症又年幼的孩子，对于已经退位的贺语柳来说，还不如让另一个亲侄儿贺睢沉上位，她的精力远不如当年了，无法再去耗费心血花二十年重新培养个合格的继承人。

贺睢沉点到为止，没有跟她深谈家族那些错综复杂的事，而是低下头在她的发间闻："很晚了，睡吧。"

顾青雾不回答，浓密卷翘的睫毛忽然颤了一下。很快什么都看不见了，她把被子拉过头顶，在闷热不透气的黑暗环境里，她的心脏在加速跳动。唇边有他湿润的温度，一点点弥漫开……

在纽约待了三四天，结束了工作后，顾青雾和贺睢沉一同返回泗城。这几天他就耐心地陪着她工作，团队里的工作人员都假装没看见，当天的工作一结束，都很默契地散去。借着这个机会，顾青雾跟贺睢沉在纽约逛了不少景点，享受二人世界的时候，才有种在谈恋爱的感觉。

回到泗城，他们又各自开始忙碌。顾青雾有几个商务活动，为了图方便都直接入住酒店，骆原给她递了不少剧本，合作的男演员都是圈内有名的，制作班底强大。

下午四点多时，顾青雾一边吃着葡萄，一边翻看着剧本。比起她的悠闲，骆原在客厅里忙着整理晚礼服退回给品牌方，又拿起平板电脑看行程安排。都这么忙了，还不忘为她的约会打掩护。

"今晚你住贺总的别墅，还是酒店？"

顾青雾眼睫都没抬起，慢悠悠地说："酒店。"

"贺总不会搞突袭吧？我有个混媒体圈的老朋友透露消息，说不少记者都跟狗盯肉骨头一样盯着你呢，就想挖点什么劲爆的料出来。"

这种特殊时期，骆原心焦地看着顾青雾的举动，怕她谈个恋爱，把蒸蒸日上的事业也赔了进去。好在顾青雾的脑子清醒，没想过官宣恋情这种惊天动地的事。

旁边的手机提示音响起，她低头去看，是江点萤发来的微信消息："宝贝儿，周泛月从香家离职了！内部传闻说是被发配到了冷宫，她抗议无效，就把中国区总裁的职位辞了。"

顾青雾回了个表情包，又看见江点萤说："今晚程殊三十岁生日，你有空吗？陪我去给他庆生好不好？"

顾青雾："还没死心呢？"

江点萤："死什么心！宝贝儿，你不能光顾着自己谈恋爱，就不顾姐妹的终身大事，程殊这个男人我要定了！"

顾青雾太了解江点萤的性格，除了她的模特事业坚持了下来，其他都是三分钟热度。没想到在程殊身上的热乎劲儿还没过，实属难得。不支持一下，也说不过去。她想了片刻，又问："程殊邀请你了吧？"

江点萤："邀请了啊，很热情呢。"

程殊的三十岁生日没有大办，地点选在位于泗城市中心的复式别墅里，邀请的都是圈内非富即贵的朋友。江点萤本就美得不可方物，一身红裙衬得她身材高挑纤瘦。

她提着亲手做的蛋糕，不忘记回头催顾青雾走快些。她心情激动地说道："我今晚准备跟程殊告白，你觉得他答应我的可能性有多大？"

顾青雾眉毛一挑："你不会想当场告白吧？"

"对啊。"

"点点，告白这种事呢，最好是在私下说。"

"为什么？"

"我觉得程殊应该会情愿你私下说。"

"好吧。"江点萤勉为其难接受顾青雾的提议，终于走到别墅门口，抬手直接按门铃，响了数秒，来开门的是另一个穿着红裙的女人——林圆亭。

她越过江点萤，视线瞬间注意到后面的顾青雾，气氛安静了半晌，而后出声说："请进吧。"

宽敞奢华的客厅里坐着一群人，脸孔陌生，没一个眼熟的，不是混同一个圈的，顾青雾和江点萤和这些人相处难免有些不自在。好在程殊帮忙介绍着，场面也不会尴尬。

"江点萤我知道啊，去商场的奢侈品牌店，十家店里起码六家都是她的广告，国际名模果然名不虚传，程殊这个假老实人，不简单啊。"

"程殊的朋友就是大家的朋友，来喝一杯，别跟哥哥们客气。"

"是不是美人都跟美人玩？这位是姓顾？好巧啊，我天生就对姓顾的女孩子有好感，方便留下联系方式吗？回头请你吃饭。"

"段宸，我看你是皮痒了。"林圆亭端着杯酒走过来，打断坐在右边沙发上那个企图搭讪顾青雾的年轻男人。

段宸挑眉："喂，贺睢沉的未来老婆，你来瞎掺和什么劲儿。"

这个圈的都是自幼认识的，开玩笑都不分界限。林圆亭为了贺睢沉逃过婚，求而不得多年，这已经是公开的秘密了。段宸这样一调侃，换平时没什么，大家心照不宣笑笑就过去。今天却被站在沙发后面的程殊敲了一下脑门，他抬眼看向静坐在沙发上的顾青雾，见她侧着脸，脸上貌似透着无所谓。他皱起俊眉，压低声音说了段宸几句："什么未来老婆，搞不清状况就别瞎说，小心祸从口出。"

段宸还真不知道贺睢沉真正的老婆就在现场，还是他一眼看中的美人，只当是程殊想帮林圆亭："行行行，我寡不敌众……"话是这样说，他也没再往顾青雾的跟前凑了。

"宝贝儿，我去去就回啊。"江点萤刚去厕所补了个妆容，不知刚才发生了什么，见程殊拿着手机往别墅门口走去，她朝顾青雾挤眉弄眼，深呼吸一口气，也跟了上去。顾青雾的身边瞬间就冷清下来，她又不是自来熟的性子，话很少，听着大家在闲聊趣事，端起玻璃杯倒了点酒，慢悠悠地抿着。

这时，林圆亭主动坐了过来，对她一笑："在郦城那次，缘桥私人会所里我们见过，还撞衫了。"

顾青雾转过头，与她对视半晌，嘴角弯起弧度："林小姐，幸会。"

"刚才段宸的话你别放心上，他就这德行，喜欢往人家伤疤上撒盐。"林圆亭自嘲般的解释了一句。她性格直爽惯了，平日里最讨厌那种扭捏的女人，顾青雾倒是能入她的眼，今晚在因缘巧合下碰到了，就聊上几句："我跟程殊、谢阑深还有贺睢沉从小就在一所学校读书，跟在他们屁股后面习惯了，这些男人也不把我当妹妹看，就当假小子一样对待。"

顾青雾也有青梅竹马，深知男孩子在青春期时的顽劣。林圆亭声音忽然压低两分："说出来也不怕你笑，他们三个我以前都暗恋过。"

顾青雾没忍住看林圆亭，她说："你的选择挺多的。"

林圆亭笑："程殊是圈内的老好人，选他吧，在一起生活就太无趣了。选谢阑深呢，谢家水太深，跟他们家族沾边的女人传闻都没什么好下场，一般女人都不敢去招惹这个男人。后来我觉得还是贺睢沉最适合做夫婿，为人处世挑不出错，贺家重规矩，他看似温和，实则性格强势得要死，当他老婆，会很有安全感。"

顾青雾听着挺有意思："所以你就开始对贺睢沉爱得深沉了？"

"是啊，我爱了他整整十几年，爱出偏执来了，为他悔过婚，求过他跟我做几天情侣，认定他就是我的后半生的依靠。可是他没给过我任何机会，这些年他身边也从未出现过其他女人，顾小姐，你是个例外。"

林圆亭做事不喜欢拖泥带水，她努力追求过心爱的男人，失败了，就愿赌服输。她会跟顾青雾说这些，只是不想造成不必要的误会。她舒了口气说："他姑姑不是个好搞定的，顾小姐，他没了相依为命的亲哥哥，而贺家的那些人只是利用他的价值而已，请你一定要好好珍惜贺睡沉。"

顾青雾垂眸，过了半晌，她轻声说："贺睡沉对我的感情有多深，我对他的就有多深。"

林圆亭掩饰胸口泛起的苦涩，自顾自地低语："挺好的。"接下来两人都没再说话，直到看见江点萤踩着高跟鞋走了回来，见那脸色，就知道一腔热情扑了空。

顾青雾心如明镜，去拽她的手腕："拒绝你了？"

江点萤难过地点点头，欲言又止地看了一下旁边的林圆亭。林圆亭见怪不怪，笑着调侃："程殊一年到头拒绝的女人加起来都有上百个了，我早就看麻木了，听见也当没听见。"

江点萤往沙发上一坐，先拿酒不要命地灌了一口，隔了两秒，闷闷地说："他那个前妻求复合来了，就在门口跟程殊哭哭啼啼地打感情牌呢，我连新欢都谈不上，哪里比得过白月光。"

"什么？！"林圆亭前一秒还云淡风轻，下一秒比顾青雾还要激动，追问江点萤，"你说谁来了？"

江点萤表情茫然，说道："程殊的前妻啊。"

林圆亭气不打一处来地站起身，那架势就跟要出门干架似的，表情冷冷的："钟汀若那女人还有脸上门来求复合，程殊要是敢答应，看我不剁了他的'狗头'！"

这是友军啊！江点萤瞬间拉住她的衣袖，很认同地点头："圆亭姐，他就在别墅门口跟前妻拉拉扯扯呢。"

"点点。"顾青雾见她还火上浇油，及时出声提醒。

林圆亭冷笑起来："钟汀若当初吃着碗里的看着锅里的，嫁给了程殊却摆着高高的姿态，连碰都很少让他碰，家里老人高龄，想抱孙子，她就趁机闹离婚，指责程殊把她当成生育工具。搞笑呢，这些年程殊是怎么把她捧在手心里疼的，当我们瞎吗？"

江点萤也火大起来："这女人有毒吧？"

林圆亭看了她一眼："程殊也是个傻的，为了不离婚答应终生不要孩子，还去预约过做绝育手术，结果钟汀若为了能成功改嫁给谢阑深，哄着他把婚离了。"结果呢，钟汀若竹篮打水一场空，心上人和爱她的男人都没守住。林圆亭作为与程殊感情深厚的发小，总算把两人盼离婚了，这会儿哪能眼睁睁地看着钟汀若后悔，回头找程殊旧情复燃。她怒气冲冲地就往别墅外走去。

"我也去！"江点萤此刻一点都没被真命天子拒绝后的伤心，赶忙着跟上去凑热闹。

今晚这场生日宴以闹剧的形式收场，三个女人的战斗力，不是做惯了和事佬的程殊能劝得住的。最后闹到了医院，起因是林圆亭和钟汀若起争执时，不小心崴了脚，在仇人见面分外眼红的气氛下，钟汀若占了上风，还继续出言讽刺她多管闲事，难怪就算继承了家业，也没男人要。而江点萤见义勇为，挡在林圆亭的面前，跟钟汀若对战。

旁边还有个不嫌事大的段宸，偶尔拱火："江点萤，你可是国际名模啊，抢男人要是输了，就太丢你名模的脸了。"

林圆亭："啧啧啧，钟汀若，你的战斗力不行啊，程殊都不帮你。"

段宸："打起来，打起来！"

"闭嘴！"顾青雾表情冷冷地将段宸踹下了台阶，他直接滚落到两个女人之间，膝盖着地，成了这次闹剧里受伤最严重的一个。

凌晨时分，在医院的急诊病房里。林圆亭的扭伤还好，涂点药，最近几日别穿高跟鞋就能养好。而段宸因为嘴贱付出代价，竟被打上石膏，他说什么都不轻易原谅顾青雾那一脚，踹的是他的膝盖吗，是他段二少的面子啊！

"你们谁也别劝我，女明星故意伤人要被关多久？！"

程殊在旁边提点他："段二，你要不要适可而止，不然我怕你会把肠子都悔青。"

段宸顺着台阶下："那顾青雾可不可以给我联系方式，就当不打不相识，交个朋友也行。"

"美得你。"江点萤刚一张嘴，便被程殊眼神极淡地扫了一下，极具压迫力，让她瞬间心虚得跟什么似的，乖乖地缩在墙边。

程殊对她也是头疼，手指揉了揉眉骨，轻叹出声："江小姐，我们谈谈。"

江点萤下意识地看向坐在旁边椅子上的顾青雾，见她点头："去吧，我在这儿等你。"

江点萤："哦，好吧。"

病房走了两个，气氛安静了几分。顾青雾不喜欢闻消毒水的味道，起身去把窗户敞开些，又倒了杯温开水给坐在轮椅上的林圆亭，才回到旁边坐下。而段宸拿手机在朋友圈发小作文，要讨伐顾青雾这个罪魁祸首。

林圆亭眼尖扫到，冷笑道："就冲着你今晚连续两次调戏睢沉哥的老婆，你就等死吧，大傻子！"

第 6 章
我的妻子只有你

阴暗逼仄的楼梯间里，有浅淡的月光从窗户洒进来。程殊站在下方，光影投在他斯文清隽的脸庞和挺拔的鼻骨上，薄唇微抿出疏离的弧度。

江点萤抬起眼又垂下，像是犯了错，跟他主动道歉："对不起，今晚把你的生日会搞砸了。"

程殊无论何时，对任何人的态度都是温和的，哪怕是以前遇上纠缠不清的女人时，他都能笑着婉拒。他沉默片刻，说道："今晚的事追根究底错在我，而你是一个能让人快乐的好姑娘，可能是我之前表达得不清楚，江点萤，是我不适合你。"

他的语调极认真，有意让江点萤听懂每个字。不是在敷衍两人之间的事，是很认真地考虑过这个问题。

"你怎么就不合适了啊？"

"江点萤，你年轻漂亮，出身好，又拥有属于自己的事业，将来还会有更多优秀的男人供你选择，你何必把时间和感情都浪费在我这个二婚的人身上。"

这话江点萤就不爱听了，眼角险些红起来："程殊，你是不是被前妻说惯了，什么叫不要把时间浪费在你这个二婚的人身上，你明明是我见过最温柔善良，最成熟稳重的男人了，干吗贬低自己啊？"

程殊哭笑不得："江小姐，你这是被感情冲昏了头。"

江点萤咬着下唇，高跟鞋踢了斑驳的墙壁一脚："反正这个理由不能劝退我。"

程殊思忖几许："我比你年长五岁。"

她转过身瞪他，气急败坏地说道："贺睢沉也比顾青雾年长四五岁呢，照你这个逻辑，他对我闺密下手，是不是该无地自容到当场以死谢罪？"

程殊没她嘴皮子厉害，胜在耐心足，他始终保持着冷静："江点萤，我比你年长五岁，有过一段失败的婚姻，阅历比你深。对你而言，喜欢上就可以在一起。而我已经不适合那种轰轰烈烈的爱情模式，我更倾向于稳定的感情，给不了你想要的激情。"

楼梯间静谧的气氛不知持续了多久，江点萤从这段话里回过神来，张了张嘴："我是不是长得太美艳了？给你造成一种我不是乖乖女的错觉？你怕我会对感情不负责任？"

程殊听了太阳穴都突突地疼："不是这个意思，我是说你和我不是一个世界的人。"怕她又解读歪了，还慎重其事地补充一句，"你是个好姑娘。"

"好姑娘有什么用，你又不要。"江点萤声音极低，屈起食指将眼角狠狠地擦了一下，又去踹那斑驳的墙壁。

程殊说："我要不起。"

他从出生那刻起就循规蹈矩地活着，做的每件事都有道理，不容许出任何差错，而江点萤一腔爱意来得太猛烈，就像是女孩子看到了心爱的玩具，闹着非得得到才肯罢休。婚姻终究不是儿戏，程殊不想耽误了她的大好青春。

可江点萤对感情不这样想。她继续踹墙壁，跟找个地方发泄似的，随后抬起头说："程殊，你要是还对前妻念念不忘，我无话可说；你要是怕耽误我，搞笑呢，我们两个谁占便宜还不好说。"

他长得好看又会照顾人，简直就是传说中的最佳男朋友。江点萤的性格是撞了南墙也不回头的。她突然鼓起勇气，执着地问他："真不喜欢我？"

程殊的身量修长偏瘦，而她国际名模的身材也不矮，又穿着高跟鞋，两人几乎是平视，在阴暗逼仄的空间里，她挨近，穿的红裙极短，露出的腿修长而雪白，莫名地，使得空气都变得闷热起来。

程殊保持着君子风范，只是将领带的结松了松。他正要后退，却见江点萤眼尾勾出妩媚弧度，轻声说："今晚我亲手做的生日蛋糕你一口没吃，不如我给你补个生日礼物吧。"

话音未落，她不打招呼地攀上程殊的肩膀，贴近他，在他抿紧的嘴唇上点了一下，仿佛一缕捉不住的气息，转瞬间就消散了。

趁着程殊没有反应过来，江点萤稍微离开，认真地打量了一眼他涌起波澜的眼神，脸上绽开笑容，两瓣嫣红的唇又贴了上去。

她的吻像她一样热情，程殊有一瞬间都不敢动弹，回过神来想推开，江点萤的指尖却滑到他的手掌心里。三分钟后，江点萤钩着他的脖子，脸上溢出娇媚的笑："你拒绝不了我的靠近，还有吻。程殊，别再说对我没感觉这种话了……"

比起他这个经历过一段婚姻的人，江点萤更像是情场高手，将他逼到丢了盔甲，弃城投降。程殊皱起眉头，掐着她的腰要推开："江点萤，你是女孩子……"

"你不主动，就换我主动呗，反正在你没和前妻旧情复燃之前，我是不会死心的。"江点萤缠着程殊不放，他推不开她，又去抓她乱摸的手指："江点萤。"

江点萤："叫点点。"

"叫不叫？"江点萤要作势去解开他的皮带，跟个女流氓似的。偏偏这个男人君子风度极佳，做不出把她推下楼梯这种行为。被逼无奈，程殊只能服从："点点。"

江点萤听高兴了，才把手缩回来，又钩着他的脖子："程殊，我真的好喜欢你啊。"

程殊正要把她的手拿下来，忽然听见楼梯下方有细微的动静，他循着声音望去，只见一抹高挑的熟悉身影站在那边，指间的烟在黑暗里熄灭，也不知是什么时候来的。程殊和江点萤很有默契地分开，气氛略微尴尬，看着这个不速之客。

"你怎么在这儿？"最后还是程殊将衬衫整理好后，才出声问。他不动声色地挡住了身后的女人，维持着一如既往的平静。

贺睢沉将烟蒂熄灭，眼神洞悉一切，迈步走上楼梯，吐字清晰："医院电梯坏了，只能选择走楼梯。"

江点萤躲在程殊身后，忍不住想问问，这人到底偷听了多久啊？贺睢沉就跟有读心术似的，在擦肩而过时，侧头，视线扫了一下她的表情："江小姐要是介意，我可以忘记一些。"

他绝对是看了全程，没耐心继续看下去才故意闹出点动静。

江点萤的耳根子就跟烧着般变得通红，将额头抵在程殊的后背上，十分后悔地闭上眼睛。

病房那边，段宸在得知顾青雾名花有主，还是圈内金字塔尖尖上的人物，旁人费尽心思都要去高攀的贺睢沉时，简直像遭遇了晴天霹雳。

所以在贺睢沉出现的那一刻，在场的人都没反应过来时，段宸就已经拖着打石膏的腿，哀号着卖惨了："睢沉哥，都怪我不小心从阶梯摔下来，让小嫂子受惊了，我该死，小嫂子是好人啊！"之前还称呼顾青雾是美人，这会儿一口一个小嫂子地喊她，不敢再油嘴滑舌，就怕被贺睢沉亲手削。

贺睢沉压根儿没搭理这个吊儿郎当的人，径直朝坐在椅子上的顾青雾走去，很自然地牵起她的手，视线上下打量完一遍，低声问："你有没有事？"顾青雾摇头，指向旁边扭伤脚腕的林圆亭："她伤了。"

林圆亭对贺睢沉微笑："睢沉哥。"她低垂眼，压着那股难受劲儿，不去看心上人是怎么对顾青雾关怀备至的。

贺睢沉的面色没变化，语调平静："我让保镖送你回林家。"

林圆亭摇头说不用了，她带了司机，她坐在轮椅上一时半会儿走不了，只能尴尬地待在这儿。好在这时江点萤进来，自告奋勇地说："我送圆亭姐回去吧。"

江点萤全程都躲避着贺睢沉，心虚得很。顾青雾出门前，疑惑地问她："贺睢沉在外面对你做了什么？"

江点萤急得冒火，声音拔高："他能对我做什么！"

"那你一副做贼心虚的样子……"

"什么都没有，你赶紧跟自己的男人回去吧。"

等出了医院，顾青雾上车后，没忍住问半夜来接她的男人："江点莹躲着你干吗？"

贺睢沉花了两分钟给段宸的兄长打了通电话，言语间的意思势必要让他关半个月禁闭。挂断电话，他侧过俊美的脸庞，看向她。顾青雾的眼里透着求知欲："跟我说说？"

贺睢沉伸长手臂将她搂到怀里，他轻描淡写地说："我在楼梯口撞见她强吻程殊，吻得热火朝天。"

"看在是你闺密的分上，我无意让她尴尬，不过等了十来分钟，她似乎还要继续。"贺睢沉当时抽完了两根烟，见还没结束，又没兴趣继续当观众，只好打断他们。

顾青雾算破案了，怪不得江点莹心虚得跟什么似的。

"你那闺密追男人，"贺睢沉组织语言，看向她，"比你积极多了。"

顾青雾好笑地去掐他的腹肌："你这么主动，我要是还热情地回应，岂不是干柴遇到烈火，一发不可收拾了？"

贺睢沉抓住她的手，嗓音逐渐低哑，他贴到她的脸颊处："你想怎么收拾？我都应着。"

顾青雾瞬间僵住，浓密卷翘的眼睫颤着，她看前方的司机，怕被察觉出异常来，忍着脸红轻声叫了一句："哥哥。"

"心跳得这么快？"贺睢沉骨节分明的食指摁在她雪白的腕骨上，观察她的细微反应。

呼吸着男人靠近带来的乌木沉香气息，她将额头贴着他的肩膀处，用商量的语气说："你别闹……"

贺睢沉得了便宜，才将她的手腕松开，又扣在手掌心里慢慢地揉着。顾青雾的指尖算解放，略微坐直些，又听见他语调不紧不慢地说："你不拍戏期间，搬到别墅来住，我为你找人设计了一间衣帽间，可以放很多你喜欢的裙子。"

"这么快就住一起吗？"

贺睢沉侧头看她，俊美的脸庞扬起温和的笑容："嗯，你可以这样理解。"

顾青雾含糊地说："看情况吧，我忙着呢。"

贺睢沉这次没有跟她讲一堆道理，更像是做主敲定了两人同居的事，手臂将她重新搂到怀里。

半个小时后，车子稳稳地停在观山御府别墅前，司机很有眼色地先下车。贺睢沉将顾青雾抱到别墅内的长沙发上，他整洁的衬衫敞开些，露出修长的锁骨，他的呼吸稍微不稳定，两人轻轻地贴着额头，气氛微妙而甜蜜。贺睢沉双手捧着顾青雾白皙而精致的小脸，低头，深深地吻了下去——

下一秒，贺语柳穿着深蓝色的旗袍出现在厨房门口，手里端着泡好的滚烫的咖啡，意外撞见这一幕，笑得冷淡而生疏。

"睢沉，你在做什么！"

"所以，你跟贺睢沉在沙发上热吻，被他姑姑当场撞见了？"

一听这幸灾乐祸的声音，就知道出自江点萤，她就差没跑到另一个当事人面前笑话，一报还一报啊。

顾青雾抬起白皙的指尖，将墨镜抬了抬，遮挡了大半张精致脸，坐在试衣间外面的米白色沙发上，唇齿间溢出四个字："撞个正着。"

"那贺睢沉是怎么应付过去的？"

江点萤试完一条红色的纱裙，伸手拉开帘子，好奇地探出脑袋看她。顾青雾闻言，慢悠悠地翻着娱乐杂志的手顿住，出神了许久。贺语柳那句"睢沉，你在做什么"，成功把贺睢沉接下来的举动给阻止住了。客厅的时间跟暂停了一般，他俊美隐忍的脸庞缓了几秒，才侧头，目光扫向站在厨房门口的姑姑。要不是隔着一段距离，顾青雾又在沙发上，贺语柳手上滚烫的咖啡都能泼到他身上去。

气氛僵持片刻，贺睢沉从容不迫地将顾青雾皱起的裙摆抚平，手又缓缓地往上，碰到她白皙的颈侧肌肤，娴熟地将刚刚咬开的衣领纽扣都系回去。

顾青雾已经没脸见人，恨不得装死到底。贺睢沉脱下西装将她裹住，薄唇温柔地吻住她莹白的耳垂："先去楼上洗个澡。"

顾青雾抬眼看他时，有着明显的控诉意味，这样窝在沙发也不是个办法，只能硬着头皮坐起来。她的指尖紧紧地抓住披在肩膀的西装，出于礼貌，上楼之前，她朝贺语柳弯了弯嘴角，算是打招呼。

随即，顾青雾不管贺睢沉怎么收拾这个烂摊子，低着头朝楼梯走去。她的高跟鞋早就掉在外面的车里，此刻光着脚，裙摆拖地，走得不快，隐约能听见楼下姑侄的几句对话。是贺语柳先出声，没压低声音："姑姑还是保持原先的看法，你不适合娶她进门。"

贺睢沉高挑的身躯坐在沙发上懒得起来，经过与女人的耳鬓厮磨，整洁的西装裤和衬衫都有点皱，头顶上的水晶灯的灯光投射下来，他的五官深沉不明，反应冷漠。在贺语柳的注视下，他从茶几上拿了一盒香烟，指腹不紧不慢地揉碎了一根："姑姑深夜来访，就是为了说这个？"

当然不是，自从上次两人在老宅谈崩后，姑侄关系就僵着不动。她摆出长辈的态度也拿捏不住贺睢沉，心想着别为了一个顾姓的女人伤了亲情，主动过来示好。谁料到会撞见贺睢沉把顾青雾抱进门，倘若她没有出声阻止，都不知会发生什么。贺语柳骨子里重规矩大半辈子，接受不了两人未婚就发展到这步，冷冷地说："你难道也要学贺云渐，先斩后奏让外面的女人怀孕，逼迫家族答应？"

贺睢沉手中的烟抖落了烟灰洒在黑色西装裤上。他没瘾，在调整情绪时会来一根，不过当着长辈的面抽烟，到底是不成体统。他克制着，薄唇扯了一下："我怎么舍得让她在名不正言不顺时，就怀上贺家的孩子。"

贺语柳的脸色这才好看些，谁知，下一刻贺睢沉存了心要气死她般，缓慢地说："我会先跟顾青雾领证结婚，再跟她生一个血脉相连的孩子。"

"贺睢沉！"

"姑姑还是别动怒。"贺睢沉的语气压低，像是孝顺的好侄儿，真心诚意关心着长辈的身体，"我最近看新闻，上了年纪的人，经常生气容易中风脑瘫，姑姑保重身体。"

顾青雾只是不经意间听到几句，就提着裙摆上楼洗澡了，隐约听见茶杯破碎的声响，不用下楼看热闹，都能想象出贺语柳早被贺睢沉这几句话气到发狂。

顾青雾将事情的来龙去脉简单地说了一遍，听得江点萤竖起大拇指："我的乖乖，贺总战斗力太强了。宝贝儿，等真到谈婚论嫁那天，你要是把他带回郦城顾家，简直能大杀四方啊。"

顾青雾自动屏蔽"顾家"这种字眼，将娱乐杂志搁在旁边，端起柠檬汁喝了一口说："贺语柳的身体需要静养，否则她当初也不可能急着隐退。"

江点萤脑袋瓜琢磨了一会儿："贺睢沉不是你想断就能断的吧？"

顾青雾无奈看她："我和他的感情好着呢。"

"是是是，"江点萤想歪了她的意思，随手从衣架旁边拿了两套性感的蕾丝内衣，挤眉弄眼地说，"感情这么好，要不要试一试这套内衣？"

顾青雾下意识地打量这家店，眼中讶异："这里还卖这个呢？"

江点萤自作主张送她一套黑色和一套白色的，自己也拿了套红色的，用会员卡结账。顾青雾离开店时，忍不住问道："你穿给谁看？"

"我的真命天子啊。"

顾青雾怕她玩火，皱起眉头说道："点点，原则性越强的男人越不好惹。"说白了，程殊是那种任何事都得按照他计划一步一步走的性格，为人循规蹈矩惯了，遇上江点萤这个三天两头闹腾的，指不定什么时候惹急了他，会狠狠地收拾她一顿。

"宝贝儿，你连贺睢沉那种可怕的男人都能搞定，我这个，都算清汤寡水了。"江点萤兴奋地按电梯来到地下停车库，对无奈的顾青雾眨眨眼，"你自己打车回去吧，等着我随时跟你汇报进度啊，拜拜。"

此刻同一时间，在别墅二楼的书房里。

程殊刚回来便被保姆告知有客人已等候多时，还没换下一身正式的衬衫西装，就跟坐在沙发上的女人对视上。

他有片刻的愣怔，钟汀若穿着当年初见时的一身杏黄色的长裙，面料精致柔滑，仔细看细节，就能知道是刻意找裁缝重新照着原版定制的，头发剪到过肩，染黑了，直直的，褪去了精致成熟的女人味，倒是有五分记忆中秀气干净的模样。

她弯唇，浅浅一笑："你回来了。"

程殊很快恢复如常，迈步走到沙发对面，却没落座："你找我有事？"

钟汀若从包里拿出精致的腕表锦盒，递到茶几上："这是你的生日礼物，上次因为那场闹剧，我一直找不到合适的时间给你。"

程殊有收藏名表的习惯，家中衣帽间一面墙壁都是各种古董手表。钟汀若跟他做夫妻数年，多少了解几分，她专门托关系才买到这块手表。程殊心知她无利不起早，语调平静："你遇到什么麻烦了？"

钟汀若的微笑不变，摇摇头，半晌，轻声说："我想复婚。"

听到这四个字，程殊的眉眼没有情绪起伏，如此镇定的状态，让钟汀若心底不安。她带着某种忐忑的情绪，扶着沙发起身，踩着高跟鞋在男人面前站定。

"程殊，"她的身子与他挨得近，手指碰到他冰冷的西装纽扣，见他没躲，她眼底浮现深情的泪光，怎么看都是我见犹怜，她的声音略哽咽，说道，"跟你离婚之后，我无数个夜晚都在后悔，这么深爱我的男人怎么就让我给弄丢了，我们复婚好不好？我现在终于知道自己爱的那个人是你，不是别人。"

程殊低头凝视着她，看见她流下一颗颗泪珠，她的抽泣声很小，不断地求他。

"你不是很喜欢孩子吗？我愿意给你生，程殊，我们生个可爱的儿子好不好？"

"钟汀若，"程殊眼底的情绪慢慢地淡了，有些话，在他喉咙间滚了两遍才出口，"我们不可能复婚。"

"为什么？"

"我对你，已经彻底没感觉了。"

　　三秒或者是十秒，钟汀若都没有理解这句话的意思，眼中带着泪，张了张口："什么叫没感觉？"

　　程殊的薄唇抿着，过了半晌，吐出清晰的三个字："爱无能。"

　　"你喜欢别的女人了，对吗？"钟汀若太了解自己的前夫，他一个眼神，她就猜得明白，她的呼吸急促，高跟鞋险些踩不稳地往后退半步，拼了命从喉咙里挤出沙哑的声音，"程殊，你是我的男人啊，你发过誓要爱我一辈子，忘了吗？"

　　程殊的反应异常冷静。他低声提醒她："你也曾发誓会忘记谢阑深，跟我好好过日子。"

　　两人的誓言都没有遵守到最后，谁也没有辜负谁。钟汀若头晕得厉害，眼睛红了又红。

　　"没关系的，"她抬起头，盯着程殊那张陌生又养眼的脸庞，心中有偏执，嗓音分外紧绷，"你只是病了，我可以陪你去看最权威的心理医生，迟早你还是会想跟我复婚的，心理疾病能治好的。"

　　江点萤失恋的电话催命似的轰炸进来时，顾青雾正在酒店里签下一部电影的合约，她看到来电显示，抬手让骆原替她继续谈，起身走到阳台外面，眼眸望着高楼大厦下的车水马龙的街道，白皙的指节握着手机放在耳边。

　　下一秒，江点萤病恹恹的控诉就传过来，一听就知道没成功拿下真命天子："宝贝儿，我在别墅看到程殊和他那个前妻独处一室，我又被拒绝了。"

　　好像只要有钟汀若，他就跟锁住了魂魄似的，不再留心别的女人。这让江点萤产生了莫大的挫败感，气到跟顾青雾骂了快半个小时。

　　这在顾青雾意料之内，说："你不如听我的，先跟程殊从普通朋友相处，他性格温吞、古板，一时半会儿肯定接受不了你那股热情奔放劲儿。"

　　江点萤卡壳几秒，弱弱地说："他前妻这会儿虎视眈眈呢，做普通朋友会不会太慢了？"顾青雾突然发现她很适合跟贺睢沉做好朋友，在感情上，都是急性子，一刻都等不及。

"点点，你缠他越紧，他可能就越想避着你。"

"那好吧，刚好我最近要去参加一档恋爱综艺节目，就当给程殊点缓冲时间。"

"你追男人追到一半，去参加什么恋爱节目，国际名模要走下神坛了吗？"

"哎呀，都是有剧本的，又不会牵手成功，我家经纪人比你家经纪人强硬多了，我哪里敢顶着脑袋去反抗，怕被削死。"

顾青雾竟无言以对，刚叹气，又听见江点萤在电话里问："我那件红色内衣是没机会穿了，要不要也送给你？"

"心领了，我最近忙着搞事业，没空搞别的。"电话挂断后，顾青雾低头看手机，正好收到一条微信好友的添加消息。头像是个穿着孔雀蓝西装的男人背影，备注："跟你一起在纽约私人疗养院选病床的男人。"

顾青雾看到这个就知道是谢临了，直接点击拒绝。谁知，谢临那股疯劲是不达到目的不死心，又一次添加好友："我跟你说个秘密，通过一下。"

顾青雾白细的指尖在屏幕上方略停两秒，拒绝时，轻描淡写地回复一句："这样说也挺方便的。"

谢临偏偏吃她这套，微信好友添加消息持续传来："啧啧，最近贺家挑了不少名媛跟贺睢沉相亲啊，都拿号排到年尾了，你怕是正室地位不保。"

顾青雾回："就这？"

谢临："我今晚撞见他跟别的女人吃西餐，有图有真相，加个微信，给你发照片。"

顾青雾看完就没搭理这个疯子，表情平静地收起手机。电影的合约签好了，是个都市悬疑片，她在里面饰演的是一个冷酷的美人杀手，女二号。主演是易小蓉，两人算是短时间内再次合作了。在月底进组时，易小蓉给全剧组的人都发了各种口味的茶包，人情世故这方面做得很到位。顾青雾觉得买礼物太麻烦，直接让骆原帮她发红包。

她的性格清冷且不擅交际，整日就抱着剧本研究人物角色，别说离开横店了，连迈出剧组一步都懒得抬脚。

骆原有点好奇："你跟我们家贺总多长时间没见了？该不会是分了吧？"

顾青雾穿着一身黑色剧服，乌黑浓密的头发高高地扎起，显得肌肤白得打眼，像是一朵黑玫瑰，悠闲地坐在靠椅上，赏了他个眼神："我忙着搞事业，见贺睢沉做什么。"

"没分就好，你也别冷落了人家。"

顾青雾轻轻地笑了两下，敷衍得很。这时不远处一阵热闹，是易小蓉众星捧月地走进了化妆间，隔着距离，骆原对她挑眉头："小道消息，易小蓉最近跟一个富商交往，上个月生日，人家还送了她栋别墅呢。"

顾青雾启唇说："看着比在上个剧组高调不少。"

"可不是，她铁了心要嫁豪门，都没准备隐藏恋情。"

骆原前脚跟她聊完八卦，中午的时候易小蓉那位富商就给剧组送了不少甜品和咖啡，然后派了一辆千万豪车来把人接走。这千万豪车足以惊动剧组的全体人员，他们私下议论了很久。但是易小蓉没有透露是哪位富商，只知道姓顾，其余的就打听不到了。

顾青雾嫌弃甜品太腻，把自己那份也给了助理，结束当天的拍摄任务后，就打道回剧组安排的酒店休息。夜间十点多，她趴在柔软舒适的大床上睡熟，迷迷糊糊又醒过来，忽然记起还没给贺睢沉打电话。于是去拿手机拨打电话，开了免提，将脸蛋贴在枕头上，静静地等待。电话响了三十几秒才被接听，贺睢沉偏低沉的嗓音传来，问她是不是拍夜戏，这么晚才打来。

顾青雾忙起来，脾气比他大，平时拍戏是拒接电话的，拍完了才有空搭理人。她不好说是忘记了，撒娇道："没准时打给你，刚好给你时间去相亲啊。"

贺睢沉低笑："吃醋了？"

"没有！你姑姑找的那些名媛都没我长得好看，我有什么好吃醋的。"顾青雾绝口不认吃醋了，她又说，"辛苦贺总百忙之中，还要每天抽空去跟人家吃烛光晚餐。"

那些世家名媛，都是贺语柳千挑万选出来的，居家型和事业型应有尽有，共同点都是长得特别漂亮，完全照着贺睢沉看女人的审美去选的。贺睢沉自然不会主动去见，贺语柳就变着法子，在他应酬酒局的时候，带一个过来坐。只要是他在场的地方，贺语柳都能带人来。最不靠谱的还有一次，他远赴国外出差，三更半夜贺语柳就把人往他的酒店套房一扔，自己不打招呼先走了。在人生地不熟的地方，又是个娇滴滴的美人，她笃定他不能冷眼旁观。

顾青雾对此恶狠狠地警告贺睢沉："你要敢让那些女人碰一根手指头，我就……"

"你就什么？"贺睢沉倒是好奇她能吃醋到什么地步。他的嗓音透着浓浓的笑意，都快掩饰不住了。

顾青雾磨牙："什么都行，就是不能便宜别的女人。"

贺睢沉在那端失笑，笑声清晰地传入顾青雾的耳朵，好似有了温度，沿着她的耳垂一路往下，连心脏都跟着麻了。过了一会儿，她从枕头里抬起脑袋，乌黑湿润的眼睛盯着屏幕的通话显示，小声问："扔在你房间里的那个女人，漂亮吗？"

贺睢沉的笑声压得更低了："很漂亮。"

顾青雾听着好气，这个男人还要自己加词，越气就越柔和地说："哦，有多漂亮？"

电话里沉默几许，贺睢沉像是在酝酿着，过了半晌，意味深长的声音缓缓地传来："侧脸像你，鼻尖也有一颗小痣。"

顾青雾抬手摸了摸自己好看的鼻子，轻声嘟囔："我的低配版啊。"

贺语柳就算给贺睢沉找了无数像顾青雾的女人，忙活了一个多月，也没见有效果。贺睢沉对女人很挑剔，向来是生人勿近。

挂了电话，顾青雾趴在蓬松的被子里，脑海中还想着跟贺睢沉的通话，再也睡不着了。她抬手揉揉脸蛋，忽然起身下床，去翻出行李箱，拿了两套裙子，挑了件黑色的，光着脚往卫生间走去。

半个小时后，贺睢沉的手机上，"叮"的一声，收到了条消息提示。书房的暖黄台灯照映下，他停下手指间的黑色钢笔，侧头看过去，随后神色略有不同，连坐在沙发处的好友说了什么，都没个回应。

同样穿着一身纯黑色西装的谢阑深静候十分钟后，将视线移过去，用低沉的音色说："你日后定然和我一样惧内。"

贺睢沉收起手机，看回文件上，签字的地方被锋利的笔尖划出一道很深的痕迹，怕是作废了。他骨节分明的手不动声色地合上文件，掀起眼皮看向书房里这位结了婚后，就自诩是"怕太太协会会长"的好友，扯了扯薄唇："谢总还怕我跟你抢位置？"

谢阑深干净修长的手端起白瓷茶杯，深夜略有倦意。

"我一个家庭美满的已婚人士，跟你有什么好抢的，就当做件善事把位置让给你。"

姜奈的性子柔，又把丈夫当成男神一样崇拜爱慕，比顾青雾不知好哄多少倍。谢阑深眼底浮现意味深长的笑，不紧不慢地落井下石："前提，你有本事把人骗进门。"

贺睢沉被内涵也不气，手指敲了敲桌面，他说："谢总记得先把谢临看好，别放他出来乱跑，小心被我打断腿。"

"打死更好。"谢阑深对这位同父异母的弟弟，没有半点怜悯之心，如同在聊着今晚月色怎么样，他语调平淡，"不必通知我收尸。"

两人都是圈内顶级人物，经常会联手投资一些慈善项目，虽不留名，但有资格被冠上慈善家的名号。

严述在书房外听墙角，瑟瑟发抖地想：谁又知道，深夜时分，这两位大佬谈起谢临，竟是这样一副无情口吻。

这一宿顾青雾都没怎么睡好，抱着被子翻来覆去的，到早上五点左右，接到贺睢沉打来的电话，迷迷糊糊间，耳边听见他压抑的喘息，他叫她的名字。

她安安静静地听了十分钟他低哑性感的声音后，红唇弯起，才出声说话："哥哥？"

这一声哥哥，让贺睢沉的呼吸又重起来。他没有去平复，嗓音哑到不行："我想你了。"

顾青雾想笑，又不敢太明目张胆："想就想了，我一直挺招人想的。"

贺睢沉捧场地低笑两声，在挂电话之前，格外意味深长地说："明天，我会派人接你到观山御府。"

早晨起床后，顾青雾要比别人早半个小时到剧组，因为昨晚聊天聊得太晚，没睡好，头疼得厉害，泡了杯提神茶，正坐在没什么人的化妆间里等着上妆。

易小蓉就显得容光焕发多了，穿着一身浅绿色连衣裙，近四十岁的年纪还能保持着纤细窈窕的身材，领口微露，不经意间秀出价值不菲的珠宝项链。旁边的化妆师不停地夸，问了半天才恍然大悟，是那位富商送的。

"易老师好福气，男朋友对您真好。"易小蓉听了心里高兴，请剧组的人吃早餐，自然也有顾青雾一份。

自从看到蒋雪宁败落，她对顾青雾很客气，暗暗地想拉拢到自己的阵营里，可惜没成功。这会儿，她主动给顾青雾递了热豆浆，柔声说："青雾，今晚我男朋友请客，导演都会来，你也来吧。"

要换平时顾青雾可能会去，但是她和贺睢沉很长时间都没见面，好不容易今晚要见上一面，怎么可能为了无关紧要的聚会，把某个翘首以待的男人给冷落了。顾青雾启唇说："我今晚有事，原哥应该有空去。"

易小蓉听到婉拒，笑容没变："那真不赶巧。"

这时骆原从外面进来，对还坐在椅子上不动的顾青雾喊："导演要跟你讲戏，在摄影棚等着呢。"

顾青雾面色平静地放下茶杯走出去，紧接着，化妆间内，易小蓉身边的助理就当众埋怨道："请的是她又不是她经纪人，装什么大牌呢，还不是给人当配角。"

易小蓉沉默地喝豆浆，眼底已经是一片冷色，抬头时又恢复温柔的笑意："她在上个剧组也是这样的态度，我早就习惯了，没关系的。"

助理冷哼："易老师男朋友的家族现在是郦城首富，邀请她，是看得起她，还不领情？！她这种性格，真不知道她爹妈是怎么养出来的。"

易小蓉默认身边的人指责顾青雾没教养，她听了十分顺心。顶多，装模作样地劝一两句："别这样说她。"

傍晚时分，天色逐渐暗下来，细雨倾洒在天地间。到约好的时间点，顾青雾换下剧服，穿着一身惹眼的红色连衣裙，撑着一把雨伞，走向台阶，上了贺睢沉平日那辆黑色豪车。

司机的话很少，开着车直奔观山御府。因为下雨，也不敢开太快，一个半小时后，车稳稳地停在别墅门口。顾青雾还没下去，隔着墨色的玻璃就看到贺睢沉挺拔熟悉的身形，站在一盏昏暗的路灯下，手指间夹着忽明忽暗的香烟，不知拿着手机跟谁打电话。听到她下车的动静，视线瞬间转移过来，沉得像是今晚的夜色。

顾青雾踩着细高跟走近些，他已经挂了电话，牵起她的手不轻不重地捏着。太久没见了，好不容易熟悉起来的感觉又变得陌生，牵个手，她都觉得胸口在发热，连脸上的表情都不自然，之前想说什么，当面反而没了话。

贺睢沉牵着她往别墅里带，那架势完全没什么生疏的感觉，熟门熟路地领着她进了主卧。

"以后，请多指教，我未来的太太。"

难得两人都放下工作，无人打扰。

时间尚早，顾青雾不太想睡，贺睢沉就抱她去阳台听淅淅沥沥的雨声。

贺睢沉用男士宽大的衬衫三两下套住她并将她抱起，她的身子轻柔得跟没有重量似的。他们坐在靠玻璃窗的单人沙发上，外面的风吹进来，五月初的天气还是有点寒凉，顾青雾把自己缩在他怀里不动，眼睫低垂，看着地上倒映的亲密无间的影子。他一边温柔地帮她按着酸软的膝盖，一边低头附在她的耳旁问这套房子设计如何。

"还不错，要是拿去评设计奖，怎么也能夺个金奖吧。"

贺睢沉挑眉："这算夸我？"

"算啊，我夸你干得不错呢。"贺睢沉被她一两句话搞得心神不宁，低下头，打量了半晌那若隐若现的肌肤。

顾青雾呼吸开始变慢，安静地注视着男人俊美的侧脸和浓密似鸦羽的眼睫。床头柜那边有手机在响，停了会儿又响了起来。顾青雾回头看发现是自己的，这个点要没工作上的急事，是不可能有人打电话进来的。她推着贺睢沉的脑袋，催促道："去帮我拿。"

贺睢沉跟没听见一样，重重的呼吸沿着那漂亮的锁骨往上，想亲她的嘴巴，却被拒绝："手机还在响，肯定是骆原打来的。"

见她这样，贺睢沉只好离开沙发，去给她拿手机。果不其然是骆原的电话，顾青雾窝在单人沙发上，清了清沙哑的嗓子后，尽量平静地出声："原哥？"

"大小姐，你今晚是不是留宿观山御府了？"

顾青雾下意识地看向倒水喝的男人，语气透着疑惑："是啊。"

"恭喜你被拍了，大小姐，我前段时间是怎么说的，有好多媒体盯着你，看吧，你跟贺总私下过夜，分分钟就喜登热门话题搜索榜。"

骆原被这次公关搞得连夜去公司开会，差点没被沈煜骂到卷铺盖走人。毕竟顾青雾这次被曝的是绯闻，他在电话里一通骂完，还截图微博热门搜索发过来。上面的标题非常惹眼，爆料者是匿名投稿的，说顾青雾在剧组封闭式拍戏，却深夜独自外出，一辆黑色豪车，回私人别墅与地下情人共度三天三夜。

顾青雾看完后，给骆原回复道："就今晚偷拍的，哪有三天三夜？！"

骆原："夸大其词是媒体惯用的手段，现在重点是你零绯闻的女神形象崩塌了，那些颜粉和路人都在扒你的'金主爸爸'到底是谁呢。"

不怪网友们好奇心过盛，先前顾青雾不止一次被网传背后有大老板撑腰。但都是些捕风捉影的传言，难得这次有图有真相，那些媒体和营销号怎么会轻易放过。

总而言之，骆原打电话来是跟她商讨怎么解决，把话摊开说，两人发着微信："沈煜还指望着你做他的儿媳妇，是不会同意你官宣这套的，除非绯闻对象是他儿子。你和贺总要么不见面，一见面就搞这么大，到底有没有想过有一天公开关系？"

顾青雾白皙的指尖握着手机，下意识地去看贺睢沉，见他喝完水，又不紧不慢地将床单被套都换了干净的，她失神了很久。直到消息又进来一条："现在全网都在扒豪车的车主是谁，以我多年的经验来看，你死咬着不承认，也肯定会被贴上有金主的标签了。"

顾青雾低垂下眼，慢吞吞地回复："那就让媒体扒吧，惹到贺睢沉头上，他们就知道要好好做人了。"

骆原见她回避公开关系，他之前那样说也是试探她的态度，当下不知是松口气，还是心情复杂："冷处理？！"

顾青雾气不过："原哥，你帮我去举报那条共度三天三夜的新闻，根本没有的事，虚假消息！"

骆原："不用我动手，沈煜已经亲自举报了。"

顾青雾发个句号，骆原又说："他还想让少东家沈星渡去冒领你绯闻情人的身份，笑死，观山御府就住着那几户，他又没房产在那里，某些门路多的媒体去把车牌号一查，也知道是假的啊。"

顾青雾一个字一个字地编辑好发过去："原哥，你帮我给沈煜带句话，他要敢让沈星渡去冒领，我立刻解约，改签盛娱。"

消息刚发成功，只见贺睢沉不知何时走到她跟前，他身形高大，将她笼罩在阴影下："是谁有本事让你露出一副凶巴巴的表情？"

顾青雾把手机扔在懒人沙发上，纤细的手臂抱着膝盖，仰头看他俊美的脸逐渐逼近，也不躲，她小声问："贺睢沉，你家重规矩，要是你上了娱乐新闻，会不会挨训哦？"

他连财经新闻都很少上，神秘低调到从不接受任何采访，顾青雾想，应该是要被长辈训两句。

"娱乐新闻？"贺睢沉问出这话，薄唇快贴上她。

她用力地点头："就是那种，有媒体瞎报道你跟女人私会，共度几天几夜那种，败坏你洁身自好的形象。"

贺睢沉将她抱起来，几步就走回床上，思考几许道："听你这样说，挺有意思。"

顾青雾主动坦白，抬手抱住他的肩膀："今晚我喜提娱乐新闻热门搜索了，全网都在扒跟我在别墅私会的男人姓甚名谁。"

贺睢沉不愧是见过大风大浪的，面上都不起波澜，似笑非笑地看她苦着脸，说道："要不要我帮你澄清一下？"

"澄清什么？"

"我跟顾小姐是两情相悦，奈何她一心为了演艺事业，私下对我爱搭不理，偶尔心情好才给我些甜头，过了今夜，又不知要跟她分开多久……"

"贺睢沉，你闭嘴吧，嫌喜欢我的观众和网友不够疯是吧？"顾青雾扯过枕头去砸他，没个正经的。

贺睢沉将她塞进被窝里，两人都不睡觉了，你来我往的，挣扎着，过了一会儿又甜蜜地黏一起。

最后倒是顾青雾受不住，缠着他，用唇齿轻轻去咬他的喉结："热门搜索都上了，不管了，哥哥，你得对我负责。"

贺睢沉单膝跪在床外面，手指温柔地将她湿垂着的乌黑浓密长发拂到肩膀后面，俯身去吻她："如你所愿。"

清晨七点多，雪白蓬松的被子里伸出一只男性的手臂，将床头柜的台灯打开，暖黄的光晕瞬间照亮套房，男人坐起身，在床沿点了支烟，翻着手机。

淡淡的烟雾散在空气中，身后被窝里的易小蓉蜷缩了一下，闻见烟味，睁开睡眼，轻柔地低唤："文翰。"

顾文翰正点开热门搜索榜首那条"顾青雾清冷女神人设崩塌，疑是地下恋情曝光"的话题，底下的评论很热闹：

"花大把钱塑造的人设崩塌只在一瞬间啊，有图有真相，顾青雾绝对是被金主包养的金丝雀，观山御府那是什么黄金地段？砸几个亿都买不到的顶级别墅区啊。"

"网传的都是真的吗？顾青雾一个新人，拍戏能拿到主流资源，代言能拿到顶级资源，还敢吹自己多年零绯闻的人设，笑死个人。"

"同好奇，是哪位身家不详的男人拿下了我们流量花瓶？"……

"你一个圈外人，也对这位新晋流量小花的绯闻感兴趣？"易小蓉拢了拢肩头松垮的浴袍，柔若无骨地贴上男人肌肉线条流畅的背部，眉眼含笑，看着他手机屏幕上的微博热门搜索榜单。

顾文翰将燃尽的烟蒂熄灭，又点了一根，拨通了一个私人号码。响了几声，没人接。

易小蓉见他没理自己，歪过头，在他耳边吹气："大清早的，打给哪位小情人呢？"

顾文翰的注意力终于回到她身上，连腔调也跟着低迷三分："我的小情人不就在眼前。"

易小蓉虽然年龄稍大，但胜在风韵犹存，笑起来时比小姑娘多了几分妩媚成熟，又知趣，会讨男人喜欢。而她爱极了顾文翰这种类型的男人，觉得他很不一样，身上不是那些企业家圈里的大款用金钱堆积起来的气质，是那种待女人极温柔，又带点书香气息的类型。

平日里喜欢的都是摄影、养马、养鱼和高尔夫，懂得怎么玩，有生活情调，每次跟她一起，他都会准备一屋子的玫瑰和蜡烛，还有精心挑选的昂贵礼物。让她有种自己被他捧在手心里宠爱呵护的感觉，她无法自拔地迷恋上了这个男人。

她收起心底那点嫉妒，纤纤玉指温柔地帮他按摩肩膀的肌肉，直到顾文翰愿意跟她说："我有个女儿，从小就叛逆，不把我这个亲生父亲放在眼里。"

易小蓉是知道他有过一段失败的婚姻的，她跟前妻都二十来年没联系了，对她构不成什么威胁，她柔声说："孩子都是父母的讨债鬼，小姑娘脾气娇一点也是在所难免的，你跟她讲讲道理。"

"呵，我那个女儿，自有一套歪理邪说。"顾文翰的语调听上去是温和的，却难以分辨他对女儿的感情，"让她别做抛头露面的工作，不听劝，也不要顾家一分钱，她从小吃穿用度哪样用的不是顾家的钱？现在翅膀硬了要跟我划清界限，还是天真得很。"

易小蓉沉默几许，隐约猜到这对父女的关系很僵。不过这如她所愿，毕竟顾文翰正值壮年，倘若二婚，早晚还会要别的孩子。

对前妻的孩子太宠溺，对易小蓉可不是件好事。她顺势迎合了几句，双手扶着他的肩膀往枕头压，轻声道："时间还早，你女儿可能还没睡醒，文翰，再睡会儿回笼觉吧。"

上午九点整，四大娱乐媒体集体沉默，无一家媒体敢站出来扒豪车车主的身份，画风逐渐演变成："顾青雾身后的男人是个无人敢惹的大人物。"

全网闹得再凶，对当事人而言没什么影响。顾青雾照常起床吃饭，在得知骆原帮她跟剧组请了几天假后，她突发奇想要跟贺睢沉过普通情侣的甜蜜生活。下午时分，她睡饱后，从衣帽间挑了件黑色针织裙，裙长一直到脚踝，衬得肌肤雪白、身形纤细，简单打扮完自己后，她又戴上口罩，跟贺睢沉出门去附近的超市买菜。

"哥哥，我想吃花菜炒茄子，你还记得吗？以前在南鸣寺的时候，我们经常吃这道菜。"经过新鲜蔬菜区域，顾青雾仰起头看身边俊美的男人，那露在口罩外的眼睛漆黑明亮，笑起来时眼尾弯起弧度，不知多可爱。

贺睢沉眸色深深地注视两秒，忍不住低头，亲她的眼睫毛："记得，你爱吃茄子不吃花菜，每次都扔给'走地鸡'吃。"

顾青雾感觉他的气息洒在眼尾那块皮肤上，忍着没躲，她不好意思去看周围的人，小声说："'走地鸡'应该已经找到它的妈妈了吧？"

"嗯。"贺睢沉的手臂轻搂她的腰肢，不紧不慢地说，"我们改日可以去南鸣寺看看'走地鸡'，它可能已经找到自己的妈妈，还生了一窝小猫头鹰。"

顾青雾听了高兴，指尖将口罩拉下，主动亲了他一口。偷亲完，她又立刻戴上口罩，谁知转头时，却防不胜防地跟旁边挑蔬菜的齐肩发女孩对视上。

那女孩的表情无比震惊，大概是觉得人生中了头等奖，逛个超市都能偶遇热门搜索榜单上的女明星，还目睹女明星跟她背后的总裁这么接地气地来买花菜。

重点是顾青雾的盛世美颜看上去比电视里还要精致一万倍，站在她身边的那个男人长得也比男明星还要好看，两人站在一起的画面太赏心悦目了！

网上的营销号真缺德啊！这哪里是有钱的老男人，这明明就是神仙一样的男人！

顾青雾在女孩要尖叫之前，用纤细的食指做了个嘘声的动作："别叫好不好？"

女孩重重地点头，这么近距离看到女明星，激动得眼泪都要流下来："我能跟你要一张签名照吗？"

她不喜欢在公众场合引起轰动。顾青雾想了想，松开贺睢沉的臂弯，手心朝上："笔拿来。"

她怕又被认出来，快速地挑了想吃的新鲜蔬菜，其间，包里的手机响了也没去理会。她正把买菜当成事业奋斗，挑好后，又拉着贺睢沉跑去结账。排队的时候，手机又响起来。顾青雾看了一眼私人号码的来电显示，挺不耐烦的，她接听，道："有事？"

冷冰冰的两个字，让顾文翰那端失语半晌才说话："错错，这就是你跟我说话的态度？"

"错错"这乳名听上去像是阿猫阿狗。偏偏顾文翰声音天生低沉，又带了点温柔亲昵，很容易给人一种深情款款的错觉。顾青雾最讨厌这个名字，像是提醒着她，自己的出生对父母而言就是个错误。

听到顾文翰喊这个乳名，她很想在大庭广众下翻白眼，可惜他看不见，她的语气没好转："你想要什么态度？"

顾文翰见她还是这副倔脾气，低叹道："我们父女也有几年没见了吧，正好我最近在泗城出差，出来吃顿饭吧。"

顾青雾皮笑肉不笑："没空。"

"错错，为父提醒你一句，当初你出顾家这个门时，是立下了约定的，在娱乐圈内不闹出绯闻……"

顾文翰话没说完，便被顾青雾冷漠地打断："地址给我。"

夜间华灯初上时，顾青雾按照约定的时间，来到一家高档餐厅，这里环境僻静，处处都透着品味，她领着贺睡沉进去，到了三楼站定，没让他陪自己一起进包厢。

"你到隔壁开一间，我那位父亲最喜欢拿腔拿调，难缠得很。"到底是父女，顾青雾了解顾文翰是什么脾性，也不想贺睡沉参与进来，趁着走廊没人，她踮起脚，偷偷伸手抱他的肩膀，"他吵不赢我，肯定拿你开刀，哥哥，我不想让你受委屈。"

贺睡沉的战斗力也不是开玩笑的，到了顾青雾这里，反而变成一个手无缚鸡之力的老实人，会乖乖被未来岳父欺压。

"搞不定给我打电话，几步路的距离，英雄救美还是来得及的。"说完，便在她的耳朵上亲了亲。

顾青雾的耳朵发烫，把他往外推了推："知道了。"

在兰字间的包厢里，顾文翰一身昂贵的深蓝色西装坐在桌前，已经等候多时。他跟人相约从不迟到，这是数年保持的良好绅士风度，心里就跟有个钟表似的，在八点十分后，他终于听见门被推开。

顾青雾故意晚进来十分钟，细细的高跟鞋就跟踩在亲爹太阳穴上似的，走进来，也懒得关门，找一张椅子随便坐下。

顾文翰脸上没动怒，早习惯她这副叛逆的作风，伸手倒了杯玉米汁递过去："一生气就故意迟到十分钟，这点你跟你妈越来越像了。"

顾青雾何止是这点像妈妈，在走进来的瞬间，顾文翰险些以为看到了年轻时的傅菀菀，只是她精致鼻尖上那颗浅色的小痣，添了些无辜，没有傅菀菀那股风华绝代的冷艳。

明明是一张美人脸，顾青雾给人的感觉是那种不食人间烟火的清冷，张开口说话后却能把人气死："像我妈多好啊，像你就完了，一张桃花脸，外面惹了不知多少桃花债，小心哪天横尸街头，我想知道郦城的媒体会怎么写这种情杀的社会新闻呢。"

"咒你爹死，还是这么大逆不道。"

"可以当成是女儿关爱老父亲的另一种方式啊。"顾青雾说多了口渴，抿了口玉米汁，嫌太腻，又放在旁边，对顾文翰扬起招牌式的微笑，"就像你关爱我一样。"

包厢内静到窒息，谁也没再说话。这时，服务生端着菜进来，恰好打破两人的僵持，顾文翰很快就调整好情绪，好脾气地说道："错错，我知道你小时候深受父母离婚的影响，性格变得偏激孤僻，我也是被逼无奈，你妈会家暴……"

"哦，你不提我都忘了，傅菀菀会打渣男呢。"

"错错。"顾文翰不想回忆婚内被家暴的那段时光，顿了片刻，语气变得沉重，"即便是父母失败的婚姻，也不是你误入歧途的借口。网上那些爆料你看见了？说你是被金主包养的金丝雀，被男人收藏的古董花瓶，你让我这个做父亲的，怎么有脸面。"

"在外谁知道你顾四爷有个女儿啊。"顾青雾的存在顶多在顾家被承认，出了门，顾文翰的花花肠子都在外面的女人身上，哪里记得自己还有一个父亲的身份。他自称单身未婚，顾家四爷，温柔又多金，被当年美到让郦城所有女人都自叹不如的傅菀菀狠狠地伤过，经历了情伤，轻易博得了女人的同情。说到底，顾文翰表面上是个情圣，实则内心薄情寡义，谁也不爱，只爱女人的花容月貌。

顾青雾纤薄的后背朝椅子靠，红唇弯起讽刺的弧度，抬手拿起旁边的红酒喝。

顾文翰被她怼到无话可说，也不再假惺惺地叙父女之情，摊牌道："你退出娱乐圈吧，顾家养得起你，我百年后，你也是我财产的第一继承人。"

"退出娱乐圈？"

"退出娱乐圈后，爸会给你在郦城找一个门当户对的好姻缘，你今年也二十五岁了，到了适婚的年纪。难道还想在娱乐圈随便找个人嫁了？"

顾文翰慈父般的语气，就像是真心为她铺路一样，末了，他又补充一句："到时我会给你一些顾家的股份和现金做嫁妆，如今顾家在郦城也算是首屈一指的家族了。"

顾青雾都听笑了，她什么都没说，光笑着就让顾文翰皱起眉头："我才是你父亲，血脉相连的。你别再被褚三砚之流的洗脑，还有那个沈煜，一看就居心不良，把你签到他公司旗下，这么多年都没对你妈死心，跟个狗似的上赶着去舔。"

这个"舔"字刚说完，包厢半掩的门被"砰"的一声踢开。站在外面的正是沈煜，他收到顾青雾短信就快马加鞭地赶过来了。他年轻时就跟顾文翰有夺妻之仇，这么多年，私下要是碰见了，都是火药味十足。

"你这个娘娘腔，我跟菀菀两小无猜的时候，你还不知道穿着尿不湿在哪里呢。"

顾文翰最厌恶别人攻击他的长相，就跟被戳到痛点一样，他重重地搁下杯子冷笑："总比你这样的莽夫好，四肢发达却不长脑子，当年为了追求我前妻，没少下苦功夫学我吧？"

沈煜年轻时走的硬汉路线，后来知道傅菀菀喜欢饱读诗书的斯文人，为了讨美人欢心才改掉旧习，谁知道被顾文翰这种自恋的娘娘腔强行盖章，咬定是学他。光听着就不能忍，何况他还在私下企图破坏自己跟顾青雾的关系。

沈煜骂了句脏话，冲上去就要动手。顾青雾优哉游哉地坐在旁边拿出手机录像，还很好心地提醒："沈叔，骂人是不道德的行为。"这句沈叔，瞬间给了沈煜莫大的勇气，他一拳直接冲顾文翰那张讨人厌的脸挥去。

"让你挑拨离间，菀菀骂得没错，你就是个贱骨头！"

隔壁，贺睢沉坐在沙发上品茶，忽然听见花瓶砸在地板上的动静，他皱起眉头，拿起旁边扶手上的黑色大衣，起身走出去。门是敞开的，经理站在走廊上不敢进去得罪贵客，欲言又止地盯着。

包厢内一片狼藉，桌子被推歪了，花瓶碎了一地，沈煜正揪着顾文翰的领口，怒气冲冲。而旁边，顾青雾自始至终坐在自己的椅子上不动，表情冷淡，就像是在看戏。

三个人，最惨的要数顾文翰，他不比沈煜这把年纪还混迹拳击场所，平时顶多健健身，如今还两次手，就被打了五拳。那昂贵的西装面料起皱，整洁的领带也歪了，嘴角处还有瘀青，看着好不狼狈。最后的僵局还是被贺睢沉的出现打破，双方默契地看向门口，见一个身穿浅灰色西服的年轻男人走进来，室内柔和的灯光照映在他俊美的脸庞上，他神色从容不迫，看起来像是面善的好人。

"二位是不是有什么误会？"贺睢沉主动来调节这场男人的纷争，不偏帮。在此之前，他还吩咐经理将三楼都包场。毕竟都是体面人，要是传出去，不管是谁，脸上都无光。

沈煜略听闻过贺家这位回国不久的掌权人，对贺睢沉的态度很客气，瞬间从暴躁中老年人变成成熟稳重的总裁，主动握手打招呼："贺总，久仰大名。"

而顾文翰对贺睢沉伸出的援手更是感激不尽。他整理了一下被扯乱的西装，尽量保持风度，也上前跟贺睢沉打招呼，丝毫看不出和沈煜有过激烈的纷争。

贺睢沉说话的语调不紧不慢，又没有年纪轻轻就身处高位的那股傲气，三言两语间，就把方才让人尴尬的场面给一笔带过，又邀请两位去隔壁包厢畅饮一杯。话音落，视线若有似无地扫向顾青雾。

顾青雾全程假装不认识贺睢沉，提着包，文文静静地跟在顾文翰的旁边，不知情的，还以为她是个腼腆害羞的大家闺秀，只有顾文翰听得见，她正阴阳怪气地说："一把年纪了，学学人家贺总，多稳重、讲礼貌，跟沈煜吵架不是纯粹讨打吗？痛不痛啊？"

顾文翰不痛都被她说得隐隐作痛，又放不下面子："他有暴力倾向，跟你那会家暴的妈一个德行！"

顾青雾踩着高跟鞋到隔壁包厢，选个离贺睢沉最远的椅子落座，乖得很，又跟顾文翰低声窃语："一个大男人，被前妻家暴又不是件值得炫耀的事，挂在嘴上没完没了？"

"不孝女！"

"姓顾的，你骂谁呢？"沈煜耳尖听见这句，就跟机关枪一样扫射过来，"雾雾从小就乖巧、懂事、听话，要不是有你这个没谱的爹，她……"

"沈总。"贺睢沉适时地给他倒杯酒，以防二位又吵得不可开交。看在有外人在的分上，沈煜暂时熄火，忍下了。贺睢沉又是倒酒，又是聊起生意上的事，身为商人都是野心勃勃的，再大的恩怨，落在名利钱财上，都会先放在一旁。这种话题顾青雾插不进去，也没什么兴趣去听。贺睢沉叫的酒很好喝，她慵懒地坐在椅子上，整晚都没吱声，白皙的指节握着酒杯，偶尔晃几下，冰凉酒液入唇间，不知不觉半瓶都让她给偷喝了。连顾文翰在旁边跟贺睢沉介绍她，都没仔细听。

顾文翰在沈煜面前，一再强调顾青雾是自己的女儿，存心炫耀，还跟贺睢沉说："我家错错啊，三岁前最可爱了，一看到我就爸爸、爸爸地喊。"

贺睢沉掀起眼皮看向顾青雾极为漂亮的脸蛋，又侧过头，对上顾文翰的目光："错错？"

"我女儿的乳名，'顾青雾'这个名字是我前妻取的。"顾文翰对前妻深恶痛绝，连带她给女儿亲自取的名字都不待见，觉得顾青雾叫"顾错错"更顺他心意。

旁边沈煜阴阳怪气："要不是你阻拦，她早就叫'沈青雾'。"

"我头一次见上赶着给人当爹的，沈总是有什么癖好？"听着两人又针锋相对，这次贺睢沉没打圆场，薄唇的弧度凉了几分，默默地看着。

等这场闹剧散场，已经是凌晨了。

贺睢沉给二位都安排了司机，亲自送出餐厅，在临走时，沈煜醉得连站都站不稳，拉着他说："贺总，今晚我提的那个项目考虑一下，改日继续喝酒。"

之后，就被司机给扶上车。而顾文翰喝再多都不会酒后失态，顶多有点神志恍惚，看到贺睢沉就夸赞："你这后生，酒量不错啊！"

贺睢沉陪他们喝了一晚上，眼底不见半分醉意，温和地笑了笑："顾总住哪儿？我给你安排酒店？"

顾文翰挥挥手，扶着车门到处看："我的错错呢？"

贺睢沉低声说："顾小姐有事提早走了。"

"是吗？"顾文翰没有印象，半天都想不起来，转念又想，这很符合他那不孝女的性格。

贺睢沉气定神闲地把顾文翰送上车，站在路旁目送他远去，过了一两分钟，才折回了餐厅的三楼包厢里。

顾青雾没走，趁着他出门送人，又把剩下的一瓶红酒给喝光了。贺睢沉有意灌醉顾文翰和沈煜，让餐厅经理送上来的都是酒精度极高的酒。经常混迹酒局的喝了都容易醉，何况是顾青雾不经常应酬的。

贺睢沉走进去，发现她已经趴在桌上，漂亮的眼睛像蒙了一层水雾，正仰起头，可怜巴巴地看他，不太认人了："我的尾巴呢？呜呜呜……我回不了大海了。"

贺睢沉缓步走到她身边，伸出手臂搂到怀里，嗓音温柔："尾巴？"

顾青雾用力点头，脸颊泛红，这副模样越发像个醉鬼："我是美人鱼，上岸前有一条蓝色的尾巴的，现在没了。"

贺睢沉低头仔细观察她，看来真是醉得不轻，他耐心地哄着："跟我回家就长出来了。"

顾青雾没吭声，安安静静地被他抱出包厢，等上车时，呼吸突然带了点急切："好渴。"

"什么？"贺睢沉没听清。他把她放在座椅上时，顺势将挡板降下，挡住驾驶座的灯光和司机的目光。瞬间，封闭的车厢内变得昏暗，只听得见女人一声声的细喘。

"我好渴，好渴……"

顾青雾用发烫的脸颊，去贴他白皙的颈侧，触感极为软嫩，用急促的声音，来传达她的不安："你的美人鱼快渴死了。"

车后座的玻璃是深墨色，街道的璀璨灯光很难照映进来，在浅浅的阴影里，顾青雾的眼睫有些不舒服地眨动，看他的眼神，迷蒙中又噙着泪光，勾住他的心魂。

"哥哥，我好渴……"

贺睢沉深呼吸，骨节分明的手指去固定住她的脸颊，在她哭出来之前，低下头，用薄唇轻轻碰着她微启的双唇。

简单的触碰已经让顾青雾内心无法平静，抬起白皙的手抱紧他的脖子，热情地回应着。

贺睢沉是克制的，将她紧紧搂在怀里，手掌沿着女人的肩膀上下揉搓着。不知怎么的，顾青雾皱起眉心，吃疼似的低叫了一声："好疼，你碰到我尾巴的鳞片了。"

贺睢沉的动作骤停，随即抬起她低垂的脑袋，手指在她柔软的乌黑发丝穿过，他的呼吸稍快，问道："哪里疼？"

顾青雾也说不出哪里，声音很小，微微带颤地说尾巴疼得厉害。跟酒醉的人无法讲逻辑，没一会儿她又喊着口渴，十指在他怀里到处找水喝，将西装衬衫都扯得发皱，他把她当成闹腾的小孩子哄："回别墅你想吃什么都可以，路上乖点，我抱你睡觉好不好？"

顾青雾听了高兴，红唇还没翘起，眼睫毛眨了眨，急着要他把手掌心向上递过来。

贺睢沉低声问："怎么了，是哪里不舒服？"

随即，他的手掌心很配合地伸过去，却见她低头将脸蛋贴上面，嘟哝着："美人鱼哭出来的眼泪都是价值连城的珍珠，哥哥，你帮我接住了，不许掉一颗，我要拿珍珠去买我的尾巴。"

话音一落，顾青雾开始卖力地哭。多年的表演可没白学，她晶莹剔透的泪珠止不住地淌，沿着男人的指缝滴落到西装裤上。

贺睢沉怕她哭久了醒来要嗓子疼，去亲她："别哭了，哥哥禁不住你这样哭。"

顾青雾也不知是想把今晚憋屈的情绪通通发泄出来，还是喜欢他这样温柔地哄自己，车开到别墅时，还哭个不停，被男人用西装外套紧紧裹成一团，乌黑浓密的头发散开挡住半张精致的脸，眼睫紧闭，偶尔还会抽泣两下。

贺睢沉没立刻下车，而是抱着她静坐了一会儿，低头看见顾青雾逐渐安静了，露在西装外的脖颈有一抹红色延伸到衣领内，她的醉意没有散去，看起来很可怜。等她彻底睡熟，贺睢沉才抱着她回别墅。

顾青雾是属于醉酒后醒来就失忆的类型。

第二天她跟没事人一样从主卧那张床上爬起来，正常穿衣打扮，坐在餐厅吃饭时，看到严述特意来别墅，带来了一件高级定制的蓝色晚礼服和十八颗古董珍珠。

用严述的原话说是："贺总半夜给我打电话，说早上务必要把晚礼服和珍珠送到别墅来。"

大半夜的，贺睢沉好端端的，送她晚礼服和珍珠做什么？顾青雾想问贺睢沉，奈何她睁开眼时，这男人就已经去公司上班了，看在两人都这么熟的分上，她就勉为其难地收下这份莫名其妙的礼物。

"替我谢谢你家贺总……"

严述笑容灿烂："好的。"

顾青雾吃完早餐，抱着蓝色晚礼服和古董珍珠直奔剧组。上午没她戏，倒是可以在休息室先待会儿，刚找个沙发躺下，骆原就闻声而来了。他见到沙发旁边堆着礼服，也问："高奢啊，哪儿来的？"

顾青雾泡了杯茶提神，眼都不带抬："我'金主爸爸'送的。"

骆原见她被媒体扒上热门搜索还有心情开玩笑，可见功力见长，也顺势开玩笑道："哟，你家'金主爸爸'品味不俗啊，还是镶钻的，这小腰尺寸给裁剪得，男人果然越老越妖。"

顾青雾正要回呛，贺睢沉比他还年轻两岁呢，怎么就越老越妖了。话还没说出口，无意间看到休息室门外一道眼熟的身影，门是半敞开的，无论是谁说话，都能清晰地传出去。所以当顾文翰听到休息室的对话忽然停下步伐时，旁边的副导演奉承的话没停，也导致顾青雾听到了几句："原来顾总就是易老师的男朋友啊，失敬失敬。"

"顾总是来探班？今天主角的戏份都不多，我让助理去通知易老师。"

顾文翰没搭理副导演献殷勤的话。他这天穿了一身浅蓝色西服，身材挺拔修长，丝毫不输三十出头的男人，肤色白的缘故，衬得脸庞都年轻不少，只有微笑时才会露出些许眼纹。

副导演见他盯着休息室看，也挺会来事的，赶忙把骆原叫出来介绍："老原，这位是易老师的男朋友，从郦城那边来的富商！"最后一句话，是悄悄说给骆原听的，让他劝顾青雾主动来跟这位打个招呼。

骆原不知什么情况，职业本能让他热情地朝顾文翰伸出手："顾总，久仰。"

顾文翰看骆原的眼神带着轻视："你就是骆原？"他没有去握手的意思，这让骆原怔了两秒，反思是什么地方得罪了人："我是。"

"现在什么三教九流的人都能给明星做经纪人？"这话，顾文翰是在问旁边的副导演，虽然走廊上人不多，但当众毫不留情面地给了骆原下马威。

骆原的脸色顿时不太好看，场面也尴尬得不行，只有副导演赔笑道："顾总真会开玩笑。"

顾文翰看骆原那眼神，就跟他把自己家闺女教坏了一样，让旁人觉得怪异极了，直到有人用食指敲了两声门，将众人的视线吸引过去。是顾青雾，她慵懒地斜靠着休息室的门框，红唇勾起淡到没有痕迹的冷笑："刚刚有点人样就跑来兴风作浪，是昨晚的酒还没清醒吗？"

这没头没尾的一句话，除了顾文翰，谁也没听懂。

"错错。"

"四爷有时间还是去找你的女朋友吧，待在这儿训我的经纪人，算怎么回事？"顾青雾的性格本就护短，一开口就生疏得很。

"你叫我四爷？"顾文翰摆明对她的称呼不满意，皱起眉头。

顾青雾表情微变："不对吗？"

她是不喜欢回忆往事，可她又没失忆，当年在顾家的时候，顾文翰为了追求那位世家名媛，就谎称她是他大哥的私生女，还哄骗她喊他四爷，而不是父亲。从那时起，顾青雾就没再开口喊他一声爸爸。

顾文翰的脸色比骆原还难看，那股火气刚要上来，另一道细碎的脚步声传来，穿着剧服的易小蓉适时地出现，看到僵持的两人，心底存着疑惑，温柔地问："你们都在聊什么呢？"

在场的人，副导演和助理心里想的是，这位顾富商可能想结交顾青雾这样的美人，却没成功。

骆原被感动，心想以后再也不说顾青雾的性格清冷，不服从公司的安排了。看，这护短的劲儿，要换个胆子小的艺人，哪敢站出来给他撑腰啊。

谁都没说话，直到易小蓉走上前挽着顾文翰的手臂，无声地宣示着地位，看向顾青雾："对了，跟你正式介绍一下，这位是我男朋友。"

易小蓉对顾青雾是戒备着的，毕竟她太漂亮了，精致到跟陶瓷制成的美人一样。

从那天起，她看顾青雾怎么都不顺眼，但在剧组，她自然不会搞小动作，让人平白抓住把柄。

易小蓉暗自花大价钱买包月的微博热门搜索，让顾青雾的绯闻时不时地活跃在大众的视线里，引得全网对那位劳斯莱斯的车主越发好奇，将内娱投资圈的大佬们都挨个扒了一遍，想对应上是谁。

每次顾青雾绯闻一上热门搜索，顾文翰就会来探班，名义上是看易小蓉，却趁着她拍摄期间，一转身就跑去找顾青雾搭话。

有一两次，易小蓉偷听到顾文翰打电话，对电话那头的人说："拍完这部电影就退出娱乐圈，跟我回郾城。"

顾文翰是要带哪个拍电影的女明星回自己的地盘？女人的第六感告诉易小蓉，绝对是顾青雾。这个年纪轻轻的小姑娘，好手段，在她眼皮子底下就把男人给抢走了。

易小蓉忍不下这口气，在月底的时候，刚拍摄完夜戏，这个点化妆间人很少，助理一出门，也就没有闲杂人等在场了。她卸完眼妆，沉默地看向坐在化妆台前玩游戏的顾青雾。顾青雾玩不腻，见被大蛇吞了，刚好有一条新消息进来，就随手点开。

江点萤："呜呜呜，今天又是程殊没理我的一天，但是剧组给我安排的约会男嘉宾好帅哦，开着跑车来接我去海边放烟花。"

顾青雾说："程殊要看到节目播出时的画面，怕是要以为你又换了个真命天子。"

江点萤又说："程殊最近好像经常出入私人医院，他不会是肾不好吧？"

顾青雾："点点同学，找私家侦探和狗仔跟踪人是违法的。"

江点萤："没有啦，那家私人医院是我臭弟弟的同学的妈妈开的，碰巧知道我最近在追他，就在我面前提了一句。"

而那家高级的私人医院是很有职业道德的，没有跟她透露半句程殊去看什么病。江点萤绞尽脑汁也想不通，只好跟顾青雾分享这些苦恼："肾功能不好也说不过去啊，上回在楼梯间他的反应，应该是没问题的。"

顾青雾纤细的身体窝在椅子上，换了个舒服的坐姿，慢吞吞地回："你录制完综艺节目，去约他出来吃饭，亲自问问好了。"

江点萤："宝贝儿，我都把家搬到他隔壁了。"

江点萤最近发现程殊改住公寓，就麻利地把隔壁租下来，还特意装修了一番。要不是忙着录制节目，她都想天天回家跟真命天子偶遇。

顾青雾："……"

江点萤没一会儿又问："宝贝儿，我该怎么文雅地跟程殊说，想跟他进行一场更深入的交流呢？"

顾青雾的指尖微顿，正要回，却被旁边的易小蓉打断思绪。易小蓉不知何时走过来的，将保温杯往台上一放，发出的响声总算引起顾青雾的注意了，易小蓉平日里那股装模作样的温柔劲不见了，开门见山道："顾青雾，扪心自问，我与你向来和睦，都是混这个圈的，最好是心里有点数，别见了谁的男人有钱就想抢。"

顾青雾这段时间压根儿没把这位放眼里，因为她太了解顾文翰的脾性了，他是不会娶外面任何一位女人回顾家的，他骨子里和家里的奶奶一样，看不上娱乐圈里的女人。

见易小蓉急不可耐地想嫁入豪门，心思都藏不住，顾青雾勾了勾红唇："哦，你指顾文翰啊？"

"别以为我不知道，你这个月私下跟顾文翰没少联系，跟他去餐厅共进过晚餐，打了几通电话。"

顾青雾丝毫没被正室找上门来算账后心虚的样子，反而点头："我跟顾文翰爱吃几次晚餐就吃几次，你有意见找他说。"

易小蓉要不是谨慎，都被这种不要脸的话气到失态，她深呼吸了半响，语气低低地讽刺："你不过是凭借着这张脸把男人勾到手，在这娱乐圈里谁都有年老色衰的一天，顾青雾，你能恃靓行凶几年？"

顾青雾笑："我告诉你个秘密。"

易小蓉冷漠地听她往下说："顾文翰很早之前有过一段，爱这张脸爱得茶不思饭不想，被顾家家法伺候到打断骨头都要爱。我没记错的话，好像有一次他为了这张脸，在暴雨里跪了半宿，还引起了重度肺炎。最后他说，这辈子……"

"够了！"易小蓉冷声打断她，掐紧手心，"网上那些传闻都是真的，你顾青雾就是混迹富豪圈，被资本专门培养出来的，现在想上岸，找个有钱男人接手吗？"

"你以为顾文翰是喝茶吃素的，会真心在乎你？"顾青雾平时清清冷冷的，仿佛这个世界的人都与她无关，在剧组不喜跟人交际，反而玩着三岁小孩都懒得玩的贪吃蛇。但要惹她的话，她最懂得怎么把人气死。

闻言，她白皙的手拿手机翻出顾文翰的手机号码，对来示威的易小蓉说："我一个电话就能把顾文翰三更半夜叫到剧组来，信吗？"

要是平时顾青雾还不敢这么笃定，但是最近顾文翰哄着她回家族联姻，就显得对她百依百顺。

这通电话打出去，那边几乎是秒接，顾青雾出声前，淡淡地看易小蓉一眼："我在剧组，想吃清蒸螃蟹了。"

顾文翰在电话里沉默几许后开口，声音还是那么的熟悉、温柔："深夜吃寒凉的食物对你的身体不好，以后生孩子……"

"你是不是年纪大了？这么爱啰唆，一个小时内，我必须要吃到，你亲自送的。"顾青雾没那耐心跟顾文翰说话，而这副模样，落在易小蓉眼里活生生就跟小妖精似的，特别是在灯光下，她乌发红唇衬得脸蛋更加明艳，每一寸都精致得要命。

挂了电话后，顾青雾转头看过来，笑得很浅："易影后，清蒸螃蟹就当我请你的，谢谢你这个月花了那么多钱一直买我恋情的热门搜索，听说续费包月了，花了不少片酬吧，这部电影不是白费力气拍了？"

易小蓉脸色微僵，顿觉失策，不该这样冒失来警告顾青雾。一个小时不到，顾文翰真的西装革履地提着螃蟹来送温暖了，只是在化妆间等待他的，不是顾青雾本人。

顾文翰问："她呢？"

易小蓉脸上重新化过妆，不至于憔悴没血色，她强撑着体面，温柔的声音意有所指："小顾先回酒店休息了，文翰，你对她真好。"

顾文翰把螃蟹放在化妆台，迈步走过来把人抱入怀："吃醋了？"

易小蓉装的就是温柔大度，绝口不承认："我是担心你被小顾无辜的皮囊给骗了，她在圈内的名声不太好，网上至今都没扒出那个豪车的车主是谁呢，说明她背后有高人。"

顾文翰的脸色不太好，慢慢地松开女人柔软的腰身，这让易小蓉心底"咯噔"了一下，呼吸都快停止。下一秒，她见顾文翰低头靠近，直视她打探的目光说："小蓉，你要能帮我查出她背后的'金主'是谁，我就带你回郦城。"

化妆间的灯不知怎么回事，闪烁了一下，让易小蓉的视线都有点模糊了，看着顾文翰极为养眼的脸庞半天才回过神，像缺氧般急促地呼吸，手心按住胸口，能清晰地感觉到自己心动的声音。

一周后，顾青雾结束夜拍的所有戏份后，到点就回到酒店休息，在套房做完瑜伽，又点了份外卖吃，回头看见手机里进来一条贺睢沉的消息："已归，想你。"

半个月前他去了趟纽约，是为了给贺云渐换家疗养院，顺便待了几日，陪伴那个有抑郁症的小不点。时不时地，他会给顾青雾发几段视频，在他发来的视频里，顾青雾发现喻家梵有一两次，小声地喊妈妈。

顾青雾猜到这次给贺云渐换地方，孩子的亲生母亲也在场。她靠在沙发背上，过了几分钟才回复："收到。"

贺睢沉的电话很快就打了进来，人还在机场，嗓音低沉，但周围环境听上去很吵："晚上还要拍戏吗？"

"你运气好，赶上我刚拍完电影的所有夜戏。"

"那我来接你回观山御府？"

"嗯。"两人在电话里没多聊，挂了电话后，顾青雾起身去翻出一件及踝长的白色裙子，换上时，眼角的余光不经意间扫到衣柜里那条蓝色鱼尾礼服。

忙着拍戏的缘故，顾青雾一直忘记问贺睢沉送她晚礼服做什么。她站在原地想了想，把身上的白裙脱下，挑了件同系列的蓝裙子穿，镜子里清晰地倒映着她窈窕纤细的身材。

顾青雾在衣帽间捣鼓半天，难得给自己化了精致的妆容，她往耳后轻轻喷了点香水，将满头乌黑浓密的秀发散下，才走出来。

时间卡得刚刚好，顾青雾拿起手机走出酒店，在等电梯时，接到了贺睢沉的来电，她欢快地说："一分钟，我立刻到楼下。"

"青雾，"贺睢沉的嗓音从电话里低低地传入耳，与平时大不相同，重重地砸在她的心上，"抱歉，今晚我不能来接你回观山御府了。"

"叮"的一声，电梯门缓缓地打开。顾青雾站在原地没动，继续听他解释："纽约那边的疗养院十分钟前给我打来电话，贺云渐醒了。"

沉睡了七八年之久的前任贺家掌权人，终于醒了。

纽约，私人疗养院。

外面天色渐晚，宽敞整洁的病房亮起了雪白的灯，光线投射在墙壁上，勾勒出贺睢沉的身影，他穿着一身挺括得体的深灰色西装坐在病床旁的椅子上。

直到病床上的消瘦苍白男人有了动静，贺睢沉侧过脸，略俯身，静等他醒来。在光里，视线对上的那一瞬间，两人眼底浮现出劫后余生的笑意。

贺云渐刚从植物人状态苏醒不久，身体处于虚弱状态，只能躺着，他深褐色的瞳仁里有着温度，他伸手去握住贺睢沉的手掌："大哥都快认不出你小子了，成熟了，像个男人。"

上次见面，贺睢沉还是副清隽漂亮的少年模样，如今西装革履，鼻梁上架了副窄边的金丝框眼镜，将情绪都藏在淡到出尘的双眼里。面对贺云渐，他无法将压抑太久的情感宣之于口，嗓音偏低沉，反而像是与久别重逢的老朋友闲聊："你睡着的这些年，没梦见我吗？"

"梦见了，梦见你小子不严守清规戒律被赶出南鸣寺，我一直在梦里到处找你，但找不到你。"

贺睢沉骨节分明的手指握紧贺云渐，淡淡地笑："看来在哥这里，我流落街头了七年。"

贺云渐说话慢，静了半天，他忽然问："贺家的一切还好吗？"

贺睢沉答："很好，家大业大。"

贺云渐温和地看着他，随即点了点头："三天前我刚醒那次，很快又睡过去了，意识昏迷前，听到有个小孩在跟我讲睡美人的故事，是我做的梦，还是住在医院里的孩子？"

贺睢沉一时没回答，反倒是外面走廊上，有两个护士窃窃私语的声音从虚掩的门中飘进来："刚转院过来的那个植物人听说昏迷了七年，能醒来真是奇迹啊。"

"听说家里很有钱，那天来了好多人，还把消息都封锁了，让大家不要透露出去。"

"他还有个儿子吧，那个整天抱着童话故事书的小朋友。"

病房内，瞬间静了许久。直到贺云渐将目光投向自己的亲弟弟，语调听上去很困惑："我什么时候有个儿子？"

当年那场车祸，让贺云渐的脑部严重受损，成了只能靠仪器维持生命的植物人，沉睡这么多年，他醒来后只有年少时的记忆，记得自己还有个至亲的弟弟，却忘记了很多事。

医生做完全身检查，给出的诊断如贺睢沉猜想的一样——贺云渐失忆了，丧失了他人生中部分的记忆。

得知这个消息，赶来医院的贺语柳仪态尽失，抱着贺云渐哭了一场："云渐啊，当年你出车祸，可是把姑姑的半条命都带走了，这一年又一年，姑姑每天吃斋念佛，盼着你早点醒，盼得心都碎了。"

贺云渐的身体还很虚弱，强撑着安抚了贺语柳一会儿。脑海中的记忆残缺不齐，除了清楚地记得跟贺睢沉间的每件事，对贺语柳的记忆，也有点模糊不清。但他认得耗费心血培养自己的姑姑，也深知她对贺家，对自己的感情。贺语柳哭完，微低头，用手帕优雅地擦掉眼角的泪水，很快调整好仪态。

"醒来就好，从后不许任性妄为了。"贺语柳见贺云渐刚醒来，一整天里沉睡的时间占多数，说了一会儿话，精神就有些不足。

贺语柳想让他好好恢复精神，便出声吩咐保镖看好病房，又对贺睢沉说："你出来一下。"

这家医院的三楼里里外外被封锁，没有闲杂人等能上来。贺语柳推开楼梯间的门，走进去站定，又转身，看向跟在后面的身影："你大哥已经忘记那女人，证明老天爷都不让他们再续前缘，睢沉，姑姑的话你明白吗？别跟你大哥提起喻思情。"

做检查时，贺云渐有问过孩子，以及孩子的母亲是谁。当时贺语柳刚接到消息赶到医院，抢先一步回答，称孩子的母亲在当年那场车祸事故中身亡了。对此，贺语柳的态度很强势，不容许喻思情再祸害她的亲侄儿："喻家梵年纪还小，平时跟他那个妈也不亲，你好好教教他，也不要在你大哥面前说漏嘴。"

贺睢沉全程只字未说，直到这一刻扯了扯嘴角："姑姑是认为大哥失忆，连带脑子也没了？"

这样的说辞顶多搪塞一段时间，待贺云渐日益康健，早晚会亲自查明真相。贺语柳深呼吸一口气，跟他打起感情牌："睢沉，你大哥好不容易醒来，别拿这些琐碎的事打扰他，姑姑知道，你也是个好孩子，是真心为了你大哥。"

她终究偏袒着自己亲自培养长大的贺云渐："看在亲兄弟的分上，不要放任外面的女人毁了你大哥。"

夜间十点，贺语柳直接在病房的隔壁住下，回酒店住也不安心，只有与贺云渐近一点，随时能看到他自主呼吸睡着的模样，她才觉得真实。

走廊上的灯光清清冷冷的，照在手背上令人觉得格外寒凉。贺睢沉独自坐在蓝色椅子上，腿长得过分，骨节分明的手放在膝盖上，反衬得肤色更白。随即有"哒哒哒"的脚步声慢慢走近。他掀起眼皮，看到喻家梵抱着一本《睡美人》故事书，乌溜溜的大眼无辜地睁着："二叔，梵梵……什么时候能给爸爸讲……讲故事？"

贺睢沉抬起手臂，喻家梵自动投入怀抱里，软绵绵的，往他的下颚蹭："那个叫姑奶奶……的人……好凶。"

贺语柳今天在医院看到喻家梵，眼神冷冷地扫了一眼保镖，示意保镖把孩子抱走。这也导致喻家梵一天都没机会给爸爸讲故事，到这个点，才偷偷地溜出来找二叔。

贺睢沉的手指刮刮他皱起的脸蛋，温声说："有二叔护着你，不怕的。"

喻家梵笑了："小婶婶……梵梵想她。"

是想顾青雾的草莓糖了，可惜贺睢沉这次来医院没准备。他微低着头，伸手到裤袋摸索半晌，正想着该说点什么来哄怀里的小家伙，一颗红色草莓味的糖果出现在视线中。

他的视线一寸寸地往上移，只见顾青雾踩着尖细的高跟鞋站在身前，露出细白的脚踝，浅蓝色的裙摆顺滑服帖，很好看，像是给皮肤镀上一层光芒。

贺睢沉眼底的情绪晃了几秒，见顾青雾出现，对着他笑："我允许你抱我一下。"

顾青雾不远万里赶到纽约，费了不少心思，亲自组局请导演吃了一顿饭不说，还遵守合约赔了剧组一笔违约金，才终于被批准了假，三天后顺顺利利地登上了飞机，来到这家医院。

顾青雾没地方住，就带了个行李箱。当晚，贺睢沉在医院隔壁的酒店订了一间豪华套房，带着喻家梵入住。他全程表现得很淡定，从寡淡的神色里看不出什么，其间，他不紧不慢地问了顾青雾拍戏的事。顾青雾没跟他说实话，随便几句就敷衍过去了。

到酒店后，又有孩子在场，顾青雾是克制的，没有跟贺睢沉撒娇。放好行李箱后，她走出衣帽间对他说："梵梵要洗澡吗？"

贺睢沉的视线扫了一下坐在沙发上吃棒棒糖的小家伙，解开袖口的纽扣，低声说："嗯，我帮他洗。"

顾青雾也去帮忙，主动把浴缸注满水，又整理出一套浴袍，忙了一会儿，转过身时，看到贺睢沉修长的身形半蹲在雪白的浴缸前，给孩子洗澡时，动作一丝不苟又格外温柔。不同于他冷清的外表，在本质上，他是个有责任心的、值得托付的男人。

顾青雾知道，没有人生来就愿意去做一个身居高位的孤家寡人。她放下手头的事，光着脚走过去，伸手从后面抱住了贺睢沉，将脸蛋贴在他的肩膀，小声说："从三天前你给我打了那通电话开始，我就想立刻来找你。"

贺云渐醒来，对贺家来说是一件好事，对贺睢沉来说亦是，他敬爱的兄长终于摆脱了病魔。只是，在这错综复杂的豪门里，远不止这么简单。

贺语柳的心明目张胆地偏向贺云渐，这些年，她只是把贺睢沉当成赝品，是替身，是贺氏企业的一个冷冰冰的牌坊。如今她重新有了依仗，就更不会顾及贺睢沉的感受了，反而会觉得他是个阻碍。

所以在这个时候，顾青雾无法安心地待在剧组里拍戏。她想站在贺睢沉的身边，默默陪着他，不想看到贺家那些人只关心贺云渐的身体什么时候康复，什么时候能重新掌权。

没有人会真正去关心贺睢沉。

套房的门铃声响起时，顾青雾提着湿漉漉的蓝色裙摆，从浴室走出来开门。站在外面的，是喻思情。

上次年底在香家酒会上打过照面后，有半年没见，喻思情被高强度的工作和心力交瘁的事折腾得清瘦不少，唯有那双有亲和力的眼睛还熟悉。

她没想到顾青雾会来纽约，略讶异两秒，轻声说："医院的保镖说梵梵跟着睢沉走了，我来接孩子。"

喻思情到底是孩子的亲生母亲，来接，无可厚非。

这时贺睢沉抱着洗完澡的小家伙已经走出来，酒店的浴袍实在宽大，把小人包得严严实实，只露出肉乎乎的脸蛋，他的表情茫然。喻思情看到儿子，眼角发热，指尖发白掐着手心。

顾青雾看到她摇摇欲坠，眉心微微皱起，出声说道："先进来坐会儿吧。"

喻思情的状态确实很不好。她得知贺云渐苏醒却失忆后，整个人难受到站不直，觉得天旋地转的，把自己关在酒店套房里十几个小时才缓过那股劲儿。她不愿再像当年那样，所有人都用可怜的眼神看着她，在背后窃窃私语，可怜她难产又失去了深爱的男人。

骨子里那股劲儿强撑着喻思情支持到现在。当着孩子的面，喻思情不会掉眼泪，只是眼睛红了又红，微颤着肩膀，很克制地问："贺云渐，他什么都不记得了？"

贺睢沉亲口说的话，比保镖的通知更有说服力。在他的默认里，喻思情微低头，冰凉的指尖不经意间擦拭了一下脸颊，说着说着，声音也哽咽起来："这些年，我总是梦见他出车祸的场景，梦见他被困在车里想给我打电话，手机铃声一遍遍响起的时候，我都会从梦中惊醒，期盼着纽约这边能打电话来，告诉我，你大哥苏醒了。"

喻思情夜夜都在熬自己的生命，起先那几年还会跟贺睢沉倾诉，以及跟闺密周泛月说心里话。后来她不愿意再将心事往外说。那些人劝她，这辈子还有几十年的日子，她年轻貌美又有出色的事业，另找一个男人吧。贺睢沉也暗示她可以带着贺云渐的财产，重新接纳新的感情，不必苦苦执着于过去。喻思情知道身边亲朋好友的善意，却无法劝服自己。她在职场上接触每一个优秀精英男士时，都会忍不住寻找有没有贺云渐的影子。她把自己这辈子都看到头了，她想过无数可能性，却没想过会被贺云渐彻底忘记。

她压抑着内心的情绪，几乎是乞求着贺睢沉："能不能让我见见你大哥？见一面也好。"

贺睢沉俊美的脸庞上神色未变，语调低缓地提醒她："贺语柳现在住在了医院。"

"贺语柳"这三个字，是喻思情的另一场噩梦，给了她太多无法言喻的压力和痛苦，她的指尖掐进手心，出血了都不自知。贺睢沉的一句话，让她深知无望，整个人恍惚得脸色都是苍白的，麻木地坐在沙发上，直到她陷在手心里的指甲滴出了鲜红的血珠。

顾青雾在旁边见状，说道："你流血了——"

半个小时后，喻思情把手掌简单地包扎好后，带喻家梵在这家酒店另开了一间套房，没有离太远。

折腾到凌晨，顾青雾去浴室洗了个澡，披着浴袍一路走到卧室，她没开灯，透过昏暗的光看到躺在床上的男人沉静的身影。

她脱了鞋，无声无息地掀开被子，去抱住他。贺睢沉几乎同一时间就抬起手臂，将她搂到了怀里。他不喜光，不让开台灯，脸庞的轮廓都隐在阴影里，只看得到下颚的线条。

顾青雾抬起指尖，慢慢地摸索着他，在安静的氛围里，说话声下意识地放得很轻："其实应该让喻思情见你大哥一面的。"

贺睢沉因为她这句话，出了很久的神，他低低地问："嗯？"

"喻思情哪怕只是你大哥的前任女朋友，只要他们之间的感情没断清楚，就应该有个了结。这段感情拖了七年，何况他们之间还有个孩子。"

顾青雾的心情多少受到点影响，换位思考一下，倘若贺家拦着不让她见贺睢沉，怕会把她逼疯吧。没有谁能代替谁去了结一段感情。

贺睢沉眸色极深地盯着她，最终什么都没说。顾青雾只是提议。她的指尖一直摸着男人的脸庞，专注地看他："哥哥，你这几日都没好好休息吧？都有黑眼圈了。"

贺睢沉抱紧她，将额头埋在顾青雾温软的肩膀上，似乎顾青雾的体温才能让他有种归宿感。

"好好睡一觉，有我陪你。"顾青雾想让贺睢沉能闭上眼睛，什么都不想，安稳地睡上一觉。可惜事不如愿，五点不到，就有保镖打来电话，是贺语柳请的权威专家赶来了，让他起身去医院一趟。

顾青雾原本就浅眠，趁着贺睢沉在浴室里洗漱，她主动替他拿出干净的西装衬衫，搭配好袖扣，都放在旁边。自己倒是松松垮垮地披着浴袍，乌黑浓密的长发散着。

贺睢沉穿戴整齐后，抬手抱她的腰肢，低头给了一个吻。她来纽约的数个小时后，他第一次吻她，熟悉的气息包裹着她："贺家现在不方便有外人在场，你在酒店乖乖等我。"

顾青雾理解他，也不想因为顾姓，跑到医院去给他添麻烦。

一连半个月，贺语柳都把心思放在贺云渐身上，请了好几批专家过来商讨疗养方案，她想尽快让贺云渐的身体康复如从前，想把他接回贺家，而不是留在纽约慢慢静养。

贺睢沉很忙，除了公司的紧急事务要他分出时间处理，还整天都在医院陪护兄长。他只有凌晨才能回到酒店。不管多晚，顾青雾都会等他，提前热好一桌子的菜肴，撒娇哄着，也要他陪自己吃上几口，等歇下后，不到四点，她就发现他已经起来去书房办公了。

贺语柳想让贺睢沉交权，这个消息，还是她从喻思情口中听来的。

早餐七点时分的酒店餐厅里，住客不多，顾青雾住了半个月，对酒店已经很熟悉。她点了份早餐，便在靠窗的位子慢吞吞地吃着，还不忘记回复骆原的消息，剧组导演那边见她请假这么久都没回来，已经明里暗里地催了两次。骆原是怕顾青雾把导演得罪了，从此在电影圈名声一落千丈，接不到好的剧本。

"姑奶奶，你还要在纽约待多久？"

顾青雾咬了口玉米，想着怎么回复，才不会气死自家经纪人。这时喻思情端着一份早餐走近，声音含着浅浅的笑意："我可以坐这里吗？"

她抬头看前面，顿了一瞬，点点头："请坐。"

喻思情这半个月也入住这家酒店没走，自然也没能见上贺云渐。不过她的状态比一开始好很多，放下手头上的工作，每天都花时间专心陪伴孩子。

喻思情喝了口温水，主动搭话："你知道贺语柳想让贺睢沉交权吗？"

顾青雾的表情不变，低垂下眼，她说："这是贺家自己的事。"

撇开跟贺家男人的感情关系，她和喻思情都不算贺家的人，插手太多，未必是件好事。

"你别误会，"喻思情有些自嘲地说，"我没有想跟你打探什么内情，是贺语柳派了律师找我谈过话，我从律师那边套话得知的。"

见顾青雾重新看过来，她也丝毫不准备隐瞒："我手上有贺云渐的全部财产，贺语柳想扶持他重新上位，就得先把股权从我手中要走，而我不会轻易交出来的，这个是我见他的唯一筹码了。"

喻思情说这些，有示好的成分在里头。她跟顾青雾都是不被贺家长辈接纳的女人，说同病相连也不为过。

利益权衡之下，喻思情不想跟顾青雾做敌人，才会主动亮出底牌，话顿几秒，她亲和的语气又透着些真情实意："我是站在贺睢沉这边的。顾小姐可能有所不知，那七年里，多亏了贺睢沉愿意接手贺家，否则，贺语柳上哪儿找个极具经商天分的人来管理企业？"

顾青雾对贺睢沉的那七年是一概不知。她心底有根刺，拔了还是会痛，故意避而不谈。

如今听到喻思情声音低浅，缓缓地说来："我初次见贺睢沉和他姑姑相处，就觉得很奇怪，明明也是至亲，却有疏离感，客气得像个外人。"

后来时间久了，她才陆陆续续从秘书那边了解到，贺睢沉的待遇不如兄长，是被家族视为弃子的那个，自幼就送去贺家老宅养了。这也导致他成了冷清的性格，与贺语柳不亲厚。直到出事后的第二年，医生诊断贺云渐再无醒来的可能，贺语柳才开始对这个小侄子转变态度。

想来也可笑至极。喻思情扯了扯冰凉的嘴角，用了四十分钟，将贺睢沉在国外七年的所有事，像讲故事一般，都讲给顾青雾听。最后，她拿出手机见时间不早，孩子也该醒来了，才起身离开。

走之前，喻思情略停顿，眼中浮出泪光，对坐在椅子上安安静静的顾青雾说："贺家这两个兄弟都是天生有本事让女人心疼的，祝你跟贺睢沉能幸福，别再重演我的结局了。"

华灯初上时分，落地窗外的雨淅淅沥沥。

顾青雾洗完澡不久，换了身长袖棉质睡裙窝在椅子上，膝盖蜷着，盯着电脑屏幕播放的电影看，过了半晌想伸手拿旁边的牛奶喝，谁知摸了个空。

她抬起头一看，发现贺睢沉今晚回来得很早，一身浅灰色的西服，沉静地立在桌旁，金属框的眼镜压在他高挺的鼻梁上，眼尾似带了点温和的笑意，将她的牛奶浅尝了一口才还回来。顾青雾接过，低头抿了一小口，撒娇道："你回来得好早呀。"

这半个月她都习惯了贺睢沉早出晚归，一天跟她睡在一张床的时间不超过四个小时。

"今夜难得空闲，早点回来陪陪你。"贺睢沉见她看电影，伸出手臂把人抱起来，自己坐在这把椅子上。顾青雾只好窝在他怀里，双腿蜷着，用鼻子去轻轻闻着他的气息，乌木沉香很淡，混合了医院消毒水的味道，她不是很喜欢，三下五除二把他这件西服脱了。隔着衬衫的面料，不知为何，她总觉得他的胸膛很凉，只好抬手抱紧他的脖子。她的声音很慢，沿着他的耳郭飘进去，把那声哥哥叫得很软。

"哥哥。"

贺睢沉俯身，薄唇印在她的额头上："我在，困了你就安心睡。"

顾青雾摇头，不想浪费今晚跟他相处的时光，抬头看人时，那双眼睛是漆黑水亮的："你大哥情况怎么样了？"

"可以下床坐轮椅了。"

贺云渐的意志很坚定，积极配合着医生的治疗方案，只是昏迷太多年，想要像个正常人一样，最快也得一年时间才能恢复。

"那你姑姑……"顾青雾欲言又止地看着贺睢沉的侧脸，指尖忍不住去握他的手掌，"她派律师去找喻思情谈话，想要回股权和财产，这事儿你知道了吧？"

以贺语柳的性格不可能没怪罪贺睢沉当初执意要把亲兄长的财产给出去，导致现在局面尴尬。倘若喻思情不愿还，等于让贺云渐受制于人。

贺睢沉的神色不意外，低眸专注地盯着她半晌，薄唇吐字："青雾。"

顾青雾被他的嗓音影响，感觉时间变慢，胸口的心跳也开始变得很慢，眼眸里藏着什么情绪，就这么看着男人。

贺睢沉的指腹温柔地沿着她的发间，拂过她脸颊的轮廓，附在她的耳垂轻语："贺家掌权人的位子，你想我要吗？"

或许是三秒，或许是十秒。恍惚间，顾青雾整个人好像又回到了当年的南鸣寺里，他坐在蒲团上，将那个在烛光下晶莹剔透，刻着贺字的玉石牌缓缓地递给她，笑着问："你喜欢吗？"

"唔，喜欢，哥哥是收下了吗？"

他又笑："你想我收下吗？"

"不收下的话，这个玉牌该怎么处理？"

"明日会有人取走。"

"唔，那还是收下吧，这上山下山的，那些叔叔年纪大了，哥哥体谅一下人家。"

这一声声，恍若贴在顾青雾的耳边回放。她的呼吸微急，抬起眼认真地看着贺睢沉，透过眼前的他，看到记忆中当年那个白衣白裤，被檀香环绕的明净少年。

顾青雾许久才回过神来，红唇轻启："哥哥想要的，就是我想要的。"

顾青雾不在乎贺氏掌权人这个身份，代表着怎样的权势地位。她心心念念的，是南鸣寺初遇时的那个满身香火气的少年，也是如今真真实实站在她面前的男人。

贺睢沉低头看她，眼底是寂静的暗色，想说什么，最终温柔地亲吻了一下她的白皙脸颊，修长的手指与她严丝合缝地相扣。

窗外的雨似乎越来越大了。顾青雾闭上眼睛，不知道什么时候睡着了，意识模糊间，只知道贺睢沉给她喂了两次水，怕灯光刺眼，他借着外面照映进来的微弱光线，轻柔地扶她起来喂水。

上午十点多，顾青雾转醒，在被窝里伸了个懒腰，抬起头，第一时间就看到贺睢沉的身影，他懒散地坐在靠窗的沙发上，白衬衫和西装裤都整洁地穿在身上，衬得他俊美的脸庞更加精致。

她不急着起床，脸蛋贴在枕头上，细细地看了他很久，研究着他是怎么长的，骨相能如此完美。从额头到眉目，鼻梁和嘴唇，乃至下颚的线条，在金色的晨曦中仿佛一座雕像。

贺睢沉把玩着她的手机，见她醒了才放下，走过去问："饿不饿？"

她到卫生间简单洗漱好，自己光着脚走出来，看到餐桌上摆放着一盅蜜枣鸡汤和干净的餐具，显然是某人亲手熬的。顾青雾顿时不知该说什么好，喝这么多鸡汤也不怕把她补坏了。

"哥哥，"她拉开椅子落座，眼眸中带笑，看着贺睢沉走近，故意调侃，"我们幸好没有天天住在一起，不然这三天两头地炖鸡汤喝，鸡会受不了吧？"

贺睢沉动作优雅地给她盛了半碗，启唇问："你不爱喝？"

顾青雾的耳根微热，低头喝汤，不经意间轻轻地说："爱喝。"

贺眶沉等她鸡汤喝得差不多，才闲聊般的问道："为什么喜欢演戏？"

顾青雾拿湿纸巾一点点擦干净嘴角，闻言顿了两秒，说："因为我喜欢热闹。"她在剧组独来独往惯了，不喜聚会，她指的热闹，是别的意思。怕贺眶沉理解错误，顾青雾又说："长这么大，除了在南鸣寺，没有人给过我正常的情感。后来有一次，我去母亲的朋友褚三砚家里做客，碰巧那天，他挑了几个演员来试镜。"

当时她年纪小，对演戏完全不懂，好奇地待在旁边看得津津有味，就跟能懂似的。褚三砚见状，就把一份剧本递给她，问她有没有兴趣。她在阴差阳错之下接触到了这个行业，她发现入戏后，自己能从戏里体验到各种角色的正常情感，不用假模假样地去跟别人维持表面上的交际，去费心探究谁的背景。

这样多好，对于性格有些清冷的她而言，演戏更适合她。顾青雾迷恋上演戏，立志要做个拿奖无数的好演员，没有听从顾家安排去国外留学，执意报考了电影学院。虽然她经常在网上被黑是花瓶，但是死忠粉们都知道，她是正儿八经科班出身，根正苗红的那种。

出众的美貌和顶级资源，成了她在娱乐圈的原罪。

顾青雾把心里话跟贺眶沉倾诉，最后理直气壮地说："可能我有社交恐惧症。"只是不太明显，经常被当成顶着美人脸耍大牌。

贺眶沉没有应答她这句自黑的话，气氛静默几许，直到顾青雾起身想去换身衣服，刚拉开椅子站起身，却听见他语气格外低缓地说："我让骆原给你买了回泗城的飞机票。青雾，我不希望因为贺家的事，阻碍你事业的上升，更希望你能心无旁骛地去追求自己热爱的一切。"

顾青雾站在原地，白皙的指节轻搭在桌沿，没转身去看他。从醒来发现贺眶沉拿着她的手机，她心底就隐约预感到什么，他不提，她也假装什么都没猜到。他还是提了，也没隐瞒看到了骆原催她回去拍戏的短信内容。

"好好回到你璀璨的世界里，哥哥想看你拿到奖杯，不要给自己的人生留下遗憾。"

顾青雾不是攀附在谁身上的菟丝花，也不是只能被男人收藏的金丝雀。

她不骄不躁，在名利圈里独自清醒，坚持完成自己的梦想。

　　贺睢沉不愿束缚她，情愿放手，让她去经历精彩的人生，爱情和事业双全的人生。

　　晚上，泗城的机场灯火通明。

　　骆原怕飞机提早降落，提前一个小时就在接机口候着了，十分钟看手表一次。九点钟时，从纽约飞来的航班准点降落，旅客纷纷走出来。没有看到顾青雾熟悉的身影。直到骆原快撑不住拿出手机，旁边眼尖的助理叫了一声："是青雾姐！"

　　顾青雾一身黑色长裙从接机口走出来，戴着墨镜，表情是清冷的，她直接上保姆车，也没带行李箱。骆原怕挨骂，前往剧组的路上都尽量当个透明人，直到他忍不住去打量的时候，一探头，便看她将墨镜取下，漆黑的眼睛盯着他。

　　"呵！"骆原偷窥被抓到，场面尴尬得要死，主动拧开一瓶矿泉水递过去，"渴了吧？"

　　好在顾青雾接了，抿了一小口。到底是相处有些年了，骆原一看这怒气值很低，有救，于是用讨好的口吻说："大小姐，你刚成为新晋小花旦，根基还不稳，不知有多少女明星想顶替你，导演那边又催得紧，我吧，也是出于下下之策，只能找贺总问问。"

　　他就是单纯问一下贺睢沉，什么时候能放顾青雾回国拍戏。谁知道贺总那么好说话呢，凡事都跟他想一块儿去了。这让他对贺睢沉怎么看都顺眼，能碰到这么懂事的男人，真难得。

　　骆原先把贺睢沉天花乱坠地夸了一顿，末了，见顾青雾没皱眉，又语重心长地说："不是哥乱说，在娱乐圈里，只要女明星恋爱，就等于亲手葬送自己如日中天的事业。"

　　顾青雾听他说了大半个小时，心知他是想劝服自己，过了一会儿，她才慢悠悠地开口："原哥，我没怪你。"

　　骆原提着的一口气，终于能呼出来了，他感慨道："还是我家小棉袄贴心，懂你哥的苦。"

顾青雾轻轻地摇头，看向泗城熟悉的街景，继续说："贺睢沉要陪贺云渐做康复训练，起码要花一年多的时间，我这个职业，是不允许在荧屏里消失整整一年的，所以我注定是要提前回国的。"

她这次能从剧组请半个月的假去纽约，已经很不容易了。顾青雾知道轻重缓急，调整好心绪，转头对骆原弯唇一笑："你担心的那些事，无论是未婚先孕还是公布恋情，都不会发生。"

骆原下意识地脱口而出："怎么感觉你长大了。"

以前的顾青雾从不在乎自己在娱乐圈红不红，除了拍戏认真，其余商务活动都不放心上，能敷衍绝对不认真配合。搞得他经常做噩梦，怕一觉醒来顾青雾跑了，丢下烂摊子给他收拾。

顾青雾问他要了根烟轻轻点上，在淡至透明的烟雾间，她美到窒息，她笑了笑，睫毛微翘："可能因为十四岁的顾青雾和二十五岁的顾青雾，都是幸运的吧，没有错过那个影响她一生的男人。"

骨子里，她爱他至深。她心甘情愿为自己的梦想，为他变成一个优秀、完美的人，与他并肩欣赏泗城最美的夜景。

《平乐传》全网播出爆红的时候，顾青雾在剧组拍的电影终于杀青了，接连而来的，就是无数个商务活动，以及演艺圈内那些名导主动投递的大制作剧本。

她的行程变得很紧，三百六十五天都有安排，没有一天是歇息的，身边的团队也跟着忙起来。连骆原的老婆怀二胎要生了，他也只能回去半周，又马不停蹄地回到职位上，怕出差错，一切行程都是他亲自紧盯着。

年底周末的一天，顾青雾准备去隔壁城市参加珠宝活动，带着经纪团队在飞机场候机，正值寒冬腊月，前两天又穿着薄薄的礼服走红毯，她的身体有些不舒服。她裹着白色羽绒服安静地坐在长椅上，跟个企鹅似的，漂亮的眼睛带着水雾，慢吞吞地抿着儿童保温杯里的水。

在斜对面，有两个年轻的女孩凑在一起聊天，有个拿出手机翻出《平乐传》的剧照，说："沈星渡演的摄政王出场的时候，我就想，他跟顾青雾太配了，这部剧是哪位投资方爸爸搞的啊？"

另一位乐呵道："没想到红出圈了吧，沈星渡的演技可圈可点，顾青雾也很出彩，我看她每场都能接住对手的戏。"

"顾青雾在里面的造型实在太漂亮了，跳城楼那套蓝色宫廷装绝美啊，还有她坐在珠帘后的一身正红的襦装美到不可方物，特别是在手指轻转腕上玉镯的时候，正宫娘娘气场给拿捏得死死的。"

"好爱她的长相啊，我都无法相信黑粉的那些爆料了，顾青雾这么认真搞事业的女人，怎么有空去跟男人谈恋爱啊！"

"听说顾青雾快进组了，下部还是宫廷剧。"

"听说沈星渡跟顾青雾要二搭呢，演甜剧。"

"真的假的啊？"

"假的。"顾青雾在心底默念，把羽绒服的帽子往下拉一点，挡住这张美人脸。不远处，骆原给她重新接了热水过来。他也戴着口罩，怕被认出："你要不要吃点感冒药？"

"普通感冒，多喝点热水就好了。"顾青雾怕吃了感冒药会精神不佳，而她乘坐两个小时的飞机，抵达隔壁城市就要立刻赶到珠宝活动现场，只能硬扛着。

骆原劝不住，嘱咐道："那你好好休息。"

顾青雾在机场喝完热水，准时登机，全程都很低调，没有引起旁人围观。她现在跃身成为一线小花，电影节最佳女演员奖暂时拿不到，却可以拼电视剧大奖最佳女演员奖的奖杯，只是竞争对手都不可小觑，除了被主流圈力捧的姜奈，还有红遍全网的花旦迟珠。

这些人都是前辈，顾青雾作为一个新人，用骆原的话来说："没事，小棉袄，我们冲量，靠脸刷屏，现在大街小巷里，走到哪儿都是你演的电视剧和广告，以你这个咖位，国民度很高了。"

顾青雾每次听他喊自己"小棉袄"，都想翻个白眼："能换个不那么恶心的称呼吗？"

"摇钱树？活招牌？还是小棉袄听着贴心吧？别在意细节，你看网友们都在你微博底下摇旗呐喊'我家宠妃'呢。"

以前顾青雾的微博评论，出现最多的是"花瓶""美人"的字眼，如今都是什么"宠妃艳杀四方""天生宠妃命""古装女帝"。

顾青雾的角色塑造感太强，五官精美，薄薄的身体却能爆发出强大的能量，无论是颠倒众生的妖妃还是端庄柔美的正宫皇后，都能给观众不一样的感觉。

骆原打起十二分精神好好保护公司这棵摇钱树，全程马虎不得，当爹又当妈，所以他那句"小棉袄"，也叫得真情实感。

珠宝活动结束，顾青雾把礼服和首饰都还给品牌方，又婉拒了某位总裁提出的共进晚餐的请求，拖着疲惫的身体回到酒店里休息。她才刚躺床上，便被江点萤的一通电话催起来了。听那可怜兮兮的语气就知道，她肯定和程殊闹别扭了，缺个人喝酒诉苦。

顾青雾大晚上还得出门一趟，抬手摸了摸有点发烫的额头，又全身包裹得跟企鹅似的出门赴约。生活总是如此，自己的感情都顾不过来，还得给闺密当情感咨询师。

顾青雾来到餐厅的包厢时，江点萤已经喝了不少酒，没想到沈星渡也在场，依旧是一身黑衣黑裤，懒散地靠坐在椅子上，嘴里含着冰块，在齿间咬得咯吱作响，连安慰人都不走心："有什么好哭的，你不是都到手了吗？又不亏本。"

江点萤磨牙，都快咬死他了："大傻子，你懂什么，我那是真爱！"

沈星渡低嗤一声，见顾青雾推门而进，索性让她评评理："这个姐姐，一个月里起码要失恋三次，你说她这叫正经谈恋爱？"

江点萤跟程殊谈不上是正经恋爱，顶多从邻居关系变成男女关系。她参加完恋爱综艺节目后，经纪人发现没起水花，热度都被另一对艺人抢了，于是就没有强迫她参加第二季。

而江点萤刚好有时间去纠缠程殊，两人不知哪天就看对眼了。但据顾青雾所知，江点萤和程殊双方都没有脱单，每个月很有默契找彼此约会，委实算不上谈正经恋爱。

江点萤丧着脸趴在桌前，灌下去的酒都是她心酸的泪："你们说，我哪里比不上他前妻啊？"

顾青雾和沈星渡难得默契地对视一眼，不约而同地劝她："要不别死磕吧？"

"不行！"江点萤跟个打不死的小强似的，握拳说，"这种温柔又体贴的好男人，百年难得一遇，他要是这么爱前妻，要不我哄他去领证结婚吧，然后离婚，也变成他的前妻。"

沈星渡挑眉："你家老爷子会把你上了一亿保险的腿打断。"

顾青雾点点头，接过话："然后你就当不了国际名模了。"

江点萤抬起头，挤出几滴眼泪："程殊那位前妻隔三岔五的，为了点生意上的事来找他，我才忍不住跟他吵架。我这次离家出走，他也没打电话来，难道我就这样没骨气地回去继续跟他当普通朋友吗？"

江点萤擦了把泪，又改变主意说："算了，就当朋友吧，你们谁的手机有电，帮我给程殊打个电话，就说我在外面买醉，找不到回家的路了。"

凌晨时分，餐厅也打烊了，街道上冷冷清清的，只有刺骨的寒风吹过。顾青雾把醉倒的江点萤扶到后座，又将公寓地址告诉沈星渡，让他开车前往。江点萤都不知喝了多少酒，趴在顾青雾的怀里一动不动，但这一段的路况不是很好，开了快四十分钟才抵达目的地。

公寓楼下，程殊一身浅蓝色西装站在路灯下，接到电话就在此等候了，见车熄了火，他主动走过来，到后座去将江点萤小心翼翼地抱下车。顾青雾也跟下来，将包和手机都给他，微皱眉说："点点不是第一次这样在外买醉了，无论你们之间打算怎么处理这段关系，程殊，她现在最听你的话，别再让她这样喝了。"

江点萤的性格开朗奔放，自幼就无忧无虑，加上自身条件好，事业一帆风顺，没受过什么挫折。唯独程殊身上，栽了一次又一次跟头。

程殊眉梢眼角是压着情绪的，显然也不喜欢江点萤喝得烂醉如泥。他点点头，在顾青雾要上车前，平静地说道："年后，睢沉会带贺云渐回泗城，在贺家调养身体。"

当初按照贺语柳的本意，是马上就要将贺云渐接回国，才会请不少专家团队来。贺睢沉却觉得兄长留在纽约治疗更妥当，没有让贺语柳把人带回贺家，而他也留在纽约陪同兄长治疗了一年。如今贺云渐康复得差不多了，除了行走稍有不便，出入还要坐轮椅外，不必继续困在医院里。

程殊话语间给顾青雾透露出了一个讯号：贺家，要变天了。

在这样寂静的夜色下，顾青雾侧过脸，表情也平静，点头说："我知道，这一年里我跟贺睢沉有联系，只是太忙了联系少了。"

她脱不开身去纽约，而他在纽约回不来。

纽约，早晨阳光明媚，从宽敞客厅的落地窗照射进来，刚好笼着喻家梵的发顶，乌黑的短发软趴趴地贴着额头，一双黑白分明的大眼睛盯着笔记本电脑屏幕看古装剧。

上面播放的，正是顾青雾主演的《平乐传》。当看到顾青雾一身蓝色宫廷装跳下城墙时，喻家梵跟着紧张，急到冒汗："小婶婶掉下去了！"

旁边，一只温柔的手掌伸来拍了拍他的脑门，随即嗓音低缓道："你看，又被救起来了。"

喻家梵每天都在看《平乐传》，看了没有上百遍，也有九十几遍了，小脑袋瓜就那点容量，记不住宫斗复杂的剧情，而贺睢沉最近的哄娃日常就是给他看这个。

"二叔，"他的小拇指挠着头发，声音软得很，"梵梵想喝牛奶。"

贺睢沉起身去给他倒了杯热牛奶，又拿了两个水煮蛋，用盘子装好，放了张擦手的白色手帕在旁边，递给喻家梵。他窝在沙发的地毯上看电视剧，旁边有自己专属的小餐桌，放着童话书和玩具，因为患有抑郁症，日常活动范围也只是围着爸爸和二叔两个大男人，不愿意接纳旁人。

贺睢沉安抚好小家伙，沉静地看着他低头咬了一口鸡蛋，又鼓着肉乎乎的脸蛋，认真地看播放的屏幕。直到裤袋里的手机振动，贺睢沉低头看了一眼，起身走到阳台去接。

电话那头，严述汇报的嗓音传来："贺总，顾小姐下部剧定了，张导那边说，有一位朋友也想拿点钱投资这部剧，看您这边能不能给个名额？"

自从四五月份顾青雾从纽约回国，她接触到的所有顶级商务代言，多少都跟贺睢沉这边有点关系，那些名导给她递剧本，一是看中她现在的知名度，二是她定下哪部剧，就会有神秘人花大价钱投资。找顾青雾演戏，就不缺投资款，这已经是导演行业内默认的规则了。严述觉得贺总这招保驾护航的操作真厉害，偏偏还低调，搞个神秘人的身份，让人想扒底细，都扒不出是哪路神仙。

意料之内，贺睢沉没有同意让第二人也投资进来。他的话语权很大，投资的唯一要求也简单，一切按照顾青雾那边的意思办，不得擅自删减女主角的戏份，去捧配角关系户，以及乱改剧情，也不准故意为了热度引导网友恶意炒作。

贺睢沉挂了电话后，从裤袋里摸出烟盒，动作熟练地点了一根，夹在两指之间，站在阳台上抽了一会儿，白色的烟雾很快消散在阳光底下。他听到一阵高跟鞋的声音，侧头，透过玻璃看到公寓的门口处，喻思情被保镖请了进来。

喻思情今日化了淡妆，一身素白的长裙，面料服帖，衬得她身材纤瘦窈窕。模样是少见的清丽，丝毫看不出职场上女强人的影子。她被保镖引进了书房，时隔七个多月，终于见到了贺云渐。

书房的门被关上，隔绝了外面的一切。喻思情站在原地，与坐在沙发上的男人静静对视着，贺云渐还是很瘦，穿着简单的白衬衣和休闲长裤，旁边玻璃窗的阳光将那脸部轮廓照映得非常清晰，像是不可侵犯的雕像。

老天爷还是善待贺云渐的，昏迷这些年里，他的变化并不大，气质非凡，温柔中透着上位者的内敛矜贵感，与初见时像极了。可惜，喻思情从他眼中寻不出一丝自己的影子。

不知过去多久，也许只是她恍惚了几秒而已。紧接着，贺云渐的视线在她身上暂短地停留一瞬，开口礼貌地请她坐。无论以前多恩爱，如今已经比陌生人还要生疏。

这七个月的时光，让喻思情选择去接受这个事实，她走过去，也将包里的一沓文件摆在茶几上，长翘细密的睫毛低垂，轻声说："我承诺过你姑姑，会把这些还给你。"

当年她难产生下喻家梵，身边无依无靠，是贺睢沉替兄长弥补孤儿寡母，做主将贺云渐名下的财产都转移到她名下。她没有想过要这些。她知道，整个贺家除了贺睢沉，所有人都轻视她，甚至暗指她是个克夫克子的祸害。喻思情一笑而过，望着如今对自己陌生的贺云渐，觉得没有解释的必要了。

贺云渐沉默片刻，眼神没有扫向那些股权协议书，而是望着她那张白净的脸："听睢沉提过，你为我难产生下一个儿子，也等了我七年。"

"谈不上等，"喻思情话顿，很理智地告诉他，"这些年，我一心为了事业奋斗，从一无所有到如今拥有上亿资产，只是没有遇上比当初那个你更爱我的男人。"

年少时经历过太惊艳的男人，喻思情无法再找个凡夫俗子过一生。她不愿意承认这些年每一分每一秒的煎熬，对于现在失忆的贺云渐来说，他承受不起她那个"等"字。

"能跟我说说，你我之间的事吗？"贺云渐在见喻思情之前，从贺家了解过不一样的版本。他的态度不明，更想给喻思情一次开口的机会，亲耳听这个传说中令他深爱入骨的女人是怎么说的。

令人意外的是，喻思情没有借此机会倾诉这些年的伤痛，而是弯唇笑了笑，说："贺云渐，请原谅我的自私，那些回忆都是我一个人的，我不想跟你分享。"

贺云渐眼底有几许讶异，重重地咳了一声，他从裤袋掏出黑色手帕捂着嘴，在黑色衬托下他的脸色十分苍白，唯有那双眼睛依旧温和又清亮，很快，他说："你可以不听我姑姑的话，这些股权，即便你收下，我也不会找你要回。"

他醒来只记得兄弟情，面对眼前这个理智冷静又很有亲和力的女人，内心平静如水，没有半点感觉。他记不起自己是怎么爱上喻思情的，能为她豁出命。七八年的时光彻底磨光了两人当初刻苦铭心的爱情。

喻思情眼眶忽然灼热起来，却笑着说："我不要你的补偿，这段爱情是你情我愿的。贺云渐，我已经从贺氏分公司离职了，股权财产都归还于你，以后我再也不……不等你了。"

她情愿一无所有地转身离开，也不要画地为牢困在原地。因为她比谁都清楚，回忆中那个深爱着自己的贺云渐已经死了，再也不会回来，贺家的金钱名利地位，她死死抓着又有什么意思呢。

书房的门被打开，喻思情踩着高跟鞋，脚步极轻地走出来。她抬眼，看向蜷坐在沙发那边乖巧喝牛奶的儿子。喻家梵不怎么认妈妈，在他眼里，护士和路过的阿姨都跟妈妈这个角色一样，只是普通的女性，在他单纯天真的世界里，是不重要的。喻思情很容易被喻家梵忽略，甚至方才进来时，都没引他看一眼。

喻思情在原地停顿了一会儿，才慢慢地走到沙发处，蹲下，角度尽量跟喻家梵平视。笔记本电脑屏幕上播放的剧演完了，喻家梵抬起脑袋，看到突然出现在眼前的女人时，大眼睛里露着点茫然，直到喻思情对他笑："我是妈妈。"

"我是妈妈"这几个字，让喻家梵渐渐对她的形象有了模糊的认知。他点点头，慢吞吞地说："妈妈好。"

二叔教育过他，遇见妈妈，要讲礼貌。喻思情知道他忘记了跟自己住过一段时间，可能她等会儿出了这扇门，孩子转眼又会忘记她。她胸口的苦闷情绪只有自己能懂，笑容似乎成了伪装情绪的面具，没有变过："梵梵，喜欢跟爸爸一起生活吗？"

喻家梵嫩嫩的小脸有点红，不好意思说自己喜欢。喻思情抬起手，微凉的手指抚摸着他的脸蛋，柔和地说："妈妈以后不能每个月都来看梵梵了。"

喻家梵歪着脑袋盯着她看了许久，小手突然握住她的指尖，随即，又去触碰她的眼睫毛："妈妈，不要哭。"

喻思情压抑着情绪，明明没有落一滴泪，孩子却不停地帮她擦眼泪，口中念念有词："妈妈不哭……"

"妈妈没有哭。"喻思情的声音沙哑，仿佛痛哭了一场。她再也忍不住，只能狼狈地站起身，回避孩子纯真的眼神，往后退，一步、两步，然后转身离开。

喻思情跌跌撞撞地走到电梯前，脸色苍白，要跌倒前，一只修长的手扶住了她，转瞬间又移开，她的眼睫颤着，看到贺睢沉站在她旁边，语气平静："我送你去机场。"

今日纽约市中心的路况很顺利，一点儿也不堵车，似乎是老天爷特意恩赐她能准时抵达机场。贺睢沉亲自开车送她一程，她心知这是念在多年的情分上，她坐在副驾驶座，静静地透过车窗看着街边的景色，恍惚地说："抱歉，我把股权还给你大哥了。"

她这样做，无疑是助长了贺语柳的气焰，让贺睢沉深陷困局之中。喻思情如今什么都做不了，还白白承受了大半年的骂名，当所有人以为她是冲着钱财去的时候，她又做出一个让人感到震惊的举动。她用股权，换取和贺云渐见上一面。

贺睢沉将车开得很稳，没有怪她的意思，他平淡地说道："无论你愿不愿意归还股权，我和大哥都尊重你的决定。"

"你姑姑以为，我会用股权逼她点头，让你大哥娶我过门。"喻思情自嘲。似乎贺家的其他人也理所应当地认为，她执着的是贺家主母的位子，借此机会，正好能跟贺语柳投诚，先合谋将贺睢沉拉下位。

喻思情是个聪明、理智且冷静的女人，知道倘若这样做，只会引起贺家两个兄弟的反感。她转头看向贺睢沉，似乎只有他能理解她的心境了，她那麻木已久的思绪也有了缺口："我其实是个自私的女人，也想过拿股权要挟你姑姑，可能会有几分胜算。但我太了解你们兄弟二人，你们都不是甘愿受你姑姑掌控的。"

"为自己谋划，人之常情。"

"睢沉，这些年我始终欠你一句谢谢。"

贺睢沉侧眸看她，明净的眼神里带着什么都能看透的穿透力，只需要一秒，就让她感到难以面对。她紧紧攥住手心说："那几年里，我就像是害了一场大病，病到疯魔了，险些无法自控地将你当成他的替身。"

人病了很容易偏执，走向另一个极端。喻思情已经记不清当时脑袋里是怎么想的，不断地服用抗抑郁的药，让她觉得自己是个疯子，不敢面对孩子，不敢去看躺在医院里那个浑身插满管子的男人。她把自己关在了昏天暗地的房间里，像是发霉了，幻想着贺云渐还活着，还陪着她。幸而贺睢沉那段时间将她的孩子照顾得很好，还耐心地请最好的医生，帮她慢慢地走出那段最阴暗的日子。这七年里，贺睢沉替兄长给了她和孩子一个庇护所。

喻思情清醒的时候，无法面对这样的自己。与其说她将情感转移到贺睢沉身上，不如说是，她急于想摆脱这种生不如死的困境，求生的本能，让她抓住了最后一根救命稻草，想让别人救救她。

喻思情深呼吸两下，这句话是真情实意："睢沉，谢谢你，还有，替我跟顾小姐道声歉，当初，是我太理所应当地把你视为一家人，才会让周泛月觉得有底气针对你的心上人。"

而她终究偏帮了自己的闺密，还想让贺睢沉手下留情。自始至终贺睢沉都是安静的，等她断断续续地倾诉完。

车子不知不觉已经开到飞机场，贺睢沉熄了火，从驾驶座下车，亲手为她打开车门，嗓音偏低沉："喻思情，你为大哥生下喻家梵，我们曾经是一家人，望你日后多保重。"

喻思情僵硬的指尖颤了一下，慢慢地仰起头，被阳光刺得眼角落下一滴晶莹剔透的泪水。

送走喻思情，贺睢沉就返回公寓。他进门，看到贺云渐正在客厅里跟喻家梵简单地沟通。这个难不倒他，毕竟有过多年照顾年幼弟弟的经验，他懂得怎么跟小朋友友好相处。

喻家梵对父亲有着天性的依赖，说话结结巴巴的，只是七岁了，身形实在弱小。除了那本被他捧在怀里的《睡美人》故事书，其他故事绘本上的字，一个都不认识。贺云渐温柔耐心地教他念几个简单的字，到了时间，就吩咐女秘书将孩子带去吃点东西。

侧头，见贺睢沉回来，他眼底没有半点波澜，甚至能冷静地问："喻思情回国了？"

那个他爱到连命都险些丢掉的女人，如今选择彻底离开了，唯一留下的，只有个与两人血脉相连的孩子。贺睢沉走到单人沙发坐下，倒了杯茶浅抿，开口道："我所知的不多，当年你在纽约为了喻思情公然跟姑姑分庭抗礼这事儿千真万确，内情也只有你们当事人知道，即便现在失忆，但你真就这样把她放走了？"

贺云渐沉思了两三分钟，难得温润低沉的语气透着一丝费解："我对女人的品味向来是喜好妩媚性感一类，当年是怎么对她这样清水般的女人感兴趣的？"

这是他被告知孩子母亲还在世，又让秘书调查出喻思情所有资料后，感到的困惑。他反复翻阅那上百张的资料，想从里面找出他是如何爱上这个女人的蛛丝马迹，结果显而易见，他对喻思情没什么感觉。

贺睢沉薄唇似笑非笑："可能是鬼迷心窍。"

贺云渐接受这个理由，否则无法说服自己，会轻易让喻思情怀上贺家的孩子。兄弟俩难得清闲地坐在客厅喝了会儿茶。这时，一位秘书进来将平板电脑递给贺睢沉，上面是顾青雾参加访谈节目时说自己喜欢兰氏新上市的蜻蜓项链，奈何这个全球只有三款，连租借都难。

秘书已经听从吩咐，把这款项链高价买下了，恭敬地说："贺总，下周兰氏会以品牌方的名义，将这款珠宝赠送给顾小姐。"

贺睢沉低眸，看了一眼珠宝，又不紧不慢地说："让兰氏的设计师专门搭配一件晚礼服，找我结账。"

秘书点头应下，转身出去联系。旁边，轮到贺云渐似笑非笑："听姑姑提起一二，你跟那位顾姓的女孩过从甚密，倒是有我当年风范。"

"大哥说得不够准确。"贺睢沉语气低沉地纠正他，将喝完的茶杯缓缓放下，"我眼下身无旁物，不如你有家族荣誉感，姑姑那套规矩在我身上不管用。"

所以，当年能约束贺云渐的天大规矩，在他这里，什么都不是。

临近年关，明星们都是铆足了劲儿打扮自己，在各大活动红毯上争艳，很少会有在剧组待着的。顾青雾也不例外，一天要穿两三套晚礼服，这让团队争分夺秒地找各种品牌方借。

　　而且做造型前，骆原还得事先打听一些资历高的前辈会走什么风格，尽量避免跟人撞风格。出席电影节的时候，在酒店里，临时得知易小蓉今夜也是穿一套满天星的礼服，这让骆原放下手机骂骂咧咧："易小蓉跟你同时出演的那部电影被邀请走红毯，她还是女主角，现在跟你撞风格，故意的吧？"

　　白天打听时，易小蓉那边造型师透露的是一身黑色礼服，怎么就临时变卦了。顾青雾窝在化妆台的椅子里，漫不经心地说："那今晚穿贺睢沉送我的那套蓝色的鱼尾裙吧。"

　　"你前天参加红毯时穿过了，忘记了？还上热门搜索来着，网友叫你'小美人鱼'呢。"

　　顾青雾天天换礼服，早就记不清自己穿过什么样式了。骆原重重地叹气："易小蓉就是针对你吧？！"

　　"是啊。"顾青雾还笑得出来，"当初电影跑宣传的时候，她不是还跟我零互动吗？不少人都猜测我在剧组跟她是不是闹掰了。"

　　就上个月的事，骆原被提醒才记起来，顿悟几秒："肯定是嫉妒你在电影里比她美。"

　　神经病，她是想当我小后妈。

　　顾青雾没有把易小蓉放在眼里，手机"叮"的一声，是顾文翰发消息催她过年回顾家。她懒得回。反倒是骆原看到发消息的人后，又顿悟了一次："破案了，易小蓉的富商男友该不会是对你瞎献殷勤吧？"

　　顾青雾对他勾勾手指头，悄声说："实不相瞒，我出生在首富之家。"

　　骆原立刻给她个白眼，冷笑道："那请问首富之女，你现在能变出一条今晚要走红毯的礼服吗？先解了我的燃眉之急。"

　　顾青雾拿起手机："我问问点点有没有礼服借我。"临时要去找个高定，又不能是被近日女明星穿过的，她想到了江点萤那个奢侈的衣柜。这时套房外的门铃响起，骆原以为是化妆师团队来了，急匆匆地跑去开门。衣帽间安静了一会儿，顾青雾编辑了一段文字，正要给江点萤发送时，听见外面骆原兴奋地惊叫起来，在撕心裂肺地喊她的名字。

"怎么了？"

"兰家的品牌方给你送了一件改良的旗袍和绝版的蜻蜓项链，说是免费送你的！"骆原让助理去招待品牌方的人，抱着精美的礼盒进来，震惊到眼珠子都快掉下来，"我的乖乖，你是不是背着我跟兰家谈代言了啊？"

"这话我还想问你呢。"

"不愧是大品牌啊，这么贵的首饰说送就送！"

顾青雾微微坐直，眼眸静静地看着在灯光下璀璨的蓝色蜻蜓项链，过了半晌，轻轻启唇说："可能是看中了我的盛世美颜吧。"

当天晚上，顾青雾一身薄绸的旗袍艳压电影节红毯，冲上了热门搜索榜单。有关于"顾青雾仙女下凡""顾青雾蓝蜻蜓""顾青雾一袭旗袍美到颠倒众生"的话题，被广大网友热情地转发评论，给推到了热门搜索榜单前五。正好把易小蓉星空礼服裙的通稿给压在了后面。

有些不嫌事大的营销号，还将两人的红毯照放一起对比："易小蓉这两年人气降低，时尚资源也降级啊，跟新晋小花这身行头比起来居然没有占据优势，全方面被吊打！"

底下，看热闹的网友都跑来留言：

"易小蓉的星空礼服裙是SL家的，也不掉价吧，只是她穿之前，不知道顾青雾今晚穿了什么。两人还是同一个电影剧组一起被邀请走红毯。"

"顾青雾那条改良过的旗袍是兰家首席设计师画的稿，就这一件成品，是明年早春的新款，她不是品牌代言人还能借到，我有权怀疑是自掏腰包买的。"

"隔壁易小蓉输得心服口服吧，你看两张红毯照，顾青雾的还不是精修图呢，这美人脸都看不出一点卡粉，睫毛好长啊。"

"眼红别人有顶级高定穿，让易小蓉掏出养老钱也去买一件高定啊！"

"养老钱"这三个字刺痛了易小蓉的双眼，险些气到折断自己精美的指甲。她现在到了奔四的年纪，就越发听不得别人提起“老”这个字眼，她一直苦心维持着“不老女神”的称号。见微博上都说被顾青雾艳压，关起门来发了通好大的火。

助理在旁边安抚：“易老师，我看顾青雾就是仗着有金主撑腰，才能这样嚣张跋扈。”

原本易小蓉今晚的造型是一身端庄大气的黑色晚礼服，临时会换，是听造型师说起顾青雾要穿SL家的星空礼服裙，她故意想恶心顾青雾，就也找SL家借了条过来。是打定主意如果顾青雾不临时换裙子，到时候撞风格，就买通稿黑她。

谁知道顾青雾有资源借到兰家明年春款，连佩戴的珠宝都昂贵无比，一下子把她这身衬得十分廉价，这让她有些失态。她咽不下这口气：“大半年了，顾青雾背后的金主到底是谁？”

助理安抚道：“常在岸边走哪有不湿鞋，早晚能扒出来。”

易小蓉拿起旁边的镜子，仔细照着自己这张保养得体的面孔，眼角处已经有细纹。她不想再看，指甲紧紧掐着手心说：“我已经三十九岁了，顾文翰对我的新鲜感又能维持几年？我必须要快点嫁给他！”

顾文翰亲口答应过的，只要能扒出顾青雾背后的金主是谁，就带她回郦城顾家，这是她唯一能抓住的机会了。

易小蓉有些头疼地深呼吸，对身边助理说：“去给媒体那边多塞点红包，谁手上有顾青雾的绯闻、黑料，尽管来跟我提价格。”

热门话题还在微博挂着的时候，顾青雾已经结束红毯活动，返回了市中心的高档公寓里。她不经常住这里，却会请保姆按时来清理卫生，无论何时回来，各个角落都一尘不染。

那件旗袍跟蓝蜻蜓珠宝被搁在了沙发上，她洗完澡，随便裹着件宽大的浴袍，窝在落地窗前的软榻上，点开手机，将在电影节场内自拍的一张照片，发给了贺睢沉。随即，他的视频邀请就发过来。

顾青雾猛地来精神了，心跳慢慢加快，算一下时间，两人上次视频还是半个月前，有时候异地恋反倒能一直保持着股新鲜感，视频时，感觉回到当初刚挑破关系那会儿了。

"你还没休息啊？"手机里的男人坐在书桌前，旁边是一盏落地灯，光影笼着他的身形。她的指尖，轻轻点了点屏幕，就跟点在他的胸膛上似的。

贺睢沉将鼻梁上的金丝框眼镜取下，手指缓慢揉着眉骨，嗓音透着不明显的淡笑："在等你。"

顾青雾先前还不确定兰家品牌的礼服和珠宝，是不是他的手笔，提到这三个字，她心底有数了，弯唇笑道："我今晚的红毯造型好看吗？"

"好看。"

"你干吗好端端地送我礼服？已经不是第一次了。"

"想送，没有别的理由。"

"贺总是想送衣服，还是想我？"在深夜，顾青雾声音都变轻不少，漆黑水亮的眼睛里有着不加隐藏的想念。她很忙，却不忘记百忙之中抽出时间去想他。

不等贺睢沉回答，顾青雾又叹了口气："我马上要进组拍戏了，这次拍摄要六个月。"拍完这部古装戏，她想跟公司申请休假一段时间。这话她没说出口，怕计划落空。

贺睢沉的语速很慢，隔着手机，如同附在她耳边低语般，字字温柔："剧组让探班吗？"

顾青雾的心跳又开始加快了，眨眨浓密卷翘的眼睫，说出的话都跟不上她大脑的思维："唔，让是让，家属可以陪住几日。我现在很红呢，原哥说，有十几家媒体都天天盯着我。"

她如果现在下楼去便利店买瓶酸奶，不出一个小时，那盯着她的十几家媒体都能把拍到的照片传遍全网。

"真是不温不火愁死，太火了想死。"

"他们打扰到你正常工作了吗？"

"没有，就是喜欢跟着我，想挖出些娱乐新闻来吧。也能理解，每个行业都挺不容易的。"

顾青雾跟他什么都聊，丝毫没有女明星在外冷艳的一面，跟个撒娇的小姑娘般，分享着自己生活的点点滴滴。

贺睢沉很耐心地倾听，直到顾青雾聊到纽约这边的情况："喻思情会做出这样的选择，我挺感同身受的。"

贺睢沉："嗯？"

见她都用上感同身受这词了，贺睢沉将手机拿近些，观察着她的表情："隔着万里，你还能共情上？"

顾青雾见他有故意调侃的嫌疑，反而理直气壮地说："因为我们重逢的时候，我的心境就是这样，你要是忘记我，那我也不要记得你了。"

她那时故意假装跟贺睢沉不认识，连名片都直接丢垃圾桶了。无非是心底赌着口气，情愿让这段感情无疾而终，也不愿意抛开自尊心去搭讪。

顾青雾在软榻翻了个身，面朝着落地窗，脸蛋白皙，时而皱着眉心，跟他分析喻思情的选择："我觉得你这位大嫂，本身就是挺有矛盾点的一个女人，她可以拿着股权不归还，只要站在你的阵营里就好了，你姑姑拿她可没办法，就是名声上要吃亏，而她从跟你大哥恋爱至今，十几年都熬过来了，应该早就对名声麻木了。"

要说喻思情是个爱情至上的女人，又不是的，她这些年凭借着出色能力成了同龄人中的佼佼者，从贺睢沉手上拿到人脉资源，给自己加光环。顾青雾之所以说她矛盾，指的就是这个。

顾青雾的声音轻了下来："怕是你大哥做了什么，彻底让喻思情死心了，她才会这样义无反顾地选择离开吧。"

贺睢沉连眉头都没动，很显然，比她更早看破了全局。

"喻思情向来是个心思缜密的女人，我大哥这七个月的漠视态度已经间接地告诉她，两人绝无再续前缘的可能，而她站在我的阵营，除了能守住贺家的资源，远不及放手得到的多。"

表面上喻思情一无所有，但是倘若她某天有事，贺家无论是谁掌权，念及当初的情分，都不会坐视不理。

贺睢沉的这份理智和冷静，让顾青雾有些恍惚，过了十来秒才回神说："哥哥。"

贺睢沉："嗯？怎么？"

顾青雾想问他，倘若贺云渐和喻思情的事情在她和他身上重演，那他会选择贺家掌权人的位子，还是为了美人不要江山？话到唇齿间，她又觉得问出来有些搞笑，跟小孩子撒娇缠着大人，不停地问"你爱不爱我"一样。

她最终面带微笑，声音很轻很轻地告诉贺睢沉："哥哥，我很想你……"

春节一过，顾青雾就进组拍戏了。

这次拍戏是在郇城那边，初春时节，她却得穿着轻薄的粉色衣裳，被冷空气冻得，手腕伸出来时肤色都是苍白的，只能抱着热水杯在原地走。

她这一年大部分时间都在剧组。待久了，连隔壁导演组都混熟几分。

顾青雾挺喜欢这样封闭式的拍摄生活，安安静静地研究剧本，拍完戏就准时收工，也不用参加应酬。她来剧组的行李带了两箱，连贺睢沉送给她的经文也一并带来了，每夜压在枕头下陪她入睡。

在这边待到四月份的时候，顾青雾已经不怕冷了，拍完戏窝在椅子上翻着剧本，正看得入神，旁边一阵脚步声传过来，有人走近，将一张机票递给她。上面写的是从纽约飞往泗城的时间。

程殊一身米白色休闲西装站在原地，笑容温和："是睢沉托我交给你的。"

顾青雾僵硬地接过来，莫名地，感觉心跳跟停了似的。时隔整整一年，这张回国机票，意味着贺睢沉已经在贺家了。

程殊低声说："贺家现在内部重新洗牌，贺语柳掌权十年，在家族的话语权很大，这段时间睢沉怕是脱不开身，他会在你杀青前来郇城。"

顾青雾抬起头，漆黑水润的眼睛像一汪清泉，让人轻易就看透她此刻的情绪："我七月会杀青。"她这话更像是说给自己听的。

程殊此番刚好在郇城出差，顺带替贺睢沉将机票给她。不管是电话里说，还是发消息，远不及这张机票的分量重。程殊走后，顾青雾独自待在片场出神，无法平复心绪，牵挂远在泗城的贺睢沉。她不知贺云渐现在处于什么立场，但是作为被家族培养出来的继承人，骨子里流淌着对权势的野心，又怎么会甘于在贺家做个吃闲饭的废人。

一年的时间，足够贺云渐重新了解外界，何况他还有贺语柳的扶持。倘若是古代，顾青雾猜想，在贺家人眼里，贺云渐才是名正言顺的嫡长子，而贺睢沉不过是个谋朝篡位的不受宠皇子。他将江山坐稳了，也没有功劳，因为这是他身为贺家一分子应该承担的；倘若他坐不稳，所有罪过都要他独自承受。

顾青雾有些心神不宁，以至于骆原火急火燎地将绯闻说给她听时她都没有反应过来，骆原说："我的小棉袄啊，你跟沈星渡年底的时候，孤男寡女深夜在车上做什么？"

这天网上有匿名人爆料："我喜欢的明星成真了？春节前夕，我牵着狗狗在街道夜跑，无意间撞见了顶流和小花在秘密约会，以狗头担保，沈星渡身高绝对不止一米八五，顾青雾长得比电视上好看，两人这是因戏生情了吗？"

在微博底下，还附上三张偷拍的照片，画质很模糊，但是分辨得清楚是两人坐在车内。绯闻被曝光时，喜欢两人的网友都纷纷跑来澄清，自家偶像是在正常交友，又没亲密举动。也有还没从《平乐传》走出来的剧粉在疯狂呐喊，直呼要把民政局搬来，求两人现场表演结婚。

这些都不是重点，重点是恒成娱乐的官博又集体沉默了，这是沈煜一贯的作风，有生之年能见到儿子和顾青雾传绯闻，让他做什么都心甘情愿，又怎么会去卖力澄清。

骆原抽根烟冷静一下，气得笑出来："这下就差你跟沈星渡官宣了。"

顾青雾仔细看被偷拍的照片，微微皱起眉："那个匿名爆料人是选择性眼瞎吗？那晚，我和沈星渡是送喝醉酒的江点莹回公寓，还是程殊在楼下接的。"

他不放国际名模江点莹的绯闻，反而捕风捉影地放出她和沈星渡这种无亲密接触的，一看就是有意而为之。这不，江点莹的电话立刻打来抱怨了，接听时，连骆原在旁边都能听得见："好过分啊！是我不够红吗？还是站得不够高？凭什么把我忽略了，就曝光你！"

顾青雾揉了揉太阳穴，有点疼。江点萤哼哼唧唧道："宝贝儿，我上微博帮你澄清去，有本事就把我的恋情曝光了，我求之不得。"

"不怕你的经纪人连夜回国打你？"骆原忍不住插话。

"凡事难以两全，我有恋情又不像明星，会直接掉价，顶多不能去参加恋爱综艺了。"

江点萤的办事效率异常高，小嘴说话间，就已经上微博去澄清了，每个字都仿佛在嚣张地喊话："有本事你继续放图啊，把我酒醉卧倒在男人怀里的也放出来。"

娱乐圈，见过不少为了隐藏恋情焦头烂额的，难得见到这么恨不得被曝光的。骆原看到微博风向稍微被转移，重重地叹气说："你这位闺密，真是个神奇的女人。"

顾青雾滑动着屏幕，也在看微博，说："点点比我幸运。"

江点萤是家里呵护着长大的女孩，惹是生非也不会遭到长辈厌恶。同样是我行我素闯了祸，顾青雾是抱着处境不能更差的心态，而江点萤是有家族撑腰，不怕没人帮她收拾烂摊子。

热门搜索上的绯闻一出，两个被曝光恋情的当事人都还没说话，江点萤单方面跟那个匿名爆料人吵上了，就差没有自曝恋情。顾青雾先拍完今日的戏份，临近晚上八点才有时间去看热门搜索闹成什么样了。

顾青雾还没给沈煜打电话，让他通知公关部撤下恋情的新闻。反而顾文翰信以为真地打电话过来了，从语气里能听出斯文人那种无声咆哮的愤怒。

"沈煜父子就是上梁不正下梁歪，不管是老子还是儿子，都惦记着别人家的。

"顾错错，你要是敢跟沈煜的儿子谈恋爱，信不信我打断你的腿？！"

顾青雾泡了杯玫瑰花茶，闻着香气，慢悠悠地问："打断谁的腿？"

顾文翰那边沉默很久，自己找台阶下："总之，我不同意这门亲事！"

他一想到自己和傅菀菀的女儿，要嫁给沈煜的儿子，自己和沈煜前半生做死敌，后半生做亲家，就恶心得死不瞑目。

顾青雾做惯了不孝女，还真不是孝顺的主，她故意唱反调："你不同意这门亲事会不会晚了？万一我跟沈煜的儿子早就私定终身……"

"我不同意！"这四个字，成了中年男人最后的倔强。

顾文翰挂了电话，站在落地窗前，黑色玻璃上倒映着他阴沉的脸庞，额头青筋都被气到根根冒出来。而主卧那边，易小蓉动作极温柔地推门出来。虽没听到顾文翰打电话的内容，但是她今晚格外开心，倒了两杯红酒走过去。

等顾文翰一言不发地接过后，易小蓉若有似无地叹气道："也不知谁为了赚钱这么缺德，把顾青雾背后靠山的内幕消息卖给了我，又转头在微博上曝光了。"

顾文翰胸膛那股郁气没消散，被这话惹得，脸色更加难看。

易小蓉将酒杯搁在旁边，柔情似水地抱住男人的腰身，贴着他："文翰，你答应过我的事，没忘记吧？"

贺氏老宅。

气氛安静得落针可闻，管家将一盏盏灯点亮，暖黄的光晕照在肌肤上，有了暖意。

大堂内，贺睢沉懒散地坐在主位之上，丝毫不在意旁人端上热茶时，暗暗打量的目光。光晕自头顶而下，勾勒出他精致俊美的脸庞轮廓，他薄唇弯起微妙弧度，正颇有兴致地翻阅着今日的娱乐新闻。

在快要窒息的气氛下，贺语柳看向旁边服着药汤的贺云渐，又将冷冷的目光看向贺睢沉，出声道："你一直跟我僵着不愿意找个门当户对的，就为了这么一个绯闻缠身的女明星？"

贺睢沉掀起眼皮，语调淡淡的："谁说我没有找个门当户对的。"

贺语柳直觉他没有好话，果不其然他下一句便是："如今顾家在郿城已经是首富，顾青雾的亲生父亲排名第四，协助兄长管理家族企业，地位也不容小觑。"

"你忘记贺家祖训了？"

"百年前定下的规矩，早就该作废了。"贺睢沉说这话时，贺云渐自始至终都在旁边坐着喝药，没有参与进来的意思。

贺睢沉薄唇勾起更深的弧度，手指漫不经心地端起茶杯润喉，在贺语柳冷漠的脸色下，继续往下说："姑姑为了我的终身大事费心费神，侄儿感激在心，倘若姑姑急着想我结婚生子，也是可以的。"

贺睢沉的话顿了两秒，神色从未变化，字字清晰，回荡在这宽敞的大堂内："我把顾青雾领进门，你们谁见了她都得低头称一声'主母'。"

"痴人说梦！"贺语柳又想拿茶杯去砸贺睢沉，刚拿起来，贺云渐重重地咳嗽了两下，用蓝色手帕捂着薄唇，嗓音有些沙哑："姑姑何必大动干戈，跟他一般见识呢。"

贺云渐发话了，这让贺语柳逐渐变得冷静，调整好优雅的仪态，句句谴责："我们贺家祖宗嫡亲一脉，早在祖籍延陵生活时，就跟那边的顾家结下了死仇，世世代代都不能和解。睢沉，你如今身为家主，不顾祖训，姑姑之前告诫过你太多次，你呢？还跟顾青雾纠缠在一起。"

照贺语柳的意思，这家主之位，贺睢沉品行不能服众，该退位了。

正值深夜十点多，管家驱散了大堂里里外外的闲杂人等，绕过屏风，又将雕刻的红木锦盒递到主位后，安静地立到旁边。灯笼投下一片昏黄的光，只见贺睢沉的手指漫不经心地轻叩着锦盒。

在贺语柳坚守祖辈老旧的思想，始终认为祖训不可破时，贺睢沉将红木锦盒打开，里面是一张写着"良缘永缔"的婚书。烫金的字体晃人眼，贺语柳看到婚书上的笔墨字迹，笑得极为冷淡："老族长什么时候给你写的这个？"

贺睢沉一直未将手上的筹码拿出来，这张写着他跟顾青雾生辰八字的婚书，足以表明族长的立场。世代不与延陵顾姓的子女通婚，到这辈，人都换了好几代了，旧规矩该废了。老族长在贺家颇有威严，在关于家族的大事上，连家主也得尊着敬着，何况是贺语柳，一时也无法拿这事儿继续借题发挥，压在心底那股气只能硬生生地憋住。

她端起青瓷茶杯，精美的指甲近乎发白，将情绪都发泄在上面，过了半响，又放下茶杯："好啊，你真有本事，连老族长都被你说服，竟还瞒得密不透风。"

贺睢沉何时拿到的婚书，半点风声都没传出来，任她去年白费工夫，找遍整个豪门圈的闺秀给他配姻缘。如今倒好，他竟在背后留了一手。

贺睢沉不紧不慢地将婚书收回锦盒，依然维持着孝顺侄儿的正经姿态，口头上恭谨有度，实际上早就不将任何人放在眼里。他似笑非笑地扫了一眼在旁咳嗽的兄长："如今子孙后代的事，有大哥来分担，姑姑不用担心，我们贺家男人绝不了种。"

贺语柳真是被他的阴阳怪气气倒，看人的眼光绝对不算友好。偏偏贺云渐的态度暧昧不明，站在中立，谁也不偏帮，纯粹是来看戏的。

外面的秘书进来，低声说："贺总，三叔公在偏厅等你。"

贺睢沉颔首，起身临走前，也不忘将他的婚书带走。偌大宽敞的大堂内，明明只少了一个人，却一下子显得冷清下来。贺云渐不再咳嗽，却依旧是病恹恹的，抬手端起清茶漱口，随身的女护理进来，给他拿了件灰色毛毯盖住腿，全程没有发出任何声响，动作轻柔。

女护理名为邬垂溪，人如其名，是一个年轻娇媚的女人。在纽约医院合了贺语柳的眼缘，专门安排到贺云渐身边，平时负责调养贺云渐身体的工作。见贺云渐并不排斥，反倒是对邬垂溪颇有好感，贺语柳心安了几分，她心知一手养大的侄儿喜爱什么类型的女人，他当年在纽约多半是被喻思情给蒙骗了，才会连命都不要。

他忘了就好，贺语柳的脸上总算有了点笑容。她语重心长地说道："云渐，你这个弟弟是越发不服管教了，姑姑之前说得没错吧？"

贺云渐刚漱完口，将茶杯就势放一旁，邬垂溪已经伸手来接。他微微避开，声音温柔好听："先下去吧。"

邬垂溪的眼睛细长上挑，对他一笑："我去给您煮点养胃的夜宵，晚点端到房里来。"

贺云渐静静地注视着她离开，直到没外人在场，才对贺语柳开口："姑姑何必逼他跟那位顾小姐分开，如今我的身体这副样子，手中又无实权，贺家还要靠睢沉独当一面。"

贺语柳最不爱听的就是这话："下个月我会联合股东召开董事会，渐儿，喻思情已经把股权归还给你，再加上姑姑的，睢沉手中的筹码未必有我们多。"

"何况老族长马上要退位了，他到时就算不站在我们这边，也无伤大雅。"这个贺家掌权人的位子，要是贺云渐没醒过来，贺语柳也就认命了，跟贺睢沉做个表面上和睦相处的姑侄，完美地装出很关爱他的样子。但是老天爷都让事情有了转机，她又怎么甘心看着含辛茹苦培养长大的贺云渐，一觉醒来就什么都没有，在这贺家像个废人般，靠自己弟弟的鼻息生存呢。

何况掌权的第一继承人本就是贺云渐，贺总这个称呼，也是他的。

贺语柳见贺云渐还是孝顺的，心底打定主意，起身走过去，握住他毛毯外冰凉的手，动之以情："渐儿，你醒来能当机立断跟喻思情分道扬镳，姑姑真的很欣慰，比你那个弟弟好一万倍。这贺家，姑姑一直坚信你才是我后半生的依靠，别让姑姑失望。"

兄弟情是一码事，争夺掌权人的位子又是一码事，两者不能因为感情混为一谈。在灯笼的笼罩下，贺云渐的瞳色略深，左手覆在贺语柳的手背上，轻轻地拍了拍："即便是失去几年的记忆，我依旧记得儿时承诺过姑姑，不会让您在家族里受任何委屈。"

这话，比贺睢沉时常挂在嘴边，劝她保重身体，要给她养老送终来得顺耳多了。贺语柳的眉眼渐渐放松，露出笑容："我看邬垂溪父母皆是教授出身，家世算清白，这姑娘学医的，性格也讨喜，渐儿觉得怎么样？"

之前给贺睢沉介绍过满城的名媛贵秀，贺语柳是不会再送到贺云渐面前的。有了喻思情这个前车之鉴，她这次准备给他找个性格讨喜、单纯一点的女孩，只要家世清白，父母都受过高等教育，与她合眼缘就好。不然再招一个喻思情之流进门吹枕边风，她受够了。

贺云渐低垂下浓密的睫毛，一副听之任之的模样，说道："姑姑挑的，很合我的眼缘。"

当天夜里，邬垂溪端了一份亲自煮好的暖胃夜宵，轻易就获得特许，能自由出入贺云渐居住的房间楼层。她抬手轻轻地敲门而进，室内灯光都调成不刺眼的暖光，和外面的很像。因为贺云渐不喜太冷清的光，所以他回到贺家后，管家就听从吩咐把灯都换成了不刺眼的暖光。

这在旁人眼里，无疑是嗅到了某种讯号。贺云渐即便暂时没有重新掌权，却依旧有着家主的待遇。邬垂溪看到斜靠在窗户前软榻上浅眠的男人，脚步下意识地放轻。在阴影里，贺云渐虽然消瘦，骨相却是极佳的，高挺的鼻梁跟嘴唇像是被镀上一层光，将他衬得沉静文雅。

这样的男人是最致命的，邬垂溪这半年里，看着他是如何从一个无法下地的植物人，每日坚持锻炼，同时通过身边的人，快速去适应这个陌生的世界。几乎天天都能看见他很悠闲地与自己弟弟在疗养的病房里谈天论地，聊着当下各大公司的发展走势，以及七年来的股市情况。

邬垂溪莫名对贺睢沉无感，反而迷恋上疗养期的贺云渐。她回过神来，已经走到浅眠中的男人身边，指尖轻轻地去触碰他的眉骨，心跳疯狂加速，刚碰一下，只见他缓缓地睁开了双眸。

邬垂溪僵硬着，指尖微微弯起，媚中带着一丝清纯的脸蛋开始变红，直到贺云渐搁在膝盖上的手指抬起，礼尚往来地摸到她的脸，短暂地停了半秒，声音在初醒时是低哑性感的："这么烫？"

比起他冰凉的指腹，邬垂溪全身都热得过分，她主动将脸往他的掌心贴："云渐，你的名字真好听，我以后私下能这样叫你吗？"

贺云渐眼底有淡淡的笑意融化，在昏暗的灯光下，温柔至极，他开口："都依你。"

邬垂溪觉得她和他的关系在今晚变得不一样了，不再是雇主和护理人员的工作关系。她甚至有种大胆的猜测，此刻他的眼神很是深情的，是不是已经爱上她了。

这种飘飘然的错觉一直维持到第二天，贺语柳派管家给她送了对精美的玉镯。大户人家在这方面表示得很隐晦，邬垂溪心底掺杂着激动和喜悦，收下玉镯，当天中午寻了个空闲，主动去向贺语柳道谢。

　　郦城六月，几乎每一天都有场阵雨，导致拍摄工作都像跟老天爷抢饭吃般，雨停了就迅速开拍，下雨了又得纷纷避回屋檐下。

　　因为封闭式拍戏，顾青雾推掉了所有通告，有关她的新闻热度逐渐淡下来。恒成娱乐把她跟沈星渡的绯闻冷处理，只有江点萤还在苦苦地挣扎，时不时地跟那位匿名爆料人隔空吵一下。每一条微博，每一个字，都透露着"快来曝光我恋情"的强烈暗示。偏偏那位匿名爆料人就是不曝光，咬定了顾青雾的绯闻，直到半个月前，顾文翰实在忍受不了，花大价钱把热门搜索包年，不允许微博上出现任何和"顾青雾"相关的词条。

　　而顾青雾也被绯闻缠了一段时间，用顾文翰的逻辑来说："你闹绯闻了，就得遵守跟顾家的约定退出娱乐圈。"

　　顾青雾心里冷笑，轻描淡写地问："退出娱乐圈回家相夫教子吗？那我去嫁给沈星渡吧。"这句话，无疑是扼住了顾文翰的脖子，比起嫁给死敌的儿子，他情愿继续放任顾青雾待在娱乐圈里。利益权衡之下，彼此间的矛盾拖到了六月总算是消停了。

　　顾青雾的世界一下子就变得安静了，除了认真研究剧本和演技，就是闲来无事时，翻一翻朋友圈。她轻点屏幕，刚往下滑动，就看到周亭流发了条朋友圈："贺睢沉退位了。"

　　她猛地坐直身体，先出声让旁边的造型师等会儿再继续，纤长的眼睫低垂，拿着手机认真地将这几个字重新看一遍，很快，她还看见程殊和林圆亭都在底下评论。

　　"晚上组个局吧，在墨点。"

　　"气死我，睢沉哥的那位姑姑心是什么做的？寒铁吗？真是把他当成贺云渐的替身了，联合贺家一些德高望重的长辈逼他归还家主之位，真是欺人太甚！"

　　过了一会儿，周亭流回复林圆亭那条留言："睢沉也是念及亲兄弟的情分。"

　　林圆亭秒回："贺云渐也是个黑心肝的，他怎么就不念及兄弟情啊！沉睡的这七年里，要不是睢沉哥掌权撑着，他能这么轻易就拿回贺家的一切？"

程殊适时地插一句话进来："贺语柳扶持贺云渐重新掌权，想睢沉继续替贺家卖命。"

林圆亭更气："答应了？"

程殊惜字如金，字字重击着顾青雾的心脏："没有，所以睢沉选择脱离贺家。"

高高在上的权势地位，都被剥夺给了亲兄长，而他，在外界看来如同丧家之犬般，被逐出家门了。顾青雾的指尖都在颤抖。她不知周亭流是不是忘记屏蔽她了，不该说的，都在朋友圈说个精光。

"青雾？"造型师见她久久没动静，算着时间，还有二十分钟导演就要催着开拍了，只好小心翼翼地走过来提醒她，"该做造型了。"

顾青雾深呼吸，将混乱的思绪平复，精致明艳的脸却没什么笑意，她静静地说："嗯，开始吧。"

一整天拍摄下来，顾青雾眉眼间都带着股冷意，恰好她演的是黑化中的女主，导演看了甚是满意，每场戏都是一次性通过。

顾青雾结束了当日任务，回到化妆间一边卸妆，一边给贺睢沉打电话，打了好几遍都是无人接听，她心急如焚地打到第十个，想到了什么，便停下来了。这时候，贺睢沉未必会想接她的电话。

顾青雾失神地坐在化妆镜前，眼中都染上了血丝，她闭了闭眼，告诉自己要冷静。而冷静到晚上的时候，江点萤主动给她发了视频邀请，美艳的脸上，表情像是得知了重大秘密，语速极快地说："宝，我跟你说一件事你千万要冷静，你男人从掌权人的位子退下来了。"

顾青雾窝在床头，窗外又开始下雨了，她觉得冷，用被子裹着肩膀，声音很轻："程殊告诉你的？"

"是我弟。"江既白从读高中开始，就跟在江父身边接触家族企业的生意，所以一些豪门内幕，家里都不会刻意避着他。而江点萤从弟弟那边得知这个消息后，就立刻跑来通知自己的好闺密。她甚至都觉得这世界是不是颠倒了，又问："你早知道啦？"

顾青雾比想象中要冷静，启唇说："点点，你能不能帮我问问程殊，贺睢沉在哪儿？"

"没问题。"江点萤挂了视频通话，立刻就去轰炸夜不归宿的男人。

十分钟后，她给顾青雾发消息说："程殊跟别人在墨点聚会，他目前不知道贺睢沉的行踪。"

顾青雾默默地看完消息，身子靠在床头没动，直到屏幕的亮光彻底暗下去，贺睢沉像是消失了一般，除了豪门间传出他退位的消息，没有人知道他去哪儿了。

顾青雾在剧组静等了三天，其间也问过程殊，得到的答复是不知道。而江点萤怕她的心情受到影响，时不时地打电话来找她聊天："宝贝儿，我觉得男人都是有自尊心的，你想想，贺睢沉从高高在上的云端跌入泥地，离了被众星捧月的生活肯定缺氧啊！而你呢，现在是红极一时的流量女明星。"

"我在南鸣寺跟他初识时，他只是个念经打坐的普通少年。"

江点萤只好说："不一样的，你看贺睢沉以前出手阔绰，兰家的蓝蜻蜓说送就送，现在他想送你什么，只能自己设计了吧。"

顾青雾没有想过贺睢沉这样城府极深的男人，会有输的一天。无论他要不要这个家主之位，在她看来都无关紧要，可是目前的局势似乎在讽刺她，把一切想得太天真。

现实生活中，哪怕只是普通人，世界对失败者的打击都是极为残酷的。她唯一能做的，只有耐心地待在剧组里等待，等待那个男人来找自己。

拍戏忙碌的时候时间过得很快，剧组的每个人都没有发现顾青雾的异常，拍完戏，她都是安静地待在化妆间里，时不时地会去看看财经方面的新闻。

她在六月十五号时，看到了新闻头条上有关贺氏的报道。这个报社对贺家内部重新洗牌的事件写得很保守，只是重点提了贺云渐沉睡多年醒来，正式回归家族企业。而他跟贺睢沉兄弟和睦，是商议着决定弟弟退位，哥哥上位的。

外界媒体都觉得合情合理，毕竟贺云渐才是贺氏选中的第一继承人。而也有小部分人会担心，如今的贺氏集团没了贺睢沉这个经商天才，股价会不会动荡？很快贺云渐就召开了一次新闻发布会，以雷霆之势打消了某些质疑的声音。

顾青雾在剧组的戏份也接近尾声，时间就跟被偷走了似的。她的状态一直在线，只有夜深人静时，才会在睡梦中突然惊醒，下意识地看向门口。她梦见了除夕夜那天，也是在郦城，贺睢沉提着行李箱来找她。可是梦醒之后，房间门口空空如也，什么都没有。

顾青雾拿了眼罩挡住漆黑的眼睛，又继续睡下，只不过近半个月以来，都会留着玄关处的灯。

杀青的那天很热闹，导演为了庆祝，还专门订了一个十层的奶油蛋糕，给剧组全体人员都发了红包，顾青雾作为主角，自然少不了被众星捧月，她连剧服都来不及换下，就被拉去拍照。

骆原也来了，心事重重地说："你的戏份一杀青，那些娱乐媒体就闻风而来，差点没跟着一起庆祝了。"

顾青雾这几个月在剧组封闭拍戏，那些媒体记者跟着蹲守在横店外，结果什么都没拍到。她在戏外跟男主角零互动，更别说有什么神秘男友来探班了。如今要离开剧组了，那些媒体记者比顾青雾本人还要兴奋，活生生像是从牢里放出来似的。

顾青雾兴致缺缺，连蛋糕都没吃，搁在旁边，拿起化妆棉一丝不苟地擦拭掉脸上的浓妆："原哥，你去给蹲守在横店的媒体记者发个红包吧，就当交个朋友。"

骆原对她另眼相看："懂事了啊！"

要是以前，顾青雾才不管这些呢，撞见时，可能还会主动去挑衅那些跟拍她的媒体，如今是越发成熟了。她卸好妆，转过头说："我今天很累，先不回泗城，你帮我订个机场附近的酒店休息吧。"

骆原有种强烈的预感，她是为了等贺睢沉，才迟迟不愿离开郦城。

"你确定贺总会来找你吗？"

顾青雾的思绪平静，启唇说道："他让程殊带过话，会在我杀青前来一趟郦城。"

骆原前段时间都不敢提贺睢沉，只能委婉地说："贺总也真是，就算想分手，也应该把话说清楚，这样不明不白的，怪让人遭罪的。"

顾青雾没搭理这话，白皙的手指握着冰凉的手机。

华灯初上，骆原将待在剧组的那些行李都交给助理几人收拾，先送顾青雾去订好的酒店休息，那些跟拍数月的媒体记者因为收到了一份厚厚的红包，很有默契地在私下建了个微信群，展开长达两个小时激烈的讨论。最终决定今晚不跟拍顾青雾了，毕竟人家女明星窝在剧组拍了半年戏，让她今晚轻松下。

顾青雾办理好入住手续，一路乘坐电梯抵达顶楼的套房，她没让骆原陪，独自进去后，脱掉脚上那双银色的高跟鞋，就往落地窗前一坐，望着下面四通八达的繁华路段。灯光极为璀璨，她眼都不带眨的，就好似这样能看到熟悉的车辆。

不知过了多久，手机"叮"了一声，是骆原给她发的消息："猜到你今晚不会老实吃饭，饿了吧？我给你订了餐，听话，先填饱肚子再等，他如果会来，终究是能等到的。"

顾青雾盯着这段话，突然间，心底如同被砸了个缺口，后知后觉地难受。这时，套房的门铃声清晰地响起，她看在骆原真心关心自己的分上，缓慢地起身，光着脚去开门。

顾青雾先入为主，以为是酒店的员工来送餐，开门的刹那间，内心没有任何准备，怔怔地看着站在走廊里的男人许久没动，跟丢了魂似的。

他们多久没见了？整整一年零六个月，她都快记不清日子了。

光线清晰地照射着贺睢沉俊美的脸庞，他本就生得极好，淡笑时分外温柔，能直击她的心脏，好听的声音溢出薄唇，恍若贴在她的耳郭："干吗傻站着不动，不认识哥哥了？"

客厅没亮灯，贺睢沉坐在沙发处，旁边搭着西服外套，还有个黑色行李箱，像是他的全部家当。他穿的白衬衫和黑裤都是偏休闲的，在黑暗里，身形轮廓都更显深邃。

顾青雾泡了杯热茶端过来，漆黑的眼眸有些发怔，连动作都没留心，险些磕到茶几的边沿。手腕被他及时握住："你慢些。"

贺睢沉从她指尖将茶杯接过来，手就没松开过了，沿着腕骨到手心，与她的手严丝合缝地紧扣在一起。

顾青雾这样面对面看着他，才惊觉真人和视频里是不一样的。许久不见的那股陌生感，也因为贺睢沉缓缓靠近而被打破，他温柔地帮她擦拭眼角的晶莹剔透的泪珠，她这才发现自己哭了。

明明她在剧组拍戏这半年，都没有像现在这么哭过。见到人，反而心底那股坚强就崩塌了。他低声哄着，她都听不进去，只知道被他抱入怀里，脸上挂着泪贴近他的衬衫哭。

"你是水做的吗，哭得衬衫都湿了一半？"贺睢沉薄唇贴着她的额头，那眼中还落着泪珠，像断了线，先是淌进了他的衬衫，也淌进了他的心里。他有力的手臂不敢抱得太紧，怕她疼，手掌始终温柔地轻轻拍她的后背。

顾青雾哭了四十多分钟，才从难受的情绪里抽离，红着眼，盯着他俊美的脸庞看。

"哥哥，我有预感你不会食言，又怕你今晚来不了。"

她坐在落地窗前往下看街道，想看看，能不能看见熟悉的车辆。她已经打定主意，倘若今晚等不到，那她就在这家酒店住个十天半个月，一直等到他来为止。

所幸，贺睢沉今晚没有食言，来找她了。

俩人结束一年多的异地生活，好不容易相见，总是会格外亲密些。顾青雾冷静下来，看到他被泪水浸湿衬衫，这会儿才觉得不好意思，催着他去浴室洗澡。

几分钟后，酒店送来餐点。顾青雾趁着男人洗澡的工夫，把屋内的灯打开，骆原点的餐，她只吃了一小口，其余的都留给贺睢沉吃。趁着这个工夫，顾青雾把他的黑色行李箱拿到卧室去，光着脚蹲在地板上，打开时，看到里面就几件简单的衬衫和一套换洗的西装，平时随身带的腕表和袖扣都不在。

刚才在外面的时候，顾青雾就已经注意到贺睢沉的衣服不像往常一样精致，他连领带都没有系，整个人除了一身掩盖不住的气质，衣着与普通男人没什么不同。他退位，是退到了什么地步，顾青雾心底有了猜测。

十分钟后，顾青雾表情平静地将行李箱里的衣服挂好，出来时见贺睢沉静静地坐在落地窗前，她轻轻地走过去，抬起双臂，自后面环抱住他："哥哥。"

贺睢沉凝望着落地窗外灯光璀璨的夜景："你都知道了？"

顾青雾沉默地点点头，将微凉的脸蛋紧贴着他的颈侧。见他又问："都知道什么？跟哥哥说说。"

"你退位了，"这个是从他朋友那边得知的，还有一些从新闻上看的，顾青雾字字斟酌，"贺云渐现在重新掌权，他还召开了记者发布会，很多人都支持他上位。"

贺睢沉拉着她的手腕，将她往怀里抱，嗓音压得很低："还有呢？"

"贺语柳想让你继续为贺家卖命，而你选择脱离贺家。"顾青雾漆黑水亮的眼睛里写满欲言又止。她还想说，恐怕贺睢沉为了成功脱离贺家，付出了不少代价。

而正如她所想，贺睢沉垂着眼眸，与她对视片刻，他说："青雾，我未取贺家一分一毫，从今往后，除了这身血脉，与贺家再无关系了。"

这七年，就当是他还了贺家的养育之恩。

顾青雾心疼极了，抬手紧紧地抱住他的脖子，轻声说道："哥哥，你还有我……"

无论贺睢沉是身在云端，还是跌入了淤泥里，她的心意从始至终都不会变，就如同当年在南鸣寺。

"我在南鸣寺许过愿，这辈子只喜欢哥哥一人。"

贺睢沉的眼底似藏着隐晦的情绪，化为很淡的笑意："一辈子很长。"

顾青雾的脾气倔得很，认定了一件事打断骨头都不会改变。她早就把心交出去，倘若他不要，那随便处置就好，总之她不可能收回来。她抓着男人的手掌往心脏处贴，声音轻轻的，专情地看着他的眼睛，认真说："这里，永远是哥哥的。"

贺睢沉清晰地察觉出她的心跳很快，此刻她应该是紧张的，怕他会不给回应。过了半晌，他还是带着那份理智，提醒道："我现在是个一穷二白的男人。"

"我现在是红极一时的女明星，刚好跟你契合。"顾青雾眼中无世俗的欲望，只有他，她撒娇说，"哥哥千万别想出家，不然我非得闹到你六根不净为止。"

贺睢沉被她三言两语惹笑，他将她拥入怀里，两人就这么安静地拥抱着，落地窗外的夜景依旧璀璨万分。

顾青雾抬起眼睫，从窗上倒影看到他是如何低下头，薄唇温柔地在她的鼻尖轻点。她瑟缩着，白皙的手指抱紧他的脑袋，穿过浓密的黑发，无意识地用指尖在摩擦着他的脖子，无声无息地温存着……

贺睢沉回应她的吻，在空隙时低语："你想我陪多久，都可以。"

顾青雾心中甜蜜，微弯了一双漂亮的眼，在意识逐渐迷离间，对他说了好半天的"我喜欢你"。

他们整个晚上都没怎么睡，只顾着倾诉相思之情了。以至于骆原来敲门了都没醒。最后，顾青雾先悄悄从床上起来，替还在沉睡中的贺睢沉盖好被子，严严实实地披着件外套走出去。

骆原知道贺睢沉已经来了，见她一副慵懒妩媚的模样，没半点吃惊："贺总还在睡呢？"

"嗯。"顾青雾倒杯水润喉，声音有点哑，"原哥，我把购物清单给你，你帮我替贺睢沉买点黑色西装，要商场里最好的牌子，对了，还有墨镜和口罩。"

"你这是要'金屋藏娇'？"

"太多媒体跟拍我了，贺睢沉需要一个合理的身份在我身边。"顾青雾昨晚睡前想了很久，只能委屈贺睢沉在外时假装是她的随身保镖，准备黑色墨镜和口罩，是不想他被人认出来。骆原隐约猜到贺睢沉处于失业状态。

"小棉袄，哥被你感动到了。"

"嗯？怎么说？"

"在一个男人穷困潦倒的时候，你还能不放弃这段爱情，贺总真是走了八辈子运啊。"

顾青雾略无奈："原哥，你可以去商场了。"

骆原秒懂，不耽误她心心念念盼来的二人世界。

套房内重新恢复安静，顾青雾回到卧室时，发现贺睢沉已经起床，在浴室里洗漱。这家酒店提供了男士洗护用品，只是档次一般，见他在镜子前刮胡子，她笑着走过去："我帮你吧。"

贺睢沉让她用毛巾帮自己擦脸，手臂抬起，搂着她的腰往洗手台压。

"就这么喜欢哥哥？"

他的嗓音低哑，混合着浓浓的笑意，让顾青雾的耳根红了，她手指小心翼翼地替他擦去下颚的泡沫："什么啊，我听不懂。"

贺睢沉在她耳边，重复了一句昨晚她缠着自己说过的情话。顾青雾此刻已经不要脸了，帮他把脸擦干净后，就凑上去吻，学会堵男人的话了。

一个是失业人士，一个在休假中，两人有大把的时间来消磨。顾青雾这个女明星的身份，注定她现在无法随心所欲地出门约会，于是就跟贺睢沉窝在沙发上。不知为何，就算什么事都不干，光窝在他怀里也感觉时间过得很快。分开这一年六个月里，两人什么都分享，顾青雾跟他说："我在剧组跟导演学会了一道拿手菜。"

贺睢沉挑眉，很捧场地问："什么菜？"

顾青雾跳下沙发，去厨房里折腾了十来分钟。最后她自信满满地将一盘拍黄瓜端到他面前，弯起嘴角："我还给这道菜取了名字，叫粉身碎骨小青龙。"

贺睢沉静静地注视着这条被"粉身碎骨的小青龙"，过了半晌，赏脸品尝了一口，煞有其事地点评道："不错。"

随后，他点开手机给她发了个红包当奖励。顾青雾说着谢谢老板，低头点开，发现红包金额是一百八十八元，若是放在普通餐馆，这都算店大欺客了。但是要以贺睢沉往常出手阔绰的习惯，估计后面还得多两个八。

顾青雾猜他卡里的余额不多，假装不知，好在很快骆原就大包小包地从商场回来。贺睢沉对她买的这些衣服，并没有说什么，指腹捏着一片崭新的西装衣角，只是轻描淡写地笑："如今倒是让你养我了。"

顾青雾的心被他说得发酸，撒娇道："那哥哥只让我一个人养好不好？外面恐怕有的是女人想养，你不许给别的女人机会。"

说得他是什么稀罕物般，是旁人争着抢着也要弄到手的。顾青雾这样清冷美丽的女人撒起娇来，更致命。显然贺睢沉吃她这套，把人抱在怀里，趁这气氛正好，她将一张薄薄的卡悄悄地递给他："包养费。"

贺睢沉低头，浓密似鸦羽的眼睫遮住了他眼底的情绪，她看不清，只知道他的神色从未变过，指间把玩着这张无限额的黑卡。

顾青雾屏住呼吸，半响，怕他不收，轻声和他交谈，装着不在意的语调："我这一年多拍了好几部戏，还谈下十二家的代言，在娱乐圈女明星身价排行榜都能上前五了。哥哥，我大学是表演专业的，不太懂得理财，你就当帮我做点投资吧。"

贺睢沉总算给她点反应，神色极静地望着她："有点身价就拿出来显摆，不怕被我骗得精光？"

顾青雾想起她当年那点可怜的嫁妆，攒得不知道多辛苦，最后还真被他拿走了。不过现在不是翻旧账的时候，而是得哄着他收下，她继续撒娇黏在他怀里："那骗吧，只要不把我骗得挖心挖肾的，一点身外之物算什么，何况……"她故意拉长尾音，红唇吻着他的下颚说，"千金难买与哥哥的一日露水情缘，怎么说都是我赚了。"

贺睢沉低头将她压在沙发上，狠狠地教训了一顿，真是越发懂得蛊惑男人心了。

三天后，泗城的飞机场很热闹。

在接机口处，不少网友都聚集在这里，等待着顾青雾下飞机，即便只能远远地看一眼，抓拍两张照片。等到点了，人群里有人喊："出来了！呜呜呜……我家顾美人好美啊！"

"顾美人这次的保镖怎么多了个戴口罩的啊？"

"哪里？"

"站在顾美人旁边那个，好高啊！这身材比例是男模标准吧，啊啊啊！为什么要戴口罩啊？你看他的绅士手，虚扶着顾美人的后腰呢，怎么有点帅。"

转瞬间，顾青雾就已经被几个保镖护上保姆车，在众目睽睽之下，她的经纪人和戴口罩的保镖也坐上去，其余的，都在下一辆车里。

当天在微博的热门搜索词条上，有一条是关于顾青雾保镖的。围观的网友顶多是知道顾青雾新招聘了一个随身保镖，却不知内情。

顾青雾兴致缺缺地看着手机，旁边的骆原问："回公寓还是哪儿？"她抬起头，看向坐在副驾驶座的贺睢沉，上了车他就把口罩取下了，但是黑色墨镜挡住了他的半张脸，怎么看都是极为好看的，也难怪网友们单凭一个侧影就注意到他。

过了半晌，顾青雾说："公寓吧，这半个月都别给我安排工作了。"

骆原："你们二人世界还没过够啊？"

顾青雾无辜地眨眨眼："热恋期啊，理解一下。"

这边在甜蜜地过着二人世界，同在泗城的贺家就没这么轻松自在了。没了贺睢沉掌权，大小事务都落在贺云渐身上，他每天除了养病和锻炼身体，就是将全部精力都放在公司的生意上。

贺语柳看他早起晚睡，难免担心他身体受不住，私下，跟管家抱怨了几回。皆是说贺睢沉太狠心，退位了就不管亲兄弟死活，在董事会上一句自行辞退职务后，将手上的项目都扔给贺云渐。

管家夹在中间不好做人，只能安抚道："二公子心底存着气呢。"

贺语柳知道当年是贺家自愿去南鸣寺把贺睢沉给请回来坐镇，如今翻脸不认人是理亏在先。可她本意是想让贺睢沉把掌权人的位子让出来，默许他能继续留在贺氏。谁知道贺睢沉连在公司挂个名都不愿意，这个老宅，他也许久没回了。

贺语柳愁容满面："这孩子自幼被送出去养，就跟我不贴心，我是他血脉相连的亲姑姑，难道还会动真格把他逐出家门不成？"

管家笑而不语，贺语柳抱怨完，又让邬垂溪多多照顾贺云渐，劝他要保重身体。如今贺氏集团人才济济，犯不着贺云渐像个没有感情的赚钱工具人一样去谈项目。邬垂溪表面上听着，口头上劝着，心底却想着贺语柳未免也太贪心，赶走弟弟又怕累着哥哥的身体，这世上哪有事事两全的。

但她惯会哄人，笑起来时眼睛很媚，带着点甜。在闲暇时，贺云渐会抱着她躺在庭院里晒太阳，旁边点着熏香，怕她热，他消瘦的手拿着把折扇，有一下没一下地扇着清风，丝丝香味传来，也淡化了男人身上的药味。

佟秘书掀起垂帘走过来，低语："格远集团的温总来了。"

近日贺云渐在谈一个项目，这也是他重新掌权以来，投资的第一笔，整个董事会都格外关注。贺云渐骨节分明的两指温柔地拍了拍邬垂溪的肩膀，示意她先避开。他谈生意时，从不让邬垂溪在场。

佟秘书踩着细高跟站在一旁，似让道般，这让邬垂溪的视线扫了过来。两个都是妖媚风格的女人，难免会有攀比心，何况佟秘书还处理着贺云渐一些要紧的公务文件，这让邬垂溪不由得起了防备心，坐在贵妃榻边缘慢了半拍，以至于格远集团的人先一步进来了。垂帘被卷起，映入视线的是格远集团的总裁温琦杭，是个长相斯文的男人，他没把垂帘放下，耐心地等身后的人走进来。

"思情，小心台阶。"话音未落，紧接着，邬垂溪看到一个身材纤细的清丽女人，穿着白衬衫和银色过膝裙。她提着公文包，全身上下没任何昂贵的配饰，只有锁骨处贴着的细细项链，衬得肌肤很白。

最让人印象深刻的就属那双有亲和力的眼睛了，每时每刻都带着笑。邬垂溪防不胜防与她对视，见她很快移开视线，才惊觉起身，扯了扯躺在贵妃榻上时皱起的衣裙，脸红着，在贺云渐耳边说了两句悄悄话后就匆匆离开。

明眼人都看出两人关系十分亲昵，谁也没主动挑破这幕。贺云渐面色如常，请温琦杭以及他身边的几位工作人员入座。生意上的项目谈得倒是很融洽，在场没有一个是笨嘴拙舌的，趁着氛围好，有个戴黑色眼镜框的男人，看向话极少的喻思情，半开玩笑地说："喻姐的上任老板好像就是贺家的，没想到这缘分不浅啊。"

场面一静，贺云渐苍白的手握着茶杯，细品着，在所有人以为他不会搭话时，又缓慢地，带着捉摸不透的语调说："喻小姐离职不久就能进入格远核心管理层，看来，之前是贺氏有眼不识泰山了。"

喻思情的目光，对视上贺云渐颇有深意的眼神，嘴角温柔地弯起，语气柔和："贺总过赞了，我能进格远工作，多亏男朋友引荐，谈不上有多大的本事。"

她这样的女人几乎是戒掉了"脾气"二字，什么事都无法使之有情绪波动，说得直白点，就是有些寡淡无味。连突然公布与温琦杭的地下恋情，都是一副秉公办理的架势。要不是喻思情的性格不喜开玩笑，团队的人都要以为她是说笑呢。直到温琦杭抬起手，亲昵地搂着她的肩膀，等于默认恋情，其他人才有所领悟。

贺云渐慢悠悠地将热茶喝完，不再将话题扯到喻思情身上，方才那一幕，就好似不曾发生过一般。

第 8 章

她将神拽入凡尘

　　顾青雾的二人世界只维持了三四天，就被骆原强制性安排出去工作了，理由很充分："你是当红女明星啊！消失半个月是什么概念？都能让黑粉铺天盖地造谣你是不是躲在某家私人医院处理私事了！"

　　当然，这不是劝服顾青雾出去工作的主要原因。骆原准确地捏住她的软肋："不赚钱拿什么养贺总？"

　　顾青雾默默地打开银行卡的账户查看余额，立即收拾好自己，出去赚钱养家。她经常住的公寓媒体都知道，怕曝光，临时租了另一套高档的公寓，平时穿的衣服也都大箱小箱地让人搬过去。正好贺睢沉失业在家，有时间帮她整理归纳。而顾青雾每日早出晚归，一次出席完珠宝活动赶回来，已经深夜十一点了。助理送她到楼下就止步，没有跟上去。

　　公寓里，顾青雾打开门进去，先是看到客厅摆放着精心备好的夜宵，四处灯光被调暗，只有衣帽间的灯最亮，她脱掉尖细的高跟鞋，一只手提着晚礼服裙摆，慢慢地走过去。很快，她就看到了贺睢沉，他正有条不紊地整理着箱子里的衣裙，竟丝毫不觉得格格不入，他将很多连标签都没有摘的裙子分类好，像是完全接受了新的生活环境。

　　让一个曾经指点江山的总裁给她做小保姆，她略微有点替他感到心酸，立志要改掉乱花钱买奢侈品习惯的同时，她尽量调整好表情，抬起手轻扣一下门。

　　贺睢沉将雾蓝色的长裙挂好，侧过脸庞，目光不疾不徐地落在她盛装打扮的身上，似看得仔细，又有几分漫不经心："给你煮了碗蔬菜丸子汤，在外面桌上。"

顾青雾为了保持身材，平时会节食，最忌荤的，唯有夜里馋到忍不住，就抱着贺睢沉撒娇，闭着眼睛都能说出一连串美味佳肴。这时候，贺睢沉就会做点什么转移她的注意力，比如跟她一起玩游戏，顾青雾精力耗费得差不多，也就心安理得吃他准备的夜宵了。

现在回想起来，顾青雾都有点恍惚，就这么跟贺睢沉正式同居，让人措手不及。她现在不饿，站在原地，抬手伸到背后，把这件繁杂的晚礼服先解开。

她不忘跟他搭话，在夜深人静下显得格外亲昵："原哥跟我说，近半年都不会再给我接戏了。手上有不少待播剧，都会陆续播出，到时候赶营业、通告都有我忙的。"

贺睢沉将手上的白裙搁在旁边，看着顾青雾解下腰后的绑带："要夜不归宿吗？"

一条蓝色绑带被扯落在地板上，被顾青雾光滑的脚踩着，她浓密卷翘的眼睫轻眨，思考着说道："唔，可能偶尔要住酒店，哥哥在家会不会很无聊？"

顾青雾入住酒店就得避嫌，不能太明目张胆地跟男人同居。她说完，又苦恼着怎么忽悠跟拍她的十来家媒体呢，或者是再给贺睢沉安排个合情合理的身份？她不由得轻叹："要不让原哥休假，说你是我的经纪人。"

贺睢沉不动声色地注视着她半天脱不下来的礼服，嘴角微扯，像是在说笑："无妨，你忙你的事业，闲暇时只要记得家里还有一个哥哥等你就行。"

说得他多委曲求全似的，偏偏顾青雾最近同情心泛滥，很顾及失业男人的情绪："哥哥才是最重要的。"

说到这儿，顾青雾终于将挂在身上的礼服裙松开。整个人都舒服不少，指尖捏了捏纤瘦的肩膀。

贺睢沉见状，低声说："要我帮你按摩吗？"

顾青雾摇摇头："不要啦。"

顾青雾先去洗个热水澡，赶通告赶了一整天，身子都酸软得厉害，躺在浴缸里险些睡着，最后爬出来，随便擦干水珠，找了件男式衬衫套上。

她去客厅把那碗蔬菜丸子汤吃了，先回复了几条骆原的消息，等彻底闲下来，又去寻贺睢沉的身影，公寓不大，很快就在书房里发现他。漆黑的夜里，亮着一盏落地灯，而男人穿着白色上衣和休闲裤，静坐在书桌前。

他的腰板挺得很直，侧影望去，像一笔勾成的线条，更显轮廓深邃。以前在南鸣寺的时候，她也经常会看到这样的画面，少年坐在庭院里，时常抄写经书，腰板也是挺得很直。那时候，顾青雾觉得贺睢沉是个对众生都很淡漠的人，甚至不在乎生死。

有一次，贺睢沉感染上风寒，几日高烧不退，也不下山看医生，就靠意志力熬着。他不言，每日照常与人交流，直到嗓子哑到失语，旁人才惊觉他已经高烧到了这种地步，整个寺庙里谁也劝不住，他依旧我行我素，拖着病体，也要抄写一本祈福的经书。后来，贺睢沉病倒在殿堂前，昏迷前死死握着那支笔，骨节泛白。顾青雾看到未写完的经书，那时不知怎么的，突然很心疼他，便跪在佛像前，一笔一画，代替贺睢沉写完。那晚的时间真的很漫长，她写累了，就揉揉眼睛看十米高的佛像，每写下一个字，心底都会默默许下心愿，求着佛祖，一定要善待这个少年。

后来贺睢沉病好了，慢悠悠地翻着那本被续写完的经书，一页一页地看，过了半晌，对一旁的她平静地说道："以后每周末下午我教你写书法，愿意学吗？"

从那日起，顾青雾就跟贺睢沉彻底熟了起来，一向静不下心来学习的她，在他面前，乖得跟小猫似的，竟出人意料地把那手"狗爬字"练成了漂亮的行楷字。到后来，顾青雾才知道，贺睢沉这样每日抄写一本祈福的经书，是为了给家里某个至亲祈福。她从回忆中想，那个至亲，应该就是当年出车祸的贺云渐吧。外界之前传言贺云渐出事后，终于轮到贺睢沉这样性格冷清的二公子上位。暗有所指，其中必有隐情。谁又知道，贺睢沉内心比谁都柔软，他重视身边的人，就会倾尽所有去对待。

顾青雾觉得自己就像是发现了个宝藏，在无人发觉时，就想着把他变成私有物。她对他精神上的依赖太强了，这段时间她逐渐意识到这点，只要有他在家，她真是百般念着，比当年在南鸣寺更甚。

这让顾青雾清晰地意识到，自己是摆脱不了这种处境了。她脚步极轻地走到贺睢沉的背后，透过暖黄的灯光，看到他在设计稿上涂涂改改，很快裙子的轮廓就浮现在白纸上。

顾青雾表情有点意外，伸手去抱他："你连这个都会？"

贺睢沉将草稿搁在一旁，她的视线跟着望去，发现已经有厚厚一沓了，都是废掉的。见她趴在耳边问，他似笑非笑地说道："学这个倒也不难。"

这几日他闲暇在家，像是给她整理裙装，整理出心得了。顾青雾知道贺睢沉学什么都快，有时候脑子太好用的男人即便是一无所有，也能用自身魅力折服女人。她心里甜蜜，主动坐到他的怀里："那以后我走红毯穿的晚礼服都交给哥哥了，好不好？"

贺睢沉眼底浮笑，抬起手指描绘她勾起的嘴角，低声说："就怕我设计的你不会穿。"

顾青雾眨眨眼，嘴巴跟抹了蜜似的，鼓励着他说："只要是哥哥亲手设计的，什么裙子我都会穿。"

贺睢沉有她这句话还不够，将抽屉里的手机拿出来，打开录音功能："留个证据。"

顾青雾一时茫然，转念想，要拒绝的话，会打击到他的自尊心。过了半晌，她拉长尾音说："好吧。"

她将方才的话都重复了一遍，还加了词，将贺睢沉夸成全天下最好的男人，把数十秒的话，说到三分钟才结束。她的声音听起来很乖，让贺睢沉心底生出念想，想这辈子一直和顾青雾这般过下去。如果她不愿意，就锁着她，关起来，谁都不给看。

顾青雾，是他贺睢沉的。

接下来一段时间，顾青雾又忙碌起来，偶尔赶完通告时已经半夜三点，无法赶回公寓，只能就近选个酒店入住。

她为了赚钱养家，不得不把贺睢沉丢在家里守空房。愧疚感不言而喻，只能在网上给贺睢沉买礼物，用物质来弥补对他的亏欠，以至于次数多了，连小区的保安亭大爷都知道，某某栋的顾小姐养了一个不务正业的小白脸。而且这个小白脸花钱如流水，天天网上购物，快递员一天都要跑好几趟。贺睢沉每天的生活，添加了一项拆快递的业务，快递里都是他的日用品，细到连袜子都有。

　　当周亭流找上门，看到这个男人从容不迫地拆洗碗用的手套时，惊讶地挑眉头："顾青雾也未免太大材小用了，把你当家庭保姆使唤了？"

　　贺睢沉把快递拆完一一归类，显然乐此不疲。

　　周亭流说："大家聚会喊了你几次都不去，怎么，还真隐退做家庭煮夫了？"

　　贺睢沉面色如常，语调平常地回了一句："我如今不适合去那种地方，消费不起。"

　　周亭流勾了下嘴角："装什么大尾巴狼呢，顾青雾知道自己每天使唤的保姆身价千亿起步吗？"

　　谁知，贺睢沉下一秒给出真相："都匿名捐慈善机构了。"

　　他是个心思极其缜密的男人，要装，就动真格让自己身无分文，即便是顾青雾有所察觉要查他名下的资产，都能不眨一眼地让她查个清清楚楚。

　　周亭流一时间不知说什么好，过了半晌，感慨道："你真是个为了达到目的，不择手段的狠角色。"

　　"过奖。"贺睢沉去厨房给这位多年好友就倒了杯白开水，原因很简单，"我就不留你吃饭了，毕竟这个家如今每一粒米，都是用我女人在外打拼赚来的血汗钱买的。"

　　头一次见有人把吃软饭，说得这般理直气壮。周亭流被气笑了，连这杯水都喝不下："那我请你吃。"

　　贺睢沉拿过纸巾，缓慢擦拭干净手指，视线淡淡地扫了他一下："你一个律师，每分每秒都价值千金。"

　　"贺睢沉，我最近心烦，你要是刺激我，小心我去跟顾青雾告密。"

周亭流这人就跟披着羊皮的狐狸一样，讲究斯文体面，很少会说出跟人家老婆告状这类的话，说出口了，也就证明是真遇到头疼不已的事。气氛沉默半响，贺睢沉将纸巾整齐地叠好，扔在垃圾桶里，用略无奈的口吻说："一分钟一万块。"

"你不是吃女人的软饭吗？"周亭流都是以分钟收别人钱，破天荒也有被收钱的一天。

只见贺睢沉拿起一件普通的西装外套，搭在臂弯处，侧身，十分正经地告诉他："赚点私房钱。"

公寓附近正好有间餐厅，味道还不错，顾青雾在家时点过几次外卖。周亭流选了个靠窗的位子，还点了瓶昂贵的红酒。在旁人眼里，两个容貌出色的男人俨然就是餐厅的一道风景线，从气度上看，显然是某个领域的精英人士，定是在谈着生意。谁知，周亭流一杯酒下去，跟贺睢沉讨论起婚姻。

"顾青雾爱你吗？我跟梁听从初中就开始互相喜欢，到高中、大学都在一个学校，她毕业任职政法高校教师，我当律师，在外人眼里，夫妻多年感情深厚，又有共同话题，是大家眼中的模范夫妻。"

可是周亭流感觉不到她爱自己，甚至怀疑是两人谈了太多年，不结婚很难收场，她才答应嫁的。不等贺睢沉开口，他自顾自地往下说："从初中到现在多少年了？每天我都会送她一束鲜花，风风雨雨都坚持过来了，结果梁听告诉我，她根本不喜欢花。"

贺睢沉听完这些，只捕捉到前六个字，薄唇轻扯："顾青雾是爱我的。"

周亭流眼底带着点嘲讽："爱你，还用你使出苦肉计？"

倘若贺睢沉没有落魄，顾青雾未必肯松口跟他同居，也未必会这样直白地表现出很爱他。这一点，谁都看得清，包括他自己。

贺睢沉目光极静，先抿了口红酒，才说话："你察觉梁听不爱你，她还不是一成年，就和你确认了关系，跟在你身边了？"

学法律的，生存的技能之一就是能说会道。周亭流是个狡猾的狐狸，如今看来，反而被身为猎人的梁听给逮个正着。

贺睢沉的话极简单，漫不经心地说道："左右都陪你同床共枕多年了，她心底有没有你，你一个大男人感觉不到？"

周亭流真是想骂脏话，说得轻巧，要是顾青雾不爱他，他指不定要在哪里疯呢。贺睢沉不是个合格的情感专家，还劝周亭流这方面的问题，要去找圈内出了名的老好人程殊，他定会敞开心扉和周亭流聊个几天几夜。

一瓶酒都被喝光，桌上的招牌菜却没动过。这时，餐厅里有两个年轻貌美的女人结伴过来搭讪，穿红裙的那个看上了贺睢沉，穿黄色裙子那个看上了周亭流，主动想加联系方式。谁知周亭流面无表情地说："我离过八次婚，都是因为家暴前妻被判，昨天才放出来。"

穿黄色裙子的那个脸色顿时不好了，而贺睢沉就显得礼貌很多，至少嘴角是带着点笑的："抱歉，我的择偶标准是女明星那种。"

穿红裙的女人以为他想要好看的，自认为有几分美貌，问道："你喜欢哪种风格的啊？"

贺睢沉的手指点开他的手机屏幕，用的正是当红女明星顾青雾的艺术照，顿时红裙女人对他的好感没几分了，原来是个肤浅的男人，只看女人的皮囊。顾青雾的美貌在娱乐圈里都找不出几个能比得过的，何况是她们这种普通人，瞬间就被衬得黯然失色了。

贺睢沉拒绝了前来搭讪的女人后，看了一下手机，也不再陪周亭流继续聊天，拿起西装外套，要去找他的女明星了。

贺睢沉打了一辆出租车找来时，顾青雾正在录制节目，在现场，当热情的主持人开玩笑说："网友们都投票表示，我们顾美人是男人们心中的女神……"这话还没落地，灯光打在顾青雾精致无比的脸孔上，她的表情无动于衷，仿佛早就习惯被吹捧了。只是下一秒，她看到被助理低调接进来的男人时，笑了一下。

主持人立刻观察到，追问她一些关于恋情的看法。顾青雾回答得模棱两可，在被问到会不会在事业鼎盛时期结婚生子时，她眼睛都不眨，回答说："不会。"

在台下，贺睢沉坐在偏暗的角落里静静地等候，无人看得清他脸上的神情。他望着台上极美的女人，主持人问什么，她都能游刃有余地回答出来，丝毫不露怯。旁边不知是谁，跟人嘀咕几句："做顾青雾背后的男人肯定很辛苦，她把野心都写在那张脸上呢……"

"可不是，喜欢顾青雾的观众都不能接受她有恋情。"

"她这辈子都不会跟男人结婚吧。"

"我赌不会，娱乐圈不婚的女明星还少吗，顾青雾这种级别的美人，结婚了被一个男人独占才可惜呢。"

台上那边，节目渐渐接近尾声。顾青雾几乎是在导演喊停的瞬间，就提起裙摆离场，走下台阶时，视线若有似无地看了一下贺睢沉落座的方向，不到一秒，又收回来。

在公共场合，她怕露陷，不敢跟贺睢沉有一丝丝的眼神互动。直到卸好妆，换回自己的衣服，她避开人群，乘坐电梯直达二楼，趁人不注意时跑到楼梯间，看到在此等她的男人，她开心地抬起手臂去抱他："哥哥，是不是想我了？我好想你。"

这副黏人的口吻，跟在台上时说自己不可能结婚的模样，判若两人。贺睢沉的话变得极少，手臂搂住她的细腰，稍微往墙壁压，低头就要吻，结果还没碰到，便被她的指尖推开，小声说："会被撞见的，回车上再说。"

有时候说什么就来什么，刚说完，就听见楼梯下传来两个跟拍记者的交谈声："顾青雾录制的节目结束了没有？"

"结束了吧，今天又是没拍到素材的一天，我都快被老板开了。"

"我中午盒饭都是靠上回顾青雾给我的红包买的。"

"这个顾美人就不能好心赏我们口饭吃，搞点绯闻啊？"

"搞点绯闻啊"这几个字听得顾青雾头皮发麻，下意识地要拉着男人朝三楼跑，谁知被他拽了回去，下面的脚步声逐渐逼近，在这气氛越发紧张之下，贺睢沉神色平静，盯着女人慌张失措的漂亮眼睛。

"哥哥，记者上来了。"这一步步的，跟踩在顾青雾的心脏上似的，她扯着他扣在手腕上的手指，"别这样，贺睢沉，你别——"

他压住她的唇，带着男人那股强势的占有欲，丝毫没把两个记者放在眼里。

楼梯转角处，两个高瘦的男人身影出现前一秒，顾青雾就被贺睢沉脱下的西装外套从头盖住，只露出腰线以下的嫣红裙摆，在浓墨色的西装面料里，仿佛一条柔美的美人鱼尾巴。

外面的说话声离得极近，有那么几秒钟，她的脑袋完全空白。很明显两个记者都没想到能在楼梯间撞见别人亲热，还忍不住多看了两眼，只不过贺睢沉身形高挑，将怀中的女人密不透风地压在墙壁前，看不到脸，这幅画面让他们都觉得不好意思。

两人有默契地没去打扰，毕竟做这行的，什么都见过。在走出楼梯间时，其中一个还十分体贴地帮忙带上门。门轻轻合上的瞬间，所有压制的力量蓦然消失，顾青雾终于能从缺氧的状态中呼吸到新鲜空气，她的指尖下意识地拽着男人的衬衫纽扣，都扯掉了两颗。她的眼中冒泪光，无声控诉着贺睢沉的恶劣行为。

"别这么看着我。"贺睢沉的手指将她眼角处的泪珠拂去，嗓音低哑中混合着笑，"我是怕你被记者逮到。"

"回家吧。"很明显，顾青雾的语气中带着些微嗔。

当天夜里，顾青雾录制节目的路透照被观众上传到网上，画面背景是一辆黑色的保姆车，她低着头快步走下来，满头乌黑浓密秀发随意地散开，垂在腰际，一身嫣红及踝的长裙将身姿衬得又薄又好看。

几张偷拍，已经足以让网友们集体哇哇大叫了，也能让今晚跟拍的媒体记者难眠。他们私下拉了个群，展开激烈的讨论，要挖出顾青雾新公寓的蛛丝马迹。

同一时间，在某间高档的公寓里面，身为当事人之一的顾美人，正忙着谈情说爱。她刚洗过澡，浑身都香喷喷的，被贺睢沉抱在怀里，指尖翻着新的剧本看。

书房只开着一盏落地灯，光晕照映在桌前的草稿纸上。贺睢沉单臂抱着她，慢条斯理地给刚设计出的裙摆上色，谁也没打扰谁，偶尔渴了，她会拿起旁边的柠檬水喝，随后，举起自己手中的杯子递给他。渐渐地，贺睢沉就养成了不好好喝水的习惯，都要顾青雾喂。顾青雾没想到有一天跟他谈恋爱会这么甜蜜，又想想以前都是聚少离多，如今算是热恋期，多甜蜜都情有可原。

顾青雾一时兴起，用手指不断摩挲着男人的"痒痒点"，男人像是石头做的，半点动静都没有，以前她这么弄，男人还会配合地跟她扭打在一起。见他无动于衷，白皙的手指离开他的腰腹，声音轻轻的："哥哥，你好像有点不在状态，是有什么烦心事吗？"

同居的这段日子，她很少提起贺家那些事，担心贺睢沉不适应如今的尴尬处境。幸而他除了不喜出门，其他方面都很正常，难得会像现在这样，兴致索然的。

贺睢沉没说话，放在桌旁的黑色手机亮起，屏幕上的消息来自周亭流。顾青雾把他的手机拿来看，稍微坐直了身体，眼睫毛低垂着，他总算是说话了："周亭流最近跟他妻子婚姻出现危机，一直骚扰我。"

顾青雾看到这大半夜发来的消息，内容和贺睢沉说的话对得上。周亭流跟梁听吵架了，闹离家出走，又没脸回去，想叫他过去帮忙。这事儿吧，要是发生在别人身上，顾青雾懒得看，但是周亭流帮她打赢了恩师的官司，人情一直欠着，如今能还上，自然义不容辞。

"哥哥，我们去帮忙劝下架吧。"

"不想去。"

"为什么？"

贺睢沉眼神意味不明地看着她，毫无铺垫地说："周亭流跟梁听谈了十几年，当初结婚是因为家里人催，而周亭流始终觉得梁听是怕谈太久不好收场，才嫁给他。"

顾青雾美人脸露出茫然的表情，似懂非懂："啊？梁听都是他的老婆了，周亭流患得患失的做什么？"

"谁知道他。"贺睢沉不动声色地将话题扯到他们身上，像闲聊一般，问起她对婚姻的看法。

顾青雾想了想，说："爱情是不能用婚姻来衡量的，就拿我父母来说，顾文翰当年对傅菀菀一见钟情，天天茶不思饭不想，就算家里不同意，也花尽心思将人追到了。

"感情甜蜜时，他认定傅菀菀就是上天派来的真命女神，没有一个女人比得上她半根手指头。后来感情破裂了，他就觉得路边捡垃圾的女人都比她强百倍。

"还有沈煜，他跟傅菀菀是青梅竹马，他苦苦追求傅菀菀数年未果，后来等着她离婚，终于轮到他了，他们两人秘密结婚不到一年，就秘密离婚了。"

亲生母亲的两次失败婚姻，让顾青雾意识到企图用婚姻来捆绑幸福，是一个多么危险的想法。她不知贺睢沉对婚姻的看法如何，她自己觉得，爱得再深，等不爱的那天来临时，该分离还是会分的。

顾青雾重新抬起眼，盯着男人俊美的侧脸，许是灯光暗的缘故，看不清他此刻的神情，随即她轻轻叹一声气："婚姻的保鲜期比爱情更短。"

她对婚姻的消极想法都是来自父母，顾文翰和傅菀菀都是对婚姻，包括对亲生女儿不负责任的人。从而导致顾青雾自幼对情感这块，就比正常人缺失了一些。

这是她身边亲近的人能一眼看破的地方，贺睢沉半晌都没说话，静静地将她放下，轻声说："你先睡，我出门去找周亭流开导开导。"

"不带我一起去吗？"

"你是女明星，不怕被偷拍？"

也是，虽然大半夜人不多，但还是小心为妙。顾青雾心想着，点点头，又踮起脚，仰头亲了一下男人："哥哥，早去早回。"

贺睢沉闲人一个，大半夜去做情感专家，顾青雾刚开始没有察觉到男人有点小情绪，直到近半个月里，他都时不时半夜被周亭流打电话叫出去。次数多了，都让顾青雾怀疑周亭流是不是要离婚了。白天不找，晚上孤枕难眠找朋友借酒消愁？

这个念头一闪而过，她工作很忙碌，每天都尽量回公寓睡觉，沾了枕头就非常困，压根儿没去关注贺睢沉半夜几点又出门了，只知道早上醒来时，肯定看不见人影。时间一久，顾青雾就有点回过味来了。怎么寻思着，这会儿感情出问题的不是周亭流夫妇，倒像是她和贺睢沉呢？

周三夜晚，顾青雾走完红毯，司机刚启动车子，她便对身边的助理说：

"我明天要休息一天，把我的工作行程延后吧。"

助理小声提醒："原哥安排明天要去试一场镜。"

顾青雾依旧坚持要休息，转头看向窗外繁华的街景，灯光璀璨，映入她的眼眸。一路回到公寓，在确保没有记者跟拍后，她走进电梯摘下口罩，她今晚提前了两个小时回来，结果到家，打开门看到的是一片漆黑，客厅没有人。

贺睢沉不在家。顾青雾脑海中第一个念头就是这个，她摸到墙壁的开关，打开灯，先是每个房间都找了个遍，见没人，心底莫名感到烦躁，连身上的晚礼服都没换，静静地坐在沙发上。过了半晌，她拿出手机看时间，十点三十分了。原来她在外忙工作不能回来时，贺睢沉也不在家啊。

顾青雾皱了皱眉，想不通哪个环节出了问题，从记忆中寻找，似乎是录制节目那天，他来接自己回公寓就有点不太对劲，楼梯间强吻完，回去虽然一切都如常，却对她兴致缺缺了。顾青雾握紧手机，心底有一丝丝后悔，不该为了工作忽略贺睢沉的感受。换位思考下，倘若她在娱乐圈从事业巅峰期跌入谷底，每天只能靠男人圈养着待在家里，时间久了怕会抑郁吧？

坐久了，后背就有凉意袭来，顾青雾猛地回过神，翻出手机里的微信联系人。梁听那边接通语音通话，声音轻柔："青雾，有事吗？"

顾青雾问："周亭流在家吗？"梁听那边顿了一瞬，显然是不在家的。顾青雾猜到，继续往下说，"贺睢沉也不在家。"

又过了片刻，梁听在通话里缓缓地说道："他们在墨点——"

夜间十一点左右，顾青雾以最快的速度换了身白色长裙出门，她亲自开车，见后面有三辆车在跟，心知是娱乐记者，也管不了这些了。

半个小时后，她跟梁听在约好的墨点会所碰面，间接给娱乐记者丢出了个烟雾弹，选在门口见。

跟踪偷拍的几个娱乐记者没会员卡，进不去高档会所，只能在外面蹲守，坐在副驾驶座的记者点了根烟，隔着夜色目送顾青雾和女性朋友走进去后，说道："明星的夜生活可以啊，再忙都不忘来消遣一下。"

坐在后面的记者闻到烟味，来精神了："怎么没见顾美人的神秘男友？"

"老实蹲点吧，早晚能拍到。"

此刻会所内，梁听在上楼之前，跟顾青雾说："这段时间周亭流总是跟我闹，一言不合就离家出走，他每次都来墨点，这里有他专门的包厢。"

墨点是程殊开的私人会所，里面很干净，没那些乌烟瘴气的事。顾青雾接着说："贺睢沉这段时间半夜一接到周亭流的电话，就出门不归。"

看来两个男人都是躲在墨点闹情绪了。梁听略有歉意："抱歉，都怪周亭流把贺睢沉带坏了。"

顾青雾轻轻地摇头："我看是这两个男人同流合污。"

说话间，梁听带她上三楼的某个包厢，正好有个穿燕尾服的年轻服务生拿着两个空瓶出来，打了个照面，都是认识的，梁听出声问："阿哲，里面在喝呢？"

那个叫阿哲的服务生微点头："今晚第四瓶了，这段时间每晚都来喝一场。"怕是整个墨点私人会所的人都知道这包厢里的男人在借酒消愁了。

顾青雾有点心神不宁，因为她还没想通贺睢沉在借酒消什么愁。是因为贺家，还是因为缺少了她平时的陪伴？

没想通这点，走进去怕是徒添尴尬。她拉住梁听的手腕，低声耳语道："我等会儿进去，先别告诉贺睢沉我来了。"

梁听点点头，没问原因。进去时，没有把包厢的门彻底关上，还留着一条缝隙，走廊上十分安静，顾青雾靠在墙边，能听见里面的声音，甚至能透过挡在门口的雕花屏风，看到里面的场景。

梁听是个素净优雅的女人，从外表看，跟她从事的工作毫不相干，正因为如此，她的内心坚定强大，讲起道理有条不紊，即便是惯会狡辩的周大律师都甘拜下风。

隐约间，梁听声音温柔地说道："我没有说不在乎你出轨，我的原话是，如果你哪天觉得婚姻寡淡无味了，真跟外面的小情人厮混在一起，念着这十几年的感情，于情于理都能得到一次谅解的机会，我不会将你直接判死刑。"

周亭流喝得有些上头，冷笑道："梁听，你不如一枪崩了我。"

梁听低眸，安安静静地看他："能不要离家出走吗？"

周亭流的嘴唇抿紧，浓浓的怨气掩盖不住："你们女人惯会甜言蜜语，内心早就厌烦婚姻了吧？每天重复看我这张脸，是不是看腻了，提早给我打预防针，说什么出轨也会原谅。"

梁听见他说得越发不像话，将视线投向在场的另一位。贺睢沉把玩着高脚杯，从始至终都没说话，眼底也是有醉意的。

周亭流把她的视线拉回来："看我！"

梁听微微叹气："你这样天天找贺睢沉喝酒，别害得他跟顾青雾的感情出现问题。"

周亭流似笑非笑："梁老师这么笃定是我找他，不是他找我吗？"

"什么意思？"

周亭流却闭嘴不说，他起身，步伐还算稳，拍了拍贺睢沉的肩头："我先回去，改日约。"

话音落，周亭流不等梁听跟上，拿着西装外套就往外走。梁听刚移动脚步，却见贺睢沉将高脚杯稳稳地放在桌面上，嗓音不紧不慢地传来："请留步。"

走廊上，周亭流走出来的瞬间，顾青雾避不开，周围也没有任何遮挡物，她站在原地，对这个和老婆闹了数次离家出走的男人笑了笑。周亭流止住脚步，看起来有点严肃："顾小姐，方便送我下楼吗？"

顾青雾听出周亭流言外之意，是有话跟她聊，于是点头。周亭流臂弯搭着西装外套，没穿上，与她保持距离，这会儿一副精英律师的典范模样，完全看不出在包厢里与自己妻子闹情绪时的阴阳怪气。在走下楼梯时，周亭流缓缓出声："贺睢沉是个很缺爱的男人，你应该知道吧？"

顾青雾没回话，指尖微微缩起。旁边，周亭流的声音持续传来："在这个圈里，我们几个就属贺睢沉的身世最凄惨，他上头有大哥压着，自幼不被家族重视，长辈不想养，就送到庙里去。这么多年朋友相处下来，我们都能看得懂，他对你，绝对不是一时的鬼迷心窍，是一种对家庭的渴望。"

顾青雾停下，侧影倒映在墙壁上，略显单薄。周亭流转过头看她，哪有醉酒的模样，而此刻她心不在焉，完全没注意到，只听他说："站在他朋友的立场上，抱歉，我说这话有点越界，但实在不忍看到他每日借酒消愁，也真心希望你能好好爱护这个遭到众叛亲离的男人。"

顾青雾红唇微动，正想说什么，周亭流打断她："我知道你对贺睢沉很好，也不嫌弃他如今一无所有，只是男人吧，有点恋家。你说，一个家连最基础的结婚证都没有，这不是家，是同居。

"说得更现实一点，你们住在一起的时间久了，可以是男女朋友，也可以是同居室友。"

"是贺睢沉指使你来当说客吗？"过了半晌，她问。

顾青雾细高跟踩在厚重的地毯上，一路走进包厢。绕过紫檀木雕的屏风后，她将目光投向沙发处的男人。贺睢沉正懒散地靠着闭目养神，昏黄的光洒下来，照着那白皙凌厉的下颌线条。顾青雾的视线停了一两秒，重新回到他那张脸上。

贺睢沉醒了，双目睁开时与她对视上，嗓音似融了夜色的沉静，不急不缓地说道："怎么来墨点了？"

顾青雾浓密卷翘纤长的眼睫毛半掩，可谓理智到极点，他要装无事发生，她也没挑破，启唇说："来接你回家。"

毕竟周亭流和梁听夫妇都已经走了，贺睢沉继续待在这里也没什么用。他起身，拿起扶手旁边的西装外套，这会儿又醉了，想让顾青雾扶。

"我穿高跟鞋，你这样，很容易让我也摔倒。"顾青雾力气再大也扶不住一个身材高大的男人。她出声提醒，手却还是扶住他的胳臂。从贺睢沉的视线角度看，她精致的侧脸表情是正常的，谈不上善解人意，却没有对他深夜买醉的事抱怨过一句。

不知为何，有种暴风雨来临前的平静。

顾青雾接了人，从会所的地下停车场走，车还是找程殊临时借的。对于贺睢沉这段时间都泡在墨点这事，远在公寓的程殊心知肚明，早就吩咐门童，要是顾青雾来的话，什么都不要查直接放行即可。连今晚借的车，都是提前备了半个月，还体贴地安装上了黑膜，以免被记者偷拍到。

程殊坐在床沿，有条不紊地交代完事情，电话刚挂断，江点萤纤瘦的手臂就滑到他的胸膛。她身上带着股独特的香水味，不难闻，却很浓郁。以前程殊喜欢像钟汀若那种，顶多耳后喷一点点极淡的香味，站远了闻不见，只有走近，才有股若有似无的香味。时间久了，他反而开始习惯江点萤这种，人没出来，浓郁的玫瑰香水味先袭来。

江点萤低头，狠狠地咬上他的锁骨："好气啊……你怎么不跟贺睢沉学学呢？"看看人家，整日就钻研怎么要个名分。

程殊皱起眉头，倒不是痛，只是隐晦地催着她，喉咙处偶尔溢出几声性感的喘息："别闹了，今晚早点休息，你明天不是还有一场秀要走？"

忽然，她毫无铺垫地说："程殊，你一直说我是对感情三分钟热度的人，可是也近两年了，我还没走进你心里吗？"

她这两年捉摸透了这个男人，毫无疑问，她凭借一腔热情在缠着他，是成功的。可是越成功，她心底就越没有安全感。总觉得在程殊心里，她还远不如钟汀若一条消息有重量。

江点萤被今晚贺睢沉"套路"顾青雾的事刺激得不轻，性格使然，忍不住问他："钟汀若告诉我，你是因为对别的女人没有兴趣了，才退而求其次跟我在一起的，我根本不是你的理想型。"

程殊脸色微变，攥住她肩膀的手指很僵，又慢慢地松开。

江点萤那张美艳的脸上，表情讽刺，可她脾气上来了，向来不管有什么后果："我真是好奇啊，钟汀若在婚内是怎么虐待你了？能把一个身强体壮的男人活生生地搞得忧郁了？"

程殊从来不会跟人吵架，只会将所有的情绪都完美地隐藏好，他将江点萤抱了下来。江点萤见他每次情愿走，也懒得跟她扯这些，她一把拽住男人的手臂，语气倔强地问道："你是不是还爱着你前妻？"

程殊侧过脸，眼眸漆黑如墨地盯着她。而今晚她非得要个答复不可。过了半晌，她的神经紧绷着，听见他语调清晰且平静地道出几个字："我深爱过她。"

江点萤有点想哭，眼泪憋着："钟汀若现在要复婚，你答应吗？"

"她两年前就想复婚，我没答应，是因为我觉得跟她的婚姻观不同，两人不适合重新在一起。"程殊从始至终都是冷静理智的，就如同当初发生关系时，他也跟江点萤事先约定好。两人走不到谈婚论嫁的地步，她要是有适婚的对象，随时可以结束两人的关系。

"所以，你还爱着钟汀若，不复婚是觉得现在和她不适合。"

江点萤这辈子都没这样过，偏偏她的性格大大咧咧惯了，就不是个爱哭的人，学不会钟汀若那种能不眨眼在程殊面前掉眼泪博同情。

她慢慢地松开男人的手臂，眼睛却紧紧地盯着他说："今晚贺睢沉这事给了我启发，我变得贪心了。程殊，下个月月底我父亲会举办生日宴，要么你以江家未来女婿的身份去道贺，要么就这样算了吧，我看你这两年积极治疗，想必心理疾病还是有希望治好的。"

顾青雾从黑暗中睁开眼。她躺在公寓里那张舒适温暖的床上，没有睡意。她起身出去，打开另一间卧室的门，走到床边，坐在地上，双手支撑着下巴，安静地望向沉睡的男人。

贺睢沉喝了不少酒，一路上回来她又没给他喂解酒药。他像是自知理亏般，主动去洗澡，在等她回房时就已经撑不住睡下。人不是铁打的，何况这阵子他隔三岔五地连夜跟朋友出去，就没正儿八经地休息过。如今酒劲儿在洗完澡后上来，正好能睡得熟一些。

顾青雾的长睫微动，出了一会儿神，在这段感情里，理应她是最没安全感的那位，破天荒地发现贺睢沉原来也会怕，似乎这个词天生就不适合出现在他身上。这个男人在怕什么呢？是因为在贺家，至高无上的权势和虚无缥缈的东西太容易得到又一夕间失去，还是自幼就深埋在心底的那种孤寂，让他的身体已经感受不到热度了？

顾青雾在黑暗中静静地躺着，不知过了多久，贺睢沉从睡梦中苏醒，在无声中，手臂伸来摸索到她的脸颊，顿了少许，紧接着把她整个人拉到怀里，身躯都挨着她。他的手只是浅浅地触碰她的腰腹，指腹描绘着她的腰线，静了好一会儿，他又抱着她继续沉睡。

顾青雾胸口充满着酸胀感，咬了咬下嘴唇，她声音很轻，微不可闻："当年我们从未越界，你把我当妹妹对待，我对你也只是小姑娘对偶像的最纯粹的仰慕。"

黑暗里，贺睢沉不轻不重的呼吸停了一瞬，手臂搂着她没动，却是醒了的。顾青雾缓缓地睁开眼睛，看向他，继续往下说："你大哥成为植物人，你姑姑和贺家长辈们无可奈何，只能请你接管掌权人的位子。我知道，你这七年要支撑起家族，要不露声色地架空公司一些人的势力和扫清所有障碍，又有你姑姑在边上虎视眈眈地盯着，还要担负照顾你大哥妻儿的责任，是不太能顾得上我这边了。"

所以她心底即便有隔阂，也接受了贺睢沉强行续上的前缘，两人都很有默契，不去深究那段分开的过往时光。顾青雾自己不谈起，是因为选择了接受这个事实。

贺睢沉不谈，是怕一旦刺破表面的和谐，事情就会往最坏的方向发展。说白了，无论是弱者还是强者，内心都是越怕什么，就会去避免直接接触什么。所以连想要个合法身份，都得拐着弯、变着法来要。

顾青雾今晚主动提，没有吵架也没有任何指责，却字字将男人的胸膛刺得血肉模糊。

当她还敢说出"自己对他可能不是那么重要"的时候，她的肩膀微微一痛，是贺睢沉狠狠地将她抱紧在怀，脸上神色难得变了几分，低哑的嗓音透露着丝丝愤怒："你不重要？顾青雾，你有时候冷静理智到让我想咬死你。"

自重逢起，是他利用褚三砚需要律师解决丑闻的事，威逼利诱她认他。后来，也是他逼她点头答应在一起，她却始终不愿意对外公开两人的关系，连确定男女关系，都是他单方面想要突破。一直以来，都是他在谋划着怎么去强迫她拉近彼此的距离。她不愿公开恋情，可以。但是他也贪，变着法子想要另一层的合法保障。

在贺家老宅谈到退位的事，谁也不知，当时那杯茶他迟迟没喝下去，心中想的不是自身内忧外患的处境，而是退位后，他该如何继续谋划跟顾青雾的关系再进一步。当初放她回国发展事业是真情实意，想要跟她结婚，也是他后半生的强烈念头。

比起江山，顾青雾这个美人是长在他心头上的，谁也挖不走。贺睢沉是真的咬她的肩头，用了力度，那纤弱雪白的肩膀很快便印上了一排牙印。

渐渐地，顾青雾也不再理智，抬手去捶打他的胸膛，跟着气到破音："所以你就叫周亭流来当说客？说什么时间久了，我们可以是男女朋友，也可以是同居室友。

"贺睢沉，你个老狐狸，胃口永远这么大。当初在观山御府就想哄我跟你同居，现在如愿以偿了，又想哄我给你个合法身份，是不是给了，你又要闹着想我生个孩子？生完第一胎，是不是觉得不够热闹，再生一个才能证明我对你的感情？每次都这样，你就不能静下心来跟我谈，在感情上非要占上风，非要做掌控的那个，还想跟我……""求婚"这两个字她莫名说不出口。

顾青雾的声音硬生生地止住，愤怒时都自暴自弃地想，她惹到贺睢沉，算是这辈子彻底看到头了。她的手指扯完他深黑色的睡袍，又扯过旁边的雪白枕头，往他这张俊美脸庞砸，控诉的意味很重。

直到打得没一丝力气了，此刻昏暗的主卧内，床早就一片狼藉，枕头和被子都垂落到床尾，两人身上的睡袍松松垮垮的，面对面坐着。顾青雾除了披头散发，倒没什么。

不过贺睢沉修长的锁骨被指甲刮出几道血痕，往上看，下颚的左侧也有一道，是顾青雾气急时，无意识弄到的。她看了不心疼，就当抵消她肩膀上这排鲜红的牙印了。

静了半响，顾青雾看着他，平复胸口激动的情绪后，语气很轻："我们冷静一下，想想怎么处理问题吧。"

贺睢沉鸦羽般的睫毛抬起。他是背对着落地窗而坐，被外面浅淡的光勾勒着侧脸的轮廓，伸出骨节分明的手指扣着她，带着控制欲："青雾，你想要冷战？"

顾青雾才没那闲工夫玩冷暴力，只是不想像以前那样半推半就，显得自己更不重要。而贺睢沉的存在太能影响她的思绪了。她撇开他的手下床，将衣服穿好，声音依旧平静："不要再出去喝酒了，想喝的话，家里有酒，我先去书房看一会儿剧本。"

她没管贺睢沉是什么表情，转身走出卧室，推开隔壁的书房门。一扇门隔绝了整个世界，她带着气拉开椅子，坐在书桌前，也没看是第几层抽屉，随手一摸就打开。

公寓不大，她和贺睢沉平时都是共用的，习惯将剧本放在眼皮子底下，想拿就拿得到，不用翻找个半天，所以最上面的抽屉都是她在用。

顾青雾开错抽屉了，第三层放的是贺睢沉的东西。她低垂着眼睫，半晌都没颤一下，手指拿出工整放好的草稿纸，上面的设计稿不再是裙子，而是一件件婚纱的样式，最底下不起眼的地方标注着日期。

顾青雾将最亮的灯打开，在灯光下，细细地翻了翻，这里至少有上百张的婚纱手稿，最早的日期是在一年前。那时他应该在纽约专心陪伴兄长治疗身体，而她还在国内疯狂地接戏、拍戏，两人身处异地，只能在空闲时靠打电话排解寂寞。

贺睢沉想结婚了。想结婚的念头，他都一笔一画地刻在每张婚纱手稿里，每一张都是她的身材尺寸，精准到不能再精准了。

第二天，傍晚华灯初上，落座于泗城市中心的美容院迎来一拨尊贵的会员客户。

包厢里，技师点燃香薰后，安静地离开，还体贴地带上门。此刻江点萤从沙发稍微坐直了些，翻看着顾青雾递给她的一张张婚纱手稿，要不是脸上敷着面膜，她都要被震惊得做出夸张的表情："贺睢沉是什么绝世好男人啊，这你还家暴他？"

顾青雾躺着未动，闭着眼睛说："我没家暴。"

江点萤被这些婚纱手稿感动得不行，哪里管她的解释："宝贝儿，那你准备怎么办啊？这样玩冷暴力把贺睢沉晾在公寓里，也不是个办法吧？"

从昨晚吵架开始，顾青雾就懒得搭理贺睢沉了，连早晨他有意示好都没理。她想了想，心里有些话，只能跟江点萤倾诉："谈不上冷暴力，我想给贺睢沉一个月的冷静期，他就算想要个合法同居的身份，也必须好好地求婚吧，别每次都这样糊弄我。"

顾青雾扪心自问，如果贺睢沉跟她提两人谈婚论嫁的事，她会认真考虑的，将事业和婚姻都放到对未来的规划中。可贺睢沉的性格太强势，先前逼她点头谈恋爱，又到同居，甚至要逼她结婚。

他每一步都心思缜密地算计着，想得到什么，就必须得到。

江点萤把手稿小心翼翼地放回去，问出一个最关键的点："贺睢沉要是求婚，你会立刻答应吗？"

顾青雾有点心烦，坐起身端起旁边的玫瑰茶喝了一口，才出声说："对你们而言，婚姻真这么重要？"

江点萤的想法很简单："怎么说呢，如果让你选，跟贺睢沉能白头到老的唯一途径就是当场结婚，否则你们将来有百分之五十的可能会分手。宝贝儿，你还会为了事业，选择不结婚吗？"

顾青雾陷入沉默，指尖慢慢地握紧茶杯。对于感情，向来都是旁观者清，江点萤点醒她："你怪贺睢沉想结婚却一直使手段，可你忘记你自身给他透露的讯号就是——他不用点手段，永远得不到你。"

这番话，让顾青雾想到了在前不久，贺睢沉旁敲侧击地问她对婚姻的看法。那时她完全没解读出男人的另一层意思，回答得十分消极，就差去认领"不婚族"这个标签了。好像也是从那夜起，他的态度就开始变得难以捉摸。

"你跟贺睢沉看似感情甜甜蜜蜜，也没其他女人来横插一脚，其实比那些靠金钱维护的塑料感情还脆弱呢。那些用金钱做纽带的，彼此索要什么，都门清。

"宝贝儿，你跟贺睢沉用金钱利益是绑不住的吧？谈感情呢，你不想结婚，他想，这不，两人明里暗里的博弈就来了。而且他刚好奔三，老男人想要个家，情理之中。

"最后问你一个问题，好好去想想。跟贺睢沉结婚，原生家庭给你带来的恐惧真的盖过了跟心爱男人结婚的那种幸福吗？"

顾青雾被江点萤的一番话弄得哑口无言，倘若换作骆原在场，一定会劝她别这么早结婚，让男人耽误了事业。而江点萤是爱情至上主义者，豪门出身注定让她享尽荣华富贵，模特职业让她光环加身。对她而言，荣华富贵和事业皆可抛，爱情才是最难得的。

许久后，顾青雾说："我和他之间确实都有问题。"

江点萤见她能听进去就放心了，转念又想到自己身上。她觉得自己就是女版的贺睢沉。她重重地叹气："下个月我爸生日，程殊要敢不来，我会恨死他的。"

顾青雾将脸上的面膜拿下，用纸巾慢慢地擦干净肌肤，问道："这次你真准备放手了？"

"就当谈了两年呗，"江点萤掺着委屈的声音，低低地说道，"反正对别人没有兴趣的是他，我还怕没人追吗？"

顾青雾点头："他那位前妻委实硌硬人。"

何止是硌硬呢，简直是一把会杀人的刀。江点萤先前都懒得把钟汀若做的恶心事情说出来，这会儿，倒苦水时也顺带提了："宝贝，要我说你走运呢，起码喻思情只跟你提起那七年里贺睢沉是怎么在贺家掌权的，其他的事不会乱说乱编。程殊那位前妻就跟疯了一样。

"有过半年吧，给我发她没离婚时和程殊夫妻生活的小作文，我就想她当初鬼迷心窍地闹离婚，去纠缠谢家那位掌权人时，姜奈是怎么赢过她的？"

"据我所知，姜奈在一次聚会上淋了她一身红酒。"顾青雾也是听来的，不知内情，她说，"后来谢阑深发话将钟汀若逐出他们那个圈层，程殊想求情也没用。"

"淋酒这么管用吗？"

"是抓男人的心管用。"顾青雾看到江点萤跃跃欲试的表情，无奈地摇了摇头，"如果不是谢阑深护妻心切，生怕惹了姜奈不高兴，钟汀若又怎么会落得无人撑腰的下场？"

江点萤瞬间熄火，抱着靠枕重新倒下，白色丝绸的浴袍沿着肩头滑落，也懒得去拉，过了一会儿，她转头去看旁边的女人："反正我爸生日他不来就断了，到时候我肯定要发疯一场，你记得千万要来把我劝住啊。"

顾青雾念在她今晚给自己当免费的情感专家，怎么说都会到场，安慰她："放心吧。"

美容院聚会结束后，顾青雾没回公寓，而是去酒店。她想要些私人空间，把家里让给贺睢沉住，自己流落在外，看得骆原每天都脑补一出戏："贫贱夫妻百事哀啊，养男人不好养吧？花钱还遭罪受。"

顾青雾假装没听见，而骆原又说："你现在身价暴涨，贺睢沉却没权没势，心态难免会不平衡，要我说同居太草率了一点，吵架了都没家回。"

顾青雾忍不住问："你怎么笃定我和贺睢沉是为了钱吵架？"

骆原嘴贱："难不成还为了结婚啊。"

顾青雾故意不说，继续对着化妆镜补她唇上的口红。

后来，顾青雾去隔壁郦城赶三场通告，有一个还是娱乐综艺节目的特别出场嘉宾，要录制三四天。行程表上被安排得密密麻麻，她也没有时间去关心贺睢沉，只能叫助理送点吃的去公寓。谁知助理回复的消息是：贺睢沉压根儿没住在公寓。

保安说，已经连续十天都没有看见某栋某户的小白脸了，怀疑是不是被顾小姐甩了。顾青雾不知道贺睢沉是不是回贺家去了，平时都是问程殊，但想到他最近和江点萤的关系，也不好去问。时间一天天地过去，转瞬就到了月底。

顾青雾结束综艺节目的录制，也不用赶回泗城，正好江点萤父亲的生日宴会在郦城。她让骆原提前预订了一套茶具，送到江家去道贺。当天在市中心最繁华的悦庭酒店里，当地几乎半个豪门圈的人都被邀请到场，还有娱乐圈几位跟江点萤关系要好的明星也应邀参加。

顾青雾一身墨绿色长裙出席时，看到被众星捧月在人群中央的江点萤，她不急着过去凑热闹，找了个安静的角落先独自待着。在郦城的豪门里，不少人对她有些陌生，看过娱乐新闻的人顶多知道她是女明星，极少人知道她是首富顾家四房的独女。实在有好奇的去打听，多半得到顾家的官方回复："四房独女顾错错年幼时就被送到国外读书，一直未回国。"而顾青雾，也对外宣称自己跟顾家没有任何关系。

顾青雾在这场生日宴上看到了顾文翰携带身穿红色晚礼服的易小蓉出席，隔着重重人群遥望了一眼，最终易小蓉戒备心极强地拉着顾文翰走远。

顾青雾看着好笑，这时身旁传来一道略好听的少年音："青雾姐。"

她循着声转头看，见是江家小少爷江既白，三年不见，越发有大人的模样，都比她高了不少。

"是既白啊，好久不见。"

江既白身为小主人，对她算是待客有礼，递了份抹茶味的小蛋糕过来。在江家，比起姐姐的洒脱性格，年纪轻轻的弟弟显得稳重不少，只有在顾青雾面前时，少年俊俏的脸庞才会露出暖阳般的笑容："你也知道，我姐今晚在等程殊吧？"

顾青雾不意外他会知道，弯起嘴角几秒，默认了。她慢悠悠地尝了两口蛋糕，嫌腻，也没继续吃。

江既白掏出口袋里干净的手帕递给她，说道："程殊今晚不会来了。"

顾青雾启唇问："你提前知道消息了？"

"是我找人支开了程殊，让他脱不开身。"江既白身为江家未来继承人，心思缜密堪比成年人。这次宴会厅里都是豪门有头有脸的人物，倘若程殊以江家未来女婿的身份出席，见了他的父亲，两家在外界眼里就彻底捆绑在一起了。

江既白不太看得上这位离过婚的准姐夫，卷长而浓密的睫毛垂下，掩饰着真实情绪，他对顾青雾说："我姐那性格肯定要大闹一场，到时候麻烦青雾姐劝劝她放下吧。"

顾青雾看江既白的眼神有点陌生："既白，你姐会恨死你的。"

江既白抬起头，彼此的视线交会一秒，他对她笑："那就悉听尊便吧，至少今晚这样的场合，程殊绝对不能出现，我爸宠她，这个坏人只能亲弟弟来做。"

　　顾青雾下意识地看向不远处，此刻江点萤正站在宴会厅门口翘首以盼，她一身盛装，身姿美艳不可方物，自然引起不少圈内的富二代来搭讪。只不过她的心思都在程殊身上，没时间去搭理其他人。

　　生日宴进行过半，有些人甚至都提前离席了，也没有看到程殊的身影出现。江点萤眼底是掩饰不住的失落，精致妆容的脸上还要强撑着笑容待客，直到她听见脚步声，抬头看，是顾青雾。

　　顾青雾递了一杯温水过来，江点萤喝了一口才觉得身体回温，想说点什么，过了半晌只是叹了口气："江既白那臭弟弟跟我打赌，说今晚我爸肯定等不到他的未来女婿，他是不是找大师算过我的姻缘啊？还真被说中了。"

　　顾青雾意有所指："你打个电话给程殊，问问他吧。"

　　"不问了。"江点萤把手上的水杯重重地搁在旁边高脚桌边缘，又深呼吸压下心酸不已的情绪，无所谓地说，"没脸没皮倒贴了程殊两年，我都看不起自己，有点贱了吧？算啦，谈恋爱太辛苦，干吗想不开去谈恋爱。"

　　顾青雾沉默几秒，似在组织语言，抬头看向与人闲谈的江既白，轻轻地拍了拍江点萤的肩膀："你弟弟，应该有事跟你说。"

　　江点萤："臭弟弟忙着当交际花呢，找我能有什么事？"

　　顾青雾："去问问他吧。"

　　毕竟是亲姐弟之间的恩怨，顾青雾不好插手太多，她提醒完，倒是没急着走，以防江点萤得知真相后，场面没人控制得住。她从宴会厅走到露天的阳台处，一身墨绿色的长裙几乎跟黑夜融在一起，从远处看过来，这幅画面倒是像极了深夜里的美景。

　　顾青雾干净的指尖轻轻点着腕间，一下又一下，亲眼看到江点萤瞬间暴怒，揪起江既白就往外面安全通道走，动静很小，没有引起宾客们的注意。她微微站直，正想跟上去时，纤细的手腕被一只温热的手掌给扣住，她下意识地转头，意外地看到贺睢沉不知何时出现在这场生日宴上。

　　他穿着笔挺正式的纯黑色西装，脖子露出的皮肤雪白，往上，侧脸也同样被灯光照射着，高挺的鼻梁投下了极为立体的阴影，薄唇轻轻地吐出缓慢的语调："青雾，跟我走。"

"可是点点她……"顾青雾担心江点萤那暴脾气，想先过去劝架，谁知贺睢沉没有松手的意思，漆黑眼睛专注地盯着她，不像在开玩笑，"一个月的冷静期已经结束了，就算你不愿意跟我走，今晚，绑也要绑走你。"

顾青雾被贺睢沉带离了宴会厅，外面初秋的夜晚微凉，风吹散了她乌黑浓密垂腰的长发，衬着巴掌大的脸蛋有几许茫然。

很快，顾青雾就被贺睢沉拉进了一辆车的副驾驶座里，车厢内早已经调好充足的暖气，他找来薄毯，盖在她膝盖上。起初顾青雾看到这阵势，误会他是想连夜赶回泗城。一时间谁都没说话，她将自己缩在薄毯里，安安静静地看向驱车的男人。

她看久了，困意也漫上心头，不知不觉合上眼睡了一会儿。再次醒来时，贺睢沉还在开车，路上却没几辆车，唯有车灯照着前方的道路，像是早已下了高速，不知去哪里。

顾青雾忍不住，终于跟他搭话："不是回泗城？"

贺睢沉稳稳地驶入前方拐弯的道路，同时空出手，修长的手指轻松地拧开保温杯递给她，语调缓慢："去延陵。"

延陵是两人相识的地方，也是顾家与贺家的祖籍之地。顾青雾多年未回去过，瞬间清醒了，张了张嘴，下意识地想说什么，但又不知道说什么。过了半响，她默默地窝回薄毯里，将目光投向窗外，黑漆漆的，看不见外面陌生的环境。不过旁边有贺睢沉在，她莫名感到很安心。车行驶得不快，还要跟着导航走，在经过加油站的时候停了下来。

贺睢沉下车，不一会儿就消失在视线内，顾青雾没有继续睡觉了，走神了一会儿，直到男人又重新回到车上。他的衣服上染了一丝寒意，先脱了扔在后座，只穿着雪白的衬衫，领带早就解开随意地塞到口袋里，这副模样添了久违的少年气，让他看上去比实际年龄小了很多。

顾青雾又走神了几秒，直到一只修长白皙的手将保温杯重新递给她。方才贺睢沉是去便利店要热水了，泡了杯奶给她喝，浓浓的香味扑面而来。

两人之间因冷战生的气，瞬间就被这杯奶给抵消了。顾青雾心想，果然啊，吵架时不搞个冷静期，她分分钟就抵御不住贺睢沉。心底没了气，连脸色都好看不少。她微低头，跟小奶猫似的一小口一小口地喝着，满头凌乱的秀发散下，旁边，贺睢沉帮她拂到肩膀后，用指腹温柔地揉了揉白皙的耳垂，有点烫，带着酥麻的感觉。

顾青雾喝几口就不喝了，抬起漆黑明亮的眼眸看贺睢沉，缓缓地把保温杯递回去。贺睢沉没接，就着她的手喝了两口。从她的角度看，能清晰地看见他的喉咙在缓慢地滚动，那股奶香淡淡地弥漫在封闭的车厢内，最终在他抬首时，她伸出白嫩的指尖将他嘴角擦拭了一下。他去握她的手之前，她的手就先藏回了薄毯内，声音轻轻地说："熬夜开车不安全，别急着赶路。"

"好。"两人在车内低语了两句，就陷入了一阵沉默。贺睢沉将顶上的照明灯关了，以防被外面偷窥到，他坐在驾驶座上，在昏暗里，偶尔只有车经过时，才闪进来几秒的亮光。

顾青雾没开口问他去延陵做什么，查地图显示大概还要一个半小时，她窝在副驾驶座里，指尖退出地图界面，转而打开微信，先给江点萤发了条消息，问她："没对你弟弟做什么过分的事吧？"

江点萤暂时没回消息，顾青雾收起手机，抬起头时，正看见贺睢沉盯着她，气氛静了一瞬，她再也佯装不下去，开口问道："看我做什么？"

贺睢沉眼底有笑，骨节分明的手伸到薄毯下摸索她的手，不同于她闹那点别扭，他就跟没事人般，手掌心的温度是热的，烫着她。她见他的薄唇一动："一个月没看了，得仔细看看。"

花言巧语他最会，顾青雾用指甲去掐他的手背，没敢真用力："说得你这一个月多凄惨似的，别以为我不知道你都没回公寓，保安亭的大爷说你搬走了。"

贺睢沉倒是没瞒她，淡淡地解释了一句："有事回了趟老宅。"

毕竟没有被族谱除名，严格意义上还算贺家的子孙。他回老宅无可厚非，顾青雾没说什么，安静地跟他十指相扣，大大方方地让他看个够。

渐渐地，贺睢沉靠在离她很近的地方，能听见低浅的呼吸声起伏，这一路上全程都是他在开车，自然需要养足精神，闭目养神片刻。

深夜加油站没什么人影，四周都是空旷黑暗的。顾青雾不吵他，轮到她盯着男人俊美的脸庞看了。这一个月里她拼命用工作压榨自身时间，就没空去想他，实在忍不住了，才会吩咐助理买点吃的送到公寓去。原是打着想通过助理，知道他状况的心思。这样分开的感觉不好受，她稍微尝试了一下，就觉得快受不了了。

她低垂着眼，脑海中思绪飘散，不知过了多久，感觉到男人独特的气息迎面而来，猛地窒息了一下，僵着身子没动，过了半晌，额头被他亲了一下，略低哑的嗓音自头顶传来："启程了。"

在天露白时，贺睢沉重新启动车子上路，赶在早晨七点之前，抵达延陵。这里临水而生，环境清幽，是稀有的未被开发的自然风景区之一，听贺睢沉有条不紊地解释，顾青雾才顿悟这里是贺家祖籍之地的缘故，每年贺家都会投入一笔慈善资金来保护环境，从不对外宣传景点，才没被重利的商人开发成风景区。

聊到这儿，她就有些好奇，问道："为什么贺家会有祖训，世代不与延陵顾姓的子女通婚？"

"这要追溯至祖上还生活在延陵时，两家为了争抢当地族长一职，结下了私仇。"贺睢沉所知的都是在贺家族谱上查阅到的。他的话顿了片刻，用比较隐晦的方式，平静地说，"那时闹出了几条人命。"

两家为了权势地位，结下血海深仇，甚至是逼得贺家直接立下祖训。顾青雾不难想象那时的仇恨得有多深了。而到了贺睢沉这辈，他身为当家之主，还敢违背这血淋淋的祖训……顾青雾忽然意识到在这段感情里，贺睢沉由始至终都不惜任何代价要与她在一起。

她心底一时间有种说不出的难过，瞬间浸透全身，使得她下意识地去降下车窗透气。外面寒凉的风刮了进来，她看到延陵镇上熟悉的街道，有几分亲切，回头对贺睢沉说："哥哥，我们要在这里住一晚吗？"

贺睢沉注意到她的称呼，薄唇勾起："你方便的话，住几晚都行。"

顾青雾点点头，好不容易来了，也不急着回去。

贺睡沉没有去街上找旅店入住，而是将车开进街尾的深巷子前，牵着她的手，往左拐弯，走了约莫十分钟，来到了老旧的木阁楼里。

"这是我住了三年的地方。"顾青雾眨眨眼，认真地打量着面前的木阁楼，她被顾家接走后，照顾她饮食起居的老奶奶也因为年迈，被城里生活的子女接去养老院了。

不知贺睡沉是怎么联系上的老奶奶的家人，还成功地拿到了钥匙。他从容不迫地开锁，牵她进去。木阁楼显然被提前打扫过，里面一尘不染，除了光线略差，家具都还摆在原位，没有移动过位置。顾青雾指着木质的楼梯，回忆道："我以前喜欢住在二楼，就是从这楼梯爬上去的，觉得那时的自己像童话里的公主。"

贺睡沉在她耳边低语："今晚我们就睡在二楼。"

无端地，两人之间滋生出些暧昧的气氛，顾青雾的耳根发烫，转身又去看厨房，她还记得老奶奶煮的云吞面和猪肚鸡汤特别好吃，一到饭点，她为了那口吃的，还会主动在灶台看火。

木阁楼的空间不大，顾青雾没过多久就逛完了。贺睡沉跟她昨晚都没怎么睡，这会儿将门重新锁上，从厨房装了水出来，简单地洗漱后，先到二楼去补眠。

二楼的空间比楼下要小，只摆了一张单人小床和衣柜，阳光透过窗户投射在对面的书桌上。顾青雾的身材纤瘦还好，而贺睡沉就略显得局促了，他需要低着头，在木质地板不紧不慢地坐下，把小床让给她好好睡一觉。

顾青雾睡到快中午才转醒，感觉被压得有点热，小床空间太小，她想往后退些，背部已经贴到墙壁上，她忍不住睁开眼，看到贺睡沉突然撑起手臂，阴影完全笼罩了下来。她被扣住，一个月的相思之苦都在这个吻里，激烈到快夺走她的呼吸……

紧闭的木雕窗户被敞开一条缝隙，将闷在阁楼里的味道散去些。这里没卫生间，闷热也只能先忍着，他到楼下端杯凉水上来，亲自喂给她。因为穿了很长时间的高跟鞋，这会儿放松后的顾青雾，小腿肚酸胀不已，贺睡沉捧起她的脚踝去帮她揉小腿，开始低声询问她哪里觉得累，卖乖服务很到位，知道要哄她。渐渐地，顾青雾就不再闹情绪，软软地贴在他结实的胸前，听了很久心脏跳动的声音。

一下午的时光就这样消磨过去，顾青雾的身子觉得舒服了，才记起肚子饿，轻轻推着身旁的男人，小声问："镇上有外卖服务吗？"

这里民风淳朴，想必没有。贺睢沉见她喊饿，立刻离床，将趁着她补眠时从后备厢拿来的干净衣服给她穿。这里温度降得厉害，不比城市里，临出门前，他又找了件蓝色风衣出来。

顾青雾一身长袖裙勾勒着窈窕的身段，不爱穿外套，就让贺睢沉拿着，两人并肩走出深巷子，在附近找了间面馆填饱肚子。

她这张美人脸，走到哪儿都格外引人注目。店老板看着她有几分眼熟，端上青菜玉米面时，离近了，诧异地说："你长得真像《平乐传》里的那个女主角。"

顾青雾手指把玩着白色茶杯，眼眸微弯："很多人都这样说。"

店老板就相信了，还对旁边的贺睢沉竖起大拇指，夸赞道："女朋友像明星，有福气。"

贺睢沉浅笑，没开口否认。而顾青雾忽然轻叹一声，跟店老板开起玩笑："我男朋友最喜欢那个叫顾青雾的女明星了，爱得如痴如狂，我只好去动刀子，整容成她那样，很成功吧？"

店老板瞬间用古怪的眼神看了看她的脸，又看了看贺睢沉。过了半晌，才憋出一句话："你男朋友要是不喜欢顾青雾，换个女明星喜欢了，你不是白整容了？"

顾青雾轻轻地歪头看向贺睢沉，将自己伪装成天底下最无私奉献的女人，轻轻地叹气："看他能对顾青雾痴情多久吧。"

店老板的表情十分震惊，一时间都不知道该怎么接话。

反观贺睢沉，从容不迫，顺势接过来说："放心，"他温柔安慰着自己的女朋友，字字透着深情，"我对顾青雾的爱至死不渝，这辈子都是为她活的，心底容不下别的女人。"

突如其来的告白，倒是把顾青雾弄蒙了，她轻轻地咳了两声："知道你爱顾青雾，我甘拜下风。"

旁边围观全程的店老板十分震惊，暗暗感慨着，这年头，果然是城里的年轻人会玩。下一秒，顾青雾轻轻地笑起来，细白的手指去摸索他的大腿。贺睢沉用筷子敲着碗沿，示意她不许胡闹，先乖乖把面给吃了。她才不会怕他，在周围的人看不见的角度，主动去亲他的下颚。红唇贴上那瞬间，他的手指略僵直，眼神极专注地注视着她的笑容。

两碗面，吃了半个小时。见店里的食客越来越多，顾青雾不想引起轰动，毕竟整容成女明星这种借口，不是每个人都会像店老板那样深信不疑的，等贺睢沉起身付完钱，两人才牵手走出面馆。

两人在街道走了一会儿消食，趁着太阳没有彻底落下前，贺睢沉带着她到处闲逛，每到一个熟悉的地方，她就会手舞足蹈地认出来，说起在镇上是怎么穿梭在大街小巷里玩闹的，后来觉得无趣，才摸索着上山玩。他们边走边聊，不知不觉，就走到了南鸣寺的山脚下。

"想上去看看吗？"他侧头问。

顾青雾浓密卷翘的眼睫颤了一下，眼里闪过一丝迟疑，轻轻启唇说："走久了路，腿会很累。"

比起她平时出席活动时踩着的尖细高跟鞋，这次贺睢沉给她备的是平底鞋，逛了会儿街委实谈不上累，如果仔细解读，就能听出言语间的拒绝。

贺睢沉静了半响，低声说道："我抱你上去。"

话都到这份上，顾青雾知道没理由再拒绝，于是想了想，说道："先走一段路吧，累了你要负责把我背下山。"

到南鸣寺的路有三条，贺睢沉带着她抄小道，这条小道的台阶弯弯绕绕的，路人几乎看不到，两旁都是幽深的竹林，凉风刮来时，会发出窸窸窣窣的声响。

顾青雾的手始终被他温热的手掌握着，没有松开过，爬到半山腰时，停下来一会儿，听到贺睢沉问："累吗？"

"还好，可能是以前走习惯了。"她那时天天往南鸣寺跑，上山下山好几趟，跟个没人管的野猴子一样。

天色渐渐暗了，抬头能看见南鸣寺有亮光，在经过凉亭时，贺睢沉带她进去坐了一会儿，路灯格外浅淡，她坐在木椅子上伸个懒腰，往上看是近在咫尺的寺庙，往下看是镇上的万家灯火。在意识恍惚间，她像是回到了当初，这里远离了世俗的烟火，人也跟着放松。

"哥哥，你住在山上能看见我的阁楼在哪里吗？"贺睢沉给她指个方向，她循着去看，其实看不出什么。顾青雾转过头时，瞬间消音。她被他不打招呼地吻住了……

山林间的寒气浓重，随风刮过来时她察觉不到冷意，全身心都被男人牵动着，隔了许久，他才放过她，用额头贴着额头，嗓音混合着滚烫的气息："这一个月里我都在想，无论你对我的爱有几分，但是青雾，我爱你，这已经成为我的命运了。"

爱这个字，是世间最沉重的。贺睢沉几乎从不说，她也不问，一旦开口说出来，就覆水难收，无任何余地。

顾青雾感觉心脏此刻被这个字压得喘不过气，指尖下意识地抠着他的衣领，红唇张了张，声音竟变得暗哑："什么叫你的命运？"

贺睢沉用力将顾青雾抱在怀里，脸庞紧紧地贴着她的脸颊，将自己在稚嫩年纪时滋生的爱意倾诉。对于他这样城府深又手段高明的上位者来说，藏心事的习惯，是从骨子里就带来的，如今要跟人剖析内心，是一件很难办到的事。

"当年你误闯入南鸣寺的后院时，正好是我人生中最艰难阴暗的一段时光，比起血浓于水的父母车祸身亡，贺云渐那时对我来说，是我在这世间的最后一位亲人了。"

贺睢沉承认他很早就对顾青雾动了心，只是当时被贺家的事缠身，容不得他分出更多时间考虑其他的事情。等空闲下来时，满脑子回想的都是与顾青雾的点点滴滴，说喜欢，是有的。他不敢贸然去找顾青雾，也怕耽误了她，当初那段隐秘的感情是克制的。直到他在纽约，无意间看到了顾青雾出演的电影。

她不是女主角，在电影里只有几个镜头。而他为了看她，反反复复把那部电影观摩了不下百次。他在反反复复地确认一件事，时隔七年，他对南鸣寺的那个女孩，还有没有感情。

"最开始有你每日陪伴着我，就像是疗伤的圣药，减轻了那段时间兄长出事的痛苦。再后来，还记得吗？有次我高烧昏迷在殿内，醒来时你替我抄写了一整本的祈福经书，也就是那时，我想若是离了你，日子该是多么无趣。"

顾青雾乖乖地趴在他的怀里，听得很认真，直到听完自己是怎么误打误撞走近他的内心，才没忍住问："是感动到你了吗？"

贺睢沉沉思片许，附在她的耳边轻语："是感动，毕竟你那时一手歪歪扭扭的字，写完整本经书，实属不易。"

"所以你醒来，翻看了十几分钟后，下定决心要教我书法？"顾青雾去掐他，语气佯装生气，漆黑明亮的漂亮眼睛却有笑意。笑着笑着，她就有了想落泪的冲动。

"我爱你。"这三个字，贺睢沉继续贴着她的耳朵，一遍一遍地重复，说多了，也不觉得轻浮，反而感觉是他这辈子说过最真实的话。

顾青雾不想掉眼泪，生生忍住，带着鼻音说："我这一个月也反省了自己，哥哥，我想了好久，对婚姻未知的恐惧是不是真盖过了对你的感情，后来看到你，我发现都不重要了，如果不跟你在一起，我肯定不能长命百岁，会早早痛苦地死掉。"

她没哭，却像大哭了一场，双手抱紧贺睢沉的腰身，近距离下能清晰地感觉到他身体的温度，是她贪恋的。她说着说着，声音就哽咽起来："我不是害怕跟你结婚，我是怕结婚后，我们会像我父母一样最终走到相看两厌的地步，哥哥，我怕跟你分开。"

贺睢沉的手臂搂紧她，轻轻地拍着，路灯惨淡的光渲染了他的眸色，似湿润着，只是不易被人察觉，他的嗓音忽然低了下去："不会的，老人家说过，一起在寺庙里烧过香，拜过菩萨的人只要相爱，就会一辈子在一起。"

顾青雾抬起湿漉漉的眼，看着他，问道："还有这样的说法吗？"

贺睢沉低头去亲她的眼角，以及鼻尖那颗淡淡的小痣，低缓的嗓音已经到了蛊惑人心的地步："菩萨会看姻缘，适合在一起的两人就会相爱到老，何况我们都拜了三年，这姻缘得生生世世都绑在一起。"

顾青雾愿意去相信，纤细的手指与他紧紧地交握，透出不加掩饰的爱慕："嗯，我生生世世都要跟哥哥在一起。"

贺睢沉盯着她被浸过水似的眼睛，停了许久，字斟句酌的，终究是温柔地问出那句话："那结婚好不好？跟着哥哥，这辈子都会对你好。"

顾青雾的脑袋幅度很小地点了一下，紧接着，又轻轻地"嗯"了一声。

深巷子的雨势早上才停歇，阁楼紧闭的木门从里打开。

贺睢沉神清气爽地走出来，手指漫不经心地理了理衬衫领口，到附近的一家早餐店打包吃食。他缓步走进店里，点了两份口味清淡的面食和豆浆，隔壁两桌有十来个打扮不起眼的男人，店内原本还热闹的气氛莫名安静下来。待贺睢沉付完钱，拎着早餐往深巷子里走，那十来个男人望着他的背影，窃窃私语起来——

"好险啊！还以为暴露了呢，吓死个人。"

"顾青雾的秘密男友真不是圈内的新艺人？这颜值绝了，我是个男人都心动。"

"清醒点，我们群这次可是挖到大料了，等回泗城后，绝对要震惊娱乐圈，哈哈。"

"据我蹲点观察这两人也不像来旅游啊，我们在巷子喂蚊子，他们大部分时间都待在阁楼里，有什么好玩的？"

这群暗处跟踪跟拍的娱乐记者们纷纷跟风下注，吃完早餐，都找好蹲点的地方，十来双眼睛盯着那木阁楼的动静，时间一分一秒地过去，在太阳下山之前，他们偷拍到顾青雾出门透风了。

顾青雾没有去街上闲逛，而是去爬南鸣寺所在的这座山，直到夜深时才回来。一连几天都是这样，要么早晨出太阳时去爬山，要么就是等太阳落山时去。顾青雾和贺睢沉把南鸣寺里里外外都闲逛了不下十次，而那群娱乐记者们为了拍到恋情素材，也只能认命，起早贪黑地陪着两人爬山下山。泗城还没回去，命就险些丢在了山上。

私下，大家忍不住在群里吐槽："都是男人，可不同命啊，人家爬山去庙里闲逛，是牵着我们娱乐圈第一美人的小手，我们爬山，还得偷偷提前到处蹲点，扛着摄像机。"

"更要命的是顾青雾和她的神秘男友逛累了就往路边凉亭一坐，顺便接个吻，我蹲在竹林草丛里喂蚊子，差点失血过度而亡。"

"我偷听到，顾青雾以前在寺里养过一只叫'走地鸡'的猫头鹰，她昨天跟神秘男友念着想看看猫头鹰有没有儿孙满堂，好像十年之前的事了。"

"十年之前？"群里的众人都很有默契地静了一秒，过了半晌，有个人说，"今晚谁跟我组个队，去山里抓他们养的'走地鸡'……"

一分钟不到，群里消息瞬间爆炸……

顾青雾对"走地鸡"的执念倒不是很深，毕竟猫头鹰的寿命没有人长，她昨晚跟贺睢沉提了句而已，怎料第二天就在南鸣寺的后院台阶上，看到一只猫头鹰被困在树下。她怕被抓伤，提着裙摆跑去找贺睢沉，检查了一下，发现猫头鹰只是翅膀受了点轻伤。

"它会是'走地鸡'的后代吗？"顾青雾看着男人修长好看的手指给猫头鹰包扎，自己就蹲在旁边，轻声问。

"可能是。"贺睢沉简单地包扎好后，将猫头鹰放在石桌上，小小的一团，毛茸茸的，看着还是幼儿时期。不过嘴很尖锐，他不让顾青雾伸手去触碰，只能保持安全距离看着。顾青雾听话地答应，待贺睢沉一没注意，就伸出手去摸，眼角带着笑，转头时，正好跟寺庙上方露天阳台上一个穿短袖的陌生男人对视上。

一秒还是两秒，顾青雾眼神平静地移开，继续盯着猫头鹰看。殊不知，那个站在原地的男人被冷汗湿了背部。在无人关注的角度里，默默地藏起了摄影机。

因为捡到一只猫头鹰，顾青雾往南鸣寺跑得就更勤快了，那架势非得把这只小动物的伤给养好才罢休，养好伤后，又给它找妈妈。这下顾青雾的活动范围就不再局限于南鸣寺，而是整座山。当天晚上，陪她爬了一整天的娱乐记者忍不住又在群里开了个会："我相信神秘男友对顾青雾是真爱了，不是真爱就绝对做不到整天陪她到处爬山。"

"顾青雾是属猴的吗？太野了这个女人。"

整个群瞬间默契地冒出一句话："是真爱了。"

放眼望去哪个男人会忍得住天天抱着一个国色天香的美人不做点男人都想做的事情，而是天天陪她游山玩水？

此刻同一时间，在木阁楼里，灯光点亮着黑夜。顾青雾蹲在地毯上，撕开了从泗城寄来的快递，她去拿手机，给江点萤发消息说："快递收到啦，爱你。"

江点萤："你镇上就没有护肤品？"

顾青雾："适合我的品牌没有。"

这段时间空气比较干燥，出发又比较仓促，好多东西都没带，小镇的物资又比较简单。

江点萤问："姐妹，你真的不要隆重的求婚仪式，就这样把自己托付给他啦？"

顾青雾："贺睢沉现在失业中，我要提出想隆重点，怕揭他伤心事。不要了吧，两人感情好就行，仪式再怎么隆重，该分还是会分。"

她倒是想得开，为了哄男人，连女孩毕生最憧憬的仪式都可以不要。

顾青雾没继续聊自己的事，而是问江点萤："你和程殊怎么样了？"

之前江家生日宴那晚，宾客散去后，程殊还是赶来了，很有诚意地拜访了江家老爷子。而老爷子和江既白是站同一个阵营的，怕江点萤一腔热情被辜负，都不太同意两人之间的事。先前没闹到长辈面前，大家也就当不知道这回事。如今程殊登门拜访，老爷子态度模棱两可地劝退他。

江点萤经过那晚，也歇了下来，知道父亲和亲弟弟都是为了自己的终身大事着想。她没再跟程殊纠缠不清，而是等着看他会怎样努力做。倘若程殊不能让江家人对他改观，她苦苦支撑又有什么意思呢？

"青雾宝贝，我挺羡慕像贺睢沉这样的男人，对你从一而终又痴情，情愿公然违背祖训，都要离开贺家跟你私奔。程殊要是能为了我，让江家人对这段感情改观，这辈子真的就是他了。"

江点萤等的时间久了，就怕跟程殊走不到头。她最近用工作麻木自己的神经，不敢去想，只能苦中作乐，对顾青雾说："我就等你回来，要好好沾一下新娘子的喜气。"

顾青雾这周就会回来，发语音跟她约好相聚时间。夜色浓郁到最深的时分，家家户户都熄灯歇息，而顾青雾忽然觉得很饿，缠着贺睢沉起来，要去吃路边摊的烧烤，她就是有了胃口，想吃点辣的。两人捡起地板上的衣服穿好，临时出门，在深巷外的街道旁找了一家还在营业的店。怕被人群挤到，贺睢沉挑了个靠溪边的位置，夜间的风景不错，连河水都分外清澈。而店老板忙个不停，要点菜的话，需要客人自己上前报。

顾青雾点完菜就回来，坐在塑料凳子上，给他开了罐啤酒："喝吗？"

刚刚两人抱在一起，她精致的脸蛋红晕尚在，轻轻眨动的眼睛格外漂亮。别说递来的是啤酒，哪怕是一杯毒酒，都能轻易蛊惑男人喝下。

贺睢沉接过啤酒，只分给她一小口："别喝醉了。"

顾青雾移着凳子往他身边去，轻歪着脑袋，笑着咬字说："喝醉了，哥哥不是更好胡作非为？"

贺睢沉抿了下口感一般的酒，眼神极深地扫过来。顾青雾拿起花生米吃，笑得很开心，又去喂他。喂了几粒花生米后，她的声音轻轻地飘散在风里："我订了三天后的机票，哥哥，公司给我接了一部电影，为冲击电影奖准备的。"

她这次休假的时间太长，公司高层已经催了不止一次。顾青雾每次都装死，而这次得回去拍电影，她再怎么喜欢这里，也得回去好好营业。

贺睢沉沉默了几秒，眼底静静流淌着暖意："拍电影之前，有空去领个证吗？"

"你翻黄历选时间吧。"顾青雾坐在这充满人间烟火味的地方，三言两语，就把自己终身大事定了。

这时，店老板那边忙完，亲自端了好几盘蒜蓉生蚝上桌："剩下还有七十个很快就烤好，请慢用。"

顾青雾倏地挺直了背，那双笑得弯成月牙的眼睛瞪着，开口问："什么七十个？"

店老板："小姑娘，刚才你不是点了一百个生蚝吗？"

顾青雾就跟失忆似的，看了半晌店老板无比笃定的眼神，一时间不知该怎么接话。剩下七十个已经在烤了，退掉是不太可能。顾青雾等店老板走后，略心虚地看向惜字如金的贺睢沉："哥哥，我是想点十个生蚝给你吃的，你信吗？"

贺睢沉细品她话里意思，似笑非笑地反问："今晚你是想让我火上加火，睡不着吗？"

一百个蒜蓉生蚝都上桌，色香味俱全，店老板看她是大客户，还免费赠送了两瓶冰镇啤酒。浪费粮食是可耻的，贺睢沉卷起雪白的袖子，认命地替她收拾烂摊子，不紧不慢地将这些生蚝解决掉，他吃东西很优雅，不似一些男人很粗鲁，让顾青雾看了想拍下来。

然而，已经有人先一步拍了。顾青雾的眼睛被什么闪了一下，突然转过头，跟隔壁桌的一个用衣服挡住摄像机的年轻男人对视上——

"逮住了……"

三天后，飞往泗城航班的头等舱里，闲人免进。除了顾青雾和贺睢沉，周围战战栗栗坐着的，是一直在跟拍她私生活的娱乐记者们。

他们怎么都没想到，来的时候只为碰碰运气，回去的时候，是全程近距离跟在顾青雾身后。在飞机没降落前，顾青雾慵懒地靠在椅背上，很有兴趣地翻看着摄像机里的素材，都是她的日常，翻了一会儿，就翻到跟贺睢沉在山里凉亭接吻的视频，以及两人在深巷里拥抱，和不经意间的偷亲。

她把这些素材都拷贝了一份到自己邮箱里，又对他们说道："大家都是混口饭吃的，你们要砸了我的饭碗，我也不会饶过你们在场的每一个人。互相配合工作怎么样？以后我要官宣恋情和结婚生子了，第一时间免费透露给你们。而这次，你们不许把我未婚夫曝光。"顾青雾抛出诱人的条件，又给每人发了一个大红包，像极了不差钱的主。

娱乐记者们趁着她起身去卫生间时，展开了激烈的讨论，完全把隔壁的贺睢沉当空气了。

"这买卖只赚不亏，哥几个想，这次我们曝光顾青雾的地下恋情，她要么糊了退圈，要么挺过来后找我们麻烦，毕竟在座的都露了脸。"

"呜呜呜……顾青雾比我家抠门老板还大方呢，一个红包给十万元，她还缺助理吗？"

"我双手赞同跟她合作，娱乐圈谁不知道顾青雾是营销大户，她要愿意透点料配合炒作，这就是长期饭票啊，何必为了饱一顿就饿死一辈子呢。"

"小白脸吧，长得那么好看……"另一个沉默寡言的娱乐记者酸溜溜地说，眼神往贺睢沉坐的方向飘去，早就认定了他是个吃软饭的失业人士。

众人不约而同地静了半晌，将贺睢沉视为男人的公敌。而当事人从容不迫地换了个舒服的姿势，慢悠悠地翻着飞机上的报纸，完全没把四面八方投来的敌视放在眼里。

这样古怪的氛围，直到顾青雾踩着细高跟从卫生间回来才打破，她被蒙在鼓里，悄然回到座位后，指尖揪着报纸抬高，挡住偷窥的视线后，悄悄地去亲了一下贺睢沉的嘴角。

等贺睢沉侧头望过来，她依旧举着报纸挡脸，又去亲他："好喜欢哥哥呀。"

—上册完—